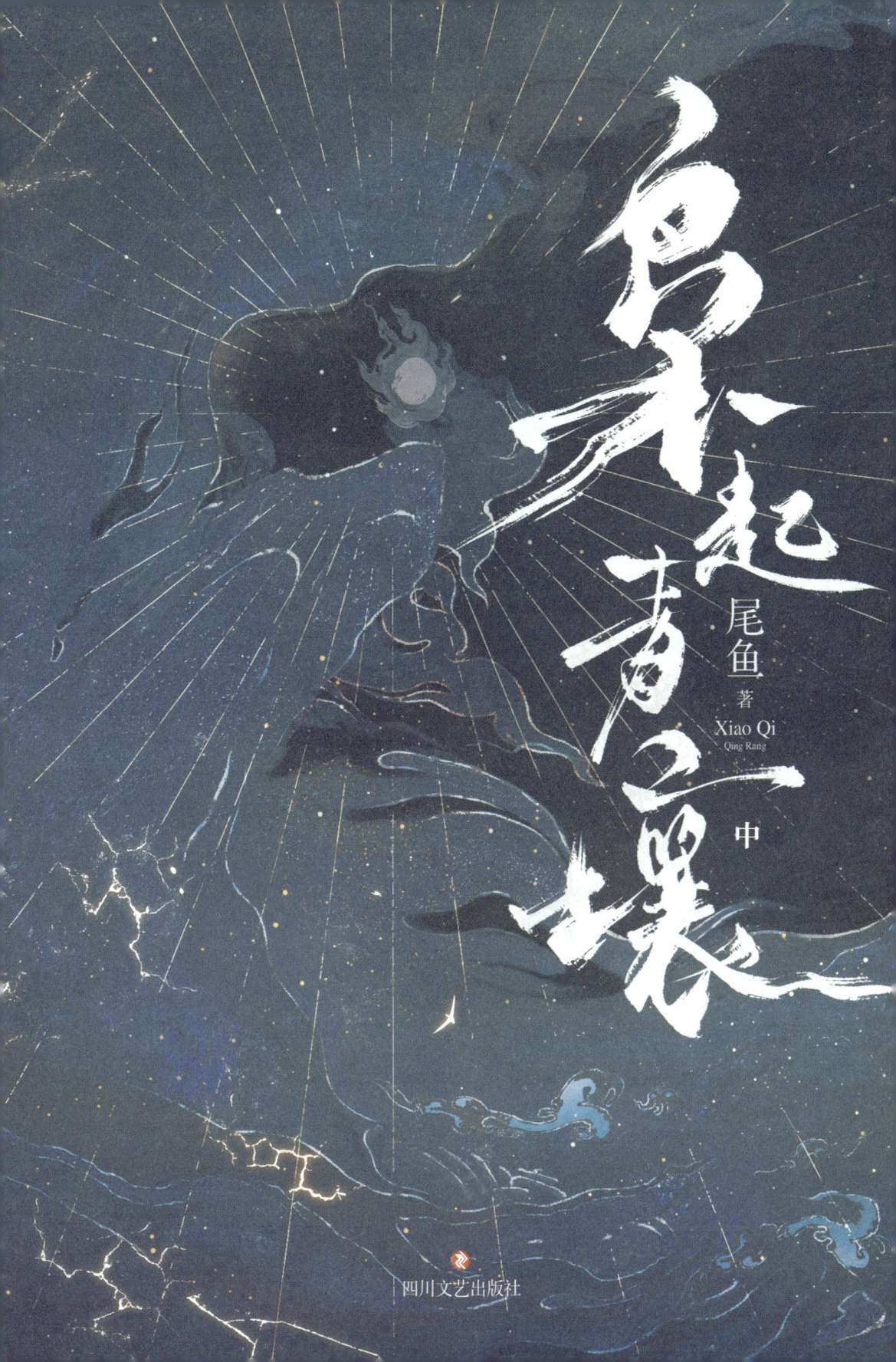

第七卷・上 ◇
271

目录

第四卷·下　001

第五卷　057

第六卷　169

四个人的尸体,静静地垂挂在那儿,让人想起风铃的撞柱,还有机动的旋转木马。

06

　　果然如炎拓料想的那样，他刚拉开车门，聂九罗立刻就醒了。

　　炎拓坐进驾驶座，把拎着的大包小袋往后放："要吃点东西吗？"

　　聂九罗："不吃。"

　　炎拓说："我买得挺多的，中西都有，现在吃口感最好，你早吃晚吃，这儿吃那儿吃，总归得吃吧。你放心，店家打包好送出来的，我动不了手脚。"

　　也是，一夜消耗，是该补充点了，再说了，热腾腾的各色香味，挺勾人的。

　　聂九罗微侧了身，就着炎拓手中的包袋翻看。

　　还真中西都有，咖啡、面皮、豆腐脑，汉堡、油坨、胡辣汤，还有锅边油花，炸得鼓胀胀的，蓬松焦黄。

　　她伸手去拈油花，将挨未挨时又犹豫，嫌它太油，会脏了手。

　　炎拓提醒她："边上塞了小塑料袋。"

　　聂九罗捻开一个，包了油花拿起来，又拣了杯豆浆，拿吸管戳进去，送到嘴边啜吸。

　　确实现在吃口感最好，热乎乎的，带点清甜，从喉到胃，再到四肢百骸，立马便妥帖舒展了。

　　炎拓其实是想开一碗油泼辣子豆腐脑的，转念一想，味道太冲，车里空间小，还是吃点气味比较一致的吧。

　　他也拣了杯豆浆，拿塑料袋包了根炸油条。

　　车外人来人往，多是小学生，有个小男生揪前头女生的小辫子，女生暴怒，抡起书包就砸，然后一跑一砸，跑了半条街。

　　炎拓就着这场景，下肚半根油条。

　　聂九罗问他："知道南巴猴头吗？"

　　炎拓说："这两天老听到，但没去过，具体也不知道在哪儿。说是约了你们在那儿交人？"

聂九罗点头:"据说是会把人吊在树上,如果我们不去,就那么一直吊着。这种天气,要不了几天,人就会冻死。冻死之后,再吊个新的上去,直到把抓到的人都给发送完。"

炎拓想象了一下那场景,头皮微麻。

聂九罗:"你觉得,他们会做出这种事来吗?还是只是说说而已?"

过了好一会儿,炎拓才说:"做得出来。"

聂九罗最后一口油花噎在了喉咙口,费了好大力气才咽下去:"报警管用吗?"

炎拓摇头:"首先,我没去过南巴猴头,但听地名,也知道是深山,没路,得花一两天才能到的地方。警察怎么进去都成问题。

"其次,警察出警,总得有警情吧,你也说了是'据说',你有什么证据证明,那里的树上,真的吊着人?"

聂九罗没吭声,她也算有过一次报警经验,知道出警的基本程序,目前来说,确实什么证据都没有。

"最后,就算警察真的去了,你信不信,到了那儿,什么都发现不了?这么简单的道理,你都想不透吗?"

聂九罗把手中的塑料袋捻成团,扔进边侧的车载垃圾袋:"想得透,听别人说出来,更容易死心而已。如果是你,会去救吗?"

炎拓把剩下的半根油条塞进嘴里囫囵嚼了,又狠吸了一大口豆浆送服:"原则上,不去。太明显的陷阱了,很可能救不回人,还把自己栽进去。"

"非原则上呢?"

"非原则上,得看落难的是谁了,这要是我爸妈被捆吊在那儿,明知山有虎,也得上虎山哪。"

说到这儿,炎拓看了眼窗外,喃喃了句:"这么冷的天。"

这么冷的天,车外的人说话,嘴里都直呵白气,真要是他爸妈在山里遭这罪,他一秒钟都待不住。

聂九罗:"那就只能让那些人一个一个被冻死?"

炎拓沉吟片刻:"倒也不是,那些人,冻死的,现在可能已经冻死了;剩下的,多半就不会冻死了。"

聂九罗觉得这话无比绕口:"什么意思?"

炎拓:"把人吊在树上,活活冻死,观感的确残忍,本质上是一场戏,目的在于刺激你们。你们越抓狂,越崩溃,他们就越得意。对吧?"

是这道理没错,聂九罗没意见。

"但是戏要演下去,是需要观众的,就好比电影,一个入场观众都没有,只能匆匆下档。南巴猴头那是备了戏,你们去了,他们才会有动力,说不定还会搬出更刺激的戏码。可从早到晚没人去，他们演给谁看呢？不断地往树上挂人，锻炼身体吗？

"他们是做得出这种事，但做事是要达到目的的。他们的目的不是把人冻死，而是通过这种方式，诱捕你们剩下的人。一旦发现这种方式根本不奏效，他们就会放弃这种做法，另寻途径——毕竟傻子都知道，人质活着才更有价值。"

聂九罗听懂了，也暗自吁了口长气。

出来得够久了，炎拓发动车子："你在哪儿下？我送你去方便打车的地方。"

聂九罗答非所问，旧话重提："帮我救人这事，你不考虑一下？"

炎拓无奈："聂小姐，真救不了。那个蒋百川既然是头头，各方面的看守一定最严密，我这种小角色，想见他一面都难，更别提救了。"

聂九罗："我可以提供报酬的。"

炎拓苦笑，都懒得说话了。

聂九罗看他："你就不问问是什么报酬吗？"

炎拓："这不是报酬的问题……"

聂九罗打断他的话："你曾经问过我，怎么杀死地枭。"

炎拓心头一震，握在方向盘上的手不觉攥紧，他目视前方，没有放任情绪上脸："当时，你说你不知道。"

聂九罗笑了笑："你听得不仔细，我从来没说过自己不知道，我说的是'我没法回答'——只不过你当时太失望了，没有细想而已。"

时隔太久，炎拓已经不记得聂九罗当时的回答是什么了，但"我没法回答"确实不等同于"我不知道"，这是很狡黠的语义偷换。

他喉头有点发干："所以你知道？"

聂九罗"嗯"了一声："这个报酬，你觉得怎么样？"

炎拓忽然笑起来："你们都已经被地枭搞成这样了，领头的都生死不明，还能杀死地枭？"

聂九罗也笑："搞成这样又怎么了，足球要踢上下场，拳击还得看三局呢，开局不利不代表一败涂地吧？"

炎拓逢岔口拐右，他已经不在意开到哪儿了，只要有路让他开就行："地枭已经跟从前不一样了，长成了人形，狗家人也闻不出他们的味道，你能保证你的方法还管用吗？"

"能啊，狗牙不就躺了几个月了吗？"

"狗牙不一样，他杂食。"

聂九罗一时语塞。

还真的，蚂蚱被她"杀"过，但蚂蚱是传统意义上的地枭；狗牙也被她放倒过，偏又是个杂食的。

她还真没办法保证自己的刀仍旧管用。

聂九罗说了句:"不感兴趣就算了,先帮我关照他吧,尽量让他吃饱、少受点罪。"

又指前面街口:"在那儿放我下车,好打车。"

炎拓放缓车速,驶入停车道,聂九罗解了安全带,开门下车,一只脚才刚踏出车门,听到炎拓叫她:"聂小姐。"

她又坐回来,看向炎拓:"怎么说?"

"只要我做得到,这个交易就有效是吗?"

"是啊,"聂九罗点了点头,又补充了句,"人得是活的。"

炎拓顿了会儿,才说了句:"那我试试。"

聂九罗也意外,也不意外,她提醒他:"我保证不了我的方法还管用。"

炎拓说:"我懂,有消息我再联系你。"

聂九罗再次开门下车,都已经走出一段路了,又忍不住回头看了一眼。

她看到,炎拓的车还在原地,过了会儿,他低头贴靠在方向盘上,让她想起,前一天的晚上,她也是这样很疲惫地趴在方向盘上,前胸后背,一阵冰凉。

她的要求很过分吗?太过危险的话,他可以不做的。

聂九罗犹豫了一下,掏出手机,给他发了条:量力而行吧,太危险就算了。

视线里,炎拓显然是听到消息声响了,他坐起身,拿出手机,怔了一下之后,下意识地朝前方看,也很快看见她了。

然后,他键入消息。

聂九罗看手机。

他发的是:不做的话,交易是不是就没了?

聂九罗回了句:蒋百川对我很重要。

炎拓回:我懂,大家都有重要的人,你为重要的人开价,我为重要的人冒险。

消息焚毁的时候,车开了,车身掠过她,带起一阵微寒的风。

聂九罗握着手机,想着:蒋百川对我,还是重要的。

聂九罗第一次见到蒋百川,是在五岁那年。

那时候,裴珂还没有出事,和父亲聂西弘也似乎一团和气,反正,她是从没见过二人吵架,也许正如詹敬所说,父母吵架是避着她的吧。

那天,从幼儿园放学回来,她看到家里来了客人,蒋叔叔、蒋百川。

当年的蒋百川,英挺俊朗,成熟儒雅,虽然已经年过三旬,但看起来也就二十来岁——聂九罗一直觉得自己的父亲是帅哥,见到蒋百川之后,顿生一山还比一山高之感。

她脑子里还非常不孝地闪过一个念头：蒋叔叔要是我爸就好了。

家里的规矩，来客吃饭，小孩儿不上桌，她高高兴兴在小厨房吃完了饭，饭碗一推去找裴珂要钱买零食：根据她的经验，家里有客的时候，要钱的成功概率比较高，说不定一箭双雕，还能从客人手里也拿个三五十元。

快走到门口的时候，她听到里头传来的对话声，很奇怪，居然是在说她。

她立刻竖起了耳朵。

蒋百川兴奋地说："夕夕真是个好苗子，你真的不考虑……"

裴珂温柔但坚定地说："别了，老家的行当，别扯她了。我至少下过林子，打过兔，夕夕在城里长大，是个普通人，将来做个普通姑娘就好。蒋哥，有我还不够吗？"

聂西弘："这事可行吗？"

裴珂笑道："你看看蒋哥现在的气派，带我们发财，你还不乐意？"

蒋百川也笑呵呵的："老弟，巴山猎人的传统，叫'来者有份'，管你出不出力呢，只要全程跟下来，绝对有你一份。"

聂九罗听得云里雾里，当晚睡觉的时候，她钻进裴珂怀里，问她："妈妈，我是什么好苗子？"

裴珂笑起来，点了点她的小鼻头："你是个宝贝，蒋叔叔想让你给他做事，咱不去，给多少钱都不去。"

聂九罗："一个月八千都不去吗？"

裴珂熄灯睡觉："不去，你好好读书，考大学，再去国外念个博士，比一个月八千强多了。"

黑暗中，聂九罗非常遗憾。

她非常想给蒋百川做事，一个月八千元，她很知足了，再说了，蒋百川还长得那么帅，收七千元她都愿意。

第二次见到蒋百川，是在父亲聂西弘的葬礼上。

她抱着聂西弘的黑白遗像，戴着白布的孝帽，想不通自己怎么突然间就"父母双亡"了。裴珂死了之后，她很怕聂西弘给她找个后妈，小伙伴都说，后妈可凶了。

现在好了，她想要后妈也不能够了，她得跟大伯一家过日子了，那还能有她的好吗？

她悲从中来，眼泪哗啦，泪眼模糊间，有个高大的身影在她面前蹲下，叫她："夕夕啊。"

聂九罗抬眼看，认出是蒋百川，这人要是她爸多好，肯定不会随便跳楼。

她哭得更伤心了。

蒋百川往她手里塞了一卷钱，还有张写了手机号码的字条："以后要是有事，尽管给蒋叔叔打电话。"

她抽噎着点头，手上攥了又攥，把钱和字条都攥得汗津津的。

平心而论，聂东阳两口子并没有虐待她，没有像她脑补的那样，三九天让她在冰水里给一家人洗衣服，或者吃一家人吃剩的残羹冷炙。

但大伯家这碗水，到她这儿，总是不平。

有一次，伯娘喊她吃鸡蛋糕，软绵绵、香喷喷的，她舍不得吃，一口只啃一点点，去外头玩了一圈回来，手里还剩大半个。

路过厨房，听到伯娘压低声音跟聂芸说话："她的鸡蛋糕没奶油的，你这个有，别让她看见了。"

她偷偷伸头看，聂芸的何止有奶油，奶油还圈成了好看的花。

简直是岂有此理，她就不配吃有奶油的吗？真是士可杀不可辱，剩下的那大半个鸡蛋糕，都让她给扔了，当晚，她还手书一条：这 bèi 子只吃有奶油的 dàn 高（糕），不然我就是狗！

这条手书，是她折星星记日记的雏形。

又有一次，她偷听到大伯和伯娘聊天，展望女儿升学的事。

伯娘说："两个小的成绩都一般，不过芸芸得上重点，花钱也得上。夕夕就在家附近念念吧，女孩儿嘛，念个技校就行了，将来找个稳定的活儿，其实我觉得在超市干就不错，可时兴了。再给她找个老实的对象，我们对你弟一家，也算有交代了。"

聂九罗气得在门口抹眼泪，说好的去国外念博士呢？还有，凭什么给她找个老实的对象，她的对象明明应该是王子啊！

她有了深重的危机感，觉得自己站在了寒风凛冽的人生岔路口，急需拯救。

那天晚上，她翻出了蒋百川留给她的手机号码，写下一条"为了我这 bèi 子的幸 fú 生活，我决定，去找 jiǎng 百川谈判"之后，掰断了一支自动铅笔，以示自己破釜沉舟的决心。

她还记得，自己是在一家小卖部打的公共电话，接通之后，听到蒋百川的声音，她就哭了。

她说："蒋百川……叔叔，我要跟你谈判。"

原本是想直呼其名，以示双方地位对等的，又怕这样会冒犯人家，只好又加了个"叔叔"。

蒋百川起先都没听出是她，反应了老半天："夕夕啊？你怎么哭了？别哭，慢慢说。"

聂九罗说："我要去大城市念书，将来能念博士的那种。"

蒋百川应了一声，尽管他也不清楚哪个大城市是跟"念博士"挂钩的。

她继续往下说:"我要有房子,自己住的房子,得有用人照顾我,毕竟我是个小孩,你得给我钱,我现在没钱,将来可以还你,或者给你做事也行。"

每说一条,蒋百川都答"行",又劝她:"先不哭啊。"

最后一条,她说的是:"给我转学的时候,你要穿最贵的衣服,牵着我的手,假装是我爸,到我学校转一圈。我一直跟人说,我爸妈出国去了。"

蒋百川说:"行啊。"

07

炎拓带着各色早餐回来,果然博取了一众好感:这里头很多人只认识他,知道是老板,却没打过交道,乍然收到关照,不觉都沾沾自喜,还有些受宠若惊,甚至于手里的早餐都觉得格外香甜。

他重点关照昨天半夜进手术室的那位。

那人叫田祥,二十来岁年纪,因为受了枪伤不便移动,熊黑让他就地养伤,说是工资照支,伤好了再归位。

炎拓拎了餐袋过去,正刷牙的吕现瞥眼看到,含糊不清地冲他嚷嚷:"哎,不能给病号瞎吃,忌辛辣现在。"

炎拓回了句:"这点常识我还是懂的,牛肉蛋花粥,补充蛋白。"

吕现没再叽歪,而听到动静的田祥赶紧揿动电动病床的开关辅助起身,又拉出小桌板,满眼的感激之意:能当老板的果然都是高素质,如此平易近人,连餐饭这种小事都这么周到。熊黑那种脾气暴躁、动不动就打骂踹人的,这辈子也就是个被人使唤的料了。

炎拓解开餐袋,拿出粥盒,开了盖放了勺之后搁到餐板上:"自己能吃吧?"

田祥忙不迭点头:"能、能、能。"

他边说边舀了一勺送进嘴里,味都没尝着就猛夸:"太好吃了。"

炎拓笑笑,在床边的凳子上坐下:"昨天的事,熊哥都跟我说了,辛苦你了。"

田祥惶恐地说:"不辛苦、不辛苦,拿钱了的,是熊哥看得起我,给机会。"

炎拓没立刻说话。

熊黑这人吧,你说他块头大、无脑,但因着不怕花钱、讲义气,身边聚拢了一批敢于耍狠、斗勇、踩线犯险的小弟,这些人跟什么地枭、伥鬼搭不上边,但棘手程度怕是差不了多少。

炎拓给林喜柔这伙人画过结构图。

核心是以林喜柔为首的地枭,数量未知,但他怀疑林伶偷拷贝出的那张Excel表格,记录的就是地枭的人员分布。表格中的编号有缺失,目前进展到017号朱长义——这些人除了熊黑，散布于各地、各个阶层、各种行业，像普通人一样生活。

内环是伥鬼，用聂九罗的话来说，属于莫名且诡异的变节者，没有被抓伤过，没有丧失神志，各方面也挺正常，但就是会为了地枭鞍前马后，誓死效力。由以上看来，他的父亲炎还山，就是一个伥鬼，一个不那么"伥"的伥鬼。

伥鬼的名单完全是空白的，而正因为空白，他对身边的每一个人都保持距离，不敢尽信，话说三分，真真假假——反而对着陌生人，更易觉得亲切。

外环就是类似田祥这种的了，是人没错，但人狠起来，连鬼都要让道。这部分人，数量未知，人员不定。

画完结构图的时候，炎拓觉得自己特别孤单，像一只渺小的、强行想拽下热气球的蚂蚁，以一己之力，对抗一个庞大且诡异的集团。

有时候，他觉得自己进展太慢了，七年过去，几乎没有突破，但一转念，又安慰自己：只要不输，只要这条身子还立着，再慢都可以，不用求快，毕竟再怎么快，他的家也回不来了。

炎拓收回心神，问田祥："你是一直跟着熊哥的？多久了？"

领导开始问话了，田祥有点紧张："我是经朋友介绍，推荐给熊哥的，跟熊哥四年了，去……去年的时候，熊哥给我在公司安排了个位置，很稳定，还给交五险一金。"

炎拓点了点头："在公司还习惯？"

田祥点头如捣蒜："习惯、习惯。炎……炎先生，我嘴很严的，很懂规矩。"

"第一次来石河？"

"二、二次。上次八九月，也来了。"

炎拓一副对上次的事也很了解的样子："上次不太顺吧？差点闹出人命，你们多少也注意点。"

他还记得吕现说过，九月头送来个人，差点死了，肋骨折断，险些就插进肺里。

田祥诚惶诚恐："上次大意了，以为就是个普通露营的，没想到那么凶，大家一急，手就重了。"

露营的，那就是随机抓的人？还把人送来急救……

炎拓忽然想起林伶提到过的、在农场地下二层的经历。

她说听到一个男人被熊黑捶击，还哀求说"跟你们无冤无仇"，而林姨提醒熊黑"注意点，别打死了，要留口气"。

听起来，跟八九月这次很像：被抓者都不明就里，但得是"活着"的，死了就没用了。

炎拓不敢在某一点上问太多，怕引起怀疑，很自然地转了话题："做这种活儿，得分外警惕，你看你这次……"

他示意了一下田祥的伤口："听说还是个瞎子。"

这一下，田祥真是羞臊难当，连要表现得谦恭都忘了，一脸凶悍戾气，恶狠狠骂了句："老子就是点儿背！炎先生你说，有我这么倒霉的吗？瞎子胡开一枪，都能撂中我……"

炎拓淡淡说了句："没撂中脑子，也不算很倒霉。"

田祥愣了一下，后背上泛起凉意，这看似随口来的一句，掀出他无数的后怕来，是啊，万一撂中的是脑子……

熊黑让他去庙里拜拜神，是得去拜拜，谢谢神佛保他过了一劫。

他吞了口唾沫，说："炎先生，你这真是高人，一语就把我给点醒了。难怪说做人应该……乐观啊，乐观的人真是在坏事里都能看到好的一面……"

炎拓本意是想戗田祥一记的，没想到给自己戗回来一顶高帽子。

不过，他在田祥身边已经待很久了，再久就反常了，他站起身："没事，反正那瞎子的同伙都落我们手里了，我过去看看……"

说到这儿，看似不经意地问了句："人是在那头吧？"

林喜柔在石河应该有两个落脚点，不是"这头"，就是"那头"了。

田祥随口应了一声，应完了才反应过来："啊，不是，炎先生，你别过去了，去了也白跑。昨儿晚上就往农场送了。"

农场。

原来是去农场了。

炎拓笑道："这猴急的，昨晚还下雪呢，至于这么赶吗？"又指小桌板上的粥，"尽快喝，别凉了。"

炎拓借口早起出去买早点困了，要回屋睡个回笼觉，吕现一脸"我就知道"的表情："就说嘛，你能转性？勤劳不过三秒。"

炎拓没理他，进屋之后，关门落锁。

他其实只是想要个安静的地方，整理一下目前的信息。

人在农场。

很不好办，地下二层，防守得太严了，就算他关了闸，破坏了电脑监控，里头那些人，他得怎么突破呢？又怎么才能把蒋百川给带出来？

或许应该慢慢来，先去农场，见到蒋百川之后，再做打算。

正想着，手机进电话了。

林伶打的。

炎拓很意外，接起来第一句就问："出事了？"

林伶是他的同伴没错，但不是理想同伴。

她太过怯弱，农场那件事之后，她吓得病了一场，那之后很长一段时间，不敢关灯睡觉，不能吃莲藕以及一切拔丝的菜式。

她做过两次很小的抗争，一次是说想考外地的大学，但林喜柔一句"不行"，她就再也不提了。

另一次，是炎拓看她可怜，给她建议："要不你就偷偷走吧，别做什么周密计划，林姨那么精明，你在她面前藏不了东西的。不要告诉任何人，连我都别告诉，哪天出门逛街的时候，突然冲去车站买张票就走，到了地方再买下一站的车票，再下一站，几次三番，应该就很难找了。"

林伶含着泪问他："你走吗？"

炎拓说："这是我家，我哪儿都不去。"

林伶犹豫了很久，终于如他所愿，某一天出去逛街时，不知所踪。

炎拓挺高兴的，真心高兴，他自己倒霉，但不想拽人陪自己倒霉。

但他没想到的是，林伶第二天下午就被熊黑给找回来了。林喜柔动了真怒，揪起林伶的头发，连捆了她好几个耳光，捏着从她身上找出的三张票根问她："我对你不好吗？我把你养这么大，你怎么敢一声不吭就跑了？你为什么要跑？这一程又一程的，要跑到哪儿去？给我说！"

林伶编不出合适的谎话，又不敢讲真话，哭得抖成一团。

眼看场子很难收拾，炎拓站了出来。

他说："算了，林姨，你别气了，这事是因为我。"

林喜柔愣了一下，似乎也意识到自己的失态了，不自在地理了一下头发："你？"

炎拓知道，这谎得撒得大点，不然圆不过去。

他说："是这样的，林伶喜欢我，前两天跟我表白了，我拒绝她了，说大家一起长大，没那种感觉。估计她是女孩儿脸皮薄，一时间接受不了，想跑得远远的，再也不见我吧。"

青春期的女孩儿，确实容易有很多钻牛角尖的想法，林喜柔很自然地就接受了这个说法，她有些后悔自己反应过激了，尴尬又有些内疚地笑了笑，说："女孩儿是长大了，怪我，没太注意。"

那之后，林喜柔对林伶百般安抚，给她买了很多新衣服和小玩意儿，还抽时间跟她谈心，为她开解情感问题，跟她说目光要放远一点，身边的风景未必最好。

总之，又是一派和和美美，一切似乎就这么掀过去了，至少，在林喜柔那儿，是这样。

不过，在林伶这儿，显然不是。

她偷偷找到炎拓，跟他说，她有一种直觉，那就是，自己是跑不掉的，林喜柔一定会想方设法把她找回来。

她又问他："炎拓，你说林姨为什么要收养我呢？一定是有原因的吧？"

林伶就这样自然而然，成了他的同伴，虽然不是最理想的，但有人相伴，总好过踽踽独行。

炎拓很照顾林伶，只让她做最隐秘和安全的事，比如帮他打掩护、探听某些边角料消息，比如从林喜柔的电脑中偷出了那份 Excel 表格，再比如一直暗中跟进表格里那些人的动向。

林伶不大打他电话，除非是真有事。

果然，林伶的声音又低又急："炎拓，你还记得那张表吧，百家姓的那张。"

炎拓："记得，你说。"

"那些人一直是待在原地、老实过日子的，工作需要之外，很少出远门。但是我这两天发现，其中有五个，都外出了。"

五个？

炎拓倒吸一口凉气，那张表虽然编到了 017 号，但是从 003 号熊黑开始编的，而且编号不连续，有疏漏，最终算下来，除了熊黑，一共十个。

五个都外出了，那是一多半人了。

他迅速从行李箱里翻出电脑，一边开机一边问："查到去哪儿了吗？"

"先到的都是西安。然后分成了两拨，你记一下，010 和 015 号，应该去的是石河，就是你现在待的地方。004、009 和 016 号，去的多半是农场。"

表格打开，炎拓先迅速浏览了一下这几个编号。

010 和 015 号，都是男的，看照片属于比较壮的、熊黑那一挂的。

004、009 和 016 号，二女一男，都比较瘦弱文气，其中一个女的还上了年纪，六十多岁了。

给人的感觉，第一拨偏动武，第二拨偏议事。

林伶继续往下说："石河的那拨，我不大清楚。但去农场的那三个，其中一个，是公司调车去接的，车上不是有行车记录仪吗，我偷偷拆了卡来看了，虽然摄的都是车外的图像，但能听到声音。"

炎拓有点意外："挺机灵啊。"

林伶不好意思："你们这趟没带我，我在家反正也是闲着，想多做点事。你说的嘛，慢慢来，不怕，做一点是一点。"

炎拓："有发现吗？"

林伶"嗯"了一声："我从头到尾听了一遍。那个人在车上打了几个电话，家长里短那些就不说了，其中有个电话，他明显压低了声音，而且说得很含糊，不过有一句话，特别诡异。"

"话是这么说的：'你反对也没用，大家都已经投票了，得守规矩，我赞成死刑。'"

08

炎拓没听明白:"死刑?那人是陪审员?"

再一想,不对,表格里的人他很熟,也从各方面都分析过:职业大多没门槛,偏体力活儿,花卉养殖、服务员、酒吧驻唱什么的,陪审员这种的,还真没有。

林伶说:"我也不知道。那人大概是怕司机起疑,挂了电话之后,还此地无银地解释说是他们那儿的一个罪犯,还没判,报纸上出了民意调查,看是赞成死刑的多还是不赞成的多,司机也没多想,就被糊弄过去了。

"但是你仔细琢磨这话,什么叫'你反对也没用,大家都已经投票了'?死刑是法院判的啊,又不是民众投票决定的。还强调'得守规矩',总之很怪。"

是很怪,更何况,还是从"疑似地枭"的人嘴里说出来的。

判谁死刑?不会是蒋百川吧?还要投票决定,地枭还讲起民意来了?

炎拓心头一阵急跳,他强令自己冷静下来:不像,熊黑跟玩儿似的就崩了蒋百川半只脚,林喜柔想杀他,还不是一抬手的事儿,犯得着征求别人的意见?

挂电话之前,他问林伶:"最近晚上睡得还好吧?"

林伶知道他指的是什么:"还好。"

炎拓松了口气:"别想太多,可能就是你那段时间太焦虑了。"

林伶沉默了会儿,轻声说了句:"也有可能是这段时间,大家都外出了,只有我在。"

大家都外出了,那个深夜潜入她房里的变态,也外出了。

不能排除这种可能,炎拓说:"晚上睡觉,把门锁好,摄像装置要满电,万一事情正发生的时候你醒了,就当不知道,别反抗,别惊动那人,一切都等把人熬走了再说。"

林伶"嗯"了一声,声音有点发抖。

炎拓硬着心肠结束了通话,没做任何软语宽慰,他不是老母鸡,没法把她护在羽翼下头。

再说了,也不能让她太依赖他,万一哪天,他死了呢?

挂断电话之后,他研究了一下那几个人。

去石河的两个,一个叫陈福,三十岁出头,现居山东临沂,是个开铲车的,一看就是孔武有力型的。另一个叫韩贯,二十多岁,住在长沙,长得小帅,不过帅中带点油腻,是做大型活动安保的,经常出现在车展、演唱会等场合。

去石河……

炎拓心里一动:难道是去支援南巴猴头的?

再看去农场的三个，如果不是出现在同一张表格上，可真是八竿子都打不着。

年纪最大的那个叫李月英，六十多岁了，在江苏扬州开了家剪纸店，扬剪算是国家级非物质文化遗产，硬往一处凑的话，跟聂九罗算半个同行。

最小的叫冯蜜，二十岁出头，人在厦门，是个酒吧驻唱，在当地算小有名气。

最后一个是男的，叫杨正，四十来岁，在昆明从事花卉养殖行业。

两个去石河，三个去农场，足见农场的事更重要。

得去趟农场。

聂九罗回酒店之后，补了个长觉，长觉里有个美梦，梦见自己开了国际巡回展，展馆布置得很雅致，她穿背后镂空的金色炫光长裙，走在昂贵而又柔软的地毯上。

休息室里，各国记者正在等着采访她。

就快走到门口时，她停了下来。

老蔡在边上问："怎么了？"

她回："唉，人生目标这么容易就实现了，有点空虚。"

太美好的梦了，以至于醒来的刹那，她几乎忘记了自己身在何处，午后的阳光特别温柔，金灿灿的，让人想不起隔着一层玻璃就是寒冬。

聂九罗懒懒地躺了会儿，起床收拾行李——蒋百川的事已经拜托炎拓了，邢深去会余蓉了，她也该回家了。

这个点，是退房和入住的分界口，前台人有点多，聂九罗正踌躇着该排哪边，前头一个年轻男人主动把位置让出来，还笑着说了句："美女先来。"

聂九罗看了他一眼。

长得挺周正的，剑眉星目，不过，她不喜欢这种全身上下每一个毛孔都向外散发"我很帅"信息的男人。

她先来就她先来，聂九罗说了声"谢了"，连笑都没对他笑一下，越过他，递了房卡。

那男的悻悻，不过刚好有电话打进来，也顾不上别的了。

他走开了几步接电话。

聂九罗办好手续，经过他身侧时，听到他大笑："好，好，我退房呢，好久不见，我马上过去。"

公共场合大声喧哗，这素质，真是对不起那张脸。

聂九罗腹诽着出了大堂，招了辆计程车去车站，本地没机场，她得先到西安，再搭飞机回家。

车程不近，她窝在后座刷手机，正百无聊赖，"阅后即焚"连着进来三条消息。

聂九罗坐直身子。

小角色又来找她说话了。

点开App，头两条都是照片，两个男人，第三条是文字信息：陈福、韩贯，这两个很可能是地枭，近期会在石河进出。

地枭？

聂九罗心头一震，仔细看那两张照片，很快，两张脸就在烈焰中焚毁了。

她不易察觉地舔了下嘴唇，顿了会儿，拍了拍司机的椅背："师傅，我给你加钱，掉头回酒店。"

司机一听加钱，二话不说，转弯掉头。

第二张照片上的男人，韩贯，就是刚刚在酒店前台给她让位置的男人。

这要换了一般人，未必认得出来，因为炎拓发来的照片是旧照，而且属于比较木讷的大头照，发型、气质、衣着打扮等，都跟现在的韩贯大不相同。

然而聂九罗是学雕塑的，对形体的纵深空间尺度相当敏感，看脸的同时，会摒除一切华丽而又花哨的外包装，迅速建立起单纯的五官大致轮廓和相对位置数据。

她相信自己没看错，那个男人，就是韩贯。

那个人，比狗牙进化得更完美，属于真正意义上的"人形地枭"。

这也是她第一次得以接触这种地枭。

她得去搞清楚一些事：比如究竟还能不能凭借血液的黏稠与否来鉴别地枭；再比如，狗家的鼻子在他们面前已经废了，她的刀呢？

运气很好，刚到酒店门口，就看到韩贯钻进了一辆出租车。

聂九罗给司机指那辆车："跟上去，你这车包一天多少钱？"

司机往高了说："四五百吧。"

聂九罗："我出五百，今天别接外活儿了。"

司机应了一声，没再多问，反正司机这一行干久了，帮捉奸、帮盯梢，什么奇葩事都能遇到。他锚定前车，不疾不徐地跟着，过了十分钟左右，前头那辆车在一家餐馆前停了下来。

早有个三十来岁的男人等在了店门口，韩贯一下车，两人就热烈拥抱，彼此大力拍背，十足的久别重逢的模样。

聂九罗看得清楚，另一个方头大脸，吊眼钩鼻，正是陈福。

她要了司机的电话号码，吩咐他在附近等，然后下车进店。

餐馆还挺高档，中间是大厅，两侧是半封闭的包间——说是半封闭，是因为虽然是带门的一间一间，但隔断是木板而不是墙，且上端不到顶。

早过了饭点，店里很冷清，服务员想引陈福二人在大厅里落座，陈福不乐意："不是有包间吗？"

服务员解释："包间现在不开放……"

陈福瞪眼睛："不开放？你们就是嫌麻烦。老子是上帝，爱坐哪儿坐哪儿。"

他又拽韩贯："走走，包间关上门好说话。"

他长得五大三粗，又是一脸凶相，服务员敢怒不敢言，只好悻悻地引两人进了包间。

聂九罗远远看见，记下了包间位置。

见又有客人上门，另一个闲着的女服务员忙迎上来。

聂九罗酝酿了一下情绪，一抬头双目泛红，低声说了句："我可以坐包间吗？"

女服务员一愣，心说一个人坐什么包间啊，正想婉言回绝，聂九罗"嘘"了一声，指了下陈福他们的那个包间："别让他们听见了，刚才那个年轻男的，是我未婚夫，我们都要结婚了。"

女服务员没听明白。

聂九罗眼圈渐红："都快结婚了，结果发现他背着我偷吃，现在那个女人的哥哥都来怂恿他跟我分手，我就跟踪他……"

女服务员一下子懂了："这样啊。"

聂九罗点头，顺势抬手，抹了把根本不存在的眼泪："我想进包间，听听他们说些什么，能帮个忙吗？"

都是女人，这还有不帮忙的？女服务员赶紧点头："行行，你去吧。"

聂九罗拜托她："你同事那里，也帮我打声招呼，别让那俩知道我就在隔壁啊。"

女服务员郑重点头，还以目光严厉制止不远处不明所以的同事，示意一切事出有因，待会儿再说。

聂九罗就这样在众目睽睽之下，幽灵般闪进了紧挨着陈福他们的包间。

她在包间里静坐了会儿，手机先调静音，呼吸都放得轻缓，然后将耳朵贴上隔板。

那头显然已经上完菜了，陈福吼服务员："去、去，不喊别过来了啊。"

服务员估计知道这头的状况了，走得飞快。

聂九罗听到韩贯笑道："本来还以为这趟能见着林姐呢，熊哥先是说她忙，后来又说已经走了，太遗憾了。"

陈福感叹："林姐不容易啊，来来，敬林姐。"

碰杯声旋即响起。

韩贯："陈哥，狗牙那事，你投了哪边？"

陈福："这还用说吗？这浑蛋，坏规矩，死啊。你呢？"

狗牙？

是被她戳瞎了眼的那个狗牙吗？聂九罗头皮微麻。

韩贯："一样、一样，听说了这事之后，我都笑了。陈哥，你说大家谁不是这么过来的，偏偏他忍不住？这么点坎都过不去，还要他干什么啊，留着也是祸害。"

炎拓说这俩"很可能是地枭"，现在，因着那句"大家谁不是这么过来的"，聂九罗基本可以确定，这俩就是。

陈福压低声音："不过我听说，熊哥想保他。"

韩贯："为什么啊？"

陈福的声音又低了一度："这不是传说中的缠头军露头了吗，我能理解熊哥的用意，正是用人的时候，与其杀他，不如用他。"

这句话之后，两人好一会儿没交谈，沉默地各自吃了会儿，偶有咀嚼的声音传过来。

再开口时，韩贯有点紧张："缠头军……多少人啊？你说……他们对我们知道多少啊？"

陈福笑他："你看你这尿样，万事有林姐呢。我听说缠头军完了，狗鼻子废了，疯刀瘫了，领头的都叫人打残了。这趟安排我们过来，就是想看看能不能把剩下的给收了。"

聂九罗一阵茫然。

疯刀瘫了？谁瘫了？一干人当中，只有老刀跟"瘫"能沾上关系，难道对方以为老刀是疯刀？

她一颗心忽然跳得厉害：八成是蒋百川刻意误导的。

韩贯尴尬："这不是……老听说缠头军，心里有阴影吗。"

陈福冷笑一声："你也别把他们想得太神了，这趟进南巴猴头你就能看到了，听说抓了四个在那儿。"

这话过后，又是一阵推杯换盏、让菜劝菜。

还是韩贯先开口："从西安过来的时候，你见着英姐了吗？"

陈福："没见到，她不是去农场吗，听说身体不大好？"

韩贯："我见着了，是身体不好，脸色很差，人也没力气。"

陈福叹气："没办法，血囊没选好，她是头一批，跟熊黑一样早，能活着算幸运的了。熊黑之前的，都废掉了，即便熊黑之后，也不是都顺利啊。那时候林姐也没经验，一切看运气。我们是靠后的，越来越讲究，应该还好。"

血囊又是什么东西？

聂九罗还想多听点，然而这俩都不再说了，过了会儿，韩贯感慨了句："咱们想活着可真不容易啊。"

陈福附和了句："谁说不是呢。"

09

饭到半途,陈福去洗手间,又吩咐韩贯:"加菜加菜,有的吃就吃个饱,进山了可就没这口福了。"

看来这俩是去南巴猴头压阵的,反向推理一下:南巴猴头目前没地枭?那是不是意味着,她要是把这俩给办了,南巴猴头设下的圈套,也就不足为惧了?

再一想,聂九罗暗自叹气:她连南巴猴头在哪儿都不知道,手头也无人可调——以前,给"那头"发个信息,什么事都有人代劳,现在蒋百川那头被一锅端,一时半会儿的,她连个帮手都找不到。

难怪说独木难成林,人多才好办事。

再说陈福进了洗手间,原本只是放个尿完事的,尿到中途,肚子山响,暗骂这家店炒菜不干净,急急钻进隔间,畅快之后,撸纸开擦。

就在这个时候,外头门响,进来两人小解,哗啦声响里,还带交谈的。

一个说:"这都几点了,还点菜。我刚忙清,打了个盹儿,又被叫起来了。"

另一个:"嘁,一样一样。我这刚送完了回来,又说有外卖。"

听着像员工,一个是后厨的,一个是店里送外卖的。

前一个:"现在的'渣男'真够可以的……"

另一个没好气:"你不觉得他眼瞎了吗?那么好看一女的,不要给我啊,看那个大个的,那么丑,鼻子比鹰还勾,他妹妹也好不到哪儿去。"

陈福心里咯噔一声,竖起了耳朵。

老实说,这一堆七七八八,他完全如风过耳,也不觉得跟自己有关系。

但有一点,他是鹰钩鼻。

前一个:"美女还没出来吧?"

另一个:"没呢,照我说,她应该录音,这是证据,万一分手的时候有纠纷,就放录音揭发他……"

陈福提起裤子,一把搡开了门。

两分钟后,陈福把被揍昏过去的两个人都塞进洗手间最里头的隔断,由内闩上门之后,踩马桶翻了出来,若无其事回了包间。

韩贯已经等得不耐烦了:"真怕你掉里头了。"

陈福给他使眼色:"嘁,拉稀,这家菜不行,看着好吃,不卫生。"

韩贯一愣,还没反应过来,陈福以口型示意他,继续说。

然后脱下鞋子。

韩贯约略反应过来,一颗心跳得怦怦响,他用筷头磕碟子,茶杯拿起了又放下:"哥你肠胃不行啊,我怎么就没事呢?"

陈福踏上了座板,慢慢直起身子:座板是连在隔断上的,木质,承力过猛会发出"噼啪"的轻响,所以他得脱鞋,尽量轻、慢动作。

韩贯"啪"一声把筷子拍在桌上:"陈哥,林姐安排我,那是看得起我,南巴猴头,只要有人上,我叫他有来无回……"

他看到,陈福的头探上隔断的顶端,又悄无声息地缩了回来。

两人目光对视,陈福用手指了指隔壁。

韩贯脑袋嗡了一声,用口型问:"有人?"

陈福忽然叫骂:"上点儿菜这么慢,还害老子拉稀,不吃了!走。"

聂九罗把门开了一道小缝,候着外头结完了账,眼见二人出了餐馆,赶紧出来,一边往外走一边给司机打电话,让他马上把车开过来。

收银台的小姑娘叫她:"哎,哎!"

聂九罗没空理她,生怕丢了那两人行踪,那小姑娘急不过,一矮身从柜台下头钻出来,紧跑几步拽住她胳膊:"哎。"

这又是添的什么乱啊?聂九罗正恼火,那小姑娘压低声音:"你叫人看到啦!"

什么意思?

聂九罗心头一凉,猝然止步。

小姑娘指向包间的方向:"刚刚我算账,一抬头,看到隔板顶上有个头,直勾勾地往下看,一转眼又缩回去了。我的妈呀,吓死我了,差点叫出来。我喊你,你还不站住呢!"

聂九罗脑子里一蒙,一时也不知该以什么表情回她,僵硬地说了句:"是吗?"

小姑娘只当她是正常反应:"这些男的,真是精死了,这婚你千万别结。"

聂九罗不知道自己又回了句什么,脑子里只萦绕着一句话。

——你叫人看到啦!

还是从上头,真是叫人毛骨悚然,回想起来,她确实全程都没抬头往上看过。

聂九罗下意识地从包里掏出口罩戴上。

出了餐馆,车子已经到了,天色没刚才那么亮,阳光也弱了,透出几分萧瑟的寒意来,聂九罗四下看了看,没看到那两个人。

但毫无疑问,这两人一定在暗处窥伺,只是片刻工夫,她就从狩猎者变成了猎物。

聂九罗上了车。

车子开动,司机问她:"小姐,还是去车站,是吗?"

聂九罗"嗯"了一声,旋即改口:"不是。"

她理了下思绪："师傅，你知道往乡下，哪个方向来着，有个芦苇荡吗？"

司机是本地人，跑惯城乡，一说就知道了："是，大李坑乡是吧？没人住了。前两天听说有车祸，有辆车开水塘子里去了，现在还沉在那儿呢。"

聂九罗："就去那儿。"

事情得速战速决，找个没人的地方，对方方便下手，她也方便。

行李箱是放后备厢了，好在最紧要的背包是随身的，聂九罗把大衣搭上前座，弯腰换衣服，手碰到皮肤，皮肤是温热的，手上冰凉。

司机有点奇怪，看了眼后视镜，立刻知趣地移开了目光。

两个地枭。

对方还有准备。

聂九罗深吸了一口气，她也是头一次面对这种情况，以前不管什么事，总有蒋百川通知、安排、策应。

换好衣服，聂九罗坐直身子，车子已经出了城区，从后挡风玻璃看出去，后头的车不少，一时也说不出哪辆坐着"鬼"。

不过没关系，再走一程就知道了。

聂九罗调息平气，也不知出于什么心理，翻出手机，给炎拓发了条信息。

——你走了吗？

炎拓收到信息的时候，正在路上。

他现在一门心思想去农场，虽然暂时没借口，但反正回去得一天的车程，路上的时间足够他慢慢想了。

午饭过后他就收拾了行李，又朝吕现借了车——这段时间，为安全计，他一直是用别人的车，吕现虽然舍不得，但炎拓一句"开坏了赔一辆更贵的给你"解决了一切。

私心里，吕现还有点盼着他开坏，毕竟人是旧的好，车是新的香。

炎拓单手掌方向盘，回了句：已经走了。

顿了会儿，聂九罗回过来一条：走得远吗？

炎拓看了眼导航，又看了看前方的指引路牌，出城没多久，倒也不算很远，只是她这话问得怪。

他回了两个字：有事？

"有事"两个字，也是把聂九罗给问住了，她觉得自己有点想一出是一出：炎拓再怎么说，明面上是地枭那头的，而且，这两人的照片是他发给她的，把他叫来有意义吗？

她穿上大衣，笼刀入袖，再次转身向后看：后头的车渐少，而有一辆灰白色的途观车，始终都在。

聂九罗给司机转钱，吩咐他："加油门，开快点。"

再回头看时，果不其然，那辆车也加速了。

形势差不多是摊开了，聂九罗交代司机："待会儿到了地方，马上放我下车，你一直往下开，回城别走原路了，行李什么的暂时帮我保管，我有你号码，过一阵子会找你拿的。"

司机隐约觉得这一次跟以往那种盯梢捉小三的不太一样，而且，因着越开越快，他也注意到那辆紧追不舍的车了，不觉腿上打哆嗦：自己这不是遇到了什么黑道仇杀，要上演什么撞车戏码吧？

他这种小老百姓，可负担不起车毁人伤这种损失，当下也顾不得什么交通安全了，后半程恨不得把车开成火箭，远远看见芦苇荡，立马急刹车。聂九罗跳下车，车门都还没来得及帮他关严，车子已经狂啸着去了。

聂九罗怕对方以为她仍在车上，一路跟去找司机的麻烦，还刻意在路边站了两秒，直到那辆途观车速度慢下来，才小跑着进了禾草丛。

这儿还跟前两天一样，冷清而又寂静，午后的那轮暖黄的太阳已经没了，取而代之的是一轮冷白。

这处禾草丛有一人多高，头上还顶着绒毛一样的白穗，因为被她的奔跑扰动，细小的穗毛在身周飘来荡去，落了又升，升了还落。

那辆车也开下来了，速度很慢，和她之间隔着一大片禾草。

聂九罗不想像当初的邢深一样被车子追碾，她得有掩体。

她迅速向着不远处那几幢废弃的房子奔去。

开车的是陈福，他面色阴鸷，嘴唇紧抿，唇角抿下的纹络跟鼻头一样呈弯钩状。

韩贯有点不安："陈哥，不问问她是谁吗？"

陈福说："有什么好问的，一般人谁会偷听我们讲话？"

韩贯："也许是搞错了呢？可能她以为她未婚夫在我们那间呢？"

陈福："如果是搞错了，听一两句就知道搞错了，会从头听到尾？我中间拉了个稀，她还在呢。"

韩贯咽了口唾沫："那……要不要跟林姐那头说一下啊？"

陈福冷笑："让林姐知道我们两个这么不小心，在外头乱说话，被人听了去？事情可大可小，狗牙什么下场，你不知道？"

韩贯不说话了。

前方就是那几间半塌废弃的土房，陈福停下车，努了努嘴，示意了一下其中一间："是在那后头吧？"

韩贯点头："我看清楚了，往那儿一闪就没了。"

陈福不屑地咧了咧嘴角，这些都是土坯房，塌下来的房顶上还支棱着密密的稻草。

他俯下身子，从脚下拎了把德国造的微冲给韩贯："三十发弹，打完再装。"

韩贯："打完啊？"

陈福："当然打完，你给谁省呢？哦对……"

他拿起消声器扔过来："装上。"

韩贯把消声器装上，掂了掂重量之后，枪口外指，牙一咬，扣动扳机，子弹呈扇形，一溜扫了出去。

刹那间，那一处土坯房烟尘四起，仿佛起了浓雾，土墙虽然有四十多厘米的厚度，但微冲子弹连穿钢板都没有问题，何况是泥呢。一时间，就听嗖嗖破空之音不绝。

尘雾中，陈福注意到一团身影蹿出，吼了句："往那边了！"

韩贯枪口一转，紧咬人影蹿至的那一间，又是扳机扣到底，那间土房被打得发颤，像是中枪的人被子弹的穿透力带得乱抖乱颠，一匣子打完，半堵墙轰然倒塌。

而在倒塌的烟尘中，有条人影艰难地扑了出来，踉跄奔了几步，又闪进了不远处的机井房。

韩贯说："没子弹了。"

陈福扔了一匣新的给他替换，同时骂了句："还没死，真能挨。"

机井房一般在农村才有，是用于农田灌溉的，大多会盖成砖头房子，因为里头有水泵，所以又叫水泵房。

水泵把水从深井内抽出，通过管道惠及就近，早些年，机器宝贵，还有农民晚上会住到房子里，看守设备。

再后来，随着智能井房的普及，单独的机井房渐渐被弃用，大李坑乡这一带连人都没有，机井房自然也年久废置了，里头的机器蒙上了厚厚的尘土，水管胡乱堆着，墙角处的深井也拿杂七杂八的木板盖上了。

聂九罗喘着粗气，倚在门边，更紧地拢住了大衣，抓紧衣角的手上糊满了血。

她知道自己一定是中枪了，能感觉到身上的某处，温热的液体正汩汩流出，但她不敢低头看：人的精神很脆弱，什么都不知道，反而能撑得久一点，一旦知道、看见、看清楚了，辅之以各种脑补，反而会立刻崩溃。

她颤抖着手摸出手机，给炎拓发了条"芦苇荡"。

原本是想多打几个字的，但是手抖得厉害，无意间触到发送键，顷刻就发了出去，再想追加一条，屏幕上的血太多，触屏不灵敏了。

再然后，身后的砖墙上枪声又起，伴随着"扑扑"砖屑乱飞的声响。

砖墙也未必能支撑很久，聂九罗向着屋角扑去。

韩贯在通往机井房的路上已经看见了血,所以相对放松,而且砖墙什么的,比之泥坯,也坚厚不了几个层级。

第二匣打完,砖墙面上上下下,多了十来个孔洞,韩贯没再朝车里的陈福要弹匣,他扛着微冲,探头进去看,然后头也不回,给陈福比了个"OK"的手势:"欧了!"

陈福松了口气,从手套箱里摸出根烟点着:"一个娘儿们,这么费劲!"

韩贯走进屋里。

聂九罗俯身趴在地上,身下洇了一大摊血,一动不动,长发被日落前的微光笼着,浓密柔软,缎子般光滑。

韩贯蹲下身子,忍不住摸了一把她的头发,靠近脑后的地方还温热着。

他拿枪口拨聂九罗的脸,想看看她长什么样。就在这个时候,聂九罗双目陡睁,使尽浑身的力气翻身,一刀插进韩贯的咽喉。

韩贯双眼瞪大,下意识伸手去捂喉间,然而事情还没完,聂九罗揿动匕首柄上的暗扣,匕首明明还插在他喉头,内部居然脱出了一把更小的,聂九罗手起刀落,这第二把自颅顶直直插入,直到没柄。

整个过程,五秒都不到,韩贯愣愣看着聂九罗,犹在眨动的眼睛里渐渐充血,先是鲜血,然后发暗发黑,像是黑色的眼珠子撑满了眼眶。

聂九罗一口血唾沫唾在韩贯脸上,说了句:"死去吧你。"

她抽刀回手,顾不上去看倒歪的韩贯,咬牙捂住了小腹。

刚刚动作太大,整个腹部撕裂一样疼痛,流血的地方不止一处,也不知道是不是她的错觉,感觉大衣都被浸透了。

她还是没低头看。

不能看。

陈福几口烟吞吐过,忽然意识到,韩贯有一会儿没声息了。

他纳闷地看向机井房:"韩贯?"

没人回答,那座密布弹孔的砖墙房里,正往外丝丝渗着死亡的气息。

陈福将烟头在掌心攥灭,开门下车。

10

微冲让韩贯拿走了,陈福手里只剩了把小的,他推弹上膛,心里有几分庆幸:幸好韩贯的弹匣已经打光了,这要是微冲落到对方手里,反过来对付他,那可真是够他喝一壶的。

临近门口,陈福又叫了声:"韩贯?"

还是没声息。

陈福心一横，一个猛冲进门，枪口平举，以待随时击发。

门内所见，让他头皮发凉，既感惊愕又觉诡异。

屋里很乱，废置机井房的常规配置：早已朽坏的水泵，积满尘土的水管，地上落了不少砖屑，那是墙体被子弹击穿之后带下的碎料。

空地上，泅着一摊血。

靠墙角的地方，有一口井，一般废弃了的机井房，要么大门锁死，要么井口堵填，这是防止孩童玩耍时掉进去或者家禽误入——井边摊堆着木板条，显然，片刻之前，这些木板还是用来盖住井口的。

但现在，木板被掀移开了，韩贯大半个身体都没入井下，只有肩部以上露在井外，低垂着头，两条手臂外扒，跟经典恐怖电影《午夜凶铃》里正要往外爬的贞子似的。

除此之外，他没看到第二个人。

陈福心里骂了句脏话，这机井房里头藏不了人，高处有个小气窗，但没见人出来过，毫无疑问，那女的在井下头。

他小心翼翼地一步步挨近，到底是关心韩贯："老弟？老弟！哼一声。"

身为地枭，他有自信：再重的伤，也不至于死过去，哼还是能哼的。

果然，韩贯的身体似乎耸动了一下，喉腔处发出一声模糊而又怪异的嘶噎。

真是要命了，陈福脚下迈近，身子却极力后仰，同时也斜着眼看井下：看不见，机井的口一般打得比较小，现在这亮度，再加上又是在屋内，压根儿瞧不清。

有心往下头放两枪，又怕打着韩贯。

陈福心中默念"1、2、3"，一声怒吼，一把抓住韩贯的后颈皮和衣领猛然向外拎，同时枪口朝向井内，砰砰连放。

地枭本就力大，陈福又是个中精壮，拎举个上百斤不是问题，但即便如此，他还是觉得，手上的重量有点异样……

来不及了，就在他拎出韩贯的刹那，有条人影从韩贯的身下翻出，他连这人长相都没看清，就见一道森然寒光向喉间抢来。

陈福心知不妙，一把撒开韩贯，同时枪口回指，然而还没来得及扣扳机，就觉得掌心中段如被风吹，一阵冰凉。下一秒，他的半个手掌、枪，以及握着枪的几根指头，已经尽数飞了出去，在井口边"咣啷"磕了一下，然后直落进井中。

聂九罗重重砸落地上，心中懊恼极了：她本来就是依附在韩贯的身体上借力于他，陈福一撒手，她也随之下跌，刀尖难免失去准头——绝好的、可以在几秒内干掉陈福的机会，就这样没了。

她有经验：一旦不能偷袭得手、一击得中，紧接着的对决就会无比艰难，陈福本来就是条悍狗，现在，得变成躁狂的疯狗了。

陈福眼皮痉跳了一下，难以置信地看向井口：枪和半个手掌已经下井了，落了两根指头在井边。

自己……手掌没了？

疼痛来得有点滞后，陈福左手包住半个右手，一张脸无比扭曲，凄厉地痛号起来，还以头撞墙，哐哐有声，又一阵狂搓生磨，再抬头时，额头一片血肉模糊，还有几道血下流，把一张脸切分得分外凶横狞恶。

这是受到刺激，狂性复苏了吧。

聂九罗咬牙站起身，系紧大衣腰带，这大衣，平时为着姿态好看，都是敞着穿的，现在不行了，系得紧点好，权当包扎了。

不能看，只要没看见，她就能当自己没伤。

两条腿有点发颤，痛感逐渐模糊，但是能听到血滴在脚边的碎声，她一点都不怀疑只要嘴里咬的这口气泄了，她立马就会倒下去——所以不能泄，强敌当前，泄了就是死。

她不能死，她八岁朝蒋百川讨来的幸福生活，一路辛苦打造，而今渐成规模，很有可能再攀顶峰，老蔡说过，她有希望开巡展呢，不能让这东西葬送了，谁葬送她，她就葬送谁——今天，要么是她走出去，要么是她和他双双死这儿，反正，他走不出去。

陈福目眦欲裂，吼韩贯："老弟？！"

他看到韩贯喉口的血洞了，但没太担心：是大伤没错，恢复一两个月，也就好了。

他抬眼看聂九罗："你是谁？"

聂九罗没吭声，现在一丝一毫的力气都是宝贵的，她没力气说话。

陈福忽有所感："你是……缠头军的人？"

现在哪还有什么缠头军，古早传说了。聂九罗掌心抵住刀柄，脑子里嗡嗡的，可能是因为失血太多，眼前一阵阵发黑：得正面杠了，陈福比她高，她很难攻到他颅顶，只能重点去断脊椎，得绕去他身后……

见聂九罗一直都不说话，陈福失了耐性，大吼一声，伸手就去抄墙边立着的撬棒，却忘了自己右手已经废了，一抄抄了个空。

聂九罗觑着这个机会，冲着陈福腰腹处直扑了过去，一手抱住陈福的腰借力支撑身体，另一手悍然翻出了匕首。

陈福也不是吃素的，知道不好，两手下抄，硬生生抓住聂九罗腰际，把她整个人抬举起来，向着对面墙便砸。

聂九罗眼前一黑，只觉得身子骤然腾空，紧接着砸上墙面，再然后便跌撞下地，痛得倒吸一口凉气，眼前金星混着血色乱冒，之前明明缚好的头发也松脱下来。

迷迷糊糊中，她看到陈福左手抓起一根泵管，冲着她的头砸下来。

水泵这玩意儿，大多是合金钢制造，用脚指头想都知道有多重，聂九罗身体应激反应，脑袋急偏，泵管擦着她耳边直砸在地上，把水泥地生砸出一个碗口大的凹窝，也砸得她耳膜嗡嗡响。

一击不中，陈福杀红了眼，又是一下手起泵落。

这要是被泵给砸死，死得也未免太难看了，聂九罗用尽全力翻身避过，这一翻使了大力，腰腹处翻江倒海，仿佛丢落下好几个内脏——不过没能翻到底，泵管落下，把她一大片头发砸进了凹窝，扯住头皮，让她没法翻彻底。

既然翻不过去，就翻回来吧，聂九罗收势急转，一刀插下，刀尖自陈福右脚鞋面没入，直至探底。

陈福只觉得脚上刺痛，趔趄直退，一般情况下，脚上插刀，跟打了钉没两样，人是退不动的，但绝就绝在聂九罗这把匕首太过锋利，他一退之下，眼睁睁看着匕首从鞋尖处直豁而出，蒙了一下才反应过来发生了什么事，一屁股跌坐地上，抱住脚凄厉惨呼。

鲜血从鞋底的裂缝中涌出，沥沥拉拉洒了一地。

聂九罗仰面朝天，哈哈大笑，然而刚笑出声就止了：她的气泄了，没力气了。

这机井房没天花板，顶上是梁架，光秃秃的，很丑，很粗糙，聂九罗闲着没事的时候，设想过自己死时的情景：一般情况下，她都是活到一百多岁，无病无灾，在睡梦中安详而去，去的时候躺在或海边或山间的豪华别墅里，阳光明媚，长天湛蓝，周围还鲜花盛开。

没想到，会是在这里。

她闭上眼睛，眼角一道很淡的泪痕，缓缓稀释掉脸上沾的血。

黑影晃动，是陈福拖着伤残的脚过来了，他走得很慢，一条腿后拖，一步一个血脚印，一步一个血脚印，但这不妨碍他终于走到她身边，抬脚踩上了她一条胳膊。

聂九罗抬眼看，她看不大清楚了，只觉得血色的视野中，晃着一个硕大且让人作呕的身影。

陈福弯下腰，喘着粗气，左手抓住了她的手臂，骂了句："你个臭娘儿们！"

语毕，狠狠用力一掰。

咔嚓一声响。

聂九罗身子一挺，这咔嚓一声，简直把她一半的魂魄掰出了天灵盖，突如其来的剧痛让她所有业已停工的神经瞬间又通了电，她惨厉地一声尖叫，膝盖狠顶上陈福裆间。

估计他这子孙根，不碎也残，就是……地枭的恢复能力太强了，只能让他碎残个两三个月。

聂九罗跌躺回地上，气已经上不来了，只能半张着嘴呼吸，陈福似乎在边上痛得乱滚，又似乎发狂般乱撞乱号，她已经不在意了。

她太累了。

聂九罗缓缓闭上了眼睛。

然而，没能安息太久，又被一阵晃动和头皮的扯痛给吵醒了，聂九罗的眼睛睁开了一条线，看到屋顶的梁架左摇右晃，仿佛是地震了。

不是地震，是陈福拖着她的头发在走，数十万根头发的发根深扎进头皮，居然带动了她这么沉重的身体。

陈福把她拖到了井口，嘿嘿笑着，把她的身体、皮肉连着的断臂，往井里塞，含糊不清地跟她说话："你就慢慢在下头，泡死……泡化了，烂在里面，臭死在里面……"

井很深，机井一般都不会浅于四十米，再加上井口窄，就愈显逼仄狭窄、深不可测，刚挪开木板时她探头看过，很深很深的底下，有汪黑亮的水，发出经年的陈腐味。

聂九罗几乎是对折着被塞了进去，唯一值得庆幸的是头是朝上的，身体和井壁间有一点点摩擦力，让她不至于立刻滑下去，但也定不住。

她的身体一寸寸往黑里滑，像一团浸满血的脏污破布，合该和这腐臭的井葬在一起。

聂九罗手指无力地抠攀了一下井壁，没攀住，眼见着陈福那张丑陋的脸离她越来越远。

陈福还嫌她下去得不够快，喘息着去摸井边的泵身组件，泵身比泵管可要重得多了，他重伤之下，一只手拿不起来，于是用上了那只秃手，慢慢托举了起来……

聂九罗觉得自己该闭眼，但她没闭，她睁着眼看。

不到头颅碎裂、喘息停止的那一刻，她不死心。

再然后，就像是看电影，陈福连同那只泵身，突然被什么掀翻了开去，给她留出没被遮挡、能看见光的井口。

她听到沉重的泵身砸地，听到厮打，听到重击声。

末了，一切归于平静。

紧接着，很突然地，井口又有人影晃动，她看到，炎拓探下身来，伸手拉她，叫了声："聂小姐。"

他拉不到她。

而她气力一松，又向下滑了。

聂九罗的眼皮重又合上，上下眼皮，像一双正被暴雨重砸的蝴蝶翅膀，再也睁不开了。

她模模糊糊地想着：他来得可真快啊。

他应该不是在收到"芦苇荡"那条信息之后才往回赶的，在那之前，他就回车掉头了。

聂九罗想把一口气泄到底，她觉得苦难结束了，终于可以休息了。

然而还是不行，整个人像进了只黑色的茧巢，天地都在晃，身体忽上忽下，疼痛散落在各处，一时这儿疼，一时那儿痉挛。

忽然听到炎拓叫她："聂小姐，聂小姐？"

聂九罗无意识地应了一声："啊？"

声音很低，跟呻吟没两样。

她觉得自己躺在炎拓怀里，很暖，他大衣下只穿了薄衬衫，她头脸都靠在衬衫上，衬衫是新的，或者刚浆洗过，透着好闻的布料味道，隔着这层布，她感觉到他的体温，还有心跳。

不管是体温还是心跳，都透着蓬勃的生命力，蓬勃得让她有点嫉妒。

炎拓低下头，低声说了句："聂小姐，你的命在你手里，我现在帮不了你，没人能帮你。你要再扛半小时，半小时之后就好了，听见没有？半个小时。"

半小时？

半小时是什么？

聂九罗的意识又涣散成无数片了，每一片都长出了翅膀，翩翩飞散，而在这纷乱的翻飞间，炎拓的话跟魔音穿耳似的，一直回荡。

半小时。

再扛半小时。

吕现平时是不大能和阿鹏一伙人玩到一起去的，但大概是前一晚救了田祥，劳苦功高，下午的时候，阿鹏过来问他，要不要一起去做精油按摩，还特意强调绝对不是情色意味的，正宗按摩。

身为医科生，吕现很了解推拿和按摩的好处，难免动心，简单安置了田祥之后，他高高兴兴地和一拨人出来等电梯。

电梯到三楼，叮一声响，两扇电梯门徐徐向两边打开。

电梯不是空的，里头站了个人，炎拓。

他手里还拖了只行李箱。

11

吕现愣了一下:"你不是走了吗?又回来了?"

炎拓跨出电梯,反问他:"去哪儿?"

多一个人多一份热闹,吕现邀请他:"按摩去啊,走,大家伙一起,阿鹏买单。"

电梯门又关上了,好在这楼没旁人,关上了也是停在三楼,阿鹏伸手撅开,笑道:"大老板在这儿,我买单合适吗?也不配啊。"

大家一起哄笑。

炎拓冷着脸,伸手攥住吕现胳膊,向阿鹏说了句:"你们自己去,我跟他有账算。"

吕现还没搞清楚状况,就被他倒拽着往门口拖,一时脚下趔趄,嘴上结巴:"哎、哎,干吗这是……"

阿鹏几个面面相觑,眼见两人去到门口,入了屋,大门又砰一声关上。

也不知是谁揿了键,电梯门再次开启,几人一拥而入。

电梯门闭合的刹那,阿四冒了句:"早上给我们买饭,还以为这大老板好说话呢,没想到脸黑起来,还怪吓人的。"

阿鹏清了清嗓子:"做领导的,就是该亲近的时候亲近,该发威的时候发威——这叫领导的智慧。"

吕现跟跄进门,一头雾水。

屋里有点静,炎拓问了句:"田祥呢?"

吕现示意了一下对面屋:"又不是什么致命伤,稳定下来之后,转对屋了啊。"

"那这屋现在没人?"

"有人啊,你和我不是人啊?"

炎拓蹲下身子,动作尽量轻地把行李箱放平,然后迅速启开卡扣掀起箱盖:"救人。"

吕现一句"救谁啊"已经到嘴边了,生生卡了回去。

他看到,箱子里盘卧着个年轻女人,长发纷乱,面白如纸,浑身是血,也看不出是死是活,左边的那条胳膊还以反常的角度折着。

炎拓伸手去抱她,头也不抬:"我知道应该尽量别搬动她,讲究不了那么多了……我给她做了简单的止血处理,但手法不行,估计不到位,你赶紧……"

说到这儿,察觉吕现僵立着没动,抬头吼他:"你傻了?救人啊!"

吕现一个激灵,这才如梦初醒。

吕现在医院供职的时候，手术室有很多规矩，比如彻底消毒、限制人数、病人衣物不得进手术室、地面擦拭要使用含氯消毒剂且每日不低于两次……

但一旦小作坊私下作业，很多规矩就四舍五入了，熊黑这群人，哪管得了那么多？想留下来围观拍视频的都有，所以久而久之，他也没那么严苛了。

吕现穿好无菌衣，戴好帽子、口罩，先往外赶炎拓："你走，手术要无菌环境，出去！我先给她麻醉。"

都到这份儿上了，还讲究什么无菌？聂九罗那衣服上，不到处都是细菌吗？

炎拓心头拱火，但也只心里牢骚而已：手术室里，医生最大，哪怕吕现说他应该爬着出去，他也得爬啊。

炎拓快步出门，正想把门带上，听到吕现叫了声："炎拓！"

声音不对劲，炎拓身子一僵，回头看他。

吕现刚是俯身按压的，现在抬起来了，眼睛还盯着聂九罗："她没气了。"

胸廓没起伏了。

炎拓脑子里一嗡，骂了句："你放屁，刚她还……"

话说到一半，也忘了"刚她还有气呢"是在多久之前，他快步走到台边，伸手虚掩在聂九罗口鼻处：仓促间也探不出有气没气，只知道口唇还都是温的，没凉。

没凉就行。

他看吕现："你给她心内注射啊，肾上……腺素还是颠……颠茄素，还有电击除颤呢，不是配了除颤仪吗？"

说来也怪，这些都是从前跟吕现闲聊时，有一搭没一搭听说的，搁平时他绝对想不起来，此刻脑子里却一片清晰，连专业用语都说得一字不差。

吕现嗫嚅了句："除颤仪……她外伤多，还在流血，容易漏电。心内注射有危险，现在很少用了，效果不……"

炎拓打断他："比死还危险？"

往常看吕现，觉得挺专业，挺决断的，今天越看越窝囊，炎拓愤怒："你是医生我是医生？这些应急处理要我教？还有你……"

他一瞥眼看到聂九罗穿的装备，更是气不打一处来："这种紧身衣服，你为什么不给她剪了？这么勒着胸，有气也勒没气了！"

吕现没办法，转身去准备针剂和仪器。

炎拓抄起边上的手术剪，撩起她领口咔嚓一路下剪，剪到一半嫌太慢，上手两边用力，哧啦一声撕开。

她的小腹上糊满了血，几乎和衣服粘在了一起，至少两处中弹，两个近乎暗黑的孔洞。

衣服剪开，下头还有文胸，一见到这种高强度支撑文胸，炎拓真是咬牙切齿，想也不想，抬手又剪：气都没了，还穿这种高强度、强支撑的！

其实这真不怪聂九罗，她是为着方便打斗，在出租车里换上的。

一剪子下去，炎拓忽然意识到自己这样不合适，眼见罩杯处连接的结带崩开，下意识想伸手帮她遮，刚遮上去，就觉得有丰盈柔软一下子陷进掌心。

他脑子里一蒙，尴尬到死，手拿开也不是，不拿也不是，看手术室是一片狼藉，看自己是狼藉一片。

那一头，吕现已经备好过来了，生死关头，也顾不上其他，炎拓匆匆把剪开的衣片拢过来给她搭好。

然而吕现可不讲究这个，他是医生，手术台上只是伤员，只是身体，不分男女老少、胖瘦美丑。

他还是不大敢用电击，先帮她把心口周围的皮肤消毒。

炎拓别过脸去，眼角余光依稀看到吕现下了针。

时间忽然一下子无比漫长，炎拓不知道注射了之后人会不会醒，多久才会醒：能醒应该很快就醒了，不醒也就永远不醒了吧。

他盯着手术室空空的角落看，感觉上，吕现又在做按压了，一下，两下。

再然后，某个瞬间，他听到聂九罗喉间逸出"嗝"的一声。

吕现长出一口气，连退了两步，没护士帮他擦汗，只好仰着头，试图让汗倒流、被头发和手术帽吸收。

炎拓急转回身，目光第一时间落到聂九罗搭在手术台边的右手上，她右臂没受伤，是完好的，右手的指尖正在不受控地痉动着，像是要疯狂抓住什么。

炎拓俯下身，把她的手包在掌心，用力握住："聂小姐？"

她的手终于安静了，近乎死寂地团在他掌心，指尖冰凉，白皙的手背上，青筋都被衬得细弱——炎拓手上用力，如果生命力可以以这种交握的方式传递，他真心愿意分她一点。

回过神来的吕现赶他："你出去！我这刚开始呢，难的还在后头，说了手术要无菌环境！你想她死啊！"

以前在医院，任何手术都不让家属在场，不管家属做什么承诺——加钱啊、穿无菌衣、戴口罩手套、待在角落绝不出声啊，都不允许。

吕现当时还觉得，大可不必：愿意给钱就放人进来呗，医院还多个创收渠道，只要做好防护，跟边上立了个人形器械没两样。

现在懂了，绝不能放进来，这些人心里没数，太好发表意见。好家伙，刚那一通吼，险些把他吼蒙了。

炎拓出了手术室，先在吕现房里搜罗了一通，把他的手机泡了水，又把挂在玄关处的门钥匙揣进兜里，最后开冰箱取了罐啤酒，坐在餐桌边等。

这个角度，能看到手术室紧闭的门，只是门而已，没有显示灯——其实光有"手术中"的灯远远不够，最好有个进度条，能让人知道进展的百分比，这样，至少等待不会显得遥遥无期。

他现在，好多事亟待处理。

那根需要送进狗牙身体里的针、蒋百川以及三个正赶往农场的地枭——不知道这次奔赴，跟林伶听到的那句"死刑"有没有关系。

机井房那头，他只做了简单的遮掩和处理，还等着夜幕降下，好去善后。

然而走不开，聂九罗是死是活还不知道，他走不开。

只能干等，脑子里太乱，做不了任何事，想分析计划点什么，又定不下心，索性打开手机，搜索"手术""心内注射""腹部中枪危险吗"，一条条点开了看，文字都认识，可连在一起，总反应不出是在说什么。

无意中点进一个手术相关的帖子，看到回帖说，亲人做手术的时候，自己在外头默念佛经，一遍一遍，给亲人祈福，也静心。

炎拓觉得这法子挺好的，他在网上搜了《金刚经》的全文出来，找了纸笔，一个字一个字地抄。

经文相对晦涩，有些字不认识，有些连句读都断不准，然而正适合他，他现在脑子里一团糨糊，抄有意义的字句反而易分心。

也不知道抄了多久，有人敲门，炎拓放下笔，面无表情地去开门。

门外是阿鹏，见到炎拓的面色，他有点忐忑，但仍挤出一脸的笑来："炎，炎先生，你要跟吕现算账，没什么事吧？"

炎拓说："没事，他的破车，我差点撞死，跟他算算账。"

阿鹏恍然大悟，难怪走了一半折回来呢，炎拓是借吕现的车走的，"差点撞死"，这是车子性能不好，让他险些出了车祸？

他试图当和事佬："幸好什么事都没有，炎先生，这是你福气大，捎带救了吕现一命呢……我们打包了外卖，过来一道吃啊？"

炎拓："不用了，待会儿出去吃。"

打发了阿鹏之后，他坐回桌边，继续抄经。

《金刚经》全文五千多字，抄到第二遍头上，手术室的门开了。

吕现走了出来，倚住门框，摘了口罩，又低头拽下帽子。

炎拓抬眼看他："人死了？"

吕现无语，顿了顿，没好气道："现在不敢说没事了，要观察！至少观察二十四小时吧。"

炎拓向着吕现走过来。

吕现还以为他要跟自己说话，哪知炎拓越走越近，末了一把攥起他的衣领，把他揉到了墙上。

真是莫名其妙，炎拓自打离开又折返之后，简直跟撞了邪一样反常，吕现翻白眼看他："怎么着，你还要揍我啊？"

炎拓心里头天人交战。

现在情况特殊，他得做好最坏的心理准备。

吕现可信吗？他是伥鬼吗？

但现在聂九罗还没过危险期，还得倚仗吕现。

吕现这儿来过危重的病人，他可以暂时大事化小，把这事蒙混过去。

炎拓笑了笑，撒开手，顺带着还帮吕现理了理衣襟，然后凑到他耳边："事情很秘密，还没办完，事关重大，对谁都不能说。"

吕现没好气地推开他："离老子远点，老子是直的。"又补充了句，"我懂，人都是装箱子里带过来的，我能不懂吗？"

懂就最好了，炎拓示意了一下对面屋："对谁都别提，咽肚子里，那屋的人现在起，不准进这屋。"

吕现乜斜了他一眼："人家本来也不大来这屋……这女的谁啊？"

他觉得炎拓对这女的，还挺上心的。

炎拓没吭声，只盯着他看。

吕现让他看得心头发毛："行行行，不问不说。"

炎拓示意了一下手术室的方向："我身上带菌，能去看她吗？"

吕现真是无话可说，其实聂九罗这种手术，不属于类似开颅那种易感染或者多并发症的，而且他这儿也没 ICU，所谓的"无菌"压根儿不能完全做到。

但他还是撑炎拓："那你不能不带菌吗？无菌衣、口罩、帽子、鞋套样样都有，你不能穿吗？"

炎拓"嗯"了一声，承着吕现的目光，还真去穿了。

对比刚才，手术室里收拾得很干净，大堆沾血的消毒巾、棉球等，乃至聂九罗的大衣、鞋子，都已经装进了密封塑胶袋里。

聂九罗安静地躺在台子上，脸色发白，嘴唇也罩上了一层灰色，身上盖着绿色的手术油布。

万幸，她有呼吸，油布随着她身体的起伏而微微浮动。

炎拓掀开油布，略看了看。

她的小腹上厚缠着绷带，一圈一圈，缠得很稳妥，左臂上也打了夹具，身后，吕现想起了什么似的探进头来："对了，她那胳膊啊，先别上石膏，防止有粉碎性骨折或者骨折线不良好——建议还是去大医院看看，我这儿设备没那么精细。"

炎拓放下油布，退了出来。

吕现已经换下了行头，正在洗手间洗手，炎拓走了过去，倚门而立："我出去一趟，给她买点衣服。"

吕现"嗯哼"了一声。

"还有，跟你道个歉。"

吕现倨傲地扬起头："是不是为了之前那么不礼貌地对待doctor？"

炎拓指了指放下了马桶盖的马桶："不是，刚无聊，拿你手机玩游戏，手一滑……"

吕现大惊失色，猛冲过去掀起盖子：居然是真的，他的手机卡在最底下的吸水管处，被一汪水泡得死挺挺的。

炎拓说："所以我顺便给你买新手机，放心，我这人，拿了你的银子赔你金，如果太晚了买不着，明天也一定奉上，走了。"

说完，也不等吕现反应，大步出了门，关上门的刹那，钥匙插入，顺势一转，把门给反锁了。

12

买衣服、买手机云云，都是借口，炎拓车出小区，直奔大李坑乡，芦苇荡，机井房。

从小区到机井房，大概半小时路程。

他的确是在还没收到聂九罗那条"芦苇荡"的消息时就回车折返了，当时倒没多想，只是觉得聂九罗都知道他已经走了，还追问"走得远吗"，看来是有重要的事找他——与其继续赶路再被她叫回来，不如先掉头，省时省力还省油。

没想到这车头是掉对方向了，而且，老天也眷顾了一把：芦苇荡距离石河县城四十来分钟的车程，但位置是在石河县城和西安之间，也就是说，他回石河，要先经过芦苇荡，这是他能及时赶到的最主要原因；另外，吕现所在的小区地处城郊，离着中心城区要十来分钟，四十减十，是三十分钟，所以，找吕现，比去医院要更近。

一般认为，心脏停搏后，有个"黄金四分钟"，超过四分钟，被救活的希望就很渺茫，聂九罗今天看似凶险，其实占了无数的运气——凶险在但凡他走错一步、延时一刻，她就会没了；运气在他每一步都走对，每一刻都掐准了。

天渐渐黑下来，炎拓紧踩油门，暗暗祈祷老天的眷顾再留片刻，机井房周围一切如故：千万别有人好奇误入，那可就是盖子掀开、一发不可收拾了。

万幸，到的时候那一带黑黢黢的，平静到只有大丛禾草随风摇摆。

炎拓慢慢把车驶近。

先看到陈福和韩贯开的那辆途观车——他走的时候，怕这车横在地里引人注意，特意把车开到半塌的一间土屋后，还扯了半幅屋顶做遮掩——还好，车还在，满是茅草的屋顶也依然倾盖在车身上。

又看到机井房的门，被他拿汽车链条锁给锁上了，门口还堆了石头。

炎拓长舒了一口气，车子熄火，车灯全闭，静坐了会儿之后，拎起工具包下了车。

开锁进屋，先打手电看了一圈，屋里还保持着打斗之后的惨相和狼藉，除了一样，那口井。

那口井被他用木板条重新盖好了，盖得比先前更加严实，上头还加压了一截废弃的泵身。

炎拓走过去，放下工具包，找出枪来，先插在后腰，把手电斜支在一边照明，然后俯下身用力挪开泵身，又把木板条尽数推开。

一股混着血腥味的陈腐气息涌了上来，炎拓用手扇了扇鼻侧散味，然后拿起手电，筒头朝下，看了看。

这机井因为是废弃的，所以井端有豁口，其中有两处豁口上都系了绳子，两根长绳的另一端，都深深坠了下去，井太深，亮光打不下去，看不真切。

炎拓仔细观察绳身，一根静置着，另一根偶有颤动：没错，这情形是合理的，他把两人倒吊着放下去的时候，的确是一个看上去已经死了，另一个仅仅昏死。

炎拓把手电尾端的挂扣扣到大衣领上，撸起袖子，一脚踩上井口借力，身子下探，先抓住静置的那根往上拉。

刚一使力，心中咯噔一声。

不对，这根吊的是韩贯，一百几十斤的分量，身子死沉死沉的，怎么会这么轻？

感觉上，轻了一半有余。

难不成人逃了，把一切布置复原，在这儿留下个圈套套他？

炎拓后脊心一凉，条件反射般回头。

屋里静悄悄的，外头黑漆漆，车身在微弱月光的映照下，反射出幽幽的冷光。

并没有什么人悍然蹿出，试图袭击他。

再仔细听，周围也没有任何异样的动静。

炎拓定了定神，继续拉绳，起初飞快，估摸着距离井口十余米时，手上放缓，谨慎探看。

应该还是个人形轮廓没错。

再近点，因着头朝下脚朝上，先看到鞋子、裤子，似乎也没错。

最后一两米时，炎拓心下一横，用力将"韩贯"拽出井口，然后猛退两步，拔枪对准。

韩贯的身子摔跌在地上，两只鞋先后摔落，人做趴伏状，静默无声，手足都是捆着的——为了保险，炎拓当时在他嘴巴和身上各处，还多缠了几道胶带。

一切都还是照旧，胶带的缠裹方式也的确是自己的手法。初步解除警戒，炎拓微松了口气，但仍觉得有哪里不对。

手！

是手！

炎拓死盯着韩贯的手看，亚洲人的皮肤偏黄白，男人的肤色即便相对黑点，也黑不到哪儿去，但现在，韩贯被反缚着的手，几乎是褐黑色的。

非但如此，那手还干瘪、萎缩，皮肤呈鳞状，像鸡爪上的粒粒凸起。

炎拓心头突突跳，他收回枪，趋前蹲下身子，顿了顿，扯下韩贯一只脚上的袜子。

果然，如他所料，脚以及通往裤管里的小腿也是一样，干瘪、发黑，脚趾往脚心内扣，难怪刚一跌落，鞋就掉了——脚已经缩了好几个号，压根儿穿不住鞋了。

炎拓把韩贯翻过来。

这一翻，明显感觉出衣服的松垮。

脸就更恐怖了，只"死"了几个小时，按理说，尸体应该处于尸僵状态，然而不是，他像是被生生饿了几个月，肉都饿没了，只剩皮包着骨头，甚至于骨头也似乎在萎缩，原本合适的衣服显得异常宽大，衬着一颗滑稽的小头。

怪不得他觉得重量轻了那么多。

炎拓有种直觉：韩贯死了。

很透彻的那种死。

是因为什么呢？喉口的血洞吗？难道杀死地枭的关键是插喉？是不是也太简单了点？

炎拓一时想不明白，不过也没时间管这么多了，他掏出手机，以电筒打光，给韩贯的尸体拍照：正面、侧面、部位细节、受伤处特写。

这些都是资料，都是信息，管他懂不懂，打包收拢再说。

拍到头顶时，只觉得韩贯顶心处反光异常，炎拓凑近细看，这才发现韩贯正头顶处还有个不易察觉的伤口，这伤口跟喉咙处的不同，边缘处堆着黏液。

他不敢拿手去碰，从木板上掰了块裂条下来，轻轻搅碰，然后缩回手。

不出所料，黏液拉成了长丝，带着让人恶寒的褐黄色光亮，如蜘蛛的丝般，在半空中轻轻晃着。

拍完照，炎拓收起手机，又去拉另一根绳。

这一根吊的是陈福，明显要重得多了，非但重，陈福可能还醒了，正在不断挣动，因为绳子抖得很厉害。

拉出陈福，炎拓已然满头是汗。

陈福被捆得要比韩贯结实多了，除绑绳外，还费了炎拓两卷黑色的橡塑胶带，整个人缠得如同人形茧、木乃伊，连眼睛都缠上了，全身上下，只露出个凸出的鼻子呼吸。

他像条离了水的鱼，感知到了身侧的风险，即便已经摔在地上了，仍使劲挣蹦。

这是个活的，或许还能问出点话来。

炎拓想了想，从工具包里掏出剪刀，剪断陈福遮眼的胶带，一把撕开。

这一撕，粘下陈福不少眼睫毛来，他痛得眼皮急眨，但很快就定了睛，死死盯住炎拓，嘴巴里发出"唔唔"的闷声，显见有话要说。

炎拓又把他封嘴的那道胶带给撕了。

陈福得以长呼了口气，他口齿不清道："我……我想起来了，我认得你，你是林姐身边那个。"

炎拓没有立刻说话，如果不是林伶偷出了那份表格，表格里的人，他是一个都不会认识的，陈福却认识他，说明这些人对林喜柔身边的情况很熟。

他顿了会儿才说："你既然认得我，那你就等着死，或者被关到死吧。"

陈福浑身一震，破口大骂："你个小畜生，你敢背着林姐搞鬼！"

炎拓冷笑："她不也背着我，搞了这么多年鬼吗？没错，我就是要待在她身边搞鬼，直到把你们一个个的，什么熊黑啊、冯蜜啊、朱长义啊，都给搞干净了。"

陈福脑子里轰的一声，半天没说出一句话来，他万万想不到千防万防，家贼难防，林喜柔身边，居然埋了这么个炸弹。

他忽然想起韩贯，挣扎着四下扭动脑袋："韩……韩贯呢，你把他怎么样……"

话没有说完，他已经看见韩贯了。

这一下刺激不小，陈福瞳孔瞬间放大，身子都僵住了："你……你杀了他？你怎么杀的？你、你是疯刀？"

疯刀？

炎拓觉得这个词怪熟的。

想起来了，那首歌谣。

"有刀有狗走青壤，鬼手打鞭亮珠光。狂犬是先锋，疯刀坐中帐。"

还有，林喜柔说过的那句："不管你用什么法子，最好能问出，疯刀是谁。"

陈福认为他是疯刀？

炎拓还没回过味来，陈福已经先自己纠错了：不可能，林喜柔把这小畜生带大的，他不可能是疯刀。

"你……你勾结疯刀？那个女的呢？是那个女的，那个臭娘儿们，怪不得！"

陈福恨不得以头抢地，恼得眼眶里几乎冒出血来：被骗了，林喜柔、熊黑都被骗了，医院里瘫着的那个不是！不是！

他差点就杀了她啊，只差一点，就能为族群把这个祸患给除了，要不是这个小畜生突然出现。没人知道这小畜生的真面目，他还会装着若无其事，再回到林姐身边去……

陈福用尽浑身的力气，想暴起逃走、通风报信，可心有余而力不足，被捆缚成这样，他连爬都不能够——他拼命挪动着身体，想像蚯蚓或者蝮蛇那样，一点点挪出去。

然而炎拓一脚就把他踹翻了身。

陈福躺在地上，大口呼吸，胸口起伏得厉害，连带着缠裹的胶带都哗啦生响，他隐约觉得自己可能是完了，恨得几乎嚼穿龈血，恨到后来，索性哈哈大笑。

炎拓站着不动，居高临下，看他作态。

过了会儿，陈福笑声陡收，恶狠狠地抬起头来："你爸死了吧？"

炎拓"嗯"了一声。

陈福脸上笑意大盛，之前的那些血道子都干涸在他脸上了，这一笑，血迹干裂，映衬得一张丑脸分外可怖："你妈也死……哦，不对，她被楼板给砸瘫了，瘫二十年了吧，还没醒吗？"

炎拓说："没醒。"

这些人知道他，也知道他家里的事，没准儿平时是当聊资一样谈的。

陈福说："你还有个妹妹……"

炎拓还是不动声色，但他觉得，浑身的血，慢慢往脑子里流了。

他说："我妹妹呢？"

陈福说："你妹妹啊……"

他张开嘴，慢慢伸出了舌头，肉红色、大而肥厚的舌头，上下扭动着，也许只是为了戏弄和恶心他——炎拓没注意过地枭的舌头，林喜柔和熊黑之流，也不会对着他夸张地伸舌——现在他才发现，这舌头像是从喉咙里出来的，比人的要长，舌头背面初时无异状，但渐渐地，麥起了一根根交错的短刺。

炎拓血冲上脑，一把抄起手边的木板，冲着陈福的嘴狠抽了过去，吼了句："我妹妹呢！"

这一板子下去，陈福口鼻处一片血肉模糊，都看不出是嘴了，舌头被砸得再也卷翻不起来，牙也打落了两颗，但仍是哈哈笑着的。

炎拓拎起他胸口，往他脸上狠落下一拳，再一拳，还是那句："我妹妹呢！"

他越打，陈福就越笑；越痛，笑得越畅快。

末了，他嘴里呛着血沫，含混不清地说了句："你妹妹，你这辈子都见不到你妹妹了。"

炎拓正往下落的一拳僵在了半空中，连拳头带小臂，不自觉地发着颤。

陈福却忽然想起了什么似的，勉强睁开了眼睛——脸颊被打得淤肿，眼睛再睁也只是可笑的一道线。

他线一样的眼睛里迸出诡异的笑意，呻吟着说了句："不对，有机会的。我祝你们……早日见面啊。"

13

陈福是个狠硬茬头，这种人，打也没用，越打，越显得你没招对付他，他越得意。

炎拓发泄一通之后，收了手。

陈福连声都出不了了，一张脸被打得几乎凹陷，汪在血里，脸上犹有笑意。

炎拓盯着他看了会儿，一剪刀插了他的喉——地枭当然杀不死，他也不知道该怎么"杀死"，但让陈福死一阵子也是好的，省得碍事。

手电开得时间太长，电光有点走弱，机井房比先时暗了很多，地上大摊的血，渐渐凝固发黑。

外头起风了，拂过大片的禾草，起声萧瑟，从草尖梢头流泻而过，半天上有轮残月，残瘦得像道线，像极了陈福自肿胀的眼肉间睁开的那道，透着诡异和森冷的光。

炎拓打了个寒噤。

该善后了。

时近半夜，炎拓驱车回城，车过城乡接合部，仿佛自地狱回到人间，灯光渐明，明得有些晃他的眼。

过去的几个小时，他做了很多事。

——在芦苇荡中打水，反复洗刷血迹，取土掩盖，尽量粉饰。

——搜找机井房内外，不遗留任何物件。他认为还用得上的，比如聂九罗的手机、匕首等，都拿了回来；用不上且很容易惹麻烦的，比如空弹壳、微冲，拆卸分了几包，沿路找不同的地方，或沉塘，或深埋。

——韩贯的尸体以及途观车的前后车牌、车里翻找出的相关个人物件、证件，淋上汽油烧了，残骸扔进了幽深的机井。

——陈福就只能带着了，照旧是装进帆布袋，藏进车后厢。

——最麻烦的是那辆途观车，那么大个物件，弃置有风险，烧又烧不掉，最好的方式是"分尸拆解"，车壳改头换面，零部件重新流入市场。他走乡村道，把车子开去了临近县的某个地下停车场，暂时停在那儿，预计这一两天联系自己在外省的人脉，把这车迅速改造，进而"消失"。

……

虽说不是杀人毁迹，但做的桩桩件件，哪件像是正常人该做的？炎拓一路都有些恍惚，城里车多，不知道是哪个操作激怒了临近车，对方疯狂冲着他摁喇叭宣泄，还开窗探头，骂了句脏话。

炎拓一惊，陡然回过神来，在最近的一处街口停车道停下，低头时看到手腕上沾着的血忘了擦，拽了片湿纸巾，慢慢擦拭。

他还有什么事要做来着？

对了，要给聂九罗买衣服，至少得给她买身干净舒服的睡衣。

炎拓正想下车，一抬头，看到玻璃窗上映出的自己的脸：他的表情僵硬得可怕，眼神也一样。

得从那种情绪里出来，他回到世俗世界中来了，要跟普通人打交道，要去买东西了。

炎拓用力搓揉脸颊，间或下手扇上一记，对着玻璃笑，两手推着唇角，硬推出正常的笑容来，反复眨眼，深呼吸，直到状态渐渐正常。

他深吸了一口气，开门下车。

进入街内，看到大部分店铺已经关门落闸，这才反应过来时间已经很晚了，炎拓不死心，一直往里走，也是运气好，还真让他遇到一家家居服饰店，不过人家不是在营业，而是快到年底了，漏夜上货，赶着做即将到来的大促销。

上门都是客，他们专门分出一个中年女店员过来接待炎拓。

炎拓先买了条毯子，又请女店员帮忙配一身衣服："大概一六六、六七的样子，很苗条，九十多斤吧，睡衣内衣裤还有袜子拖鞋，给拿一套吧，衣服要质量好、舒服透气的，价钱不是问题。"

女店员："文胸也要吗？"

炎拓含糊道："要……要吧。"

其实他觉得，聂九罗得躺一阵子了，文胸短期内用不上，但总得配齐吧。

女店员问："多大的？"

炎拓："什么……多大的？"

"尺码啊，这种没有均码，得看号的。"

炎拓心说：我怎么会知道！

掌心忽然发烫，那种尴尬至死的感觉又来了，他避开女店员的目光，一抬眼，正看到斜前方货架上挂着的一件一件，蕾丝缎面，精雕细绣，什么半杯、深V，各个款都有。

他随手指了一个："就那个可以。"

女店员觉得炎拓不靠谱，跟他确认："70C 啊，一般女孩子要是比较苗条，罩杯也会偏小……"

炎拓打断她："C，就 C。"

……

拎着大包小包出来，时间已经过了十二点，吕现的手机是别想了，好在这个容易打发。

车入小区地库之前，炎拓先观察了一下三楼的灯光：阿鹏他们群居的那间，灯已经熄了，吕现的那间，还亮着。

由灯光来看，应该无事发生。

饶是如此，为小心计，炎拓还是没有乘电梯直上三楼——他走楼梯上去，先在门外听了会儿动静，这才掏出钥匙开门进去。

吕现正窝在沙发上，抱着薯片袋子看电视，闻声回头，先谴责炎拓："你把门反锁了，什么意思？"

炎拓："我怕阿鹏他们进来，你脑子蠢，万一拦不住呢？锁了放心。"

吕现果然立刻被带偏了："我蠢？老子医科都读下来了，蠢？"

话到末了，眼睛盯住了炎拓手中的包袋，且立刻得出了"其中绝对没有手机"的结论，一下子激动了："炎拓，老子新手机呢？我这等到现在都没睡觉……这年头没手机人怎么过？"

炎拓漫不经心地把钥匙挂回玄关："你也知道这小地方，我想给你买折叠款，没货，本来准备去西安买的。你要是着急，我明天就随便给你弄……"

吕现喝了声："慢着！"继而又惊又喜，"折叠款，是不是刚上市的、两万多那款？"

炎拓："是啊。"

吕现觉得自己浑身上下每一个毛孔都躁动了："拓哥！你大气！我不急，没事、没事，回西安给我买。"

语毕他扔下薯片，关了电视，喜滋滋地回房。

炎拓喊住他："干什么去？"

"睡觉去啊。"

炎拓指手术室："你睡觉，她怎么办？"

吕现没听明白："我睡觉，碍着她什么了？"

炎拓说："她情况不稳定，还在观察。万一半夜有什么状况……"

吕现懂了："你要我不睡觉，在边上观察？"

炎拓点头。

吕现怒了，不过看在手机的分上，还是极力委婉："拓哥，你是要医生死吗？你听说过哪个医生是白天做完手术，晚上还熬夜在边上观察的？这要你当院长，得猝死多少医生？"

听着很有道理的样子，炎拓还是没绕过弯来："那她要是出状况……"

吕现被他蠢怒了："要护工干什么吃的？家属陪床干什么吃的？出状况就来喊我啊。"

吕现一睡，屋子里就安静了。

炎拓洗漱了之后，关掉外屋的灯，进了手术室——白天看不觉得，晚上这儿就有点瘆人，因为手术室的光偏冷，到处又都是医用器械，那些锃亮的刀、剪、钳具，多少有些阴气森森。

聂九罗躺在手术床上，还是那副昏睡的模样，嘴唇有些干结，炎拓开了瓶纯净水，用干净的棉签蘸湿，给她润了润唇，说了句："原来你是疯刀啊。"

她听不见，很安静很安静。

能睡着就是好事，炎拓张开毯子，给她全身罩上，然后拖了张椅子坐到床边：虽说屋里有暖气，但毕竟入冬了，晚间会降温，盖一层手术油布，远远不够。

正要把她的手也送进毯子里时，忽然发现，她的手在动。

还是那只右手，动得没心脏复苏时那么狠了，但仍在动，时不时抽那么一下。

真奇怪，整个人都那么安静，安静到跟死只一线之隔，除了这只手。

这让炎拓想起聂九罗在他车里睡着的那次，也是有只手——忘记了是不是这只了——微微翘起，不肯跟身体一同睡去。

代表了什么？代表她有那么一根始终没安全感的、焦虑的神经，像只张皇的小动物，即便在本主沉陷的时候，也始终不断奔跑、四处张望，不得安息吗？

炎拓伸出手去，把她的手轻握进掌心。

果然，像上次一样，她的手，连带整个人，立时静寂下来。

炎拓握着她的手，肩膀靠上椅背，仰头看天花板，以及高处的手术无影灯。

这大楼可真安静啊，无影灯的冷光镜里，影影绰绰，扭曲地映出了他的面容。

炎拓想起了自己的父亲炎还山。

炎还山死的那年，炎拓八岁，而在那之前两年，生母算是"基本"死亡——身体尚在，人生倾塌。

对父母的死，炎拓都没太大感觉，他是林姨带大的。"林喜柔"这个名字对他来说，从来没有指向过母亲。

对于更小时候的事，他只有模糊的记忆，但分辨不出到底是记忆还是臆想。

比如他依稀记得，自己有个妹妹，很可爱、很漂亮，说话时娇声奶气，跟林喜柔提起时,林喜柔说:"你记错了。"

他坚持过一两次自己的意见,每一次,林喜柔都大发脾气,于是到后来,他再也不提,也渐渐搞不清楚自己到底有没有妹妹。

……

炎还山死于癌症。

死之前,他已经神志不清了很久,整个人形容枯槁,行动迟钝。医院建议居家休养,说是再治疗也没太大意义了。

他会在炎拓做作业时硬守在他身边,嘿嘿笑个不停,笑到口水都流到了他的书本上,赶也赶不走。

几次之后,炎拓习惯了锁门,炎还山也习惯了蹲在门口,间或向着空气小心翼翼解释:"小拓做作业呢。"

他会一大早就起床叠衣服,一件一件,叠进行李箱,然后偷偷摸摸拖着行李箱来找炎拓,压低声音,神秘兮兮地说:"今晚的火车,我们车站见。"

然后咧嘴一笑,满脸洋溢着幸福。

炎拓极其无语,烦死这个神经病了。

再然后,家里还添了个丑不拉几的林伶,他不懂林姨是怎么回事,不是说没妹妹吗?为什么还给他搞回来一个?

而且还这么难看,脑袋上稀疏的黄毛,扎起来像猪尾巴!

八岁的他如同一只气泵,也不知哪儿来那么多脾气,或许是因为潜意识中早已累积了很多愤懑,只是他不明白而已——好在除了林姨,其他人都可供他发泄,他踹过炎还山,炎还山反应迟钝,被踹了之后很久才回头看他,一边看,一边嘿嘿笑;也打过林伶,林伶不敢告发他,每次都躲到角落里很窝囊地哭。

炎还山死的那天,林喜柔带着林伶打预防针去了,家里只有他。

他记得,自己在看电视。

正看得起劲,听到炎还山的房间里,传来一声闷响,像是重物砸落地上。

这闷响让他有不祥的预感。

果然,闷响之后,又有桌椅被抓挪的声音传来。

炎拓循声过去看。

一进门,就看到炎还山正拼命往门口爬,全身猛烈抽动,气都喘不匀,枯槁的脸上暴起一根又一根青筋。

再小的孩子也能看出是出事了,更何况炎拓已经八岁了,他转身往客厅跑,想去打电话。

炎还山急促地叫他:"小拓!小拓!"

炎拓一下子立住了,他转过身来。

炎还山叫他的声音跟平时不一样，语气不再痴傻，或许是死前的回光返照，让他的意识有了片刻清明，他用尽浑身的力气往外爬，一直爬到炎拓身边，痉挛着的手一把攥住了他的小腿。

炎拓呆呆看着他。

炎还山仰起脸，忍着一波又一波袭来的痛苦抽搐，艰难地给他留话："小拓，你要记得，有位长喜叔，刘长喜，这人……可以信。"

炎拓听不明白，他跟着林喜柔出门时，叫过很多叔叔：张叔叔、王叔叔，唯独没有一位"长喜叔"。

炎还山说："小拓，你不要……学你爸，你爸没用，是个废物。你不能废，老炎家靠你了，啊，把心心找回来，团……团聚……"

他就说到这里。

至死保持着仰头的姿势，双目赤红，两行泪顺着眼角慢慢往下流。

炎拓看着无影灯，觉得有行温热也慢慢滚落眼角。

他抬手抹了把眼睛，忽然听到聂九罗呻吟了声："水……"

水？

是要喝水吗？

炎拓忙坐起身，但聂九罗又没声息了，也不知道她究竟要没要过水。

而且，刚做完手术的病人能喝水吗？炎拓不太确定。

他松开聂九罗的手，起身拿过边上的瓶水和棉签，浸湿了给她润唇，偶一垂眼，看到她的那只手，又在轻轻地颤动着。

两只手都在用，可没法握她的手了，炎拓想了想，把自己的衬衫拉出来，衣角塞进她指间。

果然，她的手指立刻钩住，又安静了。

炎拓笑起来。

原来，她只是需要什么，握着。

14

吕现前一天耗精力做了大手术，晚上又睡得晚，是以这一觉，直睡到第二天中午——不过大清早时，他起来上了个洗手间，出于医生的责任心，绕去手术室看了一回聂九罗，得出的结论是，挺好的，基本过危险期了。

他记得，当时炎拓还冲他笑了笑。

再醒来时，就是中午了，阳光很好，吕现打了个哈欠，刚打开卧房门出来，就迎上一股馊香的方便面味道。

炎拓坐在餐桌边，正大口吃面，还冲他示意了一下厨房："给你留了一份，赶紧的，不然坨了。"

吕现兴冲冲应了一声，职责所在，进洗手间前，先往手术室张望了一眼。

这一张望大惊失色，他急吼吼蹿进去，又慌里慌张冲出来，挨屋去找。

炎拓头也不抬，安心吃面。

一圈找完，吕现回到餐桌边，冲他吼："人呢？"

炎拓好整以暇咽下最后一口面，还喝了口汤："什么人？"

装什么疯呢？吕现跳脚："那个女人啊。"

炎拓抽纸巾擦嘴："哪个女人？"

"就你装箱子里带回来的，昨晚还帮守夜的那个女人啊。"

炎拓把纸巾团了扔进垃圾桶，绕过吕现，径自去洗手间含漱口水，咕噜漱口声里，话说得含混不清："做梦呢吧你？"

……

吕现一把推开炎拓卧室的门，指横放在当地的行李箱："你就是用这个……"

话说到一半，不得不咽了回去：行李箱里，满当当塞着衣物、洗漱用品。

再看炎拓，漱完口，抽了张洗脸巾擦脸，睬都不睬他一眼。

老子还就不信了！

吕现发了狠，又在屋里转了一圈。

没了，都没了，炎拓早上一定收拾过，那些自己用塑胶袋封好的手术垃圾，一袋都不见了；炎拓昨晚明明拎回来几兜购物袋，也没了影；手术床擦拭得干干净净，连个印记都没有；都说女人容易掉头发，可他蹲地上看了，一根头发丝都没捡着。

监控！对！监控。

吕现眼前一亮，旋即泄气：监控是有，可是装在门外，而且炎拓连头发丝都能给清了，能漏过监控吗？

他看向炎拓，心里怪不得劲的："你这，至于吗？"

炎拓皱了皱眉头，还伸手挨向吕现的前额："没发烧啊，一觉起来说什么胡话呢。"

吕现没好气，一把格开他的手。

炎拓不露声色：吕现如果可信，当然很好；如果不可信呢？还是防患于未然的好。

他在毛巾上擦干手，进屋把行李箱理好了拖出来："走了，我跟阿鹏打过招呼，他会帮你搞个旧手机先凑合着，回西安找我拿新的。"

吕现蔫蔫地目送炎拓离开，连即将到手新手机的欢愉，都被冲淡不少。

这一家子……

设立了助学基金、资助他的学业、对他有恩却早逝的，炎拓的父亲炎还山。

被他奉为女神、年轻貌美却游走于黑灰色地带的，炎拓的小阿姨林喜柔。

看似最正常却忽然间也有了距离和秘密的，炎拓。

都不是我等普通人相交得起的啊，他想。

他趿拉着拖鞋去厨房，一筷子一筷子捞起已经发坨的面条。

也该为自己的未来设想一下了。

多存点钱，希望能在公司这些违规操作败露之前金盆洗手，及时上岸吧，否则万一被带累，铁窗之下，他连坨了的方便面都享用不到了。

炎拓乘坐电梯，直下地库。

地库里，只寥寥两三辆车，都是"自己人"的，吕现的那辆，他停在了最角落的地方。

炎拓走到车边，先打开后车门。

裹着毯子的聂九罗正安稳睡在后座上，因着后座长度不够，小腿微微屈起了些。炎拓把行李箱竖放到前后座的夹缝中，权作挡板，防止紧急刹车时她的身体会不受控滚落，然后帮她披了披毯边，正待抽身出来，忽然想起了什么，在身上摸索了一回，实在也没什么东西。

又在副驾上自己买的食品袋里翻找，末了拣了颗小金橘出来，塞进她的掌心，这是他买了预备路上醒神时吃的。

而她手指内扣，也就那么握着了。

……

聂九罗这一觉睡得很长，但并不安稳，偶尔有意识，能接收到身周的一些动静，可没法形成思考，因为太累了。

累得没法费一点点神。

只记得起初很凉，后来毛茸茸的很暖和，再后来像在游车河，无数或急或缓、或轻或重的车声从耳边飘掠过去，还似乎路过橘子树下，清甜的味道里带一点点酸，刺激得她身体没醒，味蕾倒先打开了。

模模糊糊睁开眼睛时，天已经黑了。

屋里亮着灯，她眼睛还没适应，看不清，只觉得周围的陈设简单、朴素，还透着点旧。

有个男人站在她床边，居高临下地看她，看不清面目，只觉得身材高大，遮去了她一半的视线。

聂九罗一下子紧张起来。

她听到那人说:"是我。"

声音挺耳熟的,她想了又想,反应过来。

这是炎拓。

炎拓啊……

她的身体重新松弛,眼皮复又闭上。她不知道自己滑入机井之后,又发生了什么事,但隐约有一种直觉:炎拓对她,没有威胁。

那就好,她又可以安心睡了。

炎拓说:"聂小姐,你知道你差点死了吗?"

这噪声真是烦人,聂九罗眉心微蹙,脑袋不耐地往枕头里窝了窝,很快,整个世界又消停了,身子不断往黑里坠。

一看她这架势,炎拓就知道,她没那么快清醒。

不过也能理解,毕竟是生死河岸蹚过水的人。

炎拓出了房间,客厅里,刘长喜正帮他削苹果,见他出来,紧张地站起身,削了一半仍没断的果皮颤巍巍地缀挂下去:"怎么样,房……房间还满意吧?"

刘长喜是中午的时候接到炎拓的电话的。

炎拓没具体讲原因,只是说有个朋友受伤了,想送去他那儿,让他帮忙照顾一阵子。

刘长喜一口答应,把店里的生意交给伙计,赶回家做大扫除,原本是想把主卧让出来的,又怕自己住久了的屋子有气味,于是重点打扫客卧,还翻出新的被褥、床单给铺盖上。

即便如此,仍是心头惴惴:炎拓家境好,一路是富养着长大的,怕他嫌弃自己这儿太寒酸。

炎拓说:"挺好的。"

伤筋动骨一百天,聂九罗需要静养,刘长喜这儿,最合适了。

他想了想:"暖气太干了,你给她买个加湿器吧,她身上花的钱,回头都找我结就行。"

刘长喜:"加……加湿器?"

他是个跟不上潮流的人,听过,但没用过这东西。

炎拓反应过来:"我买吧,回头下单递过来。你照顾她不方便,帮忙找个阿姨,给她做点滋补的汤汤水水,还能帮她洗头、擦身子什么的。她要是醒了,你就打我电话,还有,过两天带她去看一下胳膊,她左臂那里骨折了……"

刘长喜记不住,慌忙放下苹果,找纸笔来记:"你慢点,一条条说,第一是加湿器……"

炎拓笑笑："你也别记了，我到时候提醒你吧。先走了，过两天有空，我过来看她。"

这来去匆匆的，好在他一向如此，刘长喜也习惯了。

他送炎拓到小区楼下，目送他上了车，才迟疑着问了句："小拓啊，这是你……女朋友啊？"

炎拓愣了一下，顿了顿，失笑："不是，没到那份儿上。"

刘长喜却满心欢喜，这么多年，他头一次看到炎拓带个异性朋友上他这儿来："人要靠相处的嘛，没到那份儿上，处着处着就到了。我看那姑娘怪好看的，这日子过得可真快啊，你妈要是知道，肯定高兴。你不知道，你小的时候啊，你妈有一次说……"

炎拓打断他："长喜叔，走了啊。"

他关上车窗，发动车子，小区很旧，路道狭窄，车子像是贴着路阶出去的。

刘长喜站在当地，看车子远去：小区是上了年头了，绿化却很好，种的都是常绿植物，冬天也不掉叶子，风一吹，头顶上叶影婆娑，间杂着细碎的轻响，抖搂着，抖搂着，就把往事的细屑给筛了下来。

刘长喜想起林喜柔。

炎拓还很小的时候，有一次，刘长喜拎了水果上门拜访，跟林喜柔聊着聊着，就聊到了炎拓的终身大事。

林喜柔说："也不知道小拓将来会找个什么样的，好不好看。肯定……比我好看。"

刘长喜脱口说了句："那不一定，林姐，你最好看了。"

话一出口就红了脸，手都不知道往哪儿摆。

林喜柔只顾看在床上爬来爬去的炎拓，没注意到刘长喜的异样："我希望是好看的，又怕好看的姑娘心太飘……嗐，将来就知道了。"

她嘴里说着"将来"的时候，应该没想到自己几年后就永远没有将来了。

刘长喜便心心念念，一心想代她看，帮她掌掌眼。

林喜柔出事之后，刘长喜再也没在炎拓周围出现过，直到炎拓二十岁那年，要去交给他一样东西。

这也是当年罹患癌症的炎还山千叮咛万嘱咐的，他说："长喜啊，这事就拜托你了。你千万别太早去找他，等他长大了、心智成熟了再说，年纪太小的话，容易冲动，会坏事。还有啊，你得看仔细了，确认他还是好孩子……他是那女的养大的，谁知道他的心偏着谁呢。"

二十岁的炎拓正念大学，是校园风云人物，因着长得帅，家境好，是好多女生的心仪对象，刘长喜记得，他那时候身边已经有了个女朋友，很白净很乖，听说是校花。

比林喜柔漂亮。

刘长喜还以为就是那姑娘了,可惜很快就分了,在他把东西交给炎拓之后不久,就分了。

炎拓赶了夜路,夜半时分回到西安,熊黑的别墅。

起先,他还以为熊黑必定不在,这种节骨眼上,多半在农场住下了吧。

谁知在车库里居然看到了熊黑的车,炎拓心内一阵猛跳:自己的车后厢里,还放着陈福呢,就这么大刺刺跟熊黑的车并排停着,有点太过荒谬了——虽说最危险的地方就是最安全的地方,距离这么近,到底有些不放心,再说了,谁知道熊黑那鼻子是不是特别灵敏呢?

炎拓又把车倒了出去,停到了别墅区的对外停车场,然后一路步行回来。

进了后门,正准备揿电梯,电梯从三楼下来了,炎拓心中一动,闪到一边的暗角中。

电梯门还没开,里头就传出了熊黑的嚷嚷声:"喂,喂!在电梯里呢。"

下一秒,人从电梯里跨了出来:"刚信号不好,什么?还没到呢?你没给陈福打电话?那韩贯呢,打了吗?"

突然听到这两个名字,炎拓心头巨震,大气都不敢出,再次往暗角里避了避。

"打不通?俩都打不通?"

视线里,背对着炎拓的熊黑伸手挠了挠脑袋:"估计正在路上吧,去南巴猴头,又不是一天就能到的,山里信号不好,打不通那还不是常事吗,等着呗!"

说着挂了电话,还骂了句:"蠢货玩意儿!长脑子干什么的?都不会推理。"

候着熊黑离开,炎拓长吁了口气,乘电梯上楼。

想到熊黑的那句"都不会推理",真是又好气又好笑,但旋即心中又生出疑惑来:熊黑一般都是紧跟林喜柔的,熊黑在,林喜柔必定也在,这个时候,他们怎么会在别墅呢?

很快,电梯停靠三楼,门扇才刚打开,炎拓就听到林伶带着哭腔的声音:"我就是不愿意!"

15

什么不愿意?

炎拓止住步子,还想再多听点,然而电梯停靠是有声响的,旁侧小客厅里的人立刻都察觉了。

静了会儿之后，里头传来林喜柔的声音："熊黑？不是让你去下头等吗？"

原来是林喜柔和林伶在客厅说话，炎拓调整了下情绪，笑着走了进去："林姨，是我。"

林伶眼圈泛红，看到是他，大概是觉得狼狈，把脸偏转了过去，林喜柔倒是有点惊喜："小拓啊，你怎么回来了？"

一看这表情，炎拓就知道林喜柔是这两天重要的和突发的事太多，把他给忘了。

忘了好，他也不想时刻被惦记着，炎拓说："听熊哥说事了了，在阿鹏那儿待着也无聊，就先回了……林姨，待会儿要出去啊？"

他注意到，林喜柔穿得很齐整，并不是睡袍夜话的模式，而且刚刚，她还说了句"不是让你下去等吗"。

林喜柔"嗯"了一声："回来收拾点东西，农场这两天事忙。"

炎拓立时顺杆爬上："我听说了，林姨，我能一起去吗？姓蒋的欠我块肉，我怎么着也得下他两颗牙出气啊。"

林喜柔迟疑了一下，也不好驳他：炎拓当初受了罪，想亲手报复回去，也是人之常情。

她折中了一下："你不是刚回来吗，急什么，人还能跑了？休息两天再说。"

这是首肯了，炎拓心头一松，又转向林伶："林伶怎么啦？"

林喜柔笑了笑："问她啊，好心好意，想帮她撮合，跟谁要害她似的。"

撮合？

炎拓有点意外："相亲吗？谁啊？"

林喜柔正要说话，林伶脖子一拧："我没这想法，我还年轻。炎拓比我大，怎么不让他先呢？"

炎拓一时无语，觉得林伶很不仗义：大家不是一头的吗，怎么拉他出来挡子弹呢？

林喜柔脸色一沉，话也随之硬了："小拓我不担心他，他性子还没定，女朋友要么处不长，要么处些不靠谱的，但总归还是有。你呢？我就从来没见你有苗头，但凡你有，也不至于我上赶着操心了。"

林伶嗫嚅着唇，没敢说话：她偶尔顶撞林喜柔，但只要林喜柔沉了脸，动真怒，她就不敢回嘴了。

"这屋里都是自己人，我也不用顾忌什么，话可能不好听，但理不糙。自己是什么条件，自己不清楚吗？"

林伶鼻子一酸，眼泪立刻涌了上来，炎拓有点心疼她，也觉得尴尬："林姨，算了，回头再说吧。"

林喜柔冷笑："算什么算？提过不止一回了。吕现哪点配不上她了？"

吕现？

炎拓大感意外，脑子里忽地冒出一个念头：林喜柔勉强算是林伶的养母，这要是撮合成了，她就是吕现的丈母娘——吕现还真是人设不倒，永远丈母娘最爱。

林喜柔靠上沙发靠背："论年纪、长相、能力、学历，人家都是强过你的，还是个学医的，将来你要是有个头疼脑热，身边就有个大夫，多方便。"

炎拓隐约觉得有点不对劲："不是，林姨，你这件事，问过吕现吗？"

他刚从吕现那儿离开，怎么一点风声都没听着呢？

林喜柔淡淡回了句："只要她没意见，吕现那儿不是问题。"

炎拓不觉凉气倒吸，老话说"剃头担子一头热"，合着林喜柔撮合人，担子两头都是凉的，只她这个中间人起劲。

话也说得差不多了，林喜柔站起身子："我先走了，小拓，你有空劝劝她。"

林伶一直垂眼抿唇不说话，直到听到电梯下去、确信林喜柔不会再回来了，才终于绷不住，泪水一个劲儿往下滚落。

炎拓叹了口气，抽纸巾给她擦眼泪："别哭了，林姨走了。"

他也是没想到，自己这刚回来，就遇上催婚现场。

炎拓又说："她说她的，你做你的，又不是封建社会，还能强迫你吗？别往心里去。"

林伶接过纸巾攥起，狠擦了一下眼睛，犹自哽咽："不是，你不懂，这次是你撞上了，她之前提过好多次了。我就不懂了，她着什么急啊？炎拓……她催过你吗？"

炎拓摇头。

林伶失望："那干吗……尽催我啊？男女不平等这是。"

炎拓哭笑不得："你没听她说吗，可能是我会时不时交个女朋友，而你一直没动静吧。"

林伶也有点好奇："你为什么女朋友都……交不长呢？"

炎拓苦笑："家里什么情况你不懂吗？咱们自己命不好也就算了，还扯别人？有时候做做样子，让她知道你在忙一般人忙的事就行了。"

不过，他总觉得这件事透着点蹊跷。

"她跟你提了好多次了？提的都是吕现？"

林伶先点头，又摇头："前几次提的是别人，这次又说的吕现。"

"前几次提的，是她身边的人吗，还是外人？"

林伶想了想："外人吧，感觉她也不是很熟，什么熊黑场面上的朋友啊、公司里谁谁的侄子啊……"

说到后来，大概是察觉出什么，心头惴惴："有问题吗？"

炎拓说："有啊。第一，你年纪还轻；第二，养了你这么多年，再多两年也不费什么米粮，怎么突然这么着急把你往外送呢？让你嫁了，她能得什么好处？总不会图彩礼吧；第三，她刚刚语气不好。"

这种催婚不成的事儿，牢骚两句也就算了，犯不上动真气。

但是林喜柔在那一刹那，真是黑了脸了。

林伶愣了一下，让炎拓这么一说，心头那原本只是被催婚的烦躁，蒸蒸酵酵，化作了胸腔内凛凛一片凉。

她忽然惶恐："炎拓，她语气不好，我再拒绝，她会不会硬来啊？我房间里，晚上进来过人的……她会不会安排人，生米煮成熟饭？不会吧？"

说到后来，语无伦次，周身一阵寒战接着一阵。

炎拓想说"不至于吧"，但一转念：实在也不该对连杀人放火都不忌惮的人抱什么侥幸心理的。

不过他还是先安慰林伶："没事，至少目前没什么事。至于后面，走一步看一步吧。"

然而林伶已经被自己的脑补吓破了胆，她哆嗦了会儿，忽然打定主意，一把抓住炎拓的手："炎拓，你能帮我逃吗？"

炎拓也没想到，听到这句话时，自己的第一个反应居然是想笑。

到底是怎么了最近？怎么所有事都落他身上了？

要帮着救蒋百川，要去狗牙身上放针，要防人追查陈福和韩贯，要妥善安置聂九罗，要想办法搞清楚去农场的那三个枭是干什么的，要日常与林喜柔以及熊黑周旋，现在，林伶又要他帮她逃……

他想说点什么，林伶紧攥他的手："真的，炎拓，我不是说说的，以前我怕这怕那，想着苟活一时是一时。可是今天，突然就有很强烈的直觉，我觉得再待下去，我一定会很惨。炎拓，你帮帮我吧，我只能靠你了，真的！"

炎拓沉默了好一会儿。

见炎拓不说话，林伶的脸色唰地就全白了，一时间双腿发软，攥着炎拓的手慢慢瘫坐在地，脑子里嗡成一片，想着：这世上果然谁都靠不住，真出了事，只能靠自己。

她怎么就这么孤单呢？她的亲人在哪儿呢？她的家呢？不能指望家了，关于家，她只记得大黑猪、土院墙上的豁口，以及那张带框的黑白遗像。

恍恍惚惚间，她听见炎拓的声音："林伶，你起来。"

林伶想站起来，没力气。

炎拓又说了句："这事得花时间筹划，考虑方方面面，太仓促的话，一定行不通。"

这是……有希望了？

林伶也不知哪儿来的力气，一下子就站起来了，揪抓着炎拓胸口的衣服又哭又笑："你答应了是吗？你肯帮我了？"

她又一把抱住炎拓，不住吸着鼻子："炎拓，你太好了，小时候你老打我，我还以为你是坏蛋呢。"

炎拓又是好气又是好笑，顿了顿，低下头，看林伶埋在自己胸口的脑袋，伸手拍了拍她的头。

都走吧。

这汪腐臭的泥潭子底下，浸着他家人的尸骨，他是走不了了。

能走一个是一个。

他低声叮嘱林伶："让我想想办法，寻找时机。这段时间，你别跟林姨对着干，假意顺从，不妨跟吕现做做戏，其他的，我来安排。"

林伶用力点了点头。

安顿好林伶之后，炎拓外出了一趟，把车子开回别墅，又把装着陈福的帆布袋拎上楼，锁进了杂物房。

做完这一切，已经是凌晨两点。

这几天舟车劳顿，高度紧张，但炎拓仍毫无睡意，他关了大灯，只留台灯照明，在书桌前坐了很久，想帮林伶计划一下脱身的法子，脑子却如一团糨糊，在不同的事件中来回撕扯。

顿了会儿，他突然起身，把踏步梯搬到书架边，踩着上到最高层，把其中一格堆放着的那摞书外移，伸手探进书后。

这一格的背板，是做了夹层的。

炎拓摸索着移开夹层，缩回手时，手里多了册厚厚的本子。

重新坐回桌边之后，他把本子正放到台面上。

这是一本硬壳的笔记本，32开大小，本子已经很破旧了，但上世纪九十年代中期，曾经流行一时。里头的纸页都分了不同的颜色，或淡紫或浅绿，印着不会妨碍落笔行字的花卉图案。

在这笔记本簇新的时候，纸页上还会散发出淡淡的香气，但现在，二十多年过去，本子通身只剩下纸张的腐味。

翻开硬壳，扉页的那张，有只很小的白色书虫匆匆爬过，而略显发黄的纸页上头，有几行娟秀的蓝色水笔字。

坚持记日记，让它成为伴随一生的良好习惯。这是生命的点滴，这是年华逝去之后，白发苍苍之时，最鲜活灿烂的回忆。

落款：林喜柔。

炎拓随手翻至一页。

1997年3月12日／星期三／晴（植树节）

今天是植树节，买菜回来的时候，我看见小学生们扛着小树苗，在老师的带领下上山种树。

听说今年种树特别有意义，因为香港回归，是回归树。

人也是挺好玩的，给树这么多名头，树可不知道，只顾着往上长就是了。

今天也是我带着心心搬出来住的第十天。

有时候想想，是不是给心心起错名字了，小名叫"开心"，可自打她出来之后，我一天也没开心过。

我瞎想什么呢？这是大人的破事，跟女儿有什么关系？

想小拓了，那天离家出走的时候，小拓被李双秀带出去玩儿了，一气之下，只抱了心心走，也不知道小拓这几天，吃得好不好，睡得香不香。

想想小拓真是可爱啊，心心刚出生的时候，小拓被带来看心心，我满心以为，会是小哥哥小妹妹相见，特别温馨。

没想到小拓皱着眉头，很嫌弃的样子。

憋了很久才问我："妈妈，妹妹怎么这么丑啊？"

笑得我肚子都疼了，是真疼，刚生完嘛，我说："刚生出的小孩儿都这样的，长着长着就好看了。"

小拓显然不相信，过了会儿又没憋住："妈妈，妹妹是个秃子啊？"

差点把我笑岔气了。

真是个傻儿子，将来你有了自己的小孩就知道了，刚生出来的孩子，本来头发就少嘛。

晚上的时候，接到大山的电话，说是明天要来跟我谈一谈。

明天就明天吧，药买好了，我已经做好准备了。

我只回了句："你一个人来，这是咱们夫妻之间的事，你敢带她试试看。"

1997年3月14日／星期五／小雨

昨天乱糟糟的，什么都乱糟糟，今天腾出手来，把事写写吧，毕竟是我这辈子第一次自杀。

当然了，假自杀。

其实啊，我一直以为，男人出轨这事是不会发生在我身上的，即便发生了，我也该够决绝够潇洒，一走了之。

可是事到临头，才知道特别不甘心，敏娟也劝我说："凭什么啊？辛辛苦苦一个家，都儿女双全了，你潇洒一走，什么都让给狗男女了？临到头来，你只落了个潇洒？"

也是。

我算是理解为什么那么多女人遭遇第三者插足时打得那么撕破脸皮了，三个字，"不甘心"吧。

我请敏娟帮我带一天心心。

之前买了一百颗安眠药，在跟大山约定时间的前半小时吞了，大山一向是个守时的人，这么重要的事，应该不会迟到的。

当然了，他迟到我也不怕，我通知了长喜，让他在楼下守着，如果那个时间点大山还没到，就上来找我。

长喜是个靠得住的老实孩子，我相信他。

我就想赌一把，夫妻这么多年，大山你是救我还是不救我，咱们之间，是不是真就一点情分都没了——你要是做得出来，我也就死心了，也不想挽回什么了。那之后咱们该怎么分怎么分，这辈子也不用牵扯了。

……

一百颗药，可真够呛的，洗胃把我难受惨了，自杀这事，我这辈子应该没第二回了。

不过，我的体质可能比较抗药，大山进门的时候，我还没完全昏睡过去，所以，大山的反应我全听到了。

他拼命晃着我的身子叫我"阿柔"的时候，疯狂冲出去叫人的时候，眼泪落我手上的时候，我觉得不是装的，装也装不出来。

……

在医院醒过来的时候，大山守在床边，整个人都憔悴了。

我问他："大山，咱们还过不过了？家还要不要了？"

大山拼命点头，一边点头一边掉眼泪。

我也哭了。我离家出走那天，他对我吼："林喜柔，你要不想过了，你就走！"

我说："那你为什么这样呢？你为什么要跟李双秀不清不楚的呢？"

大山也不说话，过了会儿，忽然就抓住我的手，声音又低又慌，说："阿柔，你信不信我？我说了你信不信我？"

我说："你先说。"

他声音发颤，说："阿柔，我也不明白怎么回事，我就跟入了魔似的，她叫我做什么，我就做，对我笑笑，我就什么都忘了，一心就想讨她开心，事后想想，我也觉得后背冒凉气，就好像……自己不是自己了似的。"

我真是心都凉了。

我甩开他的手,冷冷说了句:"你是想说她魅力大呢,还是觉着事情都推女人身上,显得你特无辜呢?炎还山,你怎么不说你是遇到《聊斋》里的狐狸精,被勾了魂儿呢?"

名不起者の壊

第五巻

01

一大早起来，雀茶先忙着做饭，十多个人的餐食，只靠一个电磁炉。

简陋是简陋了点，她安慰自己，毕竟是过渡期嘛。

几天前的一个晚上，她被通知尽快离开别墅，去新地点与众人会合，到了才知道，是老蒋一行人在外出了事。

具体什么事，没细说，只是让她把手机交了：一是怕被定位；二是万一蒋百川打电话过来，由他们斟酌应付。

她隐约觉得，应该是炎拓被囚禁那件事的后续。

新住处是位于城郊、刚转手的一家小型服装加工厂，下家出于种种原因，推迟了接手时间，厂子凭空空出两个来月——余蓉他们也不知打哪儿知道的消息，托人从中周旋了一下，只花了点小钱，就拿到了这两个月的使用权。

一行十多人，包括隔天赶回来的邢深，就这样在厂子里暂住下了。

落脚点是有了，但相比别墅，真是天壤之别：没有独立的洗手间，得去公共厕所；随便找间屋，插上电磁炉就是厨房；什么都得自己来，再也不能依赖家政……

所有人都有事忙，只雀茶是个闲人，所以做饭这事就交给了她，好在她虽然十七岁就跟着蒋百川过上了阔日子，但她喜欢烹烹煮煮，常变着花样给蒋百川做吃的——这差事，也算用人得当，不至于累着她。

粥锅翻沸，是煮得差不多了，雀茶戴上隔热手套，把锅端了下来：米粥真香啊，她还特意加了点鲜百合，闻上去透着一股子清甜。

不知道老蒋现在何处、今早吃的又是什么——雀茶有点担心，又好像不是特别有所谓，套句网上的说法：爱是会消失的吧。

反正，她现在对蒋百川，早不是十七八岁时那种迷恋至极的喜欢了：当年的蒋百川，在她眼里是焦点，是依靠，甚至是骄傲，现在，也就是个普通的鸡肋老男人罢了，只要他在，她就跟他过呗。

她忽然冒出一个邪恶的念头：如果蒋百川死了，她会重新开始、收获新生吗？

阿弥陀佛，真是罪过、罪过，雀茶被自己的想法吓了一跳，赶紧晃了晃脑袋，试图把这些有的没的都给晃出去：老蒋是她自己选的，这么些年，人家对她也不差，她怎么能这么丧心病狂呢？

身后传来踢踏踢踏的鞋子声，山强从门口探进头来："茶姐，是能吃饭了吗？你都不知道，累惨我了。"

雀茶"嗯"了一声："你坐着去，我给你盛。"

话刚落音，外头又飘进大头的声音："雀茶，也给我盛一碗啊。"

雀茶皱了皱眉头。

给山强盛她没问题，山强早上起来要帮余蓉"热鞭"，上百鞭甩过，胳膊抖得抬不起来，给山强帮点忙，她权当照顾残障了。

可你大头凭什么呢？

从前大头对她，就很是阴阳怪气，话里话外，透着她只不过是蒋百川"小情人"的感觉，但也就嘴上阴阳。这两天，不知道是不是因为蒋百川不在，他忽然有点没皮没脸讨人嫌。

雀茶心里硌硬，又不好撕破脸，只好一边嫌恶，一边把汤粥给两人端出去。

外头是加工间，设备还保持原样，一台台的缝纫机齐齐列放，墙角堆着布匹衣料，墙上高处，还挂着用以激励工人的"勤奋务实、开拓进取"的大红条幅。

山强和大头两个，拿缝纫机当桌，正凑在一处说话。

山强："可了事了，我的天，可把场子交出去给变态了。"

大头："哪个变态？余蓉啊？"

山强："嗐，两个，都齐了。"

雀茶正搁下粥碗，闻言不觉蹙眉："你们这样背后讲人家，合适吗？"

老实说，雀茶第一次见余蓉，也吓了一大跳。

怎么说呢，余蓉不像个普通意义上的女孩子。

她二十五六年纪，长得又高又壮，皮肤晒得黝黑，胳膊腿上甚至练出了偾起的肌肉块，剃了个光头，脑袋右侧文了条盘缠的蜥蜴，鼻子上打了鼻环，舌头伸出来，正当中一颗锃亮的舌钉。

这不都是酷刑，给自己找罪受吗？雀茶看着都替她疼。

后来听说，她先前在泰国工作过，可能都是跟外国人学的吧，不是说国外的这种另类文化挺盛行吗？

余蓉的性子有些孤僻，虽说同处屋檐下好几天了，雀茶跟余蓉连话都没说过几句，不过，她对余蓉感觉不坏，甚至对两人之间的这种差异觉得新奇：同是女人，不是吗？年纪差得也不算特别多，但人生可谓天差地别了。

大头斜了眼看她："你不觉得余蓉怪吗？那是女的吗？哪个男的会要那样的女的？"

　　雀茶呵呵了两声："这我不知道，我只知道，她肯定看不上你这样的男的。"

　　说完了板起脸，收起托盘就走。

　　山强在边上吃瓜看戏，笑得前仰后合。

　　大头可一点都不觉得好笑，他冷冷看着雀茶离去的身影，唇角不自觉地抽了抽："嚣张什么啊，你男人还指不定回不回得来呢。"

　　山强笑声陡收，顿了顿，不悦地看大头："胡说什么呢，你咒蒋叔啊？"

　　大头无所谓地耸了耸肩："实话实说嘛。"

　　……

　　雀茶回到厨房，气了半天，末了安慰自己，别跟这种没素质的人计较。

　　她烧了热水，冲了两杯咖啡，都用一次性加盖的纸杯装了，其中一杯特意什么都没放，还在杯身上写了"黑咖"两个字，然后用纸袋拎了，出了厨房，一路走出加工间。

　　大头一直埋头喝粥，直到雀茶的身影消失在加工间门口，才抬头瞥了一眼，然后屈肘捣了捣山强。

　　"你发现没有，雀茶这两天对邢深，很热情啊。"

　　山强有点迟钝："有吗？"

　　大头冷笑："这种女人，蒋叔在就靠蒋叔，万一蒋叔有事，她就赶紧抱下一个的大腿，没事还装清高，我见得多了。"

　　山强觉得这话刺耳，小声说他："你说话注意点，大家都是认识的，万一被她听到了，多尴尬啊。"

　　出了加工间的门，雀茶一路往东走。

　　东边是库房。

　　这加工厂虽然规模小，库房却盖得挺结实，厚墙、铁门、坚窗，窗户开在高处不说，还加装了防盗网，大概是怕贼偷货吧。

　　走近库房时，雀茶隐约听到有凄厉的怪声，从气窗里传出。

　　那是孙周吧？

　　雀茶心头一悸，定了定神，才重新迈开步，走到门口，叩了叩门。

　　等门开的当儿，她又瞥了一眼那扇气窗。

　　现在没声了。

　　门开了，是邢深。

　　他对着雀茶笑："一开门，闻到咖啡味儿，就知道是你。"

雀茶也笑，把纸袋递给他："一人一杯，你那杯上我写了字，让余蓉别弄混了。"
说话间，她透过邢深身侧的间隙，向库房里张了张。

没看到孙周，看到了几排横七竖八放着的、蓝黄相间的仓库货架，货架上还留了不少衣包；也看到了余蓉，她背对着门站着，这么冷的天，只穿半截的紧身背心和短裤，身上汗津津的，腰上缚了个腰包，背后好像……

没看清，视线忽然被遮挡，是邢深挪了下身子。

雀茶回过神来："还有，孙周吃点什么啊？要不要我也一起准备了？"

反正有人负责出去买吃的和日用品，她只管做。

邢深温和地笑笑："不用了，孙周你不用管，这几天辛苦你了。"

雀茶红了脸："没事，应该的。"

同样是男人，差距可真大，跟大头说话，呕得想吐，要是所有男人都像邢深这样，温文尔雅、文质彬彬的，该有多好啊。

走之前，她指了一下高处的气窗："那个，有个窗户是开着的，能听到里头的声音，你们最好关一下，虽然厂子里都是自己人，但万一呢，对吧？"

重新关上铁门，邢深清了清嗓子："余蓉，听见了吧，要么关下窗？"

余蓉抬头看了看开着的那一扇窗，"嗯"了一声，前冲几步，两手抓住货架，身形极快地蹿到了架顶，又紧接着大步迈跨，跃跳到另一排货架上，几次三番之后，很快接近那扇窗户，一抬手，唰的一下，就把玻璃窗给推上了。

她这几下干脆迅速，但并不轻盈，因着踏步重、动作又大，人都已经跃下地面了，货架犹在微微晃动。

不过，窗户关上，噪声小了不少，屋内的动静显得清晰很多：拐角处一排装满了货的架子后头，隐隐传来粗重的喘息声。

余蓉沉着脸，拔出背后插着的皮鞭。

这是根一米不到的鞭子，纯手工牛筋编制，鞭身处只有筷子粗细，整根看上去更像截棍，掂在手里才能看出鞭身微晃，是有韧度的，完全符合中国传统鉴鞭"韧、圆、润"的标准，而且，鞭子尾梢处散了点缕，嵌了颗锃亮的珠子进去。

一般来说，鞭子越到尾梢越细，这样抽出去，易于在人畜皮肤上"开缝"，一抽一道口子，但也有人会在鞭尾嵌颗钢珠什么的，这可不是为了美观，而是为了增加梢头的重量、打击力更强。

邢深从纸袋里拿出自己的那一杯咖啡，纸杯壁薄，入手滚烫。

但他一点也不在意，或者说，太过兴奋，压根儿就顾及不到咖啡烫不烫了。

他说了句："余蓉，我要站开点吗？"

余蓉说："没事，你就站那儿。"

语毕鞭子凌空一抽，速度极快，连空气都似乎被抽得发颤。

孙周慢慢从货架后爬了出来。

不是贴地的那种爬，而是像猫科动物那样，手掌和脚心着地，悄无声息，安静诡谲。

单看长相，还是能依稀看出孙周昔日的轮廓的，只是嘴脸尖了不少，两颊深凹，眼神又太过戾气，完全改了面相。头脸处原本被抓伤的地方已经长出密密的兽毛，一条一条，像是剪出的细绒条，紧贴着皮肤。身上穿着的衣服都已经被抽得破碎，布条经血一粘，又和伤口长到了一处，再加上总在地上滚爬，混尘带土，脏得看不出颜色了。

他身子只出来一半，双目烁动不定，趾甲抓地，后背微微拱起。

余蓉伸手探进腰包，取了个鸡蛋大小、彩色的弹跳球在手上，先往空中小抛了几下，孙周的头像被看不见的牵线拉扯着，紧紧跟随球的上下而上下。

再然后，余蓉手上一顿，扬起手臂，大力把球向着边墙掷出。

几乎是同一时间，孙周如疾风样贴地掠起，又如一团鬼影，紧蹿了出去。

余蓉吼："三！"

弹跳球这玩意儿，触墙即返，遇到障碍物之后，又会改向，而且初期速度极快，如果傻追着球，只会疲于奔命，永远落在后头。

"二！"

弹跳球已经改向了，从货架间直穿过去，孙周如敏捷悍勇的豹子，紧随其后。

"一！"

"一"字话音刚落，就如按下了休止符，方才的躁动瞬间归于寂静，孙周一手摁地，另一手内扣，掌心内扣着的，正是那个彩色的弹跳球。

余蓉唇角露出笑意。

她转向邢深："看清楚了吗？"

邢深摇头感叹："太快了。"

余蓉说："他学聪明了，以前只会跟着球跑，然后挨抽。现在，知道判断球的走向、中途截击了。"

邢深兴奋："什么时候能把他交到我手上？"

余蓉转过头看孙周，后者撤回了手，只留弹跳球在原地，又安静而警惕地缩回到货架背后。

"再等一阵子吧，还没驯熟。"

邢深说："有了他，我心里就踏实多了。蚂蚱怕地枭，不敢攻击，他可不怕。这要感谢蒋叔，有先见之明。"

他也是这趟和余蓉一干人等会合，才知道蒋百川这儿，还藏着一个孙周的。

山强跟他解释说："蒋叔当时跟我说啊，他努力过了，孙周红线穿瞳孔，救不回来了，送回去，后半辈子也是进精神病院，还是最危险的那种，指不定什么时候就会伤人。不如变废为宝，万一驯成了，就是对付地枭的利器，哪天和狗牙遭遇，帮着拿下了狗牙，不也算自个儿给自个儿报了仇了吗？"

被地枭伤过，已经丧失神志，近乎成了野兽，再遭遇地枭，就再也不怕什么抓挠，浑无畏惧了。

02

炎拓在别墅歇了一天，第三天的早上，驱车前往农场。

走之前犹豫了好久，还是把陈福的"尸体"给留下了，他总不能老带着这颗炸弹进出吧，更何况还是去农场——他带走了钥匙，把杂物房委托给林伶，跟她说里头有见不得光的东西，千万留意，别让人进去。

这个决定，他放心，也不放心，放心的是林伶一定会尽力照做，不放心的是，万一有突发情况，林伶未必拦得住。

所以这一路，心都高高悬起：这就是孤军奋战最大的劣势了，没有可靠的、有力的帮手，处处掣肘，分身乏术。

快到农场时，接到刘长喜的电话，炎拓还以为是聂九罗终于醒了——之前，她短暂清醒过，跟刘长喜说过三两句话，又昏睡过去了。

然而不是，刘长喜只是通知炎拓一声，帮聂九罗找到合适的阿姨了。

炎拓初听觉得不错，细听实在无语："这是个伺候月子的阿姨？"

刘长喜："是啊，中介说这个最合适了。"

这是梦里的合适吗？

炎拓哭笑不得："生孩子跟受伤完全是两回事啊。"

刘长喜解释说，小地方不分那么细，要么是纯搞家庭卫生的，要么是医院护工型的，这种只管擦身拍背，不负责做饭。所以，既想照顾好病号个人卫生，又要能炖个汤蒸个菜的，只有月子阿姨最合适了。

行吧，炎拓只能向现实低头，吩咐刘长喜："那你得给阿姨说清楚了，别把聂小姐往死里补，她现在虚不受补，得尽量清淡。"

他想起自己的母亲刚生下炎心那会儿，一天吃好几个鸡蛋，还是混在加糖的小米粥里吃下去的，那甜腻带蛋腥的味道，现在想起来都有点反胃。

……

挂了电话，农场赫然在目。

其实这农场，百分之九十意义上是个普通的种植农场，进出的那些人，也大多是普通人，但就是因为有个地下二层，有那么一小撮异类，在他看来，永远是波澜诡谲的所在、一切风暴的源头。

炎拓把车停进停车场，一路往主楼走，说来也巧，隔得还远，就看到熊黑在边门外头打电话——地下的信号不好，一般打电话，都得上到地面。

炎拓放轻脚步，同时加快速度。

熊黑的状态有些暴躁，一手拿手机，另一手撑在墙上，指间还夹着烟，烟身已经烧了大半，眼见就快烧到手指了。

"没联系上？还没联系上？这俩王八羔子，死哪儿去了？"

这应该是在说韩贯和陈福了。

"跟酒店联系过吗？什么时候退的房？"

他边说边侧过身。

反正也会被看见，炎拓先发制人，上前一步拍了拍熊黑肩膀："熊哥，别光顾打电话了，烟都烧着手了。"

熊黑"哎哟"一声，赶紧撒手撂了烟，同时冲着手机没好气地吼了句："那就找啊，问我有啥用！"

边说边挂了电话，余怒未消。

炎拓察言观色，觉得自己是时候"贴心"一把了："熊哥，有事啊？"

熊黑也正想找人倾诉："一堆破事。两个兄弟，在石河失联了。"

炎拓："两个兄弟？公司的啊？我见过吗？"

熊黑赶苍蝇一样挥手："没、没，你没见过，外勤的。"

还"外勤"，挺会拿术语敷衍的，炎拓笑笑："石河，不就是咱们动了板牙那群人的地方吗？"

熊黑觉得炎拓话里有话："是啊，怎么了？"

"也没什么，我是想着，咱们动了他的人，他们也能动咱们的人啊。"

熊黑怔了半晌，消化了一下这句话，断然摇头："不可能不可能，你不知道，我那俩兄弟……业务能力还是挺强的。"

再说了，这俩一直是"藏着"的啊，板牙那些人不可能认识他们。

是挺强，那张 Excel 表格上，熊黑、陈福、韩贯，算是武力派的三巨头了，一下子三去其二，炎拓有种前所未有的轻松。

他淡淡回了句："我就是这么一说。"

熊黑让他的话搅得心烦意乱，顿了会儿才想起问他："你怎么来了？"

炎拓说："我跟林姨打过招呼了，蒋百川坑过我，我不得意思意思？"

熊黑懂了，有仇必报这一点，他是赞同的："那你手上悠着点，别搞死了就行，留着他还有用呢……"

炎拓冷笑："他有屁用。"

"嗐，林姐儿子……"

熊黑陡然住了口。

炎拓故作惊讶："林姨儿子？林姨还有儿子？"

熊黑矢口否认："没有没有。"

炎拓说："我听到了，你不说，我问林姨去。"

不得了，这傻子要去问林喜柔，那自己不得被骂死？熊黑赶紧拽住他："不能问！不让说！炎拓，哥平时对你不错吧？别给哥找事行吗？"

炎拓心念急转：林喜柔先是向瘸爹问儿子，然后绑了蒋百川一行人，如今要留着姓蒋的，也是为了"儿子"，地枭的儿子是地枭，可蒋百川手里，就蚂蚱一只地枭啊。

难道蚂蚱真的是林喜柔的儿子？

他给熊黑吃定心丸："放心吧熊哥，我不会这么没眼色。对了，狗牙恢复得怎么样了？我这趟来，也想看看他，怪惦记的。"

不提狗牙还好，这一提，熊黑真是糟心无比："还看个什么劲？看也白看……不过你趁早看吧，再不看，以后就没的看了。"

炎拓没听懂："什么叫'没的看了'？他要成仙啊？"

熊黑没答，只是骂了句，又指向边门："走，先下去吧，外头怪冷的。"

地下一层照旧是堆得乱七八糟，和林伶误入时不同，一、二层之间除了楼梯之外，多了扇厚达九厘米的铸铝防爆门。

熊黑输入密码，带炎拓进来。

下头还跟上次来时差不多，不过，现在是上班时间，走道里能看见工作人员，穿蓝色的工作服，来去匆匆。

熊黑领炎拓先往狗牙待的培植室走，才刚走近，就听到尖叫和惊呼声，再然后，有个年轻女人从门内跌摔出来。

说是跌摔，其实跟被撞飞差不多，且方向正朝着炎拓。

炎拓不明所以，但条件反射，紧走两步接住了人，没想到这人被撞的力道太大，他脚下没收住，噔噔连退三步，背倚着墙才定住身子。

又有个人从门内冲了出来，声音愤怒得几乎变了调："我不想死！我不想死！"

这人没穿衣服，但满头满脸的泥浆，像是刚从泥潭子里爬出来的。

炎拓脑子里轰了一声：狗牙！狗牙居然醒了！

不过再一想，也不奇怪，从狗牙出事到现在，已经过去三个多月了，这人在泥浆里泡得也够久了。

熊黑也是又惊又怒，骂了句："龟孙子，醒得倒快！"

边说边冲了过去，抬脚就要踹，没想到狗牙一见是他，如见亲人，一把抱住他踹过来的脚，就势跪到了地上，简直是声泪俱下了："熊哥，熊哥，你说句话啊，我不想死啊。"

这是唱的哪一出？

炎拓糊涂了，就在这个时候，一股粉香浮上鼻端，怀里传来一把娇柔的声音："谢谢你啊。"

他刚接了个人，自己都忘了。

炎拓低头去看。

这是个二十岁出头的年轻姑娘，长得很有味道，一头乌发结成脏辫，部分脏辫拿锃亮的双股发钗盘在了脑后，两边各留数缕，耳骨上打了两颗很小的钻钉，有秀挺的鼻子、细长的媚眼，下眼睑处还点着亮粉，说话的时候，眼波流动，映衬着亮粉的闪光，更加显得那双眼睛勾人心魄。

炎拓心头一凉。

这人他知道，Excel表格上的地枭009号，冯蜜。

他退后一步，回了句："不客气。"

冯蜜本来倚靠在他怀里，他这猝然一退，她险些没站住，好在身子晃了两下之后，又定住了。

房间里又冲出两个人来，一个是林喜柔，另一个也是表格上有名姓的，杨正。

林喜柔脸色铁青，冲熊黑吼了句："还愣着干什么？还不……"

话说到一半咽了回去，这是看到炎拓了。

熊黑一把拎起狗牙，反剪了胳膊往屋里拖，狗牙拼命挣扎踢腾，忽然看见炎拓，不管不顾，嘶声大叫："炎拓，你帮我说两句好话啊，我不想死啊。"

很快，他就被熊黑和杨正合力拖进了房中，地下的房间隔音都好，门一关，嘶吼声就淡得像背景音了。

炎拓站着不动，脸上没什么表情，手心慢慢冒汗，指尖都有些痉挛。

自己的手机壳里，还藏着一根针呢。

三个一直蛰伏着的地枭，农场，死刑，狗牙又口口声声"不想死"，难道说，死刑是针对狗牙的？

林喜柔会追问狗牙当初受伤的事吗？

又或者，林姨对自己并无疑心，眼下"死刑"事大，不会再去翻旧事？

……

林喜柔显然也觉得刚才那一幕不好解释，尴尬地笑了笑："小拓，你怎么来了？"

炎拓说："我来找蒋百川。林姨，狗牙怎么了？有什么事不好解决，要闹到死这么严重啊？"

一时半会儿的，林喜柔也想不出借口来搪塞，她走近炎拓，柔声说了句："小拓啊，你先去休息室等着，晚点安排你见姓蒋的，去吧。"

炎拓点了点头："好。"

转身时，正迎上冯蜜的目光，大胆而又灼灼热烈，正肆无忌惮地看他。

炎拓只当没看见。

候着炎拓走远，林喜柔叫冯蜜："还不进来。"

冯蜜嘻嘻一笑，走近林喜柔，娇憨地一把抱住她，凑向她耳边道："林姨，你干儿子啊？他好香啊。"

边说边伸出舌头，在嘴唇内浅浅舔了一圈。

林喜柔冷冷瞥了她一眼："怎么，想陪狗牙一起死呢？"

冯蜜咯咯一笑："那我不敢，我哪有那么蠢？"

"那是发情了？"

冯蜜面上飞红，又去蹭林喜柔："林姨……"

林喜柔说："有那精力，多去跟韩贯聊聊，你俩比较配。"

冯蜜大为扫兴，冷哼了一声，松开了抱住林喜柔的手，也收起了刚刚的黏糊劲儿。

林喜柔说了句："还不进来。"

林喜柔先跨进门去，冯蜜不情不愿地跟在她后面，随手带上了门。

就在房门行将掩上的时候，炎拓从另一侧的拐角处大步过来，行至一半时蹲下身子，像是在系鞋带，同时将手里的东西向着门扇的方向轻弹过去。

是他从聂九罗给他加装的手机壳上掰下的侧边的一小截，几乎没什么重量，贴地无声，但因为略有厚度，到门边时，微卡了一下。

这一卡，使得门看似关上，却又没能关严，炎拓后退了几步，做好门内万一有人察觉就即刻撤的准备，然而幸运的是，门就那么微卡着了。

炎拓屏住呼吸，慢慢走近门边，但并不鬼鬼祟祟地贴在门上，而是倚墙而立，很悠闲的等待姿态。

他不得不冒这个险：万一狗牙说出了什么，他和聂九罗也就双双暴露了，所以，他得抢时间，几秒也是好的，一旦听到有不对，即刻逃离。

刚伴作离开的时候他就注意到了，虽然狗牙这头吼出了很大的动静，但那为数不多的几个工作人员并没有过来查看，这些人可能得过什么吩咐，不大靠近这里。

这个区域，当然，不只这个区域，整个地下二层，都设置有摄像头。但是，监控的目的，是为察觉异常的，所以他赌一把，只要他表现得自然、合理，即便影像正呈现在摄像头上，也不会引起什么怀疑。

门缝里，渐渐飘出了声音。

狗牙被拖进屋之后，犹自死死抱住熊黑的腿："熊哥，熊哥你说句话啊，你说句话吧熊哥。"

他又央求杨正："杨哥，大家自己人，杨哥！"

杨正微敛着脸，表情木讷，仿佛面对着的不是涕泪横流的狗牙，而是他平日里侍弄到早已厌烦、随时都想揪头掐叶的花花草草。

熊黑早为狗牙说过无数好话了，也犯不上这时候再去碰钉子，他冲狗牙使了个眼色，那意思是：求我没用。

狗牙看懂了，他手脚并用，爬向已经坐在椅子上的林喜柔："林姨，林姨我错了，你给我个机会吧。"

林喜柔垂下眼皮，皮笑肉不笑："还要给你什么机会？做人的机会我都给过你了，你不要啊。"

狗牙直起身子，左右手开弓，一下一下扇自己的脸："是我一时没忍住，林姨，你看在，咱们都是逐日一脉的分儿上。这世上，人那么多，可……我们少啊。"

03

林喜柔说："兴坝子乡的那个女人，是你吃的吧？"

狗牙浑身一震，噤若寒蝉。

"我后来问过小拓了，你没有跟他讲真话，非但没讲，你还故意瞒他。他跟我说，你瞎了只眼，是因为带走孙周的时候被一个女的看到，还画了下来，他骂你做事不小心，你心里不舒服，半夜想爬窗找人麻烦，结果被铁丝扎了眼，是吗？"

狗牙声音发颤："是，是啊……"

林喜柔厉声喝了句："你还撒谎！杂食之后就如同吸毒上了瘾，会一直渴望新鲜的血肉，你不是找人麻烦，你就是去吃人的！"

她弯下腰，与狗牙四目对视："就你，也配提跟我一脉。夸父后人，逐日一脉，我辛辛苦苦，这么多年尽心尽力，连自己的儿子都顾不上，生生赔进去了，为的是什么？为的可不是你这样的废物！

"你浪费了我给你选的血囊，浪费了我在你身上花的这么多精力，我们是少，还没能壮大，你明知道少，还不守规矩，差点把其他人都拖进危险之中，葬送后来者的机会。

"熊黑还为你求情，说现在是用人之际……"

被点了名的熊黑咽了口唾沫，大气也不敢喘一声。

"没错,我是要用人,但不用废物,任何时候,废物都不值得用。今晚十二点,我送你上路,你不配再见到太阳。"

狗牙周身巨震,心里知道再无转圜余地,再抬眼时,面孔扭曲,目露凶光,一条鲜红肉舌已从嘴里探了出来。

林喜柔不慌不忙,倚向靠背:"看看,还让我留他,这么个狗急跳墙的东西!"

熊黑暗骂狗牙自寻死路,正要出手制住他,冯蜜突然扬手拔下头上发钗,向着狗牙的肉舌狠狠扎落。

冯蜜和杨正两个,一直站在林喜柔身侧,全程都没说什么话,狗牙只当他们是摆设,也没想着提防,浑没想到这看似娇俏的小姑娘会悍然出手。

冯蜜这一插,可不是扎进舌头就完了的,她就势单膝跪地,一扎到地——培植室的地面,大部分留有土壤,钗头直直插入土中,舌头被牵,狗牙的脑袋不得不一路跟下来,下巴猛砸在地上,看起来,像是突然给林喜柔磕了个响头。紧接着,狗牙没命地痛呼起来,但是因为舌头被扯钉在外,声音一直含混在嘴里,凄厉之至又含混不清。

熊黑瞪大了眼睛,好一会儿才反应过来,吼冯蜜道:"你干什么!"

冯蜜咯咯笑起来:"他死都要死了,我给他点颜色看看啊。怎么,他刚都那样了,你还护着他啊?"

说着她"哼"了一声,拔出发钗,在破洞的牛仔裤上擦擦干净,又不紧不慢绾起头发。

发钗一拔,狗牙立刻痛得原地翻滚,舌头不断抽搐着,嘴里很快溢出血沫来。

林喜柔皱了下眉头。

杨正那副奉眉吊眼的表情终于起了变化:"怎么说也是你同族,至于这么作践吗?明知道口器重要。"

冯蜜听着刺耳:"真是稀奇了,对个废物这么护着,枪口反都朝着我了——我可是规规矩矩的,林姨说什么,我样样照办,对吧林姨?"

说到最后,语意中又透出娇纵来。

林喜柔淡淡说了句:"我还想问他话呢,你倒好,这让他还怎么说话?"

冯蜜瞪大眼睛:"林姨,他都对你亮舌头了,你能忍?舌头一亮,不是他死就是你死,这谁要对我亮,我非给他生拔出来,剁碎了喂狗——还问什么话?听他讲屁话吗?"

话糙理不糙,连舌头都亮了,那是没什么好说的了,林喜柔欠身站起,吩咐熊黑:"收拾一下吧,晚上十二点好办事,到时候,能到的都到场。"

说着她径直出来,到门口时,一揿把手,手感不对,门轻轻松松就开了。

林喜柔回头问了句:"刚谁最后关的门?"

冯蜜应声而出："我啊，有问题吗？"

林喜柔指门舌："做事这么不小心，都没锁上。"

是吗？冯蜜探头看了一眼："林姨，是你这门用久了，不灵敏了吧？"

炎拓在听到林喜柔那句"收拾一下吧"的时候，就立刻拿鞋尖拨飞了那截塑料壳，然后大步循向过去，中途弯腰捡起，收进袋中。

他并没有回休息室，匆匆往回赶太过显眼——他优哉游哉，开始了散步闲走，这样，林喜柔中途就会遇到他，他也可以解释是嫌待在休息室里闷，出来活动筋骨。

地下二层的布局较为复杂，岔道也多，行将拐过一个岔口时，忽然有低哑而含糊的阴笑声飘过来。

炎拓心头一凛，猝然止步。

阴笑声过后，就是压抑着的、苍老的咳嗽声。

炎拓定了定神，小心地探出头去。

他看到，有个花白头发、身子瘦小的女人，正一手撑在墙上，另一手拿着手帕掩口，不住咳嗽，咳得力道太猛，整个身体哆嗦得像冬日枯树枝头上仅剩的一片叶子，分分钟都能掉落。

炎拓隐约猜到这女人是谁了。

来农场的三个地枭之一，年纪最大的那一位，李月英，004号，就排在熊黑的后面。

真是奇了怪了，截至目前，炎拓见到的所有地枭，即便不是孔武有力，也是精气神满满，唯有这位，别说跟枭比了，跟人比都算孱弱的。

李月英咳了一阵，喘过气来，拿手帕擦了擦嘴角，喃喃了句："凭什么……"

语气又阴又狠，还带点沙哑，听得人不寒而栗。

说完了，扶着墙，一步一挪地，向着旁侧的方向走了。

炎拓这才发现，李月英刚倚靠的地方不远处，有一扇门。

这扇门他不陌生，他第一次潜入地下二层时，就是在这扇门后头，见到了误入的林伶。当时，这周围还没建好，门也只是普通的木板门，而今一切都改了，这一处的门禁，比其他各处的都更要森严，而他在那之后，再也没能得进。

门内，还跟当年一样，有着迷你塑料大棚以及诡异的、看似从土壤里长出来的……人吗？

正思忖间，有人在他肩上轻轻一拍。

炎拓这一惊非同小可，脊背都僵冷了，顿了顿，才回过头来，触目所及，暗自松了口气。

是冯蜜，有且只有冯蜜。

冯蜜目光流转："你这人，可真有意思，是不是反应迟钝啊？被人拍了，不该立刻回头吗？"

炎拓说："你认识我啊？"

"听林姨说过啊，"说着，冯蜜也探过身来，"看什么呢？"

也不知是不是错觉，炎拓总觉得，冯蜜看到那扇门时，表情有些许微妙。

他漫不经心："刚有个老太太，没见过，咳嗽得很厉害的样子，走过去了，是和你一起的啊？"

冯蜜"哦"了一声："她啊。"

然后她唇角下撇，一副很不屑的样子，嘀咕了句："又来看，看也白看……命是老天给的，得认哪。"

炎拓觉得这话里有玄机："什么意思？"

冯蜜嫣然一笑，上前一步，手指钩住了炎拓衣袖中肘处的褶皱，轻巧地把话题给转了："这乡下真是好闷哪，什么时候一起约着出去喝酒呗，我还可以唱歌给你听呢。你不知道，我喝醉的时候，唱得特别好听。"

炎拓笑了笑："我还不知道你叫什么名字呢。"

冯蜜的笑愈发甜腻："冯蜜，蜜糖的蜜。"

炎拓点头："那择日不如撞日，就今晚呗。"

冯蜜眼前一亮，旋即懊恼："不行啊，我今晚有事。"

炎拓面色一冷，缩回手肘，甩了冯蜜的手："既然没诚意，还说什么？"

语毕转身就走，把冯蜜撂在了原地。

这脸变得，冯蜜半天没回过神来，她平素出入夜场，身边围满了狂蜂浪蝶，"变脸"这一招，是她常对男人使的，高兴时就笑脸相迎，一个不高兴，甩脸子就走，那些人还不敢生气，把她当宝贝一样哄着。

万万没想到，今天被人甩了脸了，冯蜜绕着自己的一根辫子发怔，心里头怪怪的，有点异样，非但不生气，还有点……

一瞥眼，忽然看到林喜柔和杨正就站在不远处，正看着她。

冯蜜辫子一甩，嘻嘻一笑："林姨，我可没招惹他，放心，我会规规矩矩的。"

说完了，还冲林喜柔飞了个吻，步子轻盈地去了。

……

杨正面无表情地看着冯蜜远去，说了句："林姐，你可得管管她。"

林喜柔回了句："她又没坏规矩，怎么管？"

杨正："我可是听说，她在夜场玩，有俩男的，下了床就痴呆了。"

林喜柔愣了一下："怎么会？"

杨正说得平淡："年轻人，自控力差，只顾着快活，她那舌头一起刺，去绞人家的，几个人受得了？没死算幸运的了。"

林喜柔略松了口气："没被人察觉吧？"

"那倒没有，夜场人杂，她又很小心。但不能纵着她这样下去，这性子，迟早出事。"

林喜柔顿了会儿才说："一样米养百样人，这渡出来的人多了，各种性子都有，你也没法要求每一个都合你心意，只要别跟狗牙似的踩了红线，大差不差，也就行了。"

炎拓进休息室后不久，林喜柔就进来了，进屋时，还反手带上了门，显然是准备跟他好好聊聊。

炎拓开门见山："林姨，狗牙到底怎么了啊？不会真的闹到要'死'那么严重吧？"

林喜柔反问他："你怎么看这事？"

炎拓说："我想着，他可能是坏了你们的规矩，很严重的那种。"

说到这儿，他伸手出去，握住了林喜柔的手："林姨。"

很少见他这么郑重其事，林喜柔心中咯噔一声："你说。"

"这么多年了，我从来不问，你也不说，其实你也明白，我不问，不代表心里没想法，对吧？我只是想等哪一天，你主动跟我说。"

林喜柔笑。

炎拓说："可是怎么等都等不到，我今天索性就明说了，林姨，你真的不考虑帮我……变成像你们一样的吗？"

林喜柔一点都不意外，熊黑曾经当笑话一样，跟她提过这事，她也觉得，炎拓最可能生出的，就是这心思了。

她斟酌了一下："没办法，真没办法。小拓，你就过普通人的日子，不开心吗？你不缺钱，有事林姨会帮你解决，喜欢什么姑娘就去追，你完全可以过得比这世上百分之九十九的人都开心快活，何必自寻烦恼呢？"

炎拓说了句："但我会因为意外受伤、会残、会老。林姨，将来某一天，我已经老掉牙了，你还是这么年轻，你把我从那么小带大，真的就忍心……看着我老死吗？"

林喜柔苦笑："你这孩子，正是大好年华，怎么一下子就想到'老死'，操心那么远的事？"

她又说："这几年，我眼看着你努力想帮忙，也听熊黑提起过，知道你的心思，所以过家家一样，会安排你些无关紧要的事——但在林姨心里，你是绝不该掺和进来的，上次你受了伤，我已经后悔了。"

她缩回手去："小拓啊，正好借这个机会，林姨把话给你挑明了：真没办法，这是血缘的事儿，你死了这条心吧。以后，你只管过自己的快活日子，我这头的事，跟你没关系。"

炎拓也慢慢缩回手："林姨，你们到底……是什么人啊？"

林喜柔说："这是个秘密，你永远也不会知道。待会儿你过去见蒋百川，出完气之后，事情就算了了。"

话都说到这份儿上了，炎拓也不好再坚持，他靠回椅背，满脸沮丧失望，一小半是真的，一大半是装的。

不过，他知道林喜柔的底线在哪儿了——"这是个秘密，你永远也不会知道"，看来，即便一门心思效忠，得到了十足的信任，也得不到真相。

"夸父后人，逐日一脉"是什么意思呢？一定不是指"夸父逐日"这个耳熟能详的神话传说。

母亲的日记里，提到过"七指夸父"的故事。

那个故事怎么说来着？

——夸父要把太阳给大家带回来，但后来，他体力不支，倒了下去。不过他不甘心，用手往前扒，爬也要爬向太阳。到末了，扒秃了三根手指头，只剩下七根……

难道夸父是地枭的先祖？可按照地枭的特点，脑袋没了都能从脖腔子里再拱出来一个，没了三根手指头又算得了什么？何必特意强调？

林喜柔察觉到了炎拓的恍惚："小拓？"

炎拓回过神来，拿话遮掩："对了林姨，有个好消息。我跟林伶谈过了，这丫头，只是一时转不过弯来……现在，她也觉得，吕现这个人是不错，愿意接触。"

林喜柔的脸庞都亮了："真的？"

炎拓点头："就是……吕现这人，我比较了解，他是个颜控。"

林喜柔笑着打断他："没事，都好办。"

其实呢，事情怎么办都是办，只不过她不喜欢勉强，就希望顺顺利利的，这样心里舒服。

04

和林喜柔聊完，熊黑恰好也忙清了狗牙那头的事，过来领炎拓去见蒋百川。

在熊黑面前，炎拓"发挥"起来就要自如很多了，一路耷拉着脑袋，长吁短叹，最后索性往边墙上一靠，悻悻地蹲了下去。

熊黑莫名其妙："你怎么了？马上就要报仇、揍那孙子了，这什么表情？"

炎拓说："我跟林姨明说了，林姨让我死了这条心。"

熊黑想了会儿，懂了，看炎拓时，觉得可怜又可笑，他走过来，也在炎拓身边蹲下，还递烟给他："来一根？"

炎拓摇头。

熊黑自己点着了，慢慢地吞云吐雾。

炎拓也斜了眼，看他的腕上凸起的青筋："她跟我说是因为血缘，熊哥，我血缘差在哪儿了？"

熊黑啐了句："真是看人家的就是好的。"

他说着转头看炎拓："你说你，既有钱，又有命花，不趁着好时候好好享受，非要受苦受罪的，往我们这里凑，图什么呢？"

炎拓笑笑："熊哥，你这就不懂了，都是这山望着那山高，没钱的求有钱，没命的求康健，有钱有命的，就要求平安、求命长了——要是没办法也就算了，偏偏让我知道有，我能不往这儿使劲吗？使了半天，又告诉我没戏……"说着，凑近熊黑，压低声音，"熊哥，我真没戏了？一点希望都没有了？"

林喜柔的嘴是密不透风，但熊黑脑子里肉多，挤占了脑细胞的生存空间，经常能漏个一句半句——线索这种事，一两个字也是好的，反正目前他为地枭画的拼图也还不全，多一块是一块。

熊黑说："嗐，炎拓啊，我问你，你想平安、想命长，还不是为了纵情享受吗，对吧？"

没错啊，炎拓点头。

"那如果让你再也享受不到了，连日头都见不着，要平安命长，还有什么意思呢，对吧？"

说着拍了拍炎拓的背，就势站起了身："走吧，趁着心情不好，拿那孙子出出气。"

炎拓事先已经知道，蒋百川的状态是"伤不让医、饭不让吃、水不让喝"，但即便做了一定的心理准备，跨进门时，还是被一股恶臭熏得眼睛都睁不开。

蒋百川被关的地方，跟关狗牙的那间类似，从外头看是培植室，得通过暗门进来：这种暗室面积小，不设通风管道，即便是普通人关进去都会闷味，何况是一个受了伤且伤口腐烂、拉撒还都在屋里的人。

炎拓没熬住，迅速关门退了出来，接连眨了几下眼睛——暗室里没开灯，回想起来，他只看到了卧趴在狼藉中的、脏兮兮的一团，依稀有个人样，其他的，什么都没看清。

熊黑在外头嘿嘿笑："怎么样，是不是挺解气的？"

炎拓说："好像死了啊？"

死了？熊黑吓了一跳："不可能，早上看还动弹呢。"

说是这么说，但到底不放心，熊黑拿了根松土的草叉在手上，掩着鼻子进去捅了捅人，又退回来："没死，吓我一跳。"

看来，蒋百川确实还有用，一时半会儿的没性命之忧，炎拓拿手虚掩住鼻子："熊哥，帮找个口罩来。"

熊黑没明白："啊？"

"太臭了，这让我怎么进去？万一揍着揍着，把自己揍吐了呢？"

熊黑冲他翻了个白眼："破事可真多。"

觑着熊黑出了培植室的门，炎拓一把推开暗门进去，摸索着打开灯，趋前一步蹲下身子，忍着反胃去推蒋百川的肩膀："蒋百川？"

蒋百川的身子挪了一下，慢慢抬起头。

以前，蒋百川是个不太有年龄感的人，这倒不是他长得显年轻，而是因为优渥的生活打底，精气神足，又注重粉饰保养，但这几天，一切外在的支撑都没了，身体又遭受折磨，仿佛只是一夜之间，"老态"这个词儿，就爬满了全身，比之实际年龄，看上去大了十几岁也不止。

他眯缝着眼睛，眼底一片浑浊："啊？"

炎拓说了句："你要想少受点罪，就装死，越是看上去要死了越好。"

蒋百川愣愣地看他，渐渐地，有点认出他来了："你是那个……那个？"

正说着，外头门响，炎拓压低声音，语速极快："惨叫总会吧，叫得越惨越好。"

语毕迅速起身，一脚踢在蒋百川肚子上，厉声吼了句："去你的！"

骂得挺狠，下脚其实不算重，蒋百川起初都没回过味来，顿了两秒才抱住肚子，痛苦地嘶声哑叫，又挣扎着往墙角爬。

外头的脚步声急促起来，很快，熊黑探进头来，递口罩的同时嘱咐他："意思意思行了啊，别打死了。"

炎拓一把扯过熊黑手上的口罩，一副老子凶起来连你也打的模样，斜吊了眼看熊黑，眉间眼梢尽是戾气："这还不都是你们，把人弄得半死不活的，我这打都不敢下重手。"

炎拓又不耐烦地冲他勾手："给根烟，还有火机，这味大的。"

熊黑递了给他，还想再说点什么，炎拓一脚就把门给踢得撞上了。

暗室很小，门这一撞，似乎带得整个屋子都颤了颤。

炎拓点着了烟，权当熏香，在身周晃了几下，让烟气袅袅荡开，然后俯下身子，看向门底缝处，紧接着抬眼看缩坐在屋角发愣的蒋百川，以口型示意他：叫啊。

蒋百川会意，又是一声张皇的痛呼，还带发颤的尾音，一再求告："别……别打了……"

门外，贴门上听声的熊黑觉得甚是满意：炎拓这小子，翻起脸来，还是挺带劲的。

他叩了叩门："炎拓，十分钟啊。"

炎拓闷哼了一声，看着门底缝处那两团暗影没了，又听到外间门响，才暗松一口气，起身走到蒋百川身边，烟头掉转，那意思是：抽吗？

蒋百川抬眼看了看他，又看了看门，哆嗦着伸手接了，塞进嘴里，贪婪地猛吸了一大口，慢慢吐出。

再然后他抬起头，不解地看向炎拓。

这些日子，炎拓算是这群人中唯一一个对他释放些许善意的了，但为什么呢？

炎拓说："有一位聂小姐……"

蒋百川浑身一震，一口烟忘了吐，硬生生给吞了。

"你如果想传话给她，我可以帮忙转达。"

蒋百川僵了一会儿，才意识到呛气了，连咳了好几声，镇定下来之后，才沙哑着嗓子说："我知道了，怪不得……"

炎拓竖起食指，轻挨唇边。

蒋百川咽了口唾沫，没再说话，只是哆哆嗦嗦，嘬着烟头猛抽。

怪不得，怪不得炎拓逃走之后，华嫂子被烧，瘸爹被绑，聂九罗这个本该最先被波及的，却一直太平安稳。

炎拓这人是什么立场？是伥鬼吗？说这些话，是来诈他吗？自己是该搭腔，还是不搭腔呢？

蒋百川紧张极了。

他的这些心思，炎拓都猜得到："我是什么人，跟你没关系。你只需要知道，我能见到她，也能帮你带话，就可以了。带不带随便你，十分钟很短，自己掂量。就一次机会，过这村，就没这店了。"

蒋百川的脑子迅速转着念。

——炎拓确实能见到聂九罗，他一早就知道她。

——虽然不清楚他的目的，但也许……可以让他带话，因为他如果跟林喜柔那些人是一伙的，聂九罗早出事了。

——自己被抓时，完全一头雾水，相信邢深他们也稀里糊涂。如今他被刑讯过几次了，有了大致的推测，得让剩下的人知道，到底是为了什么事……

蒋百川嗫嚅着抬起了头。

当晚，炎拓在农场留宿，一是因为实在没必要当天就往回赶，二是狗牙的事还没尘埃落定，舌头受伤，只是不便说话，而不是不能说话——风险还没过去，今晚十二点，才是真正的坎。

农场专门有栋两层小楼用于留客，因为林喜柔常来住的关系，设施设备比起酒店也不遑多让——一楼是餐厅、阅览室、健身房和酒水室，二楼的房间全部用于住宿。

炎拓注意到，一开始，只有李月英因为身体不好在房间里歇息，其他人都在外头忙，但九点钟过后，陆陆续续都回来了，进房后第一件事就是洗澡，因为隔着墙都能听到管道运行的水声。

他待在屋里，把电视音量调大，试图让人觉得，于他而言，这只是个平常的晚上。

十点半的时候，他打了两个电话。

一个给林伶，确认杂物房一切正常。

一个给刘长喜，问聂九罗的情况。刘长喜说，自己还在店里忙，回去了会给他发消息。

那应该就是没事，毕竟有事的话，那位月子阿姨会及时跟刘长喜通气的。

电话过后，炎拓把手机调成静音，熄灯就寝。

上床是真上床，睡觉是假的。他穿戴齐整，睁着眼，手指在身侧轻点，等时间一分一秒过去。

十一点一刻左右，外头有开关门的动静传来，炎拓迅速坐起，动作很轻地走到门边，透过猫眼往外看。

先看到熊黑，拾掇得比白天清爽，下巴刮得光溜溜的，头发也梳得很顺溜。

真不像他的做派。

接着看到冯蜜，也是错愕了一下才认出来，她的一头脏辫都解开了，还特意用电夹板夹平，整个儿成了清汤挂面的造型，比起浓妆艳抹时，多了几分清纯意味。

再然后是杨正搀扶着李月英，杨正多半是洗澡最晚的那个，头发还都透着湿漉漉的水意，李月英则应该是为了掩饰病容，薄施了一层粉，虽说满脸褶子敷粉看起来有些奇怪，但面庞的确提亮了不少。

走在最后的是林喜柔，她穿黑色大衣，一头长发绾成髻，绾得整整齐齐、一丝不乱，这使得她比往日里平添了几分威严。

走到炎拓门口时，她扭头向门上看。

目光对视，炎拓脑子里一激，险些就要下意识避开，下一瞬，他想起这是猫眼，而他已经"睡了"，所以不管怎么看，猫眼内反正都是黑的。

他屏住呼吸，立定不动。

人影一晃，是冯蜜又折回来，亲亲热热地挽住林喜柔的胳膊，还朝门的方向努了下嘴："林姨，你这干儿子可真是老年人作息，我不到夜半三点，绝不上床的。"

候着几个人下了楼，炎拓又快速退到窗边，微掀开窗帘一角。

果然，夜色之下，五个人影，错落前后，手电光打得杂乱，正前往漆黑一片的主楼。

开门出去避不过楼道监控，炎拓动作很轻地开了窗，双手扒住窗台，先把身体吊了下去，然后吸气撒手，倏忽落地。

最理想的情况是能跟进地下二层，但难度系数太高，见机行事吧，大概率是放弃。

不过最次也得在边门附近守着，这几个人再出来的时候，可以偷听一下对答的内容，从语气里做推测判断——万一狗牙把他给说出来了，他就直奔车子，连夜逃走。

……

因着几个人里有李月英，大大拉低了速度，炎拓很快就跟上了几个人，而又因为李月英总在不时咳嗽，多少帮他遮盖了本就很轻的脚步声。

炎拓甚至能听到他们的对话。

林喜柔："天生火取好了吗？"

熊黑："取好了，专门找了个房间，点了好几盏油碗，不会全灭的。"

冯蜜凉凉地来了句："要是全灭了就白搭了，等明天吧。"

熊黑没好气道："你说点好话。"

林喜柔："值班的人都打发干净了？"

熊黑："是，都走了。还有件事，林姐，用得着拉闸吗，还是关灯就行？"

杨正："要我说，拉闸吧，怎么也是送人上路，在这儿办，本来就很敷衍了，别太过敷衍了。"

……

天生火、拉闸、关灯。

听起来，这"死刑"还很有讲究，炎拓一颗心急跳：如果拉闸关灯，是不是意味着，他混入地下二层的概率，大大提升了？

正如此想时，忽然注意到，自己的衣兜内正一亮一亮。

是手机！

幸亏事先调了静音，不过这亮也够惊险的，好在是现在亮，要是在什么"拉闸、关灯"的全黑环境里给他闪这几下，他岂不是……

炎拓迅速避到一棵树后，一边拿手机，一边随时关注那几个人的动向。

刘长喜。

真是，这时候打什么电话？炎拓有心挂掉，又怕是聂九罗那头有状况，心一横撳下接听键，几乎是耳语般"喂"了一声。

那头居然连"喂"都没有，炎拓还以为是刘长喜误拨了，正准备挂断，心里蓦地一动。

他听见了很轻浅的呼吸声。

"聂小姐？"

果然，那头响起了聂九罗的声音，能听出很虚弱："在……做事吗？声音……这么低？"

炎拓"嗯"了一声："在忙，跟着几个人……地枭。"

"半夜？"

"嗯。"

"手机……静音了吗？"

炎拓不由得微笑，说："静了。"

他看向前方，还好，有李月英在，没走出多远。

"穿长衣服……吗？衣摆会……容易挂到东西，有声响。"

炎拓下意识低头，他还真穿着大衣："懂。"

"挂了，晚点给我……报平安，小心一点。"

炎拓步子一顿，想应一声"好"，那头已经挂断了。

他还是第一次听到有人让他"小心一点"，连林伶也没说过，因为他大多事后告知，很少事前报备。

也头一次听到，还要报平安。

05

炎拓把手机放回兜里，顺手脱了大衣，包叠齐整，放在了树边。

这季节，不穿大衣当然是冷的，但精神高度紧张，后背甚至都有些汗湿，穿不穿也无所谓了。

他一路跟至边门，在边门口略靠了会儿定神，然后后背贴墙，顺墙悄悄进了走廊。

大晚上的，没灯他实在看不见，好在前方不远处那几个人打着的手电光反成了他可以借助的光源，而且，进了楼，他们明显比之前更兴奋。

冯蜜："林姨，这黑洞洞的，好有感觉啊，像不像回了黑白涧？"

李月英"哼"了一声，不咸不淡来了句："哪里像了？差远了去了。"

冯蜜娇嗔："因为还有光嘛，不信你们把手电都关了。"

杨正没好气道："关了还怎么看路？你还当是从前呢？"

冯蜜叹气："真是的，以前我可有双好眼呢，鼻子也……"

林喜柔清了清嗓子："别总想着把好处占全了，以前是以前。"

冯蜜不说话了，最前头的熊黑拿钥匙开门，嚓嚓的锁齿转动声，听来分外刺耳。

很快，那一道又一道的手电光，依次掩入漆黑之内，炎拓觑准时机，一个箭步冲上前，伏低蹲下，手掌撑地，慢慢往前挨。铁门沉重，嘎嘎关合——没过几秒，掌缘处就抵住了铁门的下边缘。

这是暂时把门给阻停了，门的关合力很大，炎拓身子前欠，用一侧肩膀使劲，顶住了门面，然后探头进了门缝。

还好，五个人都是往前走的，没人回头。

炎拓心一横，迅速溜进门内，而几乎是同一时间，林喜柔对冯蜜说了句："门关好了吗？别又跟白天似的。"

冯蜜嗤笑了一声："这种大铁门不都是自动带上的吗？林姨，你这儿贼很多吗？这么小心翼翼的。"

话虽如此，她还是转过了身。

炎拓眼见有一道手电光中途回抢，脑子里一激，瞬间矮下身子，那道电光抢过他刚刚站的地方，定在了铁门上。

铁门确实还没完全关合，冯蜜不耐烦，大步往回走，炎拓紧张得耳膜嗡响，好在地下一层原本就是堆放杂物的地方，有太多可以用于遮掩的大件，他屏住呼吸，往前挪移了一段，迅速闪进一台废弃的打包机后头。

"砰"的一声重响，冯蜜撞上了铁门，还用力拉了拉："林姨，你可放心了吧。"

炎拓在打包机后头窝着不动，半为缓和心神，半为了让视线适应黑暗——第一道门是进来了，还有第二道。

第二道是密码门，而且门开之后，四下无遮无挡，一览无余，他可不能这么紧跟着了。

候着几个人远去，炎拓才从打包机后站起，努力在黑暗中分辨障碍物，半摸索半回忆地，下到了第二道门门边。

密码门用的是干电池，不受拉闸或者关灯影响，密码盘上数十个按键，在黑暗中泛荧荧的蓝光。

炎拓将耳朵附在门上听了会儿，又伏下身，一侧耳朵贴地，确认门后没动静了之后，才又站起身。

地下二层用的密码是日更的，白天下来的时候，他看着熊黑输过密码——现在还不到夜半十二点，当日密码应该还没过期。

他咽了口唾沫，依着记忆，逐一输入。

"嘀"的一声，锁舌弹开。

其实声音不算大，而且现在的高档门，多在合页上做了静音效果，但炎拓愣是被这一声"嘀"吓到半天没动，缓缓拉开门时，额头一道冷汗，滑落睫上。

里头一片漆黑。

白天还不觉得，晚上能明显闻出空气的味道，带点地下闷久了的温度，还泛着土腥气。

所谓的"眼睛适应黑暗",在地下一层还勉强可行,到了二层,就完全不管用了,这里更深,太黑也太静了,连电器音都没有。

冯蜜刚刚提过一个词叫"黑白涧",还说"像不像回了黑白涧",难道黑白涧就是地枭原始的老巢?

炎拓谨慎地迈动了脚步,同时伸手前探,盲人摸象般开始了这一段。他大致记得入口处附近的布局:只要挨到左侧的墙,顺着墙往前,然后左拐,就是休息室那条道;那条道走到尽头,右拐,走一段之后,会遇到十字路口,再然后就有点记不清了——这些年,地下的变化很大,而他能进来的次数又屈指可数。

先走起再说吧,他依着能记得的,小心地一步一步,同时暗暗数着步子,这是他进来的路,待会儿,也该是他撤出的路。

走到十字路口时,犹豫了一下:三个方向,实在不好抉择。

赌一下吧,他吁了口气,一直往前,才过路口没几步,就听到冯蜜咯咯的笑声,但很快被人喝止。

下一秒,橘红色的微光亮起,光亮闪烁不定,很明显是火光,晃亮了他刚刚经过的路口,而被火光拉长拉大的人影,很快上了墙。

这要是拐进他这条走廊,不是撞了个正着吗?炎拓脑子发蒙,赶紧加快脚步,这条走廊尽头只能右拐,他迅速右拐,回头看时,暗暗叫苦。

火光伴着脚步声渐近,显然,那几个人就是冲着他这个方向来的。

人走霉运的时候,真是怎么着都倒霉,刚才还有三个岔口让他选,现在却是华山一条道,炎拓屏住气,暗暗提醒自己别慌,放轻且加快脚步的同时,沿路去试房门——无论如何都不能打照面,如今看什么"死刑"已经是次要的了,先把自己藏起来是真。

然而接连经过三个房间,都是密码门,尤其让人心慌的是,背后的脚步声和火光渐近,却没人讲话,自打冯蜜的笑声被喝止之后,就再也没人发声了。

是"死刑"开始了吗?

万幸,第四扇门被他打开了,炎拓悄无声息闪入,关门的刹那,借着门外隐约透入的微光,他突然看到,屋中央的一把椅子上,绑坐着狗牙。

狗牙耷垂着脑袋,胸前的衣襟上血迹斑斑,似乎是半晕过去了,但仍有呼吸,肩膀微微耸动着。

他这是什么运气?该说运气好呢,还是该说简直衰成屎?

没时间了,这屋里压根儿就没地方躲,炎拓一颗心狂跳,电光石火间,忽然想到了什么,拔腿就往墙边冲。

狗牙显然被声响惊动了,身子痉挛了一下,刚抬起头眍眼,旋即扭向一侧避光:门打开了,当先的一支蜡烛燃着火焰,焰头红得像血。

而在烛光未能照亮的暗处,一幅长条的"操作守则"挂框轻轻合上,炎拓侧身在挂框之后,微掩口鼻,大口喘息。

他的身侧是扇半开的门,门内就是狗牙待了数月之久的那间暗室,正中央一个泥水池子,泛着让人作呕的恶臭。

不过,此刻的炎拓可一点也不嫌弃。

长幅的玻璃挂框只是障眼的摆设,本质是玻璃内侧贴了海报,炎拓缓了口气之后,拿指甲轻轻抠拨海报边缘,抠出了可供一只眼睛凑上去看的空隙。

他看到林喜柔一行人静默无声,两两间隔半米左右,正鱼贯进屋,人员的排列顺序诡异地契合了 Excel 的编号,打头的是林喜柔,最后是杨正,每个人手里,都擎了根点着了的白蜡烛,焰头在黑暗中乍飘,如躁动不定的鬼火。

而且,杨正手里不只有燃着的蜡烛,还多了个小瓷碗。

这种诡异的、在黑暗中弥漫开来的"仪式感"实在让人不寒而栗。

五个人围着狗牙转了一圈,各自站定,恰好把狗牙围在了中央,林喜柔正对着狗牙,眉目间泛着森然寒光。

狗牙的脑袋摆锤一般挣来晃去,看看这个,又看那个,最后盯住了林喜柔——炎拓这个方向看不到他的脸,只能看到后脑勺。

他听到狗牙嘶声大叫:"姓林的,凭什么?你算个什么东西?你没资格让老子死!"

果然,他虽然舌头受伤之后疼痛肿胀,但不妨碍说话,只是言语有些磕绊含混。

说完这话,他身子猛然一拧,又朝向李月英:"李姨,你也跟她站……一边吗?我跟你是一……一样的啊,我们都是牺牲品,我们要是没出来,现在还活得好好的呢,你想想你惨不惨,都是她害。都是这个女人……"

林喜柔上前一步,一耳光抽在狗牙脸上:"闭嘴!"

这一下劲力奇大,狗牙连人带椅子被抽倒在地,仰面朝天,哈哈大笑:"李姨,你站着看我笑话吗?下一个就是你了!"

他又嘶声狂骂:"姓林的,你不得好死!缠头军已经找来了,你们迟早死光,死干净了!"

冯蜜听不下去,上前一步,抬脚就想踹他的嘴,杨正冷冷说了句:"那嘴,待会儿还有用呢!"

也是,冯蜜临时改向,重重踹在了狗牙胸口,踹得他一口气没上来,不住咳嗽,更多更恶毒的说辞,也就不得不暂时咽下了。

林喜柔示意熊黑把狗牙连同椅子一同扶起来,说了句:"缠头军是找来了,也快死干净了，所以，你怕是要失望了。"

说完伸出手来，掌心向上，像是在索取什么东西，杨正上前一步，把一直攥在手里的小瓷碗交到林喜柔手中。

也是奇怪，狗牙之前躁狂到跟疯狗没两样，忽地看到小瓷碗，身子哆嗦了一下，一时间，居然安静了。

屋子里的一切也都像是静止了，只余几只焰头飘忽不定。

林喜柔把小瓷碗送到唇边，那架势，似乎里头装满美酒，下一刻就要低头啜吸。

她说："狗牙，大家同出一脉，好不容易才能破土见日，你曾经发过誓，生于血囊，灌养血囊。今晚我送你上路，是因为你杂食，脏了血，坏了规矩，不配拜日，也不配死在日光之下。"

说完，面色阴沉，舌头慢慢伸出，在碗口卷翻，舌底短刺奓起，不多时，有透明的黏液，缓缓自刺尖滴落碗中。

林喜柔收舌入口，把碗递给熊黑。

熊黑端着碗，看向狗牙，一脸怒其不争："狗牙，你真是废物，大家伙都能做到，你做不到？老子送你一程，你死得该，不屈！"

说着，同样舌头卷出，舌底刺梢滴下黏液来，然后把碗递给李月英。

李月英笑了笑，敷了粉的脸在烛光映照下煞白得可怕，不过话倒是说得平静："狗牙啊，做错了事就要认，别赖这个那个的，什么牺牲品啊。我是命不好，你是自作自受，咱们可不一样。"

说完了，滴取黏液，递给冯蜜。

冯蜜笑嘻嘻地，问狗牙："我扎了你的舌头，死前还让你受一回罪，是不是特别恨我啊？还咒我们被缠头军给杀干净，你个垃圾，让你破土，真是老天不长眼。"

末了，碗递到了杨正手中。

杨正照旧面无表情："当初，你要是能忍得住，现在也该有名有姓了。既然没忍住，应该早料到有这一天，这么多人送你，给足你面子了，你就安心去吧。"

取了黏液之后，他将蜡烛的焰头凑向碗中，就听"呼啦"一下，碗中腾起火焰，而其他几个人，不约而同，吹熄了手中的蜡烛。

这一下，整个屋里，唯一的光源就是碗里的那团火焰了，颜色起初是赤红色，接着渐渐发暗，泛起骇人的青紫。

熊黑走上前，一手控住狗牙的脑袋，另一手捏住他的嘴角，逼得他把嘴张大。

狗牙在最后一刻尿了，又挣又叫，语调凄厉无比："林姨，林姨我不敢了！林姨我改过自新，给我个机会，给我个机会吧……"

炎拓隔着玻璃，眼睁睁看着那团青紫色瞬间滑入了狗牙的嘴里，而熊黑顺势捂住了狗牙的嘴。

唯一的亮被狗牙给吞了，四下里，刹那间漆黑一片。

内外都很安静，只偶尔听到狗牙挣扎的闷声，末了，炎拓听到林喜柔冷笑一声："生不见日，死不见日，也是活该。"

再然后，咣啷声响，是熊黑收了手，狗牙再次连人带椅子，软耷耷砸到了地上。

冯蜜轻声说了句："现在黑洞洞的，可真像是在黑白涧了。"

炎拓后退了一步，借助手感，轻轻捋平海报上抠出褶的那一角。

他听到熊黑的声音："林姐，这……尸体怎么弄？就扔这儿吗？"

林喜柔："扔这儿不嫌脏吗？扔房里去，晚点再处理吧。"

炎拓还没反应过来，眼前忽然刺亮，是有人又揿开了手电——在暗里待了那么久，突然之间适应不了强光，他只觉得眼前阵阵发黑。

但这没影响听力：脚步声是朝自己的方向来的。

他陡然明白了："房里"是指这间暗室。

光亮很快到了眼前，与他只隔了一层贴了海报的玻璃，炎拓迅速退进室内，身子都还没立定，玻璃挂框已被人一把拉开。

借着隐隐透进来的光，炎拓看到圆池子里一汪浑浊发亮的泥水。

没时间犹豫了，他心一横，跨进池中，深吸一口气之后，捏住鼻子，整个人浸入水下。

而几乎就在没顶的同一时间，熊黑一手打手电，一手拎着软耷的狗牙进来，手一扬，就把狗牙的尸体砸进了池中。

凌晨两点多，炎拓终于出了主楼。

说真的，身上的衣服都不想要了，但他总不能裸奔着出来，而且来农场又没带行李，难道明天只光着身子裹一件大衣走人？

穿着走也不行，衣服内外都浸饱了臭水，一步一个泥脚印，能一路印回房间。

于是他被迫借着在休息室内找到的打火机的火头，于数九寒天，用地下二层洗手间的龙头洗了个冷水澡，把衣服都浸水搓了一遍，拧到基本不滴水之后又穿了回去。

这还没完，他还得仔细查验，边走边擦掉自己的脚印，否则明天林喜柔他们一进地下，看到两排阴干的脚印水渍，得做何感想？

总之，半夜的冷风穿透湿冷的衣服，给他来了个双重透心凉，好在路上找到了大衣，哆哆嗦嗦裹上，多少御了点寒。

爬窗重新回到房间时，整个人都快冻僵了，脱下衣服晾起，飞速冲了个热水澡之后，立马钻进被窝里，暖了好几分钟才回魂。

揿台灯时，忽然想起来，还有"报平安"这回事。

他抓过手机，正想拨号，又犯了难。

两点多了，夜半打电话，是不是不太合适啊？兴许聂九罗睡着了呢。

想了又想，折中一下，发了条信息过去。

——我回来了，平安。

消息过去，如石沉大海，那头毫无动静。

炎拓失笑，果然是睡着了。

他撳灭了灯，裹紧被子，这一晚经历太多，情绪起伏又太大，思绪纷乱到几乎没精神去一幕幕回味，一句句分析。

反正，暂时算是安全了吧。

他眼皮渐沉，迷迷糊糊间，听到手机"叮"的一声。

这是……有消息发来了？

炎拓顷刻间睡意全无，翻了个身趴起，伸手抓过手机。

果然是刘长喜的号发来的，只回了一个字。

——好。

06

聂九罗住进刘长喜家的头两天，是睡多醒少，第三天开始，作息渐渐恢复，生活也渐渐无聊。

毕竟多数时间只能躺着，刘长喜家又没什么消遣——电视倒是特意搬她这屋来了，但她原本就不爱看电视，再说了，频道从头调到尾，也没什么好看的。

想玩手机，自己的手机应该废在机井房，多半被炎拓处理了，她总不能抱着刘长喜的手机不放，那还是个老旧款。

想看书，刘长喜就不是个看书的主儿，找遍全屋，给她找来一本《超盈利餐馆小老板的生意经》，她翻了两页，觉得自己这辈子下馆子就可以了，经营什么的，大可不必。

想聊天，跟阿姨聊不到一起去，阿姨是个话痨，讲起自己邻居的小姨的婚姻故事来滔滔不绝，聂九罗原本就是个好奇心匮乏的人，哪有精神去听八竿子都打不着的人的情感史？

是以阿姨只要有白话的迹象，她就眼皮轻合，满脸疲惫，一副我身体虚弱急需休息的模样，阿姨察言观色，一般会立即停下，轻手轻脚退出屋子，留她一个人好好"静养"。

这期间，她给炎拓打过一个电话，原本是想问问他机井房之后发生的事——虽说她自己也能推测出一二，但总没他知道得全，比如她脱险是脱险了，但陈福呢，韩贯呢，都哪儿去了？

没想到电话打得不巧，十一点多打的电话，他居然正在"跟踪地枭"，还是一跟"好几个"，聂九罗些许说了几句之后就挂电话了：将心比心，她自己处境紧张的时候，也没心思接什么电话。

但等炎拓报平安等了很久，她不久前差点死地枭手上，知道这种东西难对付，时间拖得越长越担心，脑子里出现的画面都是炎拓死了：被断喉了、枪杀了、咬死了、撕裂了、埋了。

终于等到那条"我回来了，平安"的短信，长长吁了一口气，身体支撑不住，又沉沉睡去，快睡着的时候，心头还掠过一阵歉疚：人家炎拓明明活得好好的，在她这儿，都花式死八十回了。

这一觉，直睡到第二天下午。

枕边的手机没了，应该被刘长喜拿走了，然后多出几样，估计是让她消遣的。

一副扑克牌——真不是拿来气人的？她还能自己跟自己打扑克？

一副《大英雄逃离魔窟》的飞行棋，虽说是双人游戏，勉强可以自娱自乐，不过一看就知道不是正版，是仿了人家的形制、自己瞎编剧情的那种。

还有两个花布缝成的小沙包。

都是很有年头的消遣，符合刘长喜的年纪和性子。

太阳正是最明亮、将衰还没衰的时候，聂九罗躺在床上，看了会儿被映照得发亮的窗纱，轻轻叹了口气，然后屈指叩了叩床头板呼唤阿姨。

她又要度过艰难洗漱且无聊的一天了。

洗漱过后，聂九罗喝了半碗骨头汤，吃了两块蒸芋头，阿姨过来收拾碗筷的时候跟她告假，说是家里有点事，待会儿要赶过去，之前也跟刘长喜提过，这一晚就不能陪夜了。

不能就不能吧，反正自己晚上的事也少，聂九罗迟疑着点了点头，有点担心万一要去洗手间可怎么搞。

阿姨似乎看出了她的疑虑："聂小姐，要么就让老刘扶你到门口，或者你可以扶着墙慢慢走，只要不抻到伤口就行。人家那些生完孩子的，第二天也就下床走路了，走两步没关系的。"

行吧。

阿姨走了之后，聂九罗百无聊赖，躺在床上掷沙包玩，中途一个不小心，沙包掷床下去了，够也够不着，只好干躺着了。

躺到八点多，刘长喜回来了。

进门时就在打电话，聂九罗听到他说："没事，挺好，阿姨说吃饭也能吃得下了……"

这应该是在说她，多半是炎拓打来的，聂九罗竖起耳朵。

"嗯，是，昨天阿姨给洗了头，姑娘家，爱干净。

"就是啊，能看得出来，她在这儿挺无聊的，哦，好好……"

说话间，刘长喜已经进来了，见她正醒着，有点惊喜："哎哎，小拓，聂小姐醒着呢，要不要说两句啊？"

聂九罗自然而然地抬手接电话。

刘长喜正要递过来，又顿住了，然后看着聂九罗，有点尴尬："挂，挂了。"

挂了？

她还想问他事情呢。

再说了，这是有多忙？跟刘长喜说了半天，跟她却连问候一声的时间都没有？

聂九罗空伸着的手慢慢蜷回，善解人意地笑了笑："估计忙吧。"

但心里怪不得劲儿的：以前求着向她探听消息的时候，他可不是这样的。现在是觉着救过她，该知道的也都知道了，就可以敷衍她了？

顿了顿，她问刘长喜："他刚说什么？"

刘长喜说："就跟前两天一样，问你恢复得怎么样，吃得好不好……"

聂九罗："不是，就是你说我在这儿挺无聊的，他说什么？"

这个啊，刘长喜回忆了一下，力求逐字逐句还原："小拓说，都成年人了，无聊也学着排解嘛。"

聂九罗："……"

道理是没错，可听在耳朵里，怪没意思的。

她"嗯"了一声，回了句："那我睡觉了。"

说是要睡觉，但白天睡得太多，一时半会儿的也睡不着。

聂九罗想起蒋百川和邢深那头，觉得多半是水深火热，可那又怎么办呢？她一条命才刚抢回来，帮不上忙，也使不上力。

也不知过了多久，正思绪芜杂间，听到外头门响，紧接着，传来刘长喜又惊又喜的声音："你怎么来了？"

谁啊？

她听到熟悉的声音："送过来几天了，过来看看她。"

炎拓？

刘长喜："那你来迟了，她今晚早早就睡了。"

炎拓："没关系，今晚我也不走，太晚了。"

过了会儿，卧室的门开了，开门的动作很轻，轻得她都没听到合页的声音，只是看到客厅的灯光慢慢渡进来，聂九罗也不知道自己怎么想的，下意识微侧向内，闭上了眼。

毕竟她"早早就睡了",再说了,礼尚往来,他连电话都没空跟她说,凭什么他一来,她就醒?

刘长喜的声音压得很低:"看,睡着了吧。"

炎拓没说话,过了会儿,他走进来,停在床边。

什么情况?聂九罗觉得自己睡得挺标准,连搭在床侧的手都一动不动——他还能看出什么来?

顿了顿,炎拓说了句:"没睡。"

聂九罗心内叹了口气,只得转过身,不情不愿地躺平,也斜了眼看炎拓。

炎拓低头看她,屋里黑,外头却是有光的,透进来的光镀亮他一侧的身子,明暗相衔,衬得身影特别有压迫感和存在感。

聂九罗面无表情,说了句:"吵死了。"

屋灯重又打开。

最忙的是刘长喜,又是往屋里送茶,又是送削好的苹果,炎拓拖了张椅子在床前坐下,把带过来的纸袋放到脚边:"长喜叔,你别忙了,我跟聂小姐说会儿话。"

刘长喜忙不迭点头,在边上戳了会儿,忽然意识到人家这"说会儿话"并不欢迎他参加,又赶紧退了出去,还帮着关上了门。

刘长喜一走,屋里就显得静了。聂九罗躺在床上,垂着眼,没吭声:短时间内,她还不大适应跟炎拓之间的关系变化——之前,她多少都是有些趾高气扬、颐指气使的,现在人家救了她的命,她要还是高高在上,就显得太没数了。

可要是立马就感恩戴德的,也太……那个了吧。

还有,要不要跟他道谢呢?一上来就谢吗?会不会太刻意?

炎拓也还没找好开场词,他打量了一眼室内,目光落在支在房间角落里的小床上:"阿姨是陪夜的?"

聂九罗"嗯"了一声。

"听长喜叔说,你在这儿挺无聊?"

很好,要是聊这个,她可就有话了。

聂九罗淡淡回了句:"无聊,就想办法排解呗,都成年人了……小事情。"

炎拓说:"路上给你买了点解闷的,看起来,是不需要了?"

什么解闷的?聂九罗侧了头看他。

炎拓低头欠身,把袋子里的一摞书拿了出来。

聂九罗还想端一会儿,找个借口说看书太费神,目光溜到书脊上,忽然就挪不开了。

《雕塑技法实用教程》《雕塑元素》《民间面塑》《雕塑家手册》……

她一下子没忍住，笑了。

炎拓经常见她笑，但那都是社交性的，每种笑都蕴含意味，或是点醒，或是讥讽，或带威胁，从没见过她笑得这么好看。

可能最真实的笑才最打动人，其他种种，再精致和恰到好处，也只是面皮上的一种表情而已。

聂九罗伸出手，点了其中两本："这个我也有。"

炎拓说："我想着，你反正也是无聊，加强点业务素质也好，时间别浪费了。我翻了一下，图片挺多的，不会太累眼睛。"

聂九罗点了点头，看着他把书堆叠到床头，问了句："你收拾过机井房了？"

"收拾了。"

"那有没有……看到我的刀啊？"

炎拓抬眼看她，话里有话："疯刀吗？"

聂九罗也看他，过了会儿，说了句："我要起来说话。"

他是坐着的，她却是躺着的，不舒服，而且总要抬眼看他，总有点气势上低人一截的感觉。

炎拓："现在能坐起来？"

"能。"

"会疼吗？"

"慢点就行。"

炎拓点头，起身趋近床边，然后弯下腰，一只手从被子一侧探了进去，很快触到她的腰："抬一下。"

聂九罗吁了口气，很轻地挪抬了一下，犹豫几秒之后，右胳膊环住了炎拓的脖颈，炎拓的手从她腰后探伸进去，搂住另一侧的腰际，绷紧的胳膊垫住她后腰，慢慢用力的同时，身子向后带，同时拽过边上的靠枕，垫在她身后。

考虑到她身上有伤，炎拓动作已经尽量轻缓，但聂九罗还是疼到了，中途猛抽了口气，低下头，抵住了炎拓的颈窝。

炎拓立马停住，低头时，下巴碰到她发顶，又有零落垂下的几根长发，被她带点潮意的喘息拂着，蹭到他脖子上，又轻，又暖，又痒。

顿了会儿，她说："好了。"

炎拓定了定神，靠枕抵实，然后松开手，坐回椅子上。

聂九罗缓过来，把被子盖好，说："是疯刀。刀……还在吗？"

"在，你的手机也在，晚点一起给你。还有，手机关机之前，我帮你回复了几个找你比较急的信息，毕竟你要'消失'一段时间，我觉得还是打个招呼比较好，否则万一你的亲友报了失踪，闹腾起来找人什么的，比较麻烦。"

听上去没什么问题，聂九罗问他："都有谁？"

"一个叫卢姐的，问你几时回去，我帮你回复说，要在外头采风一段时间。"

这个没问题，聂九罗问他："还有呢？"

"还有个叫老蔡的，问你什么时候安排相亲，说对方催了好几次了。"

相亲？聂九罗想了好一会儿才想起这回事，严格意义上说，那不叫相亲，只是老蔡攒的一个局，想让她见见赏识她作品的人……

算了，这种问题不便解释，聂九罗含糊地应了一声。

"我回复说有急事，要在外头耽误一段时间，忙过这阵子再联系他。"说到这儿，他看向聂九罗，"我这么回复，不耽误你的……大事吧？我想着，是你的，等几天也没关系，要是几天都等不了，也没必要去见了，对吧？"

07

聂九罗实事求是道："那也不一定啊，如果是特别好的、过这村就没那店的，错过了也挺可惜。"

这话也确实……无法反驳。

炎拓想了想："反正村店都错过了，谁让你没醒呢……说正事吧。"

正事啊，正事可太多了，得一件件排。

先拣紧急的来，聂九罗从机井房开始："韩贯和陈福，哪儿去了？"

幸好当时拍照留了档，炎拓调出照片，递给聂九罗："往后翻，拍了有十来张吧，当时他身体很轻，完全干瘪了，我淋上汽油点着，扔进机井了。"

聂九罗一张张滑看，间或放大了看细节，末了点头："这个……基本没问题，算是死了。"

是个好消息，Excel 表格上的 015 号韩贯，看来可以彻底删除了。

"怎么杀的？要害是哪里？头顶吗？"

聂九罗点头："两大要害：颅顶和脊柱第七节，这两处受致命伤，至少要'死'三个月到半年。狗牙当时，就是被我动了这两处。"

炎拓："只是死三个月到半年，不能死彻底吗？那韩贯……"

聂九罗犹豫了一下："我的刀不一样。"

原来如此，炎拓刨根究底："那如果是我用你的刀呢？杀得死吗？"

聂九罗答得很玄："那要分情况，如果是你偷了我的刀去呢，就杀不死；如果是你征得了我的同意，诚心借去的，那就可以。"

这刀还挺有性格的，炎拓挑眉："你的刀成精了？"

聂九罗眼睫一垂："爱信不信吧。"

既然爱信不信，那就信吧，刀是她的，按她的规矩来，再说了，能借何必要偷呢？

炎拓回到正题："那如果不是颅顶和脊柱第七节受伤，只是普通的致命伤，比如插喉、捅心，用的也只是普通的刀剪，那会'死'多久？"

聂九罗："你得搞清楚，插喉、捅心，对人来说是致命伤，对地枭，却属于普通伤，因为不致命嘛。普通伤的愈合就会快很多，比如插喉，只是断了气；捅心，也只是心脏暂时不跳。气从断了到续上、心脏从不跳到跳，那就很快了，三五天，十天半个月，看体质。"

炎拓面上色变，说了句："你等我一下。"

边说边起身，这句话才落音，人已经出了门口了。

聂九罗不明所以，还转身向门外看了看，外头传来防盗门开启的声音，继而是急促的下楼声。

等一下也好，一口气说了这么多话，她怪累的。

聂九罗倚靠在垫枕上，很轻但悠长地调理呼吸，过了会儿，拿过一本雕塑书，抠撕外头的塑封膜，但一只手不便操作，忙活了半天也没进展。

她跟书较劲，拿起来送到齿间咬，牙可真是利索多了，哧啦一声就撕开了。

正要如法炮制，再开一本，外头门响，紧接着有行李箱滚轮声渐近，聂九罗赶紧放下书，又很有腔调地倚好。

毕竟她是个"艺术家"，对外还是力图艺术的。

回头看时，炎拓推了个万向轮的大行李箱进来，然后关了门，加了保险。

聂九罗压低声音："里头……是人啊？"

炎拓看了她一眼："在你心里，我的行李箱就是用来装人的，是吧？"

难道不是？聂九罗心里犯嘀咕，一直盯着箱子看。

炎拓把箱子在床侧放倒，输入密码，随着锁簧咯噔一声轻响，箱盖掀开，入目是个装了大件的布袋子，他伸出手，拉开布袋的一角。

聂九罗心说：这不还是个人吗？

而且是个"熟人"，陈福，面色晦暗，一脸死气，嘴上还封着胶带。

聂九罗深吸了口气，慢慢弯腰去看。

陈福的喉口处有个血洞，当然，已经过去了好几天，伤口已经不再鲜血淋漓，近乎暗褐色，而就在伤处，如同蜘蛛吐丝般，结出了数十根纷乱的银丝。

还好，聂九罗吁着气艰难地倚了回来："还没长好，等到结成成片的膜，开始鼓胀的时候，就差不多了。"

她又有点惊讶："你把他放哪儿了？车里？"

炎拓苦笑着点头："放哪儿都不安全，还是随身带着最稳妥。前两天放在家里,一刻都没安心。也是运气好,这要是遇上警察临检,真是……浑身是嘴都说不清了。"

聂九罗问了句:"你想让他死吗?"

她愿意代劳,而且,她这一身伤,大多也是拜陈福所赐。

炎拓摇头:"我想从他这儿打听一些事,就是……他死不肯说。"

说着他把布袋拉好,合上箱盖之后,原本要推进床底,想想有点诡异,送去墙角吧,又总觉得那儿蹲了个人,末了先放进客厅暂存。

再进屋时,忽然想到什么:"你要喝水吗?"

上次在卤菜馆长聊,他可伺候了她不少杯茶水。

聂九罗不想喝,毕竟她现在是个上不起洗手间的人,但话说多了难免口干,迟疑片刻,说了句:"一点点。"

炎拓皱了皱眉头,像是不明白干吗只要一点点,然后突然意识到什么,没忍住,轻笑了一下之后出去了。

聂九罗被他笑得很是恼火,恼火之余,又拿牙齿撕开了一本书的塑封,撕下的塑膜揉了揉,在掌心揉成小团,捻得一直窸窣碎响。

她听见刘长喜问炎拓:"小拓啊,你晚上睡哪儿啊?沙发不舒服,要么跟我挤挤?"

炎拓:"屋里不是有床吗?我陪夜就行。"

聂九罗瞥了眼为阿姨支的那张帆布的单人折叠家用床,感觉炎拓躺上去,连翻身都不容易,而且床架子细脚伶仃的,怕不是能被他压塌。

过了会儿,炎拓端了两杯水进来。

他的是白水,她的高级点,汤色微赤,泡了红枣、枸杞、桂圆,适合伤了元气又要补血的人。

两杯都还有点烫手,先搁在床头柜上晾着。

韩贯和陈福这头是暂时不用担心了,但事还多得很,聂九罗依着时间顺序来:"然后呢?你怎么救我的?送医吗?就没惊动谁?"

炎拓答非所问:"你知道夸父吗?"

这还能不知道吗?聂九罗出于谨慎,还求证了一下:"是'夸父逐日'的那个夸父?"

炎拓"嗯"了一声。

聂九罗奇怪:"不就是个神话故事吗?小学生都知道。"

"那你说说看。"

看炎拓的表情不像是乱扯,聂九罗也就认真回忆了一下:"好像是说他是个巨人,和太阳赛跑,想抓住太阳,让太阳听话?总之就一路追,没追上,后面渴得要死,最后活活渴死了。"

反正,差不多就是这么个意思吧。

炎拓若有所思,脸色还颇郑重:"嗯,行,知道你的水平在哪儿了。"

聂九罗无语。

神话故事,要什么水平高低?顶多她讲得简略些,别人讲得辞藻华丽些呗。

炎拓低下头,又从脚边的袋子里往外拿出一本书。

书脊上印一行字:《中国神话传说》。

聂九罗乜斜了眼:"怎么,印成书就水平高了?"

炎拓像是早料到她会有此一问,先打开扉页给她看:"这个作者已经去世了,他是当代中国神话学学者,1946年开始就在系统研究中国神话,写过二十多本关于神话的专著,作品还入选过国外的教科书,所以他的书,与其说是传说,不如说更加接近于资料文本。"

这样啊,那水平确实是高的,聂九罗注意到,封面上还多了个副标题"中国神话传说——从盘古到秦始皇"。

但她还是不懂,为什么好端端地要扯到神话,除非是……

"里头还写到地枭了?"

炎拓摇头:"如果我跟你说,地枭是夸父后人,你有什么想法?"

聂九罗没想法,因为她压根儿没听懂,也不明白为什么才几天不见,炎拓就给地枭安插了个祖宗,总不会是昨儿晚上跟踪地枭,见着夸父了吧?

炎拓说:"你对地枭的了解,源自秦始皇年间、缠头军,确实已经很古老了,但是你自己也说,地枭在秦朝的时候,已经是个传说了。这也就意味着,地枭的源头,还得往前推,他们的渊源,远在秦朝之前。"

话是这么说,聂九罗没忍住:"再往前,可就没有史料了。"

当初,因自己缠头军的出身,她还专门看过《史记》——《史记》一百三十卷,秦以前的史料相对较少,还得写尽五帝、夏、商、周,可想而知是多么简略了。

连史料都没有,谈什么源头呢?

炎拓说:"因为没史料,可以从神话里去找,很多人认为,神话虽然看着天马行空,荒诞不经,但里头有真东西,只是经过太多加工和夸张,藏得太深了。"

说着,翻开之前折的一页,让她看上头记号笔画出的几行文字。

> 这夸父族,原来是大神后土传下来的子孙。后土,是幽冥世界即幽都的统治者……这是一个黑色的国度,所以叫作"幽都"。看守幽都城门的,就是那个著名的巨人土伯。

"夸父族？夸父不是一个人，而是一个族？"

聂九罗匪夷所思："你怎么会突然想到夸父？"

炎拓说："我没那个本事，不是我想到夸父的，是我从他们的嘴里听到'夸父'这个名字，说自己是'夸父后人，逐日一脉'，然后在书店给你买书的时候，顺便请工作人员帮我推荐几本与神话相关，尤其是提到夸父的书。"

"资料真的很少，大部分是儿童连环画，内容跟你讲的差不多，好不容易翻到这本相对专业的，你别看书这么厚，提到夸父的，也就两三页。但就是这几行字，让我想到很多。"

说着，他拿出笔，圈了"后土"两个字："这个，你耳熟吗？"

聂九罗摇头："从来没听说过什么大神后土，倒是看古装剧，常会听到一个词，'皇天后土'。"

"例如皇天在上、后土在下，我要和谁谁谁结拜兄弟啦，等等。"

炎拓："对，我也是想到这个词了。我就去查了一下，其实'皇天后土'，就是指天地。后土，也就是地。下面我换个念法，'这夸父族，原来是地的子孙'，这样，是不是就好理解了？"

聂九罗怔了一下，皮肤上慢慢泛起细微的寒意。

地枭，是从地里出来的，夸父后人，夸父族，地的子孙，好像……还真能联系到一起去。

炎拓继续："这句说，这是一个黑色的国度，所以叫'幽都'。你想，幽都在古代，不就是指阴间吗？阴间在地下，地下没光，不就是'黑色'的吗？地枭一直在地下待着，可不就是待在一个黑色的国度里吗？"

明明是炎拓一直在讲话，聂九罗居然觉得口唇发干了，她拿过杯子，也忘了要节制饮水，喝了一大口下去："听起来，是有点……道理。"

这个底给她打好了，下面的就好说了，炎拓吁了口气，拿起杯子，猛灌了一大口水："我会把机井房之后一直到现在，我这头的经历，给你讲一遍；你也得把你怎么撞见韩贯和陈福，又为什么差点死在那儿给我捋一遍，没问题吧？"

"没问题，两边的事情，是得合一合。"

聂九罗点头。

炎拓却有点不确定："你身体还……撑得住？"

聂九罗："这个就看情况了，如果你讲得啰里啰唆，半天没重点，我就算再有兴趣，可能也会撑不住睡着的。"

炎拓默默吃了这一戗，然后补充："你关心的问题，比如蒋百川、狗牙，我都会讲到，不用着急。细节会尽量详细，随便录音，我无所谓。我讲的时候，你随便打断，随便提问，我都可以，要讲的内容不少，难免口干，我会自己倒茶的。"

这段话，聂九罗怎么听怎么觉得耳熟，末了想起来了。

好家伙，挺记仇啊。

可真是巧了，她也是。

她默默在心里记下了。

08

炎拓从收到聂九罗那条"阅后即焚"的信息开始讲起。

聂九罗还好，不属于动不动就发问型，但事涉及自己时，难免要多了解一下。

她第一个问题是："把我装箱子里了？就是装陈福的那个？"

得了炎拓确认之后，她内心颇有点不平：居然跟陈福用过同一个箱子。

但又不好说什么，总不能要求炎拓做到一客一换吧？

接着往下听，听到是吕现给她救治，第二个问题来了："这个吕现，多大了？"

炎拓："二十七八吧。"

"才二十七八，就能当医生了？"

炎拓说她："你还没到二十七八，不已经是个艺术'家'了吗？"

聂九罗："这可不一样。"

医生的资历和经验很重要，属于熬年头、越老越吃香型，常听说天才画手、天才雕塑家，听说过天才医生没有？

炎拓说："吕现这样的，要是在正经大医院做事呢，这个年纪，当主治医生都不够格，但反正是'违规操作'，他早几年就各种操刀了。再说了，人家好歹把你救回来了。"

聂九罗轻咬了下嘴唇："没给他配个……女护士什么的？"

她不是傻子，醒来的时候，躺在刘长喜家的床上，身上穿的是新睡衣。简言之，从前的那一套，包括贴身的，都没了。

炎拓轻咳了两声，掌心有点微烫，他蜷回手，又挪了下身子，说："配了。"

说完了，拿过杯子喝水，以示自己嘴很忙，暂时没空答话。

聂九罗没再问，把掌心那团塑料膜捻得咻啦响，末了说了句："你继续说。"

炎拓放下水杯，接着说后来的事。

林伶这一节，原本想略过了不说，再一想，一人计短，二人计长，而且聂九罗是个外人，从旁观者的角度看问题，或许能提供点新思路，所以也拣关键的跟她说了。

聂九罗果然很感兴趣，问他："有纸笔吗？我记一下。"

书买得多，书店给附赠了本子，笔也是现成的，炎拓都递了给她，聂九罗拣了本厚实的雕塑书当垫板，本子摊开，垂下头，写下"林伶"两个字。

炎拓有点出神地看她，于他而言，这是很新奇的体验，他头一次有了和人"共同"商量事情的感觉——从前和林伶也有过，但林伶的性子，还是太过依赖别人了，多半聊着聊着，就成了他一人主导。

聂九罗的头发挺长，因着低头写字，软软地堆拂在被角，很柔很顺。

她沉吟了会儿："林伶是林喜柔领养的？从哪儿领来的？"

炎拓摇头："不知道，也没处去打听。林伶被领养的时候，太小了，只记得老家是在很穷的乡下。"

一个地枭，干吗要去乡下领养一个小女孩呢？

聂九罗："这个林伶，有什么不一样的地方吗？"

"就目前看来，没有，真就是一个普通人。"

"她还逃过一次？"

"没错，那时候她发现林姨不少诡异的地方，心里很害怕，逃过一次，没两天就被抓回来了。林姨还发了好大脾气。"

聂九罗看他："你背后也叫她'林姨'？"

在她看来，炎拓当林喜柔的面这么叫可以理解，毕竟要掩饰嘛，但背后就大可不必了：炎拓的所作所为，明显都是针对她的，甚至还听过"怎么杀死地枭"。

炎拓说："就这么叫吧，也别当面背后两个称呼了，万一没注意当她面说溜嘴了，或者说梦话的时候说多了，那可怎么办？"

也对，聂九罗在林伶的名字旁写下"第一次逃跑"几个字，又问："那然后呢？她没再跑过？"

"没跑过了，一是不敢，二是在那之后，她的行动就受限制，出门总会有人跟着，有时候是紧跟，有时候是那种……"

炎拓揣酌了一下怎么说才合适："那种，你没看见人，但心里知道，有人在暗处盯着。"

聂九罗"哈"了一声："你觉得，林喜柔是对你好，还是对林伶好？"

炎拓实事求是："我。"

聂九罗："但是你没她重要。"

没她重要？

自己没林伶重要？

炎拓一时没拧过弯来：凭良心说，只看表象，林喜柔对他是真不错，这些年，林伶挨过耳光，挨过骂，他完全没有。

聂九罗说："我说的是'重要'。林伶跑了之后，没两天就被找回来了，你被板牙囚禁了两周，才被救了出去。

"接下来，林伶就生活在某种程度的监视之中，而你相对自由，还能到处跑——给人的感觉，林喜柔没了你没关系，没了林伶很要命。"

炎拓仔细琢磨了一下她的话，喃喃了句："以前真没往这个方向想过。"

以前他只是觉得，林喜柔收养林伶必有原因，重要不重要什么的，从没想过。

聂九罗："那是因为在你的观念中，重要等于关爱，一个人对你重要，你就会自然而然去关爱她。但林喜柔偏偏对林伶不那么好，还比不上对你，所以你忽略了。"

说着，在"林伶"的名字边引出一个箭头，写下"林喜柔"三个字，然后反方向打了个箭头回去，标注"逼婚"。

她有点想不明白："林伶既然对她这么重要，她为什么还要急着把人嫁出去呢？"

炎拓纠正她："现在哪有'嫁出去'的那种概念？基本上，嫁了也还可以经常见，而且以我们这头的身家，多半是把女婿招进来。"

聂九罗看炎拓："那也就是说，对她重要的林伶，依然还会在她身边。只是让林伶结个婚而已？结婚了……多了个男人，有什么不一样吗？"

炎拓随口应了句："结婚了，组建家庭，然后就生孩子呗。"

话刚说完，心头蓦地升起异样的感觉。

结婚了就生孩子？林喜柔急着想让林伶生孩子？

聂九罗也怔住了，不过不是因为林伶，而是突然想起上回去兴坝子乡采风，司机老钱给她讲的那个……关于小媳妇的故事。

——那个小媳妇几乎被烧成了喘着残气的一截木炭，气若游丝地说，没给这家留个后，不甘心，要看着老二续弦生子……

——聂小姐，这个事，逻辑上说不通啊，为什么非要给这家留个后？这也太有良心了吧。还有啊，妖怪补元气，随便拣一个补呗，何必非得拿自家人下手？

一股子没法名状的寒意自心头升起，聂九罗觉得自己就快想到什么了，但仓促间难以理顺。

炎拓伸出手，在她眼前晃了晃："怎么了？"

聂九罗回过神来："我有没有给你讲过……兴坝子乡附近，一个小媳妇的故事？"

炎拓想岔了："被狗牙害了的那个？"

不是、不是，聂九罗端起杯子喝了两口，然后定了定神："比那早得多了，得追溯到……清末的时候吧。"

听完小媳妇的故事，夜已经很深了，好在有暖气，倒不是特别冷，加湿器里的水眼看着要见底，喷口处氤氲出的水雾小了很多。

炎拓沉默地坐了会儿，伸手去拿聂九罗手中的纸笔："给我。你是说，那个小媳妇是地枭，是吗？"

聂九罗不敢下定论："只是有这个怀疑……"

炎拓打断她："没事，大胆假设，小心求证好了。这里有道时间线，首先，是老大在大沼泽里失踪了，老二去找，没找着，却带回了小媳妇，小媳妇的身上，还穿着老大的裤子，而这裤子浸水一洗，全是血，对吧？"

聂九罗"嗯"了一声，侧身看炎拓在本子上写画，炎拓见她动作费劲，略抬起身，把坐着的椅子往床头挪了挪。

"老大肯定是死了，而且多半是死在小媳妇手上的，然后，她嫁给了老二。过了一两年，肚皮没动静，这可以理解，地枭和人是不同的物种，不大可能生得出后代来。再然后，小媳妇遭了天灾，被天火烧，她要吃人补充元气，村里那么多人她都不去动，偏偏选中了老二，一定有原因……"

他一边说，一边写，写到这里，打了个长长的反箭头，反转回老大那里："会不会是因为，她先吃了老大，奠定了一个什么基础，而老二和老大有最近的亲缘，所以其他人对她没意义，只有老二才是最好的补药？"

补药？

聂九罗的认知中，补药是类似西洋参、冬虫夏草、何首乌等，头一次听到，人是补药的说法。

她有点犯恶心："那，为什么非要等到……"

炎拓猜到她想说什么了："因为老二如果没后代，这补药也就断在老二这里了，所以她得忍，忍了一年多，忍到老二有后才动手，这样才……"

他顿了一下，觉得这词用在这儿不合适，但一时又找不到更好的说法："这样才……可持续发展吧。"

"叮"的一声长响，是加湿器没了水，炎拓起身过去关机，然后拎下水箱出去加水。

聂九罗拿起本子，看炎拓刚画下的那张时间顺序图，越看越觉得头皮发麻，她往前翻回自己总结的、关于林伶的那页，对比着看。

加湿器重新启动，显见是水足，大蓬的白雾突突外涌。

炎拓坐回椅子上："怎么说？"

聂九罗若有所思："这里头，好像有个可以套用的模式。"

她给炎拓看自己刚刚写下的一行字。

老大→老二→老二后代

"那个林喜柔，最早是什么时候出现的？"

炎拓回想了一下："我看过我妈留下来的日记，最早明确提到她，是在我出生之后，一九九三年年底。那时候，她叫李双秀，是我爸为我妈找来的小保姆，我爸还给她安插了一个假身份，说她是李二狗的妹妹。"

炎拓又补充说明："我爸最早是开矿场的，李二狗是他的员工，偷了矿上的钱跑了，一直没找着——把她说成是李二狗的妹妹，大概是觉得反正李二狗失踪了，找不着人来对证。

"但是，我反复把日记看了很多遍之后，注意到一个时间节点，一九九二年九月十六日。"

说到这儿，他沉默下来。

聂九罗没说话，直觉事情越往前推，日子越具体，似乎就越沉重。

炎拓说："那天，我妈去矿上给我爸送饭，中午的时候，矿工突然都跑出来了，说是矿底下有鬼，当时，李二狗刚偷了钱跑路，我爸怀疑所谓矿底下的鬼，就是李二狗。他身手不错，胆子又大，为了在矿工面前逞威风，就单枪匹马下去捉鬼。"

聂九罗有点紧张："然后呢？"

虽说她明知道炎拓的父亲炎还山后来是得了癌症死的，听到这种情节，还是免不了有些发怵。

炎拓笑笑："没然后，后来我爸就上来了，跟大家说，下头什么都没有。但就是从这一天开始，我妈的日记里，就经常会提到我爸的一些很细微的变化，老实说，单看其中某一篇，不会察觉到，必须连起来看。所以我一直觉得，林喜柔的出现，最早可以追溯到我爸那次下矿。"

他觉得自己有点偏题了："你刚提到'模式'，什么模式？"

聂九罗反应过来："我是在想，林伶可以套入这个模式中的哪个人物。依照她的年龄，她只可能是老二，或者老二的后代。

"我假设她是老二，那么在她之前，一定还有个老大，和她有极其亲密的血缘关系，要么是父女，要么是兄妹。所以，林喜柔绝对不是无缘无故收养林伶的，她是根据老大的亲缘关系，顺藤摸瓜找上门的，林伶就是她的补药。

"但是因为林伶当时还小，林喜柔又不急着用，于是就养在了身边。"

炎拓一下子全明白了："养在身边，好好照料，但绝对不能丢失——所以林伶第一次逃跑，林姨大发雷霆，在那之后就半限制了她的自由，一切，都是怕再把林伶给弄丢了。而她急着催婚……"

聂九罗接口："急着催婚，就是要确保后继有药吧。小媳妇被烧成那样，都不肯动老二，就是怕吃完这口就没那口了——你说林伶突然强烈地想逃，我只能说，女人的直觉很准，她真是感觉到很不对劲了。

"而之前所谓的半夜有人进房猥亵，与其说是男人，我更愿意猜是林喜柔。她也不是猥亵，只是去看看自己的补药长得怎么样了，长势好不好，熟不熟吧。"

09

聂九罗的话很有画面感，炎拓光是脑补都觉得毛骨悚然，再一想，林伶是亲历者，难怪吓到半夜给他打电话。

他坐了会儿，说："给你看个东西。"

边说边拿起手机，登录邮箱——那张 Excel 表格，存放在电脑的隐秘路径中，不过电脑太大，随身带不方便，所以他在邮箱也存档了一份。

打开之前，先给聂九罗解释："这张表格是从林姨的电脑里偷出来的，我个人认为，可能是截至目前的地枭名单。"

地枭名单？

聂九罗大为惊讶："地枭名单都搞到了？看不出你平时不声不响的，干了不少事啊。"

炎拓自嘲地笑。

老话说，"既要埋头拉车，又要抬头看路"，过去那几年，他实在看不到路，索性拼了命拉车：一点一滴，到处抠挖，像是拼集一张巨幅地图的碎屑。

不是没绝望、沮丧、怀疑过，但转念一想，停下来就什么都没了，不停的话，好歹前方还有个指望，都说天道酬勤，他这么拼命，天道应该不会辜负他。

这张表，之前无数次打开，不得要领，这次，终于有秘密浮上水面。

他放大页面，给聂九罗看 017 号朱长义。

"这是最新的一个，人在安徽，当建筑工，和工地上一个叫马梅的女人同居，马梅跟前夫周大冲有个九岁的孩子，叫周孝。"

又翻到 014 号。

"这个叫沈丽珠，五十来岁，在重庆火锅店当服务员，认了个干妹妹叫于彩艳，两人一起合租，于彩艳有个六岁的女儿。"

聂九罗单看一张还不觉得有什么，两张放到一起，共性就出来了，不觉"啊"了一声。

炎拓："你看出来了，对吧？这些人分布在全国各地、各行各业，我之前还想不通，以为是不把鸡蛋放在同一个篮子里，分散风险。和你聊了之后，忽然觉得应该反推。"

他让林伶跟进这张表，尤其要关注这些人的亲密关系，现在才发现，表格里最被忽略、最隐形的人，才是最关键的那个。

马梅的前夫周大冲，去哪儿了？

于彩艳既然有个女儿，必然有过老公，这个老公，现在何处？

套用小媳妇的故事模式，隐形的人，会不会就是"老大"？

而周孝、茜茜，则是和"老大"有着亲密血缘关系的二代。

这些地枭，已经于无声无息间，成了他们的身边人，甚至是亲友——这也合理，自己的"补药"，当然要就近看护、锁死在视线之中，才放心啊。

聂九罗沉默了片刻："其他的人也是这样，身边都有小孩吗？"

炎拓摇头："林伶能跟进到的有限，所以里头有些亲密关系查不到，也就留空了。也有不是小孩的，你看这个。"

他打开006号，吴兴邦，这人三十来岁，人在河南，是个出租车司机。

"他有个女朋友，叫许安妮，起初是个坐台女，后来上岸了，在一家餐馆当服务员。林伶跟我说起过，她曾经撞见林姨指使熊黑杀人，当然，没有亲眼看到，只是听见。"

"那个受害者当时大声求饶，说自己有个女儿叫安安，才上初三，自己要是死了，女儿就无依无靠、成孤儿了。"

许安妮，安安，名字里都有个"安"字。

聂九罗心中一动："这个许安妮，就是……"

炎拓"嗯"了一声："年纪是对得上的。我推测，那个受害者出事之后，许安妮无依无靠，初三之后没能继续就学，后来当了……坐台小姐，直到这个吴兴邦出现，她才上岸。"

聂九罗心下一阵恻然，女性很容易代入和共情同性："说不定这个许安妮，还把吴兴邦当成拯救自己的贵人呢。"

炎拓："是不是觉得很可笑？这两人现在是情侣关系，不可能生得出孩子。如果我没猜错，吴兴邦跟林姨一样，已经动起了催生的脑筋了。"

聂九罗好一会儿没说话，身子慢慢下倚，觉得和这个冷硬的世界相比，枕头、被子以及柔软的床褥，忽然间亲切不少。

太惨了。

她让炎拓讲这几天发生的事，本意是想看看事态发展到什么地步了，自己又是否能继续保持安全，完全没想到，居然掀出个这么骇人的故事来。

不是故事，是真实发生着的。

炎拓抬眼看她："困了？"

快一点钟了，他无所谓，可她是伤号——普通人熬夜都损三分，何况是她？

"要么先休息？"

聂九罗摇摇头："涉及的那些人，比如许安妮那样的，你打算怎么办？"

炎拓说："想想办法吧，能救一个是一个，难道眼睁睁看着人家那么惨吗？"

聂九罗："有件事，我早就想问你了。你妈妈全瘫昏迷，你父亲去世，是不是跟那个林喜柔有关系？"

炎拓默认，顿了顿，补了句："还有一个妹妹，两岁多的时候，被林姨抱走了，从此就失踪了。"

聂九罗："我说一句很自私的话，杀了林喜柔，不就等于给你家报仇了吗？其他人确实都很惨，但你见都没见过，就想去救——你有没有这个能力暂且不说，你就不觉得自己管太多了？落难的人会去祈求老天，老天个个照顾到了吗？老天都管不过来，你管啊？"

炎拓笑起来："你是不是想说，这个男人真是个圣父啊？"

聂九罗："那倒没有，如果我是许安妮，有个陌生人这么救我，给你磕头我都愿意。"

炎拓看进聂九罗的眼睛："聂小姐，可能我们对'报仇'的定义不太一样，你以为，我仅仅满足于杀了林喜柔吗？"

"我爸死了，死人不会复活。我妈全瘫，没得救的那种，说不定哪天，托养会所就会给我打电话，通知办后事。我妹妹失踪二十多年了，我没放弃找，但也早做好了她已经死了的心理准备。所有的这些，杀了林喜柔，就了结了？"

聂九罗不动声色："那你所谓的'了结'是什么？"

炎拓原本是欠身前倾的，此时慢慢靠回椅背："她到我们家之后，借力我父亲，慢慢扎下根，攒下家业，经营了二十多年，达到今天的规模。她打造的一切，我要拔掉每一根钉、锤破每一堵墙，她怎么从地下爬上来的，就让她怎么爬回去。"

所以，每救出一个许安妮，都是往林喜柔脸上狠狠掴一巴掌。

救人，是全做人的良心，也是复仇要走的路。

过了很久，聂九罗才开口："没有嘲笑你的意思，但是你一个人，基本做不到。你连救林伶都困难。"

这话，炎拓没的反驳，他哈哈大笑，笑到后来，轻声说："是。"

所以他惜命，命长一点，能做的事就多一点，就算冒险，也铢量寸度，冒最值得的险。

聂九罗说："不过，其实有人可以帮你。"

炎拓隐约猜到了："你想说的是，蒋百川的人？"

"你不觉得吗？虽说你和他们之间有过不愉快，可敌人的敌人就是朋友，他们可以仰仗你的信息，你也可以借用他们的人力——板牙的人我基本没有接触，他们估计也不是什么完人，但你又不是去交朋友的。各取所需，也可以共赢啊。而且，我觉得你也有必要去接触一下，至少让他们知道你不是伥鬼。"

是有必要，而且很有必要，否则不定哪天，板牙就又找上他的麻烦了。

聂九罗察言观色："你如果有兴趣，我可以当这个中间人，帮你们牵个线。"

炎拓脑子里飞快转着念。

成年人了，撇开情绪和好感与否，只就事论事。

他需要帮忙的人，越快越好，缠头军一脉最合适——他们了解地枭的由来，相较普通人来说更有能力，也冒得起这个险。

他点了点头："好。"又问她，"那你呢？"

聂九罗一愣："我什么？"

"你后面什么打算？"

她随口应了句："养伤咯，养好了伤，我得做事了，工作上有好多事要做，你要是需要我帮忙，或者要借用我的刀，可以来找我。"

炎拓顿了一会儿，笑了笑，说："好。"

这答案，其实也在他意料之中：最早的时候，她就是以局外人的身份出现的，这期间，不止一次强调过自己是个"普通人"，"事情里没我"。

她是被地枭给伤了，但伤她的两个，一个被她手刃，一个是瓮中之鳖，这仇，也算了了。

她因伤躺在这里，笑得最开心的时候，是看到了炎拓带来的、雕塑相关的专业书。

古代人涉险时，总爱说一句"赔上我这身家性命"，她是真正有身家，有性命，没有十分动机，不会让自己立于危墙之下的。

这晚上真是宝贵，那种相伴的感觉，短暂来过。

他清了清嗓子："咱们刚刚，说到哪儿了？"

接下来的事，因为理出了一个基础，再往下捋，就顺得多了。

首先是关于"补药"，林喜柔一伙人嘴里频繁提到的"血囊"，好像就是指的补药。

"生于血囊，灌养血囊"，血囊显然很重要。

狗牙吃了兴坝子乡那个女人之后，就被指责杂食、脏了血，甚至要处以极刑——脏了血，似乎暗指"乱了血脉"。

而李月英身体不好，据陈福所说，是"血囊没选好"，看来血囊的好坏，是可以影响到地枭的体质的，并且李月英的情况应该相当糟糕，因为狗牙死前，曾叫嚣"下一个就是你了，我们都是牺牲品"。

其次是那个死刑仪式。

混合的黏液加天生火可以杀死地枭，算是新发现，连聂九罗都没听说过。

她推测说，黏液以及舌底的短刺，平时应该都不会出现，地枭"亮舌"，是到了极度愤怒和有杀意的时候，此时就会出现这种生理变化，而这种变化，可以帮助它们制敌。

黏液多半有一定的毒性和腐蚀性，因为"人化"的地枭，早已没有了方便撕咬和咀嚼的犬齿，狗牙却可以用一两晚的时间，就把兴坝子乡那个女人吃掉，且血肉尸骨都没发现半点，很可能就是带刺的舌头和黏液起的作用。

再次是冯蜜提到过两次的"黑白涧"。

聂九罗知道这个地方，但没去过，只能给炎拓解释个大概。

据她说，黑白涧其实是一片区域，在金人门之内、地面之下，缠头军有"不入黑白涧"的传统，蒋百川他们走青壤时，最多也只到黑白涧的边缘。

冯蜜说起黑白涧时，简直有思乡的意味，所以炎拓对这里很感兴趣，下意识里，他觉得黑白涧就是地枭的老巢所在。

所以他多问了两句："不入黑白涧，黑白涧那儿是有界标吗？不然地下反正是黑洞洞的，万一多走了几步，可怎么办哪？"

聂九罗说："有啊。

"听蒋叔说，黑白涧边缘处，是有兵马俑的，当然了，主要都是人俑，没马，地下嘛，马也跑不开。他去陕西临潼的兵马俑看过，回来说，黑白涧那儿的，规模也不输什么。"

不只人俑，还有不少雕塑。

当年的南巴老林，连巨型金人都能化铸为门，足见工匠之多，秦时造俑又很盛行，工匠们就地起土，烧制造俑，也不奇怪。

蒋百川跟她说，那里的人俑，真的造得活灵活现，雕塑也极有特色，古代的工匠技艺，丝毫不逊色于现代。

说得聂九罗心痒痒的，一度还兴起过有机会去看看的念头。

不过更多的时候，她会想起母亲裴珂。

母亲被地枭撕咬着，拖进了黑白涧，也不知那一路，撞翻了多少人俑，血渥了多少泥塑。

不过，为什么从来"不入黑白涧"呢？进去了，又会怎么样呢？

……

聂九罗正有些恍惚，听到炎拓说了句什么，好像还提到了"蒋百川"。

她回过神来："你刚说什么？"

"我没能救蒋百川，但是见到他了，他托我给外头带几句话。"

蒋叔有话带出来？

聂九罗心头一凛："他说什么？"

"他说，被审讯过几次，话里话外推敲，心里约莫有数。他们这一行人受罪，是因为蚂蚱，接下来，林喜柔多半会联系你们，以他们为人质做交换。他让我嘱咐你们，千万别换。"

10

蒋百川的原话是:"他们接下来,会想方设法把蚂蚱给换回来。我的感觉是,换不换都逃不过,那还不如不换。"

这话,炎拓能听懂,但不太明白,为什么蒋百川会觉得,"换不换都逃不过"?

聂九罗却一下子就想到了关键。

她说:"你提过林喜柔要找儿子,而蒋叔他们走青壤,只带出过蚂蚱。从时间线来看,抓到蚂蚱那次是九一年、九二年之交,林喜柔于九二年九月最早出现,离得确实有点近。如果撇开外形这一巨大差距,有很大的可能,蚂蚱就是林喜柔的儿子。

"是她的儿子,必然对她非常重要,可蚂蚱见光近三十年,变异得很厉害,大限将至,救不回来了。你把自己代入林喜柔的立场想一想,她见到蚂蚱,会开心吗?"

炎拓心里叹气。

这还用问吗?打个不太合适的比方,这就类似于一个母亲,苦苦寻找被人贩子拐走的儿子,最后找着个奄奄一息的,能不满腔怨愤?估计把人贩子千刀万剐才会消气吧。

最初听到这话时,他还以为蒋百川是头铁,连死都不怕,现在看来,这人不是不怕死,只是想透彻了而已。

他看了眼时间:"很晚了,我去洗漱,先休息吧。"

过去的几个小时,话题虽然沉重,但于他而言,不无兴奋,这种感觉,像懵懂了好几年的瞎子,忽然间耳聪目明。

起身的时候,顺便把空了的水杯一起带出去。

聂九罗先还没意识到,忽地瞥到自己的那杯差不多见底,只余红枣、枸杞堆作一处,顿觉脐下有了压力。

是人都知道,这种压力没办法缓解,随着分秒过去,只会愈演愈烈。

……

伴着洗手间传来的哗哗水声,聂九罗咬牙撑被,做激烈的思想斗争。

要不要忍一忍呢?忍到明天阿姨过来?也就忍十来个小时?

不行不行,那得死人了,大家都是凡人不是吗?再说了,在炎拓眼里,她反正也不是什么仙女……

真是搞不懂了,一个男人,洗这么长时间澡干吗?两分钟冲冲得了呗……

……

炎拓前一晚在恶浊的泥池子里泡过,虽说事后洗了澡,回别墅带陈福时,也换了身衣服,但心中始终有点硌硬,洗得难免用心,光洗发水就打了两遍。

换上睡衣回到屋里，聂九罗已经忍得腿都蜷了。

当然，话还是说得不经意："炎拓，我要去趟洗手间。"

炎拓想了想："我刚洗完，在开窗透风呢，要么等会儿？"

聂九罗脱口说了句："不用。"

刚说完就后悔了，话说太快，暴露状态了。

炎拓瞬间就懂了，有点想笑，但努力忍住，过来问她："你现在……去洗手间，是什么流程？我要怎么……配合？"

什么流程？聂九罗继续忍："阿姨一般……就扶我过去，完事再扶我回来，就行。"

炎拓意外："你现在都能走路了？"

哪这么多废话啊？聂九罗想哭了："阿姨说，慢慢走……没关系，有生完孩子的，当天就下床……了……"

炎拓："那是阿姨根本就抱不动你吧？"

边说边俯下身子，把她被子掀开，右胳膊伸进她腿弯儿，左臂托住她腰后，顺势低下头，方便她环抱。

聂九罗犹豫了一下，伸手搂住他脖颈，他刚洗完澡，颈后的发楂半湿，有水滴滑到手上，凉凉的。

抱着走还好，估计就是一起一落时要格外注意，炎拓说了句："要是疼，你就吭声。"

说着尽量稳地起身。

伤口略略抻到，只有轻微疼痛，聂九罗觉得不算事，略皱了下眉头，没吭声。

洗手间里，窗扇半开，洗浴时的热雾已经散得差不多了，只余沐浴露的淡味儿。

应她要求，炎拓在洗手台边把她放下，过来时忘拿拖鞋了，扔了条浴巾在地上踏脚，刘长喜的屋子不大，洗手间就更小，伸手可扶可撑，不用怕她摔着。

炎拓看着她扶稳洗手台："我在外面，有事或者好了，叫我。"

聂九罗"嗯"了一声，先把龙头打到热水，抽了纸巾蘸湿了擦脸，候着门关上了，才舒了口气，借着流水声遮掩，一步一挪地去到马桶边。

炎拓倚立在外头墙边，听流水声一直不绝，先还奇怪怎么一个脸洗这么久，后来意识到什么，赶紧大步走开，在客厅里无事晃悠，一会儿拿起杯子看杯身涂鸦，一会儿拿起花瓶看瓶底印鉴。

俄顷水停，听到她说："好了。"

炎拓开门进去。

不知道是不是因为刚才那一出，这次见她，居然有点局促。聂九罗也一样，垂了眼，不自在地理了理头发。

睡衣有点过分宽松，而且图案偏可爱，不太适合她，不过这种反差，反衬得她柔弱而邻家，炎拓想起之前夜入她工作室时，她一身珠光银的丝缎睡袍，迤迤然落座……

这居然是一个人，真挺难想象的。

炎拓走过去，问她："还是……刚那样，怎么来，怎么回？"

聂九罗说："你也可以扶我回去啊，就是慢点。"

炎拓笑笑："算了，大半夜的，练什么走路？"

他伸手过去，环住她的腰，聂九罗顺势偎进他怀里，身体柔软微凉。

那一瞬间，炎拓感觉，像热恋的情侣偎依互靠。

下一秒，他笑自己多想：他和她，还……不算熟呢。

安置好聂九罗，炎拓研究那张单人折叠帆布床，聂九罗看到他伸手把床架子撼了又撼，嘴里还嘀咕："这行不行啊？"

聂九罗躺得安稳，又一身轻松，生了闲心，乐得闲聊："阿姨都行。"

炎拓仔细检查承重架，试图找出标注的承重额："阿姨多重，我多重？能一样吗？而且长喜叔是个节俭的人，买东西都便宜。"

不只节俭，自尊心还特强，不接受人家周济，说什么：有多大手，捧多大碗，我这都用得挺好的。

聂九罗手指绞着被角玩："你不能老觉得便宜没好货，有时候也物美价廉啊。"

炎拓没搭话，还真让他找着承重标了："限重75kg……"

聂九罗："你多少斤？"

炎拓个子不矮，得有个183或者184厘米的样子。

"145斤左右吧。"

这要看状态，有时轻两斤，有时重两斤。

聂九罗心说：这可危险了，就算你整145斤，还得加上被子呢，冬天的被子，哪条没四五斤？

"没事，人家承重150斤呢，足够了，你睡得礼貌点，别在上面蹦迪就行。"

炎拓半信半疑，不信也没办法：也没第二张床了。

关了灯之后，他很礼貌地躺了上去。

聂九罗竖起耳朵，听床腿支架发出吱吱呀呀的晃响，觉得这床真是太可怜了，这不是响，是痛苦呻吟啊。

她琢磨着，必有一塌，就是不知道什么时候塌。

不过，等了好大一会儿，都没等到，聂九罗有点遗憾地睡去。

也不知过了多久，睡得正熟间，耳边突然"咯吱"一声——大概是炎拓睡熟了,也忘了礼貌这回事,下意识翻了身——紧接着一声闷响。

这是塌了?

聂九罗陡然睁眼,睡意全无。

果然,她听到炎拓压低声音咒骂了一句。

真塌了?!

实在太好笑了,她忍住笑,装着还在睡,憋笑到肚子疼,伤口都抻到了。

大概是怕吵到她,炎拓爬起来之后,也没开灯,只是打起手机手电,一节节支起床架,嘴里嘀咕:"什么破床……"

支到一半,怕动静太大,回头看了看她。

好嘛,看似睡得四平八稳,怎么连人带被子都有点发颤呢?这是在笑呢吧?

炎拓无语。

过了会儿,炎拓把打光移回来。

毕竟,他还得修床。

第二天早上,聂九罗睁开眼,第一反应就是去看炎拓。

人不在屋里,他比她起得早,那个帆布床已经折叠起来了,委屈巴巴地靠墙放着。

一时间,真是说不清是人倒霉呢,还是床倒霉。

聂九罗又想笑了。

……

刘长喜天不亮就去店里了,给炎拓留了张字条,说是阿姨大概十点钟就能过来接班,他要是不着急,等阿姨来了再走也行。

也不赶这三两个小时,炎拓去小区外头买了早餐,回来的时候,聂九罗已经醒好一会儿了。

炎拓问她:"洗漱吗?"

聂九罗点了点头,反问他:"昨晚睡得好吗?"

炎拓偏不让她如愿:"睡得挺好的,好久没睡这么安稳了——在家老睡不好,果然还是在外头心里踏实。"

是吗?

看他脸色很是诚恳,聂九罗也有点不确定了:该不是自己日有所思做的梦吧?

梦得还挺逼真。

……

洗漱完了,在床上支起小桌吃饭,聂九罗胃口不大,粥只喝了两口,烧卖也只啃了半个。

炎拓注意到了:"不合胃口?阿姨做的饭呢,你适应吗?"

聂九罗没吭声,顿了顿,说:"炎拓,我想回家养伤。"

炎拓"哦"了一声,低头把剩了一半的包子填进嘴里。

他有心理准备,只是没想到这么快。

聂九罗解释:"阿姨挺好的,但对我来说,这是别人家,待着不习惯,回自己家,会自在点。家里有卢姐,跟我那么久,有她在边上,什么都方便。还有,我有开私立医院的熟人,去复查或者复健,不用遮遮掩掩的。"

毕竟是枪伤。

炎拓点头:"挺好,挺好。你准备……怎么回去?你这种情况,自己走不行吧?"

听这语气,没有送的意思。

聂九罗说:"包个车呗,实在不行,我让老蔡……就是我朋友,找个靠谱的司机来接我。"

她刚睁眼时,看天气怪不错,现在突然觉得,也就这么回事吧,说出太阳,又不是大太阳,光照恹恹的,软耷耷。

炎拓几口喝完了粥,扯了张纸巾擦嘴:"一客不烦二主,要么这样,你先养两天伤,等差不多能走路了,我过来送你回去。"

聂九罗想了一会儿,无可无不可地说了句:"也行啊。"

说完了,转头看窗外。

窗外有棵大树,一只黑脑袋、鹅黄腹的山雀正挪着小脚爪,在枝丫上走来走去,阳光从树冠顶上漏下来,这儿漏一点,那儿漏一点。

其实,天气还是可以的。

吃完饭,收拾好碗筷,炎拓把聂九罗最关心的两样东西拿给了她。

刀和手机。

说来好笑,两样东西拿过来,都套着密实袋,像是呈堂证供,尤其是那把刀,能看得出刀身血迹斑斑。

炎拓说:"怎么样拿到,怎么样给你,我看这刀像是有年头的东西,就没帮你清洗。"

万一这刀金贵,跟清洗溶剂起了反应,洗坏了,他可担待不起。

至于手机,机身上多了不少划痕,屏幕还裂了一道,于无声处昭示着机井房的那场厮杀有多么凶险。

聂九罗没急着充电开机,这么久了,再急的事也过去了,迟开个一时半会儿也无所谓。

她朝门外示意了一下:"你留着陈福,说是想从他嘴里问出点什么,是想问关于你妹妹的事？你确信他知道？"

炎拓相信自己的直觉："十有八九知道，他们这些枭，可能都是把我家里的事情当笑话讲的。就是这人性子死硬，宁死不说。"

说到这儿，不觉苦笑："狗牙真是死早了，如果是逼问狗牙，没准儿有希望。"

聂九罗不置可否："那陈福你准备怎么办？先带着？"

"先带着吧，早晚检查一遍，防他诈尸。实在不行，快活过来的时候，再送他死一回呗。"

聂九罗"扑哧"一声笑了出来。

这活而又死，死而又活，简直是死死活活无穷匮。

她说："要么，这几天把他留给我吧，我反正闲着也是闲着，真醒了，帮你问问看。"

炎拓一愣："留给你？不行吧，你伤成这样……"

聂九罗乜斜他："伤成这样怎么了？只要你把他绑好，嘴巴塞好，他就算活过来，不也还得在箱子里待着吗？而且我问比你问有用，你是关心则乱，我不一样。再说了，你带进带出，就算林喜柔那些人没察觉，你就不怕碰上警察临检吗？"

一切交接妥当，离十点还差半个小时。

炎拓陪着聂九罗玩了三局飞行棋，因为这飞行棋在她枕边躺了好几天了，她好奇。

游戏名叫《大英雄逃离魔窟》，玩法很简单，掷骰子决定逃离的步数——逃生路上设置各种陷阱，一脚踏进去，基本就完犊子了。

三局，炎拓都输了。

第一局，误喝毒酒，七窍流血而死。

第二局，吃面条噎死。

第三局，误入美女蛇的毒窟，被美女蛇吞噬。

炎拓也是服了："怎么每次都是我？就算按照概率，也该你来一回了吧？"

聂九罗说："你运气不好呗。"

阿姨进门的时候，两人开始了第四局。

这一局开局不久，炎拓终于发现了聂九罗久赢不输的秘密。

比如，她掷到"5"，理应走五步，而第五步就是陷阱"被天上落石砸中，脑瓜破裂而死"。

她拿起棋子，说："走了啊，五步。"

然后棋子走格，边走边数："一、二、三、四、五。"

数是数了五次，手上动作也很花哨，其实走了四格，堪堪于陷阱前停住，还得了便宜卖乖:"好险啊,差点死了。"

第四局结束,炎拓又输了,这一次死法是:遇到村落之花,对你笑了笑,一时激动,心梗而死。

阿姨在厨房备餐了,又切又削,又煮又捞,刀声笃笃,水声鼎沸,一派热烘烘的生活气象。

窗外的那棵大树上,小山雀惊飞跃起,树枝摇晃,荡起一树光影碎金。

炎拓棋子一丢,起身告辞:"不玩了,这世道,老实人吃亏。"

11

聂九罗手机启用,第一件事是联系邢深。

没能联系上,他关机。

不过也不意外,邢深是个很小心的人,之前分别的时候,他就提过要通知剩下的人早做准备,这"准备",无外乎更换落脚点或者关机换号。

这可有点麻烦,板牙那头,除了蒋百川和邢深,其他人她基本都不认识。

聂九罗犹豫了一下,打开微博,发了条博文。

——犬吠水声中,桃花带露浓。

作为艺术类博主,她的粉丝活跃度远低于网红,但好歹有几十万的粉丝,瘦死的骆驼比马大,很快,博文下的评论高楼就垒起来了。

不爱吃蒜的小葱:啊啊啊啊啊,我看到了什么?桃花!大大是在暗示什么吗?

月亮五十斤:我怀疑我被喂了一把狗粮。

马蹄甘蔗SZD:楼上的,不懂就去查啊,这明明是李白大大的诗嘛,《访戴天山道士不遇》。

……

没想到,诗题这么快就被扒出来了,聂九罗不觉惆怅了一下。

的确是《访戴天山道士不遇》。

那时候她才十八岁,高三暑假,例行去蒋百川那儿参加为她量身定制的特训,遇到了邢深。

其实之前也见过,印象都不深,那次不同,少男少女,都是情窦初开,然后一见钟情。

后来想想,一见钟情,太看运气了。只是相中了一张脸,就寄望于皮囊包裹之下的人品、三观、性格、爱好等都能适配,实乃做梦加幻想的梦幻之举。

有一天读到李白这首诗,读着读着,心跳如鼓,觉得缘分天定,这诗不就是在写她和邢深吗?

犬吠水声中——邢深刚好是狗家人。

桃花带露浓——难道不是暗示两人间情愫暗生？

林深时见鹿——里头有个邢深的"深"字。

溪午不闻钟——溪，夕，谐音相关，指的就是她自己啊。

因着这个，她对李白倍觉亲切，此后每当唐诗界掀起李杜之争，都坚定不移地捧诗仙。

和邢深关系明朗之后，她还把这诗念给邢深听，叮嘱他务必记牢，因为这是"我们的诗"，保不齐婚礼葬礼，都得诵念一番。

……

如今失联，只能通过这种隐晦的方式了，希望邢深尽早"看"到，及时跟她联系。

当然，也希望他别多想。

接下来的几天，聂九罗安心养伤，胳膊上的伤没办法，伤筋动骨一百天，逃不掉，枪伤倒还好，仗着人年轻、底子过硬，已经可以扶着墙自己在屋里挪两步了。

养伤之余，做两件事：一是看书；二是网购。

看书自然是看炎拓带来的书，网购就包罗万象了，美妆、衣饰、蒸锅、吸尘器，什么都买。

前两者是给自己买，后两者是为刘长喜——她还记得炎拓说刘长喜用钱很俭省，自尊心又挺强，自己在这儿打扰这么多天，帮他把某些家用品更新换代一下，权当谢礼了。

当然了，明面上，她绝不这么说，或是一句"你家蒸锅不好用，蒸出来蛋羹口感不好"，或是一句"掸子掸灰太呛我了，吸尘器不扬尘，还快"，反正，样样都是为自己买的。

这导致刘长喜对她的好感打了些折扣，心说这姑娘也忒大手大脚了，一点也不持家，以后真要跟小拓成了，可不能让她管账。

……

这天中午，阿姨给她蒸了条榄菜鲈鱼，炒了碟芦笋百合，还配了一小碗养生五谷饭。

口味刚好，糯的糯，脆的脆，吃得人身心爽利，聂九罗这么多天以来头一次饭量大增。

心情也颇愉悦：咽下去的，都是能壮她筋骨的营养啊。

筷头正拈向菜碟，竖放在床侧的行李箱里，忽然传来极轻的沙沙声。

聂九罗的筷子停在了半空。

过了会儿，她搁下筷子，身子倾向床侧，右耳慢慢贴到了箱壳上。

嗯，是有。

她打开手机，随便拣了首闹腾的歌外放，以遮掩异响，阿姨过来收拾碗筷时，还同时收获一重意外之喜：今晚给她放假，不用陪夜了。

阿姨跟她确认："真的啊？不……扣钱吧？"

聂九罗笑盈盈的："不扣钱。"

今晚上，她该以什么样的面目出现呢？得有几个关键词。

嗯，就妖艳、和善、而又略变态吧。

陈福这一觉睡了很长时间，只是越睡到后来喉间越痒，那种新肉长成的奇痒——他下意识就想伸手抓挠，然而手也不知哪儿去了，只能不断地挪动身体，四面擦蹭。

再然后，眼前一轮猩红而巨大的落日，渐行渐远，陈福大吃一惊，拼命想去追，可四肢好像被人摁住了，怎么都使不上力，他汗出如雨，看落日越来越小，到末了，小成了烛焰一般。

陈福心头大急，急到后来，双目陡睁，醒了。

还真有一抹猩红焰头，飘在深得不见底的黑里。

他瞪大眼睛，又闭上，再睁，几次之后，视力逐渐适应，终于看清楚了。

这是半夜，屋里，看内部陈设，应该是民宅。那抹烛焰是真的，是桌子上一根燃着的白蜡烛，蜡烛立在一个小碗里，烛泪正慢慢往下滴。

桌面上很乱，堆了不少物件，有化妆品，也有小碟、小碗，桌旁有把正对着他的椅子，椅子上坐了个年轻的女人。

太诡异了，这个女人内里穿的是睡衣，跷着条腿，抬起的那只脚上钩挂着颤巍巍的棉拖鞋，睡衣和拖鞋都是可爱家居风，但外头罩的却是件版型很正的纯黑女式大衣，仿佛一层冷冽肃杀当头罩下，罩得下头那点可爱压根也不可爱，反而趋近调谑。

她有很长的头发，细密压眉的刘海，刘海的暗影投进眼睛里，一对眸子幽深如潭，眼线是全包的，挑起桀骜的细尾，皮肤苍白，嘴唇却涂抹得鲜红，烛光映照下，近乎暗红，还镀上了一层细腻油润。

聂九罗柔声细气："你醒啦？还认识我吗？"

陈福茫然，一是因为刚刚复活，和一切都有点脱节；二是他跟聂九罗只见过一次，她状态前后相差太大，妆容变得也大，一时间还真认不出来。

但她必然不是善茬，陈福意识到自己嘴里被团布塞得死紧，舌头都被挤压得没法动，整个人蜷曲着躺在箱子里，不是平躺，而是倚躺——箱子呈夹角斜靠在墙上，万向轮被刹车锁定，为防止箱体滑落，最底下还拿东西抵住了。

聂九罗说："咱们先定个规矩，我有点神经衰弱，不能听人大声讲话，咱们呢，就心平气和地慢慢聊。我在手机上，特意下了个分贝仪……"

她一边说，一边把手机屏幕朝向他，同时立放在了手机座上。

陈福看到了分贝仪的页面，上头是分贝刻度表盘，下头是分贝音量的变迁线，指针忽颤忽颤，分贝线忽高忽低，其实表达的是一个意思。

"我设了六十分贝的警戒线，所以你别大声，一旦过线，就会有嘀音提示。过线的人，得接受惩罚啊。"

她边说边咯咯笑起来，不过笑得很轻，然后拈起一根刷头很细的化妆刷，在小碟子里蘸了蘸，稍稍弯下腰，从他右眉心处起笔，一路下拖，拖过眼皮，拖至下眼睑下方，写了个"1"字。

"刷子上蘸的是油，说好了，你声音要是大了，我可就得用天生火给你烧一道了。"

说着，伸手扯下他嘴里的团布。

因着她的这一趋近，陈福认出她来了。

"你，你是那个疯……"

话刚出口，眼角余光瞥到手机页面上，指针和变迁线都在狂颤，他赶紧压低音量："疯……疯刀？"

聂九罗夸他："对，就这样，小声说。"

她又指了指被大衣盖住的身体一侧："你把我这条胳膊给掰了，我可是很生气啊，气到分分钟都想送你下去，和韩贯团聚。所以你要珍惜生命，很温柔地跟我聊天，把我哄开心了，我今天就不杀你。"

陈福打了个寒战，韩贯，对，他想起来了，韩贯死了，一张脸瘦得像骷髅。

聂九罗说："你可别觉得，今天不杀你没什么了不起的，做人呢，要坚持，要满怀希望，你看我，我当时就坚持到最后，等来救援了，不是吗？你也坚持坚持，保不齐林喜柔就来救你了呢。"

她越是和颜悦色，陈福后脊心就越是凉得厉害，觉得这女的脑子不正常。

"我问你啊，你的血囊怎么样了啊？身体还好？"

陈福干咽了一口唾沫，脑子里不断嗡响：这女的，这女的怎么会知道血囊的？

聂九罗面色一沉："问你话，你还不爱搭理我，你这样，我可就不高兴了啊。"

说着，从桌面上拣了根火柴，凑向火头。

火柴头包磷，燃起时哧啦一声轻响，陈福被这火光小爆惊了一下，只觉得右眼皮上狂跳，赶紧说了句："还好，还好。"

表现不错，聂九罗横拈火柴梗，轻吐一口气吹熄，又左右晃了两下防复燃，才慢慢道："那你的运气，比隔壁的可好多啦。"

说着，朝隔壁努了努嘴。

隔壁的？隔壁还有谁？

陈福一头雾水。

聂九罗嫣然一笑："就是那个姓李的小姐姐啊，她好可怜哪，一直咳嗽，腰都直不起来。你说和她相比，你是不是运气好太多了？"

姓李？李月英？

陈福头皮发麻："你把她……她也弄来了？"

聂九罗奇道："有炎拓当内应啊，谁我弄不到？再说了，就是因为把你们给绑来了，林喜柔才急得要命，派人四下里找啊。别说我没给你机会，我等着她呢，就看你能不能哄我到那时候了。"

陈福又咽了口唾沫。

其实依他的脾气，早恨不得暴跳了，但一来韩贯的惨状犹在眼前，二来聂九罗有句话说得没错，也许多撑点时间，就多点希望呢？林姐是个聪明人，也许……也许已经在赶来的路上了。

拖得一刻是一刻。

他刻意挤出讨好的笑："你，你还想问什么？"

聂九罗拿起手机："谁知道你说的是真是假啊，再说了，这么一问一答，怪没劲的，咱们跟隔壁互动一下呗。同样的问题，问你，也问她，答案一样，咱们就过，不一样，我就给你添道火，两次不一样，你就别玩了，下去跟韩贯凑副牌吧。"

陈福好半天才反应过来，结结巴巴道："不，不是，万一我说实话，她撒谎呢？"

聂九罗瞥了他一眼："你这人，怎么尽把同伴往坏处想呢？两次可就没机会了，她能不怕死啊？"

陈福急道："她，她当然不怕，她二代没血囊了，这老婆子，心里恨着呢，有这机会，还不拖个垫背的……"

聂九罗就跟没听见似的："听着啊，第一个问题来了。二〇〇〇年，缠头军走青壤，有个女人，被地枭拖进了黑白涧。这个女人，怎么样了？"

陈福呆了一会儿："我不知道啊。"

见聂九罗脸色沉下来，他慌忙解释："黑白涧……很大的，那我当时不在那儿，我怎么会知道？"

"那也没听说过吗？"

"没，没啊。"

话音刚落，聂九罗的手机里就传来一声轻微的，但不至于惊破60分贝的信息音。

陈福心头一颤，大气都没敢喘。

聂九罗低头看手机，其实没信息进来，是她自己调到"声音和振动"页面，点击了一下信息铃而已。

她笑了笑："真是好巧啊，她也说不知道。这倒提醒我了，接下来，不许都答不知道了。每一题都不知道，不是题题都过关了吗？"

她操作了一会儿手机，做出发信息过去提醒的样子，然后清了清嗓子："第二个问题，炎拓托我问的，他说自己问不出来，知道我要问什么了吧？"

陈福舔了舔嘴唇，想起来了："他……他妹妹？"

"林喜柔把人家妹妹给抱走了，抱哪儿去了啊？"

"黑、黑白涧。"

黑白涧，又是黑白涧。

又是一声信息音。

聂九罗低头看手机，然后抬头看陈福："李月英可不是这么说的，你输了。"

说着，拣起一根新的火柴，焰头上点燃，慢慢俯下身子。

陈福眼见火柴焰距离自己右眼越来越近，急得语无伦次，还得尽量压低声音："不、不是，她怎么说的？"

"她说，做成血囊了。"

这老婆子，简直是满嘴喷粪，陈福这一瞬，倒不怪聂九罗，怒火全冲着李月英去了，简直想捶爆她的狗头："她……她撒谎，炎拓的妹妹，抱走的时候才两岁，长都没长熟，哪能做血囊？"

焰头堪堪就要上眼了，聂九罗手腕轻拧，将火焰移开了点，若有所思："你说的还是有点道理的，这么说，真是她撒谎咯？"

陈福忙不迭点头。

聂九罗感叹："她可真坏啊，该烧。可是你为什么跟炎拓说，他这辈子都见不到他妹妹了，接着又反口，祝他们早日见面呢？"

陈福说："黑白涧那是什么地方，一入黑白涧，枭为人魔，人为枭鬼……"

聂九罗下意识地觉得这个"入"字突兀："入？人入也就算了，你们从哪里入？"

陈福激灵灵打了个寒噤，像是突然意识到自己说漏嘴了，面色一变，再也不吭声了。

12

炎拓回到别墅的当天，和林伶聊了一次：没敢透露关键内情，毕竟大家都还得在林喜柔身边待一阵子——林伶不善于掩藏情绪，万一眼神和言行里露出破绽就不好了。

他只和林伶讲，事情已经在筹备当中，为求稳妥，需要多点时间，这段时间，务必在林喜柔面前装得乖乖的，让做什么都先口头答应。

第二天，林喜柔和熊黑就回来了。

脸色都很难看，炎拓估摸着，是陈福和韩贯的事给闹的。挺好的，他们那头越狼狈，他这头就要越和谐——炎拓只当看不见，还接连去公司上班打卡，签了一摞积压的文件。

这天临下班的时候，林伶给他发了条消息。

——刚林姨骂熊黑了。

炎拓秒回：听到什么了吗？

林伶发了条语音过来。

"刚下楼去拿快递，路过小客厅那里听到的。没头没尾，就几句。林姨说，找不到人，那找车啊，车上不是有GPS定位吗？还有，路上摄像头那么多，就没拍到车？"

说的应该就是陈福和韩贯的事了。

陈福车上是有GPS定位，被他撤了。

路上摄像头是多，但他转移车辆的时候，是在晚上，而且专拣导航上没有的路线走。

第二条语音发过来了，炎拓点开。

"熊黑就很无奈的样子，说林姐啊，GPS定位如果被关了，或者不联网，是没法发送最新位置的，交通摄像头是设置在主要路道上的，车子要是从乡村庄稼地里走的，哪个摄像头能拍到啊？总之就是，出了石河县城之后不久，就蒸发了一样。"

第三条语音接踵而至。

"林姨就大发脾气，说熊黑没脑子，这么大的事，居然不从一开始就重视。又说别只盯着失踪之后，失踪前呢？见过什么人、去过哪儿，不都应该查吗？"

炎拓发送语音："就刚刚的事？"

林伶回了条："嗯，十分钟前吧，后来我感觉熊黑要出来了，就赶紧走了。走开了之后，还听到他们说了吕现什么，没听清。"

说到"吕现"两个字时，语音中明显带抵触情绪。

炎拓本来想叮嘱她做戏做全套，既然"同意"跟吕现接触，就别表现得这么别扭，但心中有事，一个晃神，思绪就被别的事给占据了。

——林喜柔让熊黑别盯着失踪后，要关注失踪前，见过什么人、去过哪儿。

失踪前，聂九罗就脱不了干系了，她至少比较明显地在两个地方出现过。

一是酒店前台，和韩贯打过照面。这个还好，当时她在办理退房，并不认识韩贯，而且，她比韩贯先走。

二就是她听墙脚的那家餐馆，这个也还好，因为两人在刘长喜家互通了信息之后，他打电话去那家餐馆问过，那家餐馆因为摄像头较多，占用内存大，所以监控录像七天一覆盖，基本上，现在已经没法回溯了。

怕就怕熊黑他们查得太细，比如什么道路监控、斜对面店监控，这就不是他能使得上劲的了。

还有，林伶提到"吕现"，这提醒他了，他还欠吕现一个手机呢。

离开公司之后，炎拓绕去了自己常买手机的店。他是常客兼阔绰客，是以一到店，就享受到了店老板的一对一服务。

所谓的最新款、折叠屏，炎拓不是很感兴趣，不过看老板做功能演示，还是挺有意思的。扫码付款的时候，他忽然生出一个念头来，先不忙付钱，左右看看，凑近老板，压低声音："手机里能给我装监听吗？"

老板一愣，赶紧把他让进小房间。

看来是有门儿，炎拓心领神会。

果然，进了小房间，老板一脸神秘："炎先生啊，你不是要搞商战吧？这种风险太大了，我们不敢哪，我们最多也就出于同情和正义，帮太太抓小三啊、监听一下渣男什么的。"

这人也真是鬼精，炎拓笑道："搞什么商战啊，就我新交一女朋友，处下来觉得不太对，我怀疑她拿着我的钱，在外头还养了一个，所以这不是嘛，给她买手机当生日礼物，顺口这么一问。"

老板表示理解兼同情："这是遇上捞女了吧？这有钱人啊，甭管男女，都有这苦恼。"

说着给炎拓介绍了一番。

原来现今这科技发展，装监听器都不大流行了，最新的趋势是安装卧底软件，老板极力给炎拓推荐一款售价两千的："安装了这一款之后啊，你需要另外准备个专用号码，我们把号码设置成配对，专用号码没法跟这个手机通话，但是，只要你拨打，对方屏幕闪了一下，那就是信号对上了。那之后，即便他没在打电话，你都能听到他身周的动静——也就是说，有了这款软件，手机不用安装监听器，手机本身就是一个监听器。"

这一款的确是符合需求，炎拓二话没说就付了所有的钱，还把自己手机交给老板检测，以防手机里也有这种软件，同时有点唏嘘：自己一面不愿意"被安装"，一面又暗戳戳给吕现"安装"。

转念一想，又自我安慰：毕竟是为了对付地枭，情非得已，其他的，就顾不上那么多了。

回到别墅，天已经黑了，刚进门，就看到熊黑在楼底下打电话，脾气还不小：

"什么叫视频太大,邮箱发不过来?你不会放网盘啊?就会打打杀杀了,是吧?你不与时俱进,迟早被社会淘汰,懂不懂?"

炎拓脸色一冷,只当没看到他,绕了过去。

果然,没走两步,就听到熊黑气急败坏地叫唤:"炎拓,你给我站住!"

炎拓收住脚步,过了会儿,一脸欠揍、很是吊儿郎当地转过脸去:"怎么着?"

熊黑气不打一处来:"你看你这态度,这么大眼,没看见我?没看见我心情不好?也不知道过来关心一下?"

炎拓说:"看见了啊,可既然都不带我玩儿了,关我什么事呢?"

熊黑被他戗得一时说不出话来。

老实说,他从前挺看不上炎拓的,但自从农场那次炎拓跟他"剖白心迹",他反而对炎拓有所改观,觉得钻营归钻营,谄媚归谄媚,人家至少"真诚"啊。

他一巴掌拍在炎拓背上:"男子汉大丈夫,别学得这么小肚鸡肠,用人朝前,不用人朝后的。"

炎拓被他这一拍,一时反倒不知该说些什么了。

熊黑能活着,必然有独属的"血囊",这么多年来,也必然没少干过脏事,可打的交道多了,看到熊黑身上也有"人"的那一面,甚至是对他友好的那一面,难免唏嘘——就比如从小到大,林喜柔确实对他关爱有加,这种日积月累的相处,很容易腐蚀心志,以至于他有时候,要专门去翻看母亲留下的日记,从字句中去汲取和加固仇恨。

他定了定神:"熊哥,什么事这么愁啊?"

熊黑没吭声。

炎拓冷笑:"嫌人不过来关心,我这关心了吧,又拿我当外人。得,我不配,月亮出来了,你跟月亮讲心事去吧。"

熊黑又好气又好笑:"你这嘴里吧啦的什么玩意儿?嗐,就是上次跟你说过的,有俩兄弟,在石河没了的。"

边说边拣了根烟点着叼上。

炎拓惊讶:"还没找着?"

熊黑没搭腔,徐徐吐出一口白烟,像是在说,看到哥有几多愁了吧。

炎拓:"你这俩兄弟,是属于你们一个血脉的那种吧?"

熊黑"嗯"了一声。

炎拓:"你也别着急,现在这满大街的摄像头,容易找。"

熊黑叹气:"找了,他们是在离开石河去南巴的路上没了的,你也知道,城里是监控多,但乡下不这样啊,还是在山区。"

炎拓沉吟了一下:"如果是这样,我建议你往前找。就是说,别太纠结于失踪后去哪儿了，得看看失踪前发生了什么。"

熊黑一怔，抬起眼，定定地看了他半天。

炎拓奇道："怎么了？"

熊黑冲他挑拇指："可以啊，有点想法，林姐也这么说，可见你是认真帮我想了的。"

炎拓笑笑："就是……监控好拿吗？"

熊黑满不在乎地挥挥手："城市监控肯定是不能随便调，但石河县咱们还是有点关系的，什么酒店的、几条街口的，只要在那时间段的，都让拷贝出来了，就是太大太多了……"

说到末了，烦躁地撸抹了一把头发。

炎拓不动声色："可以多找几个人看，这样快一点。"

"找了，今晚估计睡不成觉了。"

炎拓："要帮忙吗？我闲着也是闲着，要么，我点几个夜宵，再来半扎酒？"

熊黑拉上了炎拓，一半是冲着吃饭喝酒，另一半是因为，一个人看这种枯燥的视频太无趣了——他是找了几个人，但找的是李月英、冯蜜、杨正，几个人都还在农场呢。

视频分几个部分，分别发送到几个人的网盘：韩贯酒店（熊黑）、陈福洗浴中心（杨正）、陈福车子石河县内（冯蜜）、陈福车子石河县外（李月英）。

炎拓大致明白了：韩贯和陈福是各自到石河的，韩贯住了酒店，陈福找了家洗浴中心推拿按摩过夜，第二天中午两人在餐馆碰头吃饭，预备一起去南巴。

原本以为是在电脑上看，哪知熊黑嫌电脑上人像太小，费眼睛，在别墅的娱乐房里开了一面墙的投屏，大灯一关，跟坐在电影院里看电影似的。

因为是往前回溯，所以熊黑先从韩贯退房的日子开始看。

720P 的高清摄像头，一天下来有 30 多个 G，而为了上传方便，分成了上百个 200M 的视频文件，文件夹一打开，密密麻麻，一页电脑屏都拉不完，难怪熊黑会说"太大太多了"。

炎拓慢慢呷着啤酒，看熊黑打开视频、快速拖拽、断定无实质内容之后再开下一个。

冷不丁地，熊黑说了句："来了。"

又暂停画面，让炎拓看韩贯的脸："喏，就是这个。"

画面上，韩贯拖着行李箱，应该是去退房。

炎拓点了点头，放下啤酒，坐直了身子。

聂九罗应该就快出现了。

熊黑点击播放。

画面上，是很正常的排队退房，不得不说，这摄像头太清楚了，再加上又是投屏播放……

炎拓有点紧张。

果然，没过多久，他就看到了熟悉的身影，那个时候，她还没受伤……

想起她现在不得不扶各种东西借力，炎拓不觉微笑。

熊黑忽然"咦"了一声："韩贯跟这女的说话了。"

炎拓心里一紧，轻描淡写道："女士优先吧，给人让位置呢。"

熊黑一声"哦"还没完，陡然冒出一句："不对！这个女的！"

边说边暂停了视频。

炎拓头皮一阵麻。

熊黑盯着看了一会儿，努力回忆，末了恍然，伸手指炎拓："这不是你那个，相好的，好了一夜，你把人扔山里那个女的吗？"

当初炎拓失踪、还没下落的时候，林喜柔那头曾经通过悬赏，找到司机老钱，下一步几乎就要去查聂九罗了——所以熊黑记得她。再说了，聂九罗的长相，本来也很难让人忘记。

炎拓轻轻吞咽了一口唾沫："是啊，她又去了。"

熊黑没听懂："又去什么？"

炎拓淡淡回了句："没跟你说过吗，她做雕塑的，定期往山西、陕西这种古迹多、泥塑多的大省跑，这几个月，持续在陕南一带转悠。"

熊黑身子前倾，看了聂九罗好一会儿："长得不错啊，不准备复合啥的？就算不结婚，睡几次也好啊。"

说完，狎昵地笑起来。

炎拓说他："熊哥，你这样，我可不陪你熬夜了啊，说好了忙正事的。"

熊黑嘿嘿笑："行行，正事，正事。"

因着这一插曲，熊黑心情莫名轻松，再往下翻视频的时候，哼起了小曲儿，还跟炎拓抱怨："韩贯第二天还和陈福会合了，也就是说，酒店没发生什么事呗。"

炎拓巴不得他就此结束："是啊，我觉得，就算有什么，也是冯蜜他们那儿可能性更大吧。"

熊黑犹豫了一下，还是不习惯敷衍了事："林姐交代了的，我再翻完吧。"

随便，翻就翻吧，反正聂九罗这一节已经遮掩过去了，炎拓心中一块大石落地，终于有心情应付夜宵了，还就着小菜，连灌了两罐啤酒。

也不知又挨了多久，炎拓正低头去掰第三罐的拉环，音影蓦地一停。

是暂停，声音没有了，光影不再晃动了，熊黑就坐在他身边，动也不动。

有一股异样的压迫感自心头升起，炎拓抬起头。

投影墙上，仍然是前台的场景，韩贯拖着行李箱，正在办理入住，这应该是前一天傍晚的场景了。

但这些还不是重点，重点是，有个人，正经过大堂，往外走。

熊黑终于开口了。

他说："炎拓，这不是你吗？"

13

炎拓万万没想到，自己还跟韩贯同过框。

什么时候的事？

想起来了，是他被蚂蚱抓伤那次，聂九罗把他带回酒店，还用天生火给他炙烤了伤口——他离开酒店的时候，天已经黑了，一出酒店大门，铺天盖地的雪就下来了。

原来当时，韩贯在办入住。

炎拓嘴唇有点发干，明知道熊黑在看他，只装不知道，仍是怔怔盯着投影，末了喃喃了句："人哪，真是不能撒谎。"

他转头看熊黑，还拍了拍他的大腿，低声说了句："这事，可千万别告诉林姨。"

说完，夹起一筷子拌菜送进嘴里嚼了，还顺势启开拉环，猛灌了一大口啤酒。

熊黑真是丈二和尚摸不着头脑："不是……我别告诉她什么啊？"

炎拓嘴里吃得正忙，话说得含混不清："你不是都看出来了吗？这么明显。"

看出什么来了？

熊黑如堕云雾中，不过，这不影响他回忆：韩贯到达石河那天，自己正忙着带人去端蒋百川一伙，路上还接到炎拓的电话，他没空搭理，就把阿鹏的地址发给了炎拓。

再前一天，他在芦苇荡和炎拓"失联"，原因是他要对付老刀和那条废狗……

他说："你不是说你遇上几个小混混儿，手机也摔坏了，还送修了吗？"

炎拓："对啊，没错啊。"

熊黑："去酒店修手机的？"

炎拓哭笑不得："你是不是傻？我和你是前一天半夜分开、第二天晚上重新联系上的，收拾几个小混混儿加修手机用得了这么长时间？我肯定还做了别的事啊。"

熊黑被他绕得有点晕："做了什么事？"

炎拓脸色一沉："熊哥你故意的，是吗？你这都拍下来了，你还问我？"

哟，还发火了。

熊黑感觉自己需要思考：消失一夜，被酒店监控拍到，还发脾气不肯说，又不让告诉林姐……

他瞪大眼睛："你开房……去了？"

炎拓以手抚额，他觉得自己最好不说话……

炎拓心里开国骂，他真不该放任熊黑自由发挥的。

熊黑越想越觉得逻辑合理、睿智的自己必然已经看透了一切："炎拓，上次你失踪，林伶整理来的视频，我可是看过的，当时那个司机老钱，说你做特殊……行业，我们还都没当回事，以为是一夜情，逗那司机玩儿。"

他凑近炎拓："你是不是心理上有隐疾啊？我算是明白了，你为什么把那女的扔那么偏僻的山里，你是完事之后厌弃自己啊。可是你又控制不住，这种叫那什么，人格的撕裂……"

话还没说完，炎拓猛揪住熊黑的衣领，一把把他揉在后墙上。

娱乐房里很静，投影墙上是炎拓的大幅影像，而近在咫尺的，是炎拓背着光、隐没在暗里的脸。

这脸，平日里看惯了的，现在却突然陌生，非但陌生，还有些扭曲、狰狞以及阴狠。

炎拓齿缝里往外迸出一句："这话，你往外说半个字，我杀了你。"

还真叫自己给说中了？

熊黑一阵唏嘘，真是人生如戏，这一晚，有心栽花，无心插柳，韩贯的事没查出一根毛，反而把炎拓的秘密给抖搂出来了。

他双手慢慢上举，做投降状，还安慰炎拓："你放心，我又不是碎嘴婆子，咱就当什么事都没有哈。"

炎拓盯视了他一会儿，才冷笑一声松了手，又坐回小地桌边，攥起啤酒罐子，咕噜灌了一口。

掌心内，隐隐一层薄汗。

这不是他想的借口，他想的是，大不了承认是去和聂九罗复合的……

熊黑脑补的有点荒谬，但荒谬中又逻辑自洽，随便了，过关就行。

放下啤酒，他若无其事招呼熊黑："熊哥，继续呗，这么多视频等着翻呢。"

这脸变的……

熊黑也坐回桌边：人哪，果然是多面体，唯有多相处，才能发现其不为人知的一面。

他点击播放键。

伴随着极轻微的投影音，视频如常继续，没什么异样：韩贯办好了手续，心情很好地去乘电梯了，还顺带从前台的点心碟里拿了一颗糖。

熊黑没把炎拓往韩贯失踪的事上想：毕竟炎拓经过大堂的时候，目不斜视，看都没看韩贯一眼，而且当晚，炎拓就入住阿鹏那儿了。

两人面朝投影，各怀心思。

过了会儿，熊黑清了清嗓子，直视前方："这种事啊，还是尽早找个医生看看，控制一下。"

炎拓也没转头，一直盯着投影，好一会儿，才应了一声。

视频翻完，已经是半夜。

这期间，李月英和杨正先后给熊黑发了消息，大意是看完了，目前没问题，只有冯蜜迟迟没动静，熊黑忍不住打电话过去催，没聊两句就愤愤挂掉，骂了句粗话。

四份视频，三份都过关了，炎拓放一大半心，却又紧提一口气："她怎么了？"

"说自己是夜场人，跟我们作息不同，在搞直播唱歌呢，下了班再看。"

暂时也只能到这儿了，总不能为了拿最新进展，在熊黑这里赖着不走。

……

回到房间，炎拓草草洗了澡，想给聂九罗发个例行问候，想想时间太晚，又摁下了。

过了会儿，他打开手机上的短视频 App。

冯蜜是个在当地小有名气的酒吧驻唱，熊黑说她在"直播唱歌"，估计离不了那几个最火的 App。

他一个一个点开，进行交叉搜索，匹配"冯蜜""正在直播"以及"所在地厦门"，果然，没过多久，就让他找到了。

确实正在直播，她粉丝不是很多，两万出点头，不过场子还算热闹，好多人正在刷评论，其中颇有些言语不堪的，嚷嚷着"美女，能穿少点吗"。

而冯蜜，会大方地把这些评论给念出来，喝口红酒，然后理理衬衫的领口，说："看礼物多少呗。"

也有人刷礼物点歌，什么《爱我你就抱抱我》《魔法城堡》《安和桥》。

冯蜜没撒谎，她唱歌挺好听，尤其是喝了酒之后，声音里带点微醺的味道，又掺点哑，一张年轻的脸庞上，渐渐爬上本不应有的沧桑。

009 号冯蜜，比陈福、杨正、韩贯等人的号还要靠前。

不能被这张脸骗了，她也是个老资历。

炎拓给账号充值，上来就送了辆保时捷——网站的保时捷不算贵，但在一众刷鲜花、啤酒的粉丝当中，算得上鹤立鸡群了。

而且不止一辆，隔一会儿就刷一辆，一共刷了十辆。

他知道冯蜜看得到这些礼物，更重要的是，他账号实名：他只在中二时代，起过什么"王者之拓"之类的网名，那之后，基本都是实名了。

果然，没过多久，冯蜜的表情就有些微妙了，一直瞥向屏幕。

最后一个礼物，炎拓送了辆南瓜马车。

冯蜜凑近屏幕，笑盈盈的："有一位叫炎拓的粉丝，刷了好多车子，谢谢你啦，给你唱首歌吧，我在场子里常唱的，《等你等了那么久》。"

一听就知道是很甜腻的情歌，炎拓没听完就退出直播了。

没过多久，如他预期，消息栏里进来一条信息，冯蜜发的，没说什么话，只留了个手机号码。

炎拓十分钟之后拨了过去。

接电话的果然是冯蜜，半夜三更，声音甜得跟蜜糖一样："炎拓？"

炎拓问她："下班了？"

"提前下班了，不想守着群脑残唱歌了。你怎么会看我直播的？"

炎拓不着痕迹地把话头引向正题："刚陪熊哥看完监控，听说你还没交活儿，帮他督促你一下，既然下班了，可以上工了吧？"

冯蜜奇道："你陪熊哥看监控？男人陪男人看监控，有什么意思？"

炎拓回了句："我也希望他是个美女，可惜他不是啊。"

冯蜜咯咯笑起来："那陪我呗，我是。"

炎拓："行啊。"

冯蜜明显一怔，顿了顿，说："你就不怕我误会啊？"

炎拓反问她："有什么好误会的？我陪熊哥看，他也没误会啊。"

冯蜜娇嗔似的"哼"了一声："那你还给我刷了那么多礼物呢。"

炎拓："我什么身家你不知道？那点东西，也值当拿出来说？"

冯蜜没词了，炎拓总是这样，说话好一句歹一句，她恨得牙痒痒，又拿他没办法，顿了顿，问他："你怎么陪我，来农场吗？"

炎拓："远程，聊着天说着话，顺便把事给办了，不好吗？"

冯蜜明显失望："远程啊？"

炎拓："那我挂了。"

不等冯蜜出声，他就挂了电话。

冯蜜很快就拨了过来，这一次，炎拓连上了耳机。

她开口还带了委屈："炎拓，你怎么这么小气？一句话不对就挂人电话，我又没说远程不好，怕你闷而已。那么多视频，得看好久啊，你一直陪着，不挂电话？"

炎拓"嗯"了一声。

冯蜜："你说的啊。"

……

听上去挺不错，但当真打开视频，冯蜜很快就觉得别扭了：她是没什么，毕竟有视频要翻，可以集中精力，但那头的炎拓呢，就举着个手机，听这头的按键声？得多无聊啊。"

她讪讪地来了句："你要是能一起看到就好了，咱们还能讨论讨论，商量商量。"

炎拓："可以啊，你不知道有个做法叫'桌面分享'吗？我这头开电脑，页面就能同步了。"

依着炎拓教的，冯蜜下载软件，点击共享，两边一旦信息同步，这"陪伴"登时就有意思多了。

主页面是她在这头操作，快慢由她主控，她可以跟炎拓聊石河的街景、路边巨丑的建筑、某辆违规的车以及车里的司机。

交通监控没酒店视频那么多，也没那么高清。

一轮看完之后，炎拓察觉到风险了。

而冯蜜显然也注意到了，起初"共享"的时候，她还跟他插科打诨、胡聊乱扯，这个时候，话渐渐少了，而且，有几次，她又返回到先前打开过的视频，反复看。

炎拓心跳渐渐加速：聂九罗真正的风险，不在酒店监控，也不在那家回溯不了的餐馆监控，居然在这儿。

过了会儿，耳机里传来冯蜜的声音："炎拓，你对比着看，有没有发现，陈福他们的车，像在跟踪前头的车啊？"

炎拓还想搅和一下："有吗？"

"有啊，你多看几个路口的视频就知道了，"冯蜜在那头说着话，这头的电脑屏幕上，视频正依次打开、拖拉到关键位置，"你看啊，有一辆出租车，始终在他们前面。熊哥还让我务必注意是不是有车盯着陈福他们，其实你换个角度想，说不定是陈福他们盯上了别人呢？"

炎拓喉头发干，轻声回了句："有道理。"

冯蜜："我放大看一看。"

她那头放大，炎拓这头自然也能看到，他飞快抓过纸笔，先记下了车子的车牌号。

聂九罗跟他互换信息的时候，一句话带过了这辆车，只说行李扔车上了，记下了司机的手机号，有空再去拿——两人都没想到，这辆车子还能爆雷。

屏幕上，画面还在放大。

冯蜜："我看看啊，能不能看到车里的乘客……"

谢天谢地，交通监控没那么能耐，炎拓松了口气："能看到车牌号就行。不过呢，你对石河不熟，我倒是去过几次——看路线，出租车是要出城，陈福他们也是出城，路线一致可能是巧合，不好下断言，你还得看看出城之后的监控再说。"

出城之后的监控是李月英负责,而她一早就回复熊黑说,视频没问题。

冯蜜恨恨道:"李姨才不会认真看呢,她现在,觉得全世界都对不住她,熊哥把活儿交给她,真是瞎了眼了。"

炎拓笑笑:"恭喜你发现问题了,我这督促,也不算白费。剩下的事,你和熊哥商量去吧,我不便参与,挂了。"

电话掐断,桌面分享还在。

炎拓心跳如擂鼓,立马点开阅后即焚,给聂九罗发了条信息。

——你行李扔一辆出租车上了,那个司机的电话,赶快。

他得抢个时间差:冯蜜即便立刻联系上熊黑,他们手里暂时也只有车牌号,查人还得要一阵子,有电话就不同了,马上就能联系到人。

这个点,聂九罗应该早就睡了,炎拓正准备直接拨电话,出乎意料地,她把号码发过来了。

发过来就好,炎拓一秒钟都没耽误,立刻按照号码打了过去。

……

一通电话打完,已经是凌晨三点。

桌面共享已经结束,电脑黑屏了,炎拓长吁一口气,额头抵住桌面,趴了好一会儿。

这一晚上,真跟打了好几场仗一样累。

蓦地又想起一件事:聂九罗怎么这么晚还没睡?

他拿过手机,这才发现,刚打电话的当儿,她又回了两条信息过来。

——出什么事了吗?

——没等到你回复,今天有点进展,见面跟你细说,太累了,晚安。

"阅后即焚",真是,也好也不好,字句不容你咀嚼回味,瞬间就消失在烟火之中。

没什么事了,暂时,又能安然入睡了。

炎拓回了两个字。

——好梦。

14

炎拓前一晚熬了夜,第二天,直睡到近十一点。

还不是自然醒的,是被砰砰的砸门声给吵醒的,惊醒的刹那,背上激出一层冷汗,脑子里冒出的第一个念头就是:完了,事发了?

然后才听出是吕现的声音:"炎拓,炎拓?睡死了?"

炎拓长吁了一口气，下床给吕现开门：长此以往，他迟早神经衰弱。

门开了，吕现一拳砸空，人差点跌进屋里。

他稳住脚步，还理了一下衣服："你怎么回事，起这么晚？"

炎拓打了个呵欠："看片，熬夜了。"

吕现一进屋就气势汹汹："知道我为什么找你吗？借人车就不晓得还了，成老赖了，是吗？还有手机，你知道我现在凑合用着旧手机吗？"

幸亏昨晚把事情办了。

炎拓示意了一下沙发上的新手机提袋："没忘。还有，车子不就在楼下吗？你那破车，也值得我赖？"

新手机来了？

吕现双眼放光，"嗷"一声冲了过去，连回怼炎拓一句都顾不上了。

炎拓顺势在电脑椅上坐下，看吕现心花怒放地拆包装、试手机，也留意到，吕现今儿打扮得贼隆重。

他冷笑一声："打领带啊，这脑袋抹发胶了吧。"

吕现头也不抬："见女神嘛，隆重点。"

"什么时候见？"

"见完了啊，你以为都像你，睡到中午才起？"

都见完了？

林喜柔找吕现，多半是在做媒，要撮合他和林伶。见完了，还兴高采烈的，这是……事情成了？

他谨慎地试探："那你……同意了？"

不提这茬还好，一提，吕现立马来了气："炎拓啊炎拓，你太不够意思了啊，你一早就知道这事，还不给我漏个风。哎哟，把我跟林伶往一道凑，老尴尬了，你知道吗？一点心理准备都没有。"

炎拓可不关心他是不是尴尬："你到底是同意，还是没同意啊？"

吕现往沙发里一倚，二郎腿一跷，来了劲："都什么新时代了，你们有钱人，还以为能够拿钱买通我这般正直男子的爱情吗？"

说点人话行不行？炎拓头疼。

吕现滔滔不绝："本来啊，我还想着要不要委婉一点，后来一想不行，得把一切扼杀在萌芽状态。我就跟你小阿姨直说了，我说感情这种事呢，得看感觉，这个社会很多东西都已经不纯粹了，但我希望，至少自己的感情，是完全由心选择的……"

炎拓没空听他高谈阔论："林姨呢，林姨脸色怎么样，不太高兴吧？"

"那怎么会？"吕现鄙夷地看了他一眼，"女神那是……完全就被我震慑了，她大概没想到，我是一个这么有原则的人。我感觉啊，我已经引起了她的注意……"

炎拓无话可说，起身大步过去，居高临下："吕现！"

吕现左右手臂大张，平放在长沙发背上，跷着腿抬头看他："怎么着？"

炎拓斟酌了一下，尽量语气和缓："哪怕你不喜欢林伶，你也得先答应着，暂时顺着林姨的意思，懂吗？"

吕现不懂："为什么啊？"

他看着炎拓，眼神渐渐微妙："我懂了，林喜柔、林伶，她俩一个姓，她俩更亲。肥水不流外人田，你小阿姨想让你跟林伶谈，亲上加亲，你不愿意，推给我是不是？"

炎拓无语，这两天他遇到的人，一个两个的，怎么都这么爱推理？

"行啊炎拓，你这招转移矛盾，太不厚道了吧？死道友不死贫道，是不是？我信了你的邪！"

他哼了一声，抓起新手机起身："看在手机的分儿上，我不跟你计较。我忙着呢，明天我还要跟女神去农场考察工作呢……"

"农场"这两个字，真是听得炎拓心头一个激灵："你怎么会要去农场？"

吕现白了他一眼："你这什么表情？我去农场不是很正常吗？因为农场在乡下，员工又多，所以更需要医疗支持。我去给他们现有的医务室打个分，出个升级和增员建议啊。"

他说着就想走，眼前身形一晃，炎拓把他的路给堵了。

吕现警惕："你又想出什么幺蛾子？"

炎拓压低声音，面色郑重："吕现，我是认真的，你再见到林姨的时候，就说自己又考虑了一下，愿意和林伶接触试试——这个很重要，大不了你们接触了一段时间再分手，你又不损失什么。"

看炎拓的表情，不像是开玩笑，吕现纳闷："为什么啊？"

炎拓避重就轻："我坑过你吗？这事你听我的，顾全所有人的面子，对你也好。"

说到最后一句时，他加重了语气。

吕现让他说得心头惴惴，不安地舔了下嘴唇。

——炎拓很少这样。

——回顾以往，炎拓确实也没坑过他。

——他虽然嘴上"女神、女神"地叫，但他和林喜柔其实接触不多，远不如跟炎拓来得熟。所以，听熟人的？

吕现为难："可是，出尔反尔，很难讲得出口啊。"

炎拓松了口气："这不叫出尔反尔，这叫深思熟虑。"

打发了吕现，炎拓去找林喜柔。

离着还远，就看到熊黑从林喜柔房里出来，炎拓习惯性察言观色：熊黑挑着眼，一脸不屑。

应该无事发生，或者说，至少不利于自己的事没有发生。

炎拓跟他打招呼："熊哥。"

熊黑冷不丁见到他，立刻想起了昨晚，登时就有点不自在，待看到炎拓落落大方、毫无秘密被戳破的窘迫，又不觉有些唏嘘：网络金句总结得好啊，只要自己不尴尬，尴尬的果然就是别人。

炎拓注意看他的眼睛："没睡好啊，全是红血丝，你昨天是不是一直等到冯蜜交活儿啊？"

一说到冯蜜，熊黑就满肚子气："这娘儿们，神神道道，折腾我半宿，非说有辆出租车有问题。"

炎拓笑道："查车去了啊。"

"可不嘛，又查车又查人，还把出城之后的交通监控调出来看了，"熊黑一个大哈欠上来，眼泪都打出来了，"结果屁事没有。"

出城之后的监控是分路段的，因为只有主要路段有监控，所以会出现车子从这条路上消失，一会儿之后又在另一条路上出现的情形——头几段监控中，能看到两辆车一前一后，都开得飞快，这一点是有点可疑，不过因为乡下交警查得没那么严，很多司机出城都会开快车。而且更关键的是，出租车很快又出现在了另一条路段的监控中，按照距离推算，这辆车一直在行驶，没停过，陈福那辆车，却就此消失了。

司机电话也找到了，打过去问时，那个司机回忆了好一会儿，才说："那天是下乡，心情不好，路上有辆车想超我，我还跟它赛来着……后来那车就掉队，不知道哪儿去了，我拉了个客，就掉头回城了。"

情况就是这么个情况，熊黑大致讲完，问炎拓："你说这娘儿们，是不是成心给我找事？"

炎拓说："话也不能这么讲，她也是心细，不放过任何一个疑点。"

熊黑真是服了他了："你啊，真不愧是林姐带的，说的话跟她一样。"

炎拓皱眉："这下难办了，可怎么找啊？"

熊黑冷哼了一声："咱林姐眼里，就没难办的事。"

说着压低声音，同时指向林喜柔的房门："说用最笨的法子，安排人手，从车子最后出现的那条路开始，所有小路、所有方向，一米一米，地毯式排查。所以说啊，上头动动嘴，下头跑断腿——横竖是不要她忙，阿鹏那伙人得累吐咯。"

他耸了耸肩，又是一脸不屑，晃晃荡荡地走了。

炎拓原地站了会儿。

这确实是最笨的法子,但必然会有进展,至少,那间机井房是藏不住了。

正出神时,听到林喜柔的声音:"小拓。"

循声看去,林喜柔还是一如既往精致,她的审美风格是贵妇式的,但因为一张脸自带风情,所以无论多么艳俗难穿的衣服:碎花、天鹅绒、水貂,都能压服得住。

她穿了件剪裁简约的本色珍珠貂半身外套,内衬轻暖的羊绒连身包臀裙,打底丝袜,蹬一双踝边镶钻的高跟鹿皮短靴。

炎拓笑起来:"林姨,打扮这么漂亮,出去啊?"

林喜柔也笑道:"是啊,明天又要去农场忙了,趁着半天空,带林伶出去买点衣服,要谈恋爱的人了,也该打扮得漂亮点。你要不要一起?"

要谈恋爱的人了……

果然,吕现的意见一点也不重要。

炎拓告饶:"别了林姨,你们那逛法,我得闷死。对了,我得出去几天。"

"什么事啊?"

"年底了,很多合作方发了邀请函来,不是答谢宴就是年会,没法都参加,但是重要的一两个,得去意思意思。"

林喜柔明白了,这些场面上的事,一直都是炎拓的活儿。

她微微颔首,又有些感慨,自言自语了句:"又是一年了啊。"

炎拓看了她一眼。

是啊,又是一年了。

聂九罗一大早就起床了,昨天晚上,炎拓跟她说了,会过来送她回家。

回家的心情,总归是愉悦的。

炎拓到的时候,她已经穿戴整齐,且因着过于无聊,一个人拄着拐在客厅走了好几个来回了。

没错,她特意买了个拐,还是个防滑老人用四脚拐杖。

炎拓推门进来,正跟她打了个照面,刹那间就被她的混搭风格震撼住了。

她穿白色棉袜、拖鞋、睡衣,拖鞋和睡衣是他买的,成套,鞋尖和衣裤上,都有很萌的图案,这也就算了。因为一只胳膊吊着,所以不能穿,只能披着外套——她披了件版型很大佬、很飒的黑色大衣,然后,拄了根老人拐。

炎拓:"你就这么走?"

好歹也是个艺术家,怎么能放任自己"垮"到这地步?

聂九罗:"我是病号啊,难道我还蹬高跟鞋,穿紧身裙吗?"

也是。

炎拓看她的行李,一个手提旅游袋,一个……行李箱。

装陈福的行李箱，那是他的。

重要的话都留路上说，炎拓先把行李箱搬下去，刘长喜帮着拎了旅游袋，下楼的时候一脸愁容："小拓啊，你劝劝聂小姐，她这几天买了那么多小家电，说都不要了，小姑娘不晓得持家的艰难，不能这么大手大脚的啊。"

炎拓说："她就这样。你留着用吧，家电老放着也不好。"

再上楼时，接的就是人了。

阿姨也已经收拾好了，看护一场，得下楼相送，她摘下围裙擦了擦手，忽然想起了什么："聂小姐啊，你要不要在屋里再瞧一遍？可别落了东西。"

有道理，聂九罗走到自己住的房间门口，往屋里看去。

前几天，她一直有些嫌弃这儿，觉得房间逼仄，采光不好，装修老旧，还带着股老居室的滞涩味儿，可当真要走，居然有点恋恋不舍了。

睃巡了一回之后，还真发现东西了，聂九罗指向床头："那个，帮我拿一下。"

阿姨快步过去，拿了东西给她。聂九罗接过来，转身扬给刘长喜看："长喜叔，这个给我吧。"

刘长喜赶紧点头："拿去吧，反正也是给你买的。"

什么东西啊，炎拓好奇，侧过身来看。

好嘛，飞行棋。

不知道又要拿去祸害哪个老实人了。

……

四个人，两两下楼，炎拓和刘长喜走前头，阿姨扶着聂九罗走后头。

炎拓刚走上最后一级楼梯，就觉得冷风逼人——小区是老小区，楼也是老楼，没装楼底门，自行车从楼梯底下一直排到楼外。

他下意识转身。

聂九罗才刚走到楼梯间，刚准备拐弯，就看到炎拓一只手抬到她身前，还没反应过来，他已经攥合她敞着的两爿大衣，单手把一粒搭扣给系上了，说了句："风大，别敞着。"

这大衣敞着穿有范儿，扣起来穿就有些土了，而且炎拓是随手扣的，只为挡风——还把扣子和扣口给扣错位了。

聂九罗低头看了看扣子，又看炎拓。

他已经下去了。

阿姨在边上笑，感慨似的说了句："我做了这么多家啊，就数你的对象对你好。"

聂九罗没吭声，拐弯时，冷风迎面袭来，身体裹在大衣里，多了拘束感，动作十分不便。

这一刹那，她觉得罩着大衣的自己，像一只温暖又笨拙的水桶。

15

按照炎拓的想法，是让聂九罗在后座躺着，一路安稳到家，但聂九罗不同意，她躺了一夜起来，好不容易站了会儿，又要躺回去？

于是折中一下，先坐副驾，累了再躺也不迟。

车出小区，聂九罗注意到，炎拓右耳朵里，塞了个无线耳机。

她随口问了句："听什么音乐？"

炎拓摇头："听吕现那头的动静，他也出发了。"

然后他把这两天发生的事大略讲了一下。

居然出了这么多状况，聂九罗想想还真有点后怕，这就是单兵作战的尴尬之处了。以前有蒋百川在，捅出多大的娄子都有人善后，现在不行了，即便全身而退，身后也留的到处都是印记。

她要跟炎拓讲的，有两件事。

第一件事是审陈福，审出了炎拓妹妹的下落。

这件事，她特意留着当面讲，因为早告诉他也没意义。黑白涧只是一个名称，没人知道它方圆几里、广深如何，更何况，缠头军还有"不入黑白涧"的训诫。

炎拓听得特别平静，他也不知道自己是怎么了，按常理，不应该心头狂跳或者热泪盈眶吗？

都没有，他车子开得很稳，如常注意路况和后视镜，只轻轻"哦"了一声。

连聂九罗都觉得奇怪："你这反应，可对不起我的辛苦啊。"

炎拓失笑，想说什么，又不知道说什么好。

聂九罗继续说自己的："这个陈福，还挺警惕的，他只交代我提到的，比如我先提了血囊、黑白涧，他也就顺着说两句。一旦涉及他们的出身、来历，就死也不开口了，我考虑再三，给他颅顶来了一刀——没杀死，送他长睡的那种。"

炎拓觉得好笑："这陈福也真是，接二连三死，三番五次活啊。"

聂九罗说："我可不是来回折腾着他玩，一来，地枭数量不多，物以稀为贵，这个人质，将来说不定可以从林喜柔那儿换来点什么；二来，既然这次我能从他嘴里撬出东西，等过几个月，我们有新的发现，我再跟他聊聊，没准儿还能挖到点宝。"

她还挺期待再次跟陈福对话的，也已经为下次的见面设计好了造型，务求给陈福带来新一波的崩溃体验。

第二件事是，截至目前，还没联系上邢深。

"蒋百川出了事，邢深他们估计是惊弓之鸟，短时间内不会露头——但就我对他的了解，他不会忍很久……我们再等等看吧，邢深走过青壤，联系上他之后，什么金人门、黑白涧，也就好办了。"

炎拓没意见，想了想又跟她商量："我这趟是以拜访合作方的名义出来的，不能一个都不去。我看了名单，公司有个大渠道商在郑州做中草药批发，路过那里的时候，我得去拜会一下。"

聂九罗点头："没事，你忙你的，我能给自己找一堆事做。"

炎拓："你要是不介意，我还想顺便绕一趟安阳。"

河南安阳？这地名听着有点熟。

聂九罗心中一动："你想去看那个……许安妮？"

炎拓默认。

找炎心的事，重要，但不紧急，再说了，想急也没处使劲。

林伶的事，暂时也还在可控范围内。

只有这个许安妮，想起来总是揪心，或许是因为，她的父亲被捶打的时候，自己也在地下二层吧。

聂九罗对监听吕现的事很好奇，朝炎拓要了只耳机听效果。

吕现那头挺安静的，不过听久了能分辨出也在车上，他心情似乎不错，偶尔还哼曲子。

炎拓说："他昨天朝我要了车，应该是自己开车去农场的。"

这一说，聂九罗才注意到，炎拓又换了辆车。

她四下看看："你这车很素啊，连平安符都没有，之前那辆……"

之前那辆挂了个五帝钱的车挂，还配了只鸭子呢。

不过这话，她咽下了没说，炎拓那辆车算是因着她间接没了的。

炎拓随口说了句："临时换的，哪管它素不素。"

……

中午，车到洛阳，炎拓搜了家不错的店，一路按导航过去，聂九罗却懒得上车下车地折腾，让炎拓自己吃完了，给她带一份就行。

炎拓只好改堂食为外卖下单，送货地址写了"××街路口停车道第三辆，车牌后三位856"。

出餐至少要半个小时，炎拓把自己和聂九罗的座椅往后放倒，一上午过去了，他开得累，她坐得也累，躺倒放松一下也好。

人一躺下，平视改了仰视，世界就新奇了很多，外头人来人往，车内安逸得像一个小桃源。

吕现那头也有声响了，隐约的杯盘碗碟声，应该是已经到了农场，正在餐厅吃饭。

个中没有林喜柔，是医务室的人员接风，炎拓听到有个男人在说："欢迎欢迎，欢迎领导过来指导工作。"

吕现谦虚："客气了，一起进步，一起进步。"

好无趣的场面话，炎拓微微合上眼，轻轻叹了口气。

聂九罗听到了："叹什么气啊？"

炎拓迟疑了一下，还是跟她实说了："感觉不太好。"

聂九罗转头看他："为什么啊？"

他没睁眼，她可以放肆打量他：炎拓的面部轮廓很适合雕刻，不只脸，身架子也很让人满意，随意一支肘或者一垂头，就是尊很完美的半身像，而且，他的表情不空洞，雕塑嘛，得用表情和体态说话……

聂九罗拿起手机，调了静音，抬手拍下一张。

算是给他初步建模吧。

炎拓说："这一阵子的进展，比我之前几年的进展都要多，多得多了。但我也介入得太多，这两天到处堵窟窿救火，危机感一下子就起来了，觉得很多事情做得并不完美，身边埋太多雷，什么时候一个疏忽，迟早出事。"

聂九罗："如果暴露了，你预备怎么办？"

炎拓笑起来。

这表情太好了，聂九罗赶紧又抢拍了一张：炎拓的脸，乍看是不大笑的，整体偏了点阴郁，但就是因为这样，笑起来时格外俊朗。

他说："还能怎么办？撕破了脸，就正面杠呗。"

正说着话，身侧有人叩窗，看穿戴是外卖小哥。

炎拓揿下车窗。

外卖小哥看了眼车内："是聂小姐点的单吗？"

聂九罗伸手接过："我的。"

合着她也点了东西，炎拓奇道："你买什么？刚帮你一起点了不就行了吗？"

聂九罗没让他看："我这专业的。"

又等了会儿，外卖送到，两人在车里开吃。

炎拓没来过洛阳，完全靠推荐下单，事实证明，菜名跟他意会中的菜品并不挂钩，他点了道"精品牡丹燕菜"，开盖一看，是一碗已经晃散了的、漂着菜叶的萝卜丝浓汤。

炎拓奇道："牡丹呢？"

洛阳有龙门石窟，聂九罗是常来的，对菜品也熟悉，她指汤水里削成了花状的红萝卜瓣："喏，牡丹。"

"那这叶子……"

"就是牡丹下头衬着的绿叶啊。"

"那燕菜……"

"就是萝卜丝嘛，配着鲜汤一煮，有燕窝的味道啊。外卖太晃，菜形晃没了，你想象一下就行。"

好嘛，吃个菜而已，他还得想象燕窝的味道，想象红萝卜瓣是牡丹、小青菜是牡丹叶子……

炎拓说："那它为什么不叫鱼翅烤鸭麻辣虾？反正都是靠想象。"

聂九罗扑哧笑了出来："那你吃个大虾。"

炎拓夹了一筷子吃过，没再表达不满，因为他觉得，作为洛阳名菜，这味道真是不错，值得一个好评。

正大快朵颐间，已经沉寂了好一会儿的耳机里，传来吕现局促的声音："林小姐。"

两人同时止筷。

吕现这是已经吃完了、见到林喜柔了？

果然，紧接着就听到了林喜柔的声音："别客气，坐吧。"

椅子被拖动，这是落座了，明明那头听不到这边，炎拓还是下意识放轻了呼吸，又拿起专用号码手机看了看。

还好，余电还有。

林喜柔："和医务室的人都聊了？感觉怎么样？"

吕现诚惶诚恐："挺好，就是希望公司能多拨点资金，给医务室做个升级。"

林喜柔笑道："这都是小事。"

炎拓耐着性子听这些客套话，恨不得揪着吕现的耳朵吼，让他赶紧讲正事。

吕现清了清嗓子："林、林小姐啊。"

林喜柔："嗯？"

吕现："就是昨天你跟我说的，和林伶处朋友的事，我回去之后，仔……仔细考虑了一下，觉得，人和人啊，是要相……相处了，才知道合不合适的。"

林喜柔淡淡地说："什么意思呢？"

吕现尴尬："我的意思是，其实也可以……先接触接触。"

林喜柔："哦。"

炎拓紧张得额头都要冒汗了，监听是可以听到声音，但看不到对话者的表情，看不到，就容易各种脑补——林喜柔这声"哦"，很是意味深长，听上去似乎并不相信吕现的话，会不会是吕现表现得太不自然了？

她笑起来："你昨天可不是这么说的。我能了解一下，你为什么只过了一夜，态度就变化这么大吗？"

吕现吭哧了一下："是这样，我和炎拓聊了一下……"

聂九罗瞥了炎拓一眼,炎拓眉心蹙起,不觉叹了口气。

林喜柔:"哦,小拓。他说什么了?"

炎拓喉结微滚。

"他说,林伶挺好的。"

林喜柔又笑了:"好在哪儿呢?"

聂九罗轻舔了一下嘴唇,这个林喜柔,还真挺难对付。

吕现说话打磕绊:"说林伶很文静、很乖,人品又好……"

"可你昨天不是说,感情这种事,最重要看感觉吗?"

吕现一时语塞。

好在正赶上有人敲门。

来的是熊黑,这一来无疑解了吕现的围:"林、林小姐啊,我去个洗手间。"

脚步声远去,关门声,又一张椅子被拖动。

熊黑:"林姐,他又叽歪什么?"

炎拓心里一动,看来吕现慌里慌张,把手机落桌子上了,所以人是走了,不耽误他这头监听。

林喜柔冷笑:"昨天不愿意,今天愿意,明天呢?再来个反复?"

熊黑:"林伶不也这样吗?"

林喜柔:"林伶不一样,她怕我,我说的话,她不敢讲不,最多嘴上别扭一下。吕现……吕现又不是我养的。你下去看过了吗?"

熊黑:"还没呢,现在看没用,脱根是在明天,成色好不好,要看脱根后。不过感觉问题不大,这几次都控得很严。林姐,这机会用吕现身上,是不是浪费了啊?下个药不就……"

不知道是不是被林喜柔给瞪了,后半句话没说出口。

林喜柔语意不善:"那照你说,机会用谁身上不浪费啊?"

熊黑:"那当然是对我们有用的、关键人物啊,比如南边那枪贩子,给我们行了多少方便?吕现……一破学医的,你用蒋百川身上,都比他强……"

他没再讲下去,因为吕现又回来了。

气氛突然又一派融洽,林喜柔语音柔和:"吕现,你去忙吧,记得去宾馆把住宿约了,咱们明天再回城。"

……

时间卡得刚好,专用号码手机闪起了红灯,电量告急了。

炎拓关闭监听连接,给手机充电,又取了耳机,连聂九罗递过来的那只一起,放回了耳机包里。

聂九罗问他:"你怎么看?"

一时间理不清，有点杂，炎拓收拾餐盘装袋："现在，至少有一件事我能确定，吕现还不是伥鬼。"

聂九罗点头："我也感觉，缠头军上千年下来都没搞清楚的谜题，就快有答案了。"

伥鬼现象。

蒋百川给她科普时说过，在缠头军和地枭打交道的过程中，偶尔会出现很诡异的情形：平时很好的兄弟、亲人乃至爱人，并没有被抓伤，也没有丧失神志，但就是会为地枭鞍前马后，反过来算计、伤害自己的同类。

对付这种人，到后来，一般就是一刀切、肉体毁灭。

但伥鬼究竟是怎么突然产生的，一群人外出，为什么只变节了其中一个，一直以来，没个说法。

聂九罗看炎拓："我听上去，林喜柔这趟把吕现带去农场，是想把他变成……伥鬼？"

炎拓点头，他也有这种感觉。

林喜柔和熊黑的那番对答中，有很多信息。

首先，把人变成伥鬼，不是那么容易的，熊黑说"机会用吕现身上，是不是浪费了"，可见即便是地枭，也相当珍惜这种机会。

其次，这机会不是每天都有，他们在等明天，还提到一个关键词，"脱根"。

第三，林喜柔他们手底下，已经有一些伥鬼了，而且是"有用和关键的"，名单仍未知，不过至少，有一个明确了。

枪贩子。

难怪熊黑他们能配备到那么多违禁的枪支，如果他们能接触到枪贩子，枪贩子又对他们言听计从，那岂不是豁出命去也要为他们搞枪吗？

伥鬼，必须有用而关键，能为地枭的存在和壮大开疆拓土、保驾护航，比如枪贩子，再比如炎还山。

炎拓心中一动："你说，会不会是一枭一伥，而且，地枭只能在某个特定的时间，比如'脱根'之后，把人化伥？"

16

聂九罗也是这想法。

地枭如果能随时随地把人化伥，那林喜柔苦心经营二十多年，这世上该伥鬼满地走了。

可现实是，林喜柔连炎拓都没能控制，这只能说明，化伥并不那么容易操作。

她轻声说了句："可这么一来，吕现就危险了吧？"

炎拓脑子里一激灵，下意识掏出手机。

聂九罗阻止他："你可别，现在不是你让他跑，他就能跑得了的。"

——人已经进了农场，身侧八成早安排上人盯着了。

——让他跑，总得给个理由吧？即便跟他讲真话，他能信？

——退一万步讲，真跑成了，跑不出多远，也势必会被抓回去。

她突发奇想："要么，让他跟林喜柔说，他有弱精症，或者不举？"

炎拓哭笑不得："他之前交过三个女朋友啊，而且，林姨既然选了他，能不事先调查一下？"

聂九罗："打匿名电话举报，就说农场非法拘禁？"

炎拓叹气："那个农场，别说在那个乡了，就是在那个县，都是大户，各方面关系打点得不要太周到，你信不信你这头举报，那头就有人通知农场了？"

聂九罗一时也想不到更好的法子："你不会是想掉头回去救他吧？"

炎拓苦笑："你高看我了，在没有切实可行的计划之前，我回去救他，除了跟他同生共死之外，还有什么别的意义没有？"

闷坐了会儿之后，他打开车门，下去丢食盒垃圾。

聂九罗也有点怅怅的，她隔着车窗目送炎拓，看着他走到街口的垃圾桶处，用力将垃圾袋推放进去；看到街口立着龙门石窟的宣传广告牌，上头的佛像法相庄严，却又眉目慈悲；看到广告牌之后，愈高愈远愈平静的蓝天。

这就是为什么，她总想当个普通人、享受普通烦恼吧。

因着吕现这一出，整个下午的车程较上午窒闷不少，聂九罗还睡了一觉，被炎拓叫醒的时候，蒙了好一阵子，只看到车前方远处，一轮油红色的夕阳直坠下去，把半边天都给晕染了。

炎拓说："到酒店了。"

到了啊，聂九罗"哦"了一声，睡眼惺忪地拎着自己中午点的"外送"下车。

……

炎拓选了个五星级酒店，家庭套房，这样两人可以住在一起，但卧房分开，既能及时照应，又省掉很多不便。

把聂九罗安顿好之后，他还得去拜会合作方，说是"拜会"，但正赶上对方的公司活动，所以这一去，估计没那么快能回来——炎拓把专用号码手机留给聂九罗，请她帮忙关注吕现那头。

炎拓走的时候问聂九罗："还有什么事？想到了赶紧说，一起帮你办了，待会儿一走，万事可就你一个人了啊。"

聂九罗如今有四脚老人拐,有恃无恐,想了会儿说:"你可别喝多了啊,回来了又是吐又是撒酒疯的,我可弄不动你。"

炎拓回了句:"要么就不喝,喝多了,我就不回来了。"

炎拓走了之后,聂九罗花了好长时间洗漱,其实她还挺高兴炎拓不在的:那些一个人时的笨拙和不便,有人帮忙反而尴尬。一个人嘛,自己看见,自己克化,除了艰难点,其他也无所谓。

忙完琐事,她安稳躺上床,只留一盏床灯,先拨通专用连接,确信听到了吕现那头的动静之后,打开外送袋,开始"工作"。

她买的确实都是"专业材料",最多的是无异味黏土泥,俗称"橡皮泥"——离开工作台很久了,手都生了,摸不着真泥,捏捏备胎也是好的。

聂九罗揪攥了一团,慢慢揉试:雕塑时,刚上手的泥叫生泥,得揉面一样不断揉制,让手熟悉泥,也让泥熟悉手,双方都"渐入佳境",才能心手相应。

耳机里,吕现也不知道在干吗,东寻西摸,一会儿喝水,一会儿拖凳子,嘴里还哼着小曲。

搁在从前,聂九罗只会嫌吵,但现在,只觉得恻然——这种低落蔓延到身体,又透过手心转渡给了黏土,以至于黏土看上去,都似乎充满了饱胀的情绪。

黏土的手感差不多了,她打开手机相册,翻找图片,做练手的对象。

……

十点半,炎拓仍没回来,吕现倒是有大动静——这人出门夜跑去了,呼哧呼哧,跑得上气不接下气。

约莫跑了十五分钟,跑步声就变作了走动声,聂九罗听到吕现喘着粗气自言自语:"老子……老子宁可肥死。不跑了,健身……不是人干的事……"

没过多久,背景音为之一变,应该是从室外进了室内。

聂九罗听炎拓讲过农场宾馆的布局,上下只有两层,没装电梯,吕现得爬楼梯。

果然,自言自语声又来了:"我的天,还得爬楼梯。"

十几秒过后,非常突兀地,耳机里传来熊黑的声音,伴随着急促的敲门声:"林姐,林姐,出事了!"

聂九罗一怔,手上动作立时停了,屏住呼吸,仔细听那头的动静。

她推测,是吕现已经上到二楼,正撞见熊黑在敲林喜柔的门。

脚步声又重了,是吕现小跑着过去:"熊哥,出什么事了?"

熊黑的声音烦躁而又粗鲁:"没你的事,忙你的去。"

而几乎是与此同时,门开了,林喜柔问了句:"什么事啊?"

什么事,聂九罗没听见,估计熊黑和林喜柔之间,要么是眼神交流,要么是附耳低语，总之是，林喜柔再开口时，语调都有些异样："我去看看。"

……

脚步声渐渐远去，吕现悻悻地"哼"了一声，开门进房。

这一轮监听，到这儿告一段落。

聂九罗直到此刻，才敢长出一口气，只觉手掌发僵，掌心的泥塑和自己的指尖，同样发凉。

林喜柔那边出事了，出了什么事？跟炎拓有关吗？会不会是炎拓暴露了？

应该不会，她闭上眼睛，仔细回忆了一下刚才听到的。

林喜柔问"什么事啊"，紧接着又说"我去看看"，显然事情是就近发生的，八成就发生在农场。

农场会出什么事，又能出什么事呢？

是蒋百川那帮人有事？不像，蒋百川就是死了，林喜柔也只会道一声"活该"，才不会为了他失态。

狗牙吗？呸呸呸，狗牙已经死了。

那就只剩下……

电光石火间，聂九罗的脑海中掠过一个词。

——脱根！

熊黑提过，"脱根是在明天，成色好不好，要看脱根后"，还把吕现搞去了农场候着，可见，他们上上下下，都在等待"脱根"的发生。

聂九罗的心怦怦地跳起来：不会这么幸运吧，真的老天有眼、佛祖显灵，他们的"脱根"出状况了吗？

正愣怔间，听到套间外头门响，是炎拓回来了。

聂九罗叫了声："炎拓？"

炎拓答应了一声，声音很含糊，脚步踉跄而沉重，直奔洗手间去了，紧接着就是大吐特吐。

聂九罗下意识地就想下床，被子掀开，又停住了，过了会儿，她听到冲水声，再然后，就没声音了。

不是说不喝酒吗？

聂九罗有点恼怒：她一早就打过招呼，他喝醉了，她可弄不动他。

幸好还有四脚拐杖，聂九罗挂着拐杖扶着墙，一步一步挪到外屋。

上床的时候，她把外头的屋灯都关了，现在，屋子里还是暗的，只洗手间透出晕黄色的光来。

聂九罗走到洗手间门口。

马桶盖已经放下了，炎拓坐在地上，倚着洗手台的柜子，一条腿屈起，另一条腿伸着——家庭套房有两个洗手间，她住了主卧，自带一个，外头这个是客厅的，偏小，被炎拓这长胳膊长腿就地一坐，就更显得小了，感觉人想进去都无处踏脚。

聂九罗问他："开车回来的？"

炎拓摇头："代驾。"

边说边伸手抓住洗手台沿，摇摇晃晃站起来。

还知道叫代驾，没有醉得太过。

聂九罗不好说什么，毕竟他喝醉了酒关她什么事呢？她大光其火名不正言不顺的："刚吕现那头……"

"林姨那边出事了，是吧？我知道。"

聂九罗一愣："你怎么知道的？"

炎拓笑道："吕现给我打电话，以为能从我这儿打听到小道消息，我哪知道啊。不过这种时候，林姨那边出状况，是好事啊，对吧……"

他脚步虚浮地往外走，也忘了要避人，都走到聂九罗面前了，才意识到要挪让，正想抬脚，脑袋一沉，身子前倾，差点撞到聂九罗，幸好反应快，一把撑住了门框。

聂九罗抬起头看炎拓，他身上不只有酒味，还有淡淡的烟味。

真应了那句老话，"应酬应酬，左手烟右手酒"。

她说："不是说不喝酒吗？"

炎拓抬眼看她，又低头自嘲地笑，头愈发昏沉了："本来不喝的，他们一直敬，一直敬，都推了，后来有个小男孩，拖着那么大点妹妹……"

他伸出一只手，比画高度给她看："就那么大点，这么高，妹妹，我就喝了……"

……

炎拓今天赶上的，是这家公司的小年会。

之所以说是"小年会"，是因为不属于正式的年会，算是骨干员工家庭日聚餐，因着炎拓这个金主的到来，气氛被烘托上新高，菜吃不到三口就有人来敬酒。

炎拓一直找借口，比如要开车不能酒驾，比如自己不会喝酒，一来二去地，合作方的老板跟他犟上了，当场宣布谁敬得成这酒，自己自掏腰包，奖励两千块。

好嘛，他这还能落得了好吗？当下全场蠢蠢欲动，连那些本来不准备敬酒的，都排着队来了。

炎拓打定了主意破财消灾，准备倒贴几个两千抽奖，博场子一个乐呵，正推辞间，衣角被人拽了一下，有个小男孩叫他："叔叔。"

低头一看，是个小男孩，四五岁的样子，漂亮，也腼腆，另一只手牵了个妹妹。

妹妹只两岁多，紧紧攥着哥哥的手，嘴里还嘬着根手指头，仰着脑袋，好奇地看他，一边看，一边往哥哥身边凑。

人群哄的一下就笑开了，大人嘛，不跟小孩抢这福利，都自发给两兄妹让道，还起哄说，这要还不喝，孩子那脆弱的小心灵可就要蒙上一层阴影了。

炎拓不由自主地，就接过来喝了。

这种事不能开口子，有一就有二，到后来，就不知道接了多少杯了，好在还知道克制，在醉倒的关口打住了，还朝邻座要了支烟。

点着了，横放在酒杯口上，场子那么热闹，桌上这酒这烟却是安静而寂寞的，杯里薄酒微漾，烟头白气袅袅，代他告慰那些已经离开的和永不醒来的。

炎拓原本以为，得知炎心的下落时，他真的是平静的。

这时才知道，并不是。

像是心里楔下根钉子，二十多年了，钉子和心肉早已习惯了互相摩擦，无痛无痒，当初的难过，也一年一年、一层一层，无限大地稀释开去，只留几缕丝，还缠绕在钉子上。

但今天，那种难过，又一点一点地回来了，那时他平静，是因为那些走远了的感觉，还没走回来，还在回来的路上。

母亲在日记里说："我的傻儿子啊，一只小鸭子，就把你给骗了。"

就为了一只小鸭子，妹妹就永远不见了。

……

炎拓跟聂九罗解释："就这么大点，这么高……小姑娘，不喝是不是不太好？她看着我，嘴巴一撇，就要哭了……"

他一直笑，自己都没意识到自己的眼圈已经红了："我就想着，孩子嘛，又是小姑娘，要让着点，一喝就喝……喝多了。"

他没再说话。

灯光是晕黄色的，落在身上，很凉。

炎拓看聂九罗的眼睛。

这双眼睛，比以往任何时候都温柔，都要吸引他，渐渐地，窗外飘着的噪声远了，管道里的电器音消失了，世界沉寂了。

这是安静到孤寂的世界，好在，咫尺之间，还有另一个呼吸。

炎拓忍不住低下头，凑近她的唇。

就在将挨未挨的时候，聂九罗微微偏过脸，轻声说了句："你醉了。"

17

一觉醒来，天已大亮。

炎拓刚坐起身，就觉得头沉得厉害，他伸手撑住脑袋，在床上缓了会儿，然后抬眼看屋内。

回酒店了？

哦，对，他叫了代驾。

路上还接了个吕现的电话。

今天要干什么来着？

吕现……

糟糕！吕现不会已经出事了吧？

炎拓急忙去摸专用号码手机，找了好一会儿才想起昨天交给聂九罗了，被子一掀，赶紧出来。

刚进到客厅就停了步：聂九罗已经梳洗好了，穿戴整齐，正坐在餐桌边吃饭——虽然她所谓的穿戴也就是披个大衣。

她闻声抬头，瞥了他一眼："醒了？"

炎拓含糊地"嗯"了一声，看向桌边。

两份餐点，西式的，都是热牛奶配太阳蛋，以及杂菜沙拉。

"叫了客房送餐？"

聂九罗点头，又埋头吃自己的。

因着这一打岔，炎拓也忘了自己出来是要干什么了，站了会儿才打开小冰箱门，取了瓶矿泉水拧开来喝：昨晚喝酒了，今天还得开车，为防"隔夜酒驾"，多喝点水稀释总没错。

冰水落肚，一脉森寒冲喉而下，炎拓身子一僵。

昨天回来之后，他好像见过聂九罗，还说过话。

他转头看聂九罗。

聂九罗感觉到了他的目光，反正也差不多吃完了，她把餐盘一推，抽了纸巾擦拭嘴角："怎么了？"

炎拓迟疑了一下："我昨天……喝醉了？"

"是啊。"

"我有没有做什么……不礼貌的事？"

聂九罗轻抬眼帘："怎么，你喝醉了酒，经常做不礼貌的事吗？"

炎拓："不是，人喝醉了，自控力总会……差点。"

他想起一些片段，可他说不清是真的发生过，还是只是酒精麻痹了理智之后心猿意马的幻想。

他再次跟聂九罗确认："我没有……冒犯过你吧？"

聂九罗："你敢吗？你冒犯了我，还能平安睡到天亮？"

这倒也是，炎拓长长舒了口气，转身回洗手间洗漱。

洗脸的时候，他掬起冷水往脸上狠扑，几次之后，忽然晃了神。

他又想起那双眼睛。

真的是有生以来见过的最温柔的眼神了,那种,你什么都不用讲、她什么都明白的眼神,一下子就把他那些扯东扯西欲盖弥彰的说辞击垮了,人也好像一下子就缴械了,只想撕开心口,把深藏在里头的难过、内疚,甚至委屈,都掏出来给她看。

炎拓低下头,又掬了一捧水,用力捂拍在脸上。

梦里可真好,什么都有。

洗漱完毕,一身清爽,炎拓坐下吃早饭。

正想跟聂九罗聊点什么,她"嘘"了一声,眼帘低垂,似乎在凝神听着什么。

炎拓这才注意到,她一只耳朵里还塞着耳机。

这是……还在监听吕现?

炎拓紧张起来,又不便打扰她,只得时刻注意她的表情,间或吃上两口。

过了会儿,她取下耳机。

炎拓心里七上八下的:"怎么说?"

"算是好消息吧,吕现离开农场了。"

炎拓一时激动,差点碰翻了面前的牛奶,他慌忙扶正杯子:"发生什么事了?"

……

具体发生了什么,聂九罗说不上来。

她只知道,昨晚近十一点的时候,熊黑匆匆把林喜柔给叫走了,原因是"出事了"。

再有进展,就是刚才了,吕现应该是在餐厅用早餐的时候碰见了熊黑,跟他打招呼说:"熊哥,昨晚没事吧?"

熊黑明显不想多谈,敷衍似的应了一声。

吕现又问:"今天咱们一起回城吗?大概几点?"

熊黑回了句:"你走你的,我们还有事。"

显然,本应该在今天对吕现进行的计划,被迫搁浅了。

好运气来得太突然,炎拓简直不敢相信:"会这么巧吗?想什么来什么,'脱根'这么配合我们,这个时候出状况?"

聂九罗把专用号码手机和耳机一起推给炎拓:"管他呢,反正,是好消息没错了。"

她没见过吕现,但这人好歹从阎王手里抢过她的命,她也希望他平安。

早饭过后,两人再次出发。

郑州到安阳,两个半小时的高速行程,中午不到,车子就已经进城了。

理论上，安阳应该是特别古老的城市，毕竟是甲骨文的故乡，炎拓还以为会扑面而来"历史的厚重感"，来了才发现，完全不是这么回事。国内的城市，争先恐后在"崭新"这两个字上使力，街是新的，楼是新的，连道路两边的树，都是青春摇曳簇簇新的。

聂九罗给他解释："这是新区，老城区还是有点沧桑感的。"

炎拓这趟，是没空去邂逅"沧桑感"了，许安妮工作的餐馆在新区。

到的时候正是饭点，但这餐馆的生意并不兴旺，从门头上就能看出，属于经济实惠型，规模也不大。

也不知道人在不在店里，炎拓从点评App上找到餐馆电话，打过去指名要找"许安妮"，前台让他等一等，然后扯着嗓子喊："俺（安）逆（妮）呀。"

硬生生把一个颇洋气的名儿叫得土味十足。

炎拓挂断电话："人在。"

说着就想下车，聂九罗叫住他："我去吧。"

炎拓没明白。

聂九罗说："地枭都认识你，我感觉你最好别露面，哪怕是在他们亲近的人面前。而且你去了，除了看她一眼，还能做什么？那还不如我去呢，同性之间，好说话一些。"

炎拓看她斜放在座椅边的老人杖："你？"

"我怎么了？你把车子开到门口，我下去走两步，就有人来扶我了。养伤归养伤，不能一动都不动啊。"

也行。

炎拓从邮箱里调出许安妮的照片给聂九罗看了，又把车子开到餐馆门口。

刚想开门下去绕到另一侧帮她开车门，聂九罗凶他："你别，你就坐着，让我一个人艰难地下去。我下去了，你就马上把车开走，我发信息给你，你再来接我。"

这又是闹什么幺蛾子？炎拓哭笑不得，但还是依着她说的，"马上"把车开走了，就是开得很慢，从倒车镜里看到餐馆里真的有人出来搀扶她，才放了心。

……

聂九罗一进餐馆，就吸引了里头绝大部分人的注意，漂亮还在其次，主要是这一身太吸睛了，再加上吊着胳膊拄着拐，想低调都不能够。

她也看到许安妮了，正在给一张桌子翻台做卫生。

许安妮年纪很小，只二十岁出头，中等个子，圆脸，大眼睛，扎着低马尾，打扮得很素净——一般这个年龄的女孩子，多少都是有点潮的，她一点也不，素净得近乎朴素。

聂九罗向着那张桌子走去。

许安妮赶紧加快速度，最后抹了两下桌面了事，转身就来迎："你好，就一位吗？"

她想伸手来扶，又缩了回去：聂九罗的大衣，一看就很贵，而她刚用完抹布，手上油腻腻的。

聂九罗"嗯"了一声，艰难而又面带痛楚地在椅子上坐下——坐得许安妮一颗心一直为她揪着，忍不住问了句："姐姐，你这胳膊，刚受伤的啊？"

聂九罗被她叫得一怔，从没人这么叫过她，她也并不喜欢这称呼，觉得把人叫老了。

不过许安妮叫，可以理解，这姑娘，看起来像个高中生。

聂九罗点了点头："不能用力，一用力就疼。"

许安妮纳闷地看向门外："你这样的，还一个人下馆子啊，家里人不陪你？"

聂九罗淡淡地笑了笑，确信自己的眉目间一定带着些许哀愁——她可是特意对着镜子练过的。

她低头看菜单。

桌上铺了层透明软玻璃，菜单就压在玻璃下头。

聂九罗："给我来一份招牌茄子饭，配一碗紫菜蛋花汤。嗯，还要一份外卖打包，给我老公来一份排骨烩菜、一份鲜竹烧鸡汤，再加一份小炒黄牛肉。哦对了，肉要嫩一点，不然他会骂人。"

说到最后一句时，神色很是抱歉。

许安妮只觉得匪夷所思："你都这样了，还要给你老公带饭？他不会自己去吃啊？"

聂九罗轻咬了下嘴唇，眼圈渐渐泛红，低声说了句："下单吧。"

说完，还抬起手，轻轻抹了下眼睛。

……

小餐馆客少，掌勺师傅速度又快，招牌茄子饭很快就上来了。

聂九罗刚吃了几口，一个"不小心"，把筷子掉到地上去了。

她想俯身去捡，不远处的许安妮闻声过来，把脏筷子收了去，又给她拿了一双新的。

聂九罗柔声说："谢谢你啊。"

许安妮挺喜欢聂九罗，她觉得，这个姐姐一看就是那种有文化有素养的，说话这么和气，长得还这么好看。

她说了句："姐姐，你是病号，还点这么清汤寡水的，营养跟不上啊。"

聂九罗强笑了一下，说："习惯了。"

什么习惯了？联想之前种种，许安妮越想越不对劲，她偷眼看了看左右，压低声音:"姐姐,你老公是不是对你不好啊?"

刚刚她就觉得有问题:一个病号,吃这么素,给老公点的反而全是大荤——老婆受伤了,还让老婆打包送饭,是人不是啊?

聂九罗抬头看许安妮。

有时候,想对方"坦诚",你得先坦诚,想交换秘密,你得先自曝一个。

她伸出手,轻轻抚了下自己吊着的左臂:"你说呢?他打的。"

许安妮起初都没反应过来,顿了几秒,结结巴巴:"他……他打的?你老公?"

聂九罗含泪点了点头。

这人是个变态吧,怎么能下得去手的?

许安妮太为她打抱不平了,可看她这娇怯的样子,又有点怒其不争:"你不能由着他啊,大不了就分,你这么好看,还怕没人追吗?"

聂九罗扑哧一下笑了,俄顷又伤感,对她说:"男女之间的事,太复杂了。你还小,都没谈过恋爱吧,你不懂。"

许安妮脱口说了句:"我不懂?我是比你小,可我懂的绝对比你多。"

说到这儿,似是意识到说漏了嘴,面上露出尴尬的神色来。

聂九罗知道她为什么尴尬:许安妮"上岸"之前,是出入情色场所的,年纪那么小,就要为了生计讨这种饭吃,见多了脏事,懂的自然不会少——可看她现在的装束打扮,洗净铅华,不染半点脂粉,显然是想跟过去做彻头彻尾的切割。

她故作惊讶:"你都已经谈恋爱了?男朋友对你好不好啊?"

一提到男朋友,许安妮眼睛里的笑意真是藏都藏不住,略带羞涩地说了句:"挺好的。"

……

半个小时后,炎拓开车过来接聂九罗。

依着她吩咐的,车子照旧停在门口,人不下车,而且为了体现"冷漠",车门都没帮她开。

炎拓看得清楚,是许安妮扶着聂九罗到门口,也是许安妮帮着开车门的。

他转过脸,不跟许安妮打照面,但对她的动静听得清清楚楚。

听到她嘱咐聂九罗小心点、慢慢上车,又说什么"我讲的话,你好好想想",末了,还突然很大声地"呸"了一声。

炎拓不明所以,但他有很强烈的直觉:许安妮这声"呸",是冲着他来的。

车子开出去一段之后,他问聂九罗:"你们都聊什么了,聊这么久?"又说,"看不出来,你跟陌生人还挺能聊。"

好一会儿,都不见聂九罗回答。

炎拓觉得奇怪,转头看向聂九罗,这才发现她目光有点涣散,脸色也很奇怪,嘴唇微微翕动着，偶尔还焦灼似的舔上一下。

"聂小姐？"

聂九罗全身一震，似是这时才缓过神来，她转头看炎拓，声音里有不易察觉的颤抖。

"炎拓，许安妮怀孕了。"

许安妮……怀孕了？

炎拓脑子里轰的一声，下意识就去踩刹车，蓦地又意识到聂九罗的身体经不住这样猛停猛顿，赶紧止住。

末了车身缓行，靠边停车。

两人在车里默坐，谁都没说话。

最后，还是炎拓打破了沉寂："这不可能啊，人和地枭，怎么可能生得出孩子来呢？"

聂九罗轻轻笑了笑："很震惊是不是？我在餐馆里听到她这么说的时候，把汤碗都给打翻了。一直缓到现在，才渐渐缓过来。

"有两个可能，一是，他们已经打破了这种生殖障碍，可以和人结合，生得出后代。"

炎拓想说什么，聂九罗示意他别着急，先听自己说："第二个可能是，许安妮以为自己怀的是吴兴邦的孩子，但其实不是。"

脑子一时还缓不过来，炎拓索性当伸手党："什么意思？"

聂九罗犹豫了一下："你还记不记得，林伶曾经怀疑自己夜半被人猥亵，却又怎么都醒不过来？我想说，许安妮一定不会拒绝男友和她欢好，可是，如果是半夜、没灯，又意识恍惚的时候，谁知道那个男人，到底是谁呢？"

炎拓一字一顿："你的意思是，吴兴邦安排人，和自己的女朋友……"

聂九罗低下头："什么女朋友，血囊而已。"

说话间，眼前似乎又出现了许安妮那双笑意盈盈的眼睛，她那么认真，跟她说："姐姐，你要果断一点，该分就分，你要相信，前头的风景一定会更好。就好像我，遇到我男朋友之前，我自杀过好几次，遇到他之后啊，我经常想，幸亏没死成，真的。"

18

炎拓迟迟不开车。

聂九罗猜到他的心思："是不是很想回去，把她给救出来？"

炎拓说："或者你说几句话，打消我这想法。"

聂九罗笑了笑，很不想说，但还得硬起心肠。

"首先，她不会相信你，吴兴邦对她来说，不只是爱人，还是恩人，你想短期内说服她，不可能；其次，你把她救出来，安置在哪儿？一个陈福就已经让你焦头烂额了；第三，现在带走她，容易打草惊蛇，你别忘了，林伶还指望你呢。"

除了林伶，还有Excel表格上的人。

炎拓沉默半晌，长叹一口气，缓缓开动了车子。

车子动的那一刻，聂九罗真切地觉得，车身沉重，车轮动得好艰难啊。

这一天剩下的时间都在赶路，两人很少交谈，只在停车休息时说几句"要不要喝水""要不要去洗手间"之类的必要话。

打包来的那份饭，聂九罗让炎拓带出去扔了——许安妮那直来直去的脾气，保不齐会在饭里唾两口。

晚饭是在街边一家馄饨店吃的，荠菜虾仁的薄皮小馄饨，汤里拌了蛋皮、紫菜和小葱花，色彩满满，热气腾腾。

饭到中途，聂九罗给卢姐打了电话，说是晚上十点来钟能到，让她先准备起来，又特意叮嘱今天要留客，把客房打扫一下。

留客这事，她事先没问过炎拓，不过反正电话是当着他的面打的，他也没表示异议。

电话打完，炎拓问她："邢深那边……有消息吗？"

聂九罗打开微博看了看，摇了摇头。

其实她今早才跟炎拓说过这事，他现在又问，是真的着急了。

炎拓也觉得自己太急了，自嘲地笑笑："我现在挺后悔，这么多年，没给自己发展出帮手来，可是转念一想，发展谁呢？把人拉进这种事来，得被骂死吧。"

如今，邢深这干人，居然成了他拼命想抓住的救命稻草了。

也不知道这些人脾性如何，好不好相处。

……

晚上十点半，车子驶进聂九罗家所在的巷子。

这一天再怎么低气压，归家在即，聂九罗还是止不住兴奋，隔着大老远，她就看见了站在大门口、伸着脖子张望的卢姐。

卢姐不认识炎拓的车，却又怀疑这辆就是，于是一直盯着看，聂九罗咯咯笑着撳下车窗："卢姐。"

卢姐笑着迎上来："我还说呢，算算也该到了。"

车子停稳，卢姐帮着拉开车门，原本堆了笑的脸，在看到她的拐杖和吊起的胳膊后，真个悚然变色："你、你这是怎么了？"

聂九罗轻描淡写道:"不是看石窟吗,从上头摔下来,胳膊摔断了,多亏这位炎先生……"

她示意了一下刚下车的炎拓:"喏,把我送去医院,还开车把我送回来。"

卢姐赶紧上来扶住聂九罗,又向着炎拓感激地笑:"炎先生,谢谢你啊。"

炎拓对自己的新身份适应得很快:"不客气。"

他打开车后厢,把行李箱等都取下来,帮着拎进院里,刚走到中庭,就闻见一股淡淡的幽香,忍不住说了句:"好香啊。"

经他一提醒,聂九罗也注意到了:"是不是什么开花了?"

卢姐指向院子一角:"前两天就开了,开得可好了,老汤说,今年暖冬,提早开了。"

炎拓这才看到,角落里有棵两米来高的梅花树。

是棵白梅,树形疏朗,枝条细而有劲,仿佛有骨支撑,枝条上星星点点,绽着一枚一枚,白瓣黄蕊,朵朵灵动。当然,更多的是花苞,有的细瘦,有的饱绽,笼在屋里透出的微光下,一树花,一树无声的热闹。

他有点惊讶:"你还会种花?"

聂九罗还没来得及开口,卢姐先笑了:"聂小姐哪会种啊?她请了个花匠,老汤,两周来一次,人家退休前是市植物园的,专会摆弄花花草草,可厉害了。"

这样啊,炎拓也想起来了,聂九罗是有个花匠。

他忍不住又看向那树白梅,长得真好,恣意又张扬,他已经不记得,自己上一次认真看花,是在什么时候了。

正晃神间,听到聂九罗问他:"炎拓,饿不饿?让卢姐给你下碗面吃。"

炎拓摇头:"大晚上的,吃多了睡不着。"

聂九罗吩咐卢姐:"给他来一碗,我也吃点,都少少的就行。"

炎拓又好气又好笑,压根儿就不听他的意见,还问他干什么?

不过,既然"少少的",那就吃点吧。

客房在一楼,收拾得很干净,炎拓把装陈福的行李箱放进衣柜,和衣躺下眯了会儿。

只一小会儿,就梦见了农场地下二层。

梦里一片漆黑,身周包裹着浓重微湿的泥土气息,有个暗哑而哀伤的声音,一直时断时续地喃喃:"安安,我家安安……"

炎拓循声去找,却怎么也找不到人。

正在黑暗里摸索,前方远处,隐隐亮起了光,有个小小的女童身影,瘦骨伶仃,在光里踽踽独行。

炎拓大叫："心心！"

然后一惊而醒。

醒来的时候，灯光柔和，窗子上映着白梅的姿影，原来那株梅花，就开在他的窗外。

门外传来卢姐的声音："炎先生啊，面煮好了，我送上去了，聂小姐走路不方便，你上去吃吧。"

老实说，上二楼，炎拓还真有点心头忐忑：他上次来，在这儿狠狠造过一次，临走还推倒一尊泥塑。

如今又来，很像亲临犯罪现场。

跨完最后一级台阶，大工作室尽收眼底，炎拓松一口气，还好还好。

他偷溜了一眼那尊自己掀翻过的水月观音。修复过了吗？隔着塑料罩膜，看不大出来。

聂九罗突然冒出一句："别看了，再看让你赔。"

炎拓吓了一跳，心思被戳破，索性死猪不怕开水烫，他在工作台前坐下，看自己那一小碗面。

怕汤汤水水弄脏工作台，碗筷和筷搁都放在黑漆绘金的小托盘里。真是好小一碗，细瓷透光的米花玲珑碗，鸡汤煨的小份龙须面，里头撒鸡丝、木耳丝，点着几粒枸杞、小葱花，还切了两片荸荠。

炎拓不服气她想索赔，说："那你上次还咬人了呢。"

这是要跟她抬杠吗？

聂九罗："那谁把我淹水的？"

炎拓："淹水……没破皮没流血的，咬人留一辈子疤啊。"

聂九罗："淹水，心理阴影也是一辈子啊。"

一扯心理阴影，炎拓就没辙了，心理上的事，他不敢发表意见："那我，后来也救了你啊。"

聂九罗："我没救你？我还请你吃了碗面。"

这要掰扯下去，可就没完了，炎拓主动求和："碰个碗，算了，行不行？"

聂九罗也斜了他一眼，摆了两秒姿态，碗推过来，和他的咣啷一碰，扑哧一笑，算是清账了。

面的味道真是不错，炎拓连汤水都喝了个精光，这点量，吃下去不致压胃，又滋味无穷，十分满足。

他忽然想起了什么："卢姐一直称呼你'聂小姐'？"

这种住家阿姨，又是做久了的，居然还叫得这么客气。

聂九罗说："这是人家卢姐的坚持，她说毕竟是雇佣关系，不能没了界限，所以也就随她了。"

"那熟人怎么叫你？"

聂九罗随口说了句："叫阿罗咯。"

阿罗。

炎拓低声念叨了一次，说："怪怪的。"

聂九罗奇道："哪里怪？"

老蔡这么叫她，邢深也这么叫她，蒋百川是"聂二"这个名字叫顺口了，不然也会这么叫她。

炎拓屈起手指蹭了蹭鼻侧："反正就是有点奇怪。"

聂九罗没好气道："那是你没叫习惯，多叫几次就好了。"

炎拓"哦"了一声，又点了点头。

那他以后就这么叫好了。

……

吃完饭，聂九罗把餐盘都推到边上，拣了支笔在手，又从台子上的一堆文具里抽出一张淡金色的长纸条。

看那架势，是想在纸上写字，但一只手不方便操作，她盼咐炎拓："帮我摁着纸头。"

炎拓起身过去，略弯下腰，帮她按住纸端。

聂九罗笔在手里拈了会儿，沉吟片刻，低头写字。

她已经换过衣服了，深空蓝色的薄款丝光缎面家居睡袍，低头时，长发从两旁拂下，露出颈后白皙的一片，还有后领口上一颗小小的、金线绣出的星星。

有些衣服是花哨在外，给别人看的；有些衣服美得小心翼翼，只自己知道。炎拓很喜欢这颗小星星，撩开长发的时候，这颗星星才半遮半掩地露面，想想都很美。

他看聂九罗写的字。

——一、见到许安妮。二、炎拓送我回家。

"三"想了好一会儿，然后写"面真好吃"。

写完了，落上日期，搁笔。

炎拓隐隐有些概念："这是日记吗？也太偷懒了吧。"

聂九罗把字条递给他："你有手，帮我打个结。"

炎拓莫名其妙："打结，绳结？那字条不是扯坏了吗？"

聂九罗差点被他气乐了："你就不能小心点？轻轻打个结，把折痕压平的那种，还有啊，别从中间打结，从这里，对，靠边这里开始。"

炎拓依言开折，折了两下过后，就知道她要干什么了——他见过，上学的时候，班上很多女孩爱折这个，幸运星，兴致浓时一瓶一瓶地折，送这个送那个的，风头过去，又一瓶一瓶地扔。

很快折好了，五个边角往里捏，捏成一颗胖嘟嘟的小星星。

聂九罗从他手里接过来，往上一抛，然后伸手接住，又递回给他，指了指靠墙的一个旧式双开门大立柜："喏，帮我从右边门上那个门神嘴里投进去，右边的，别投错了。"

炎拓依言过去投了，到底没忍住，回头看她："抛起来落下，这是什么意思？"

"代表一天过去了啊，这一天的事落幕了。"

还能这样，真是好有仪式感的一个人，炎拓指门神郁垒的嘴巴："投进去呢？代表你的一天被吞噬了？"

聂九罗真是没见过这么差的举一反三："代表门神帮我守着！"

炎拓似懂非懂："能打开柜门看看吗？"

聂九罗挥了挥手，那意思是"你随意"。

炎拓打开柜门。

居然有两大玻璃缸的星星，玻璃缸应该是根据柜子尺寸定制的，敞口，方便上头落星，左边的全满，右边的半满，再仔细看，边沿处还有标签，写了时间跨度。

聂九罗说："我的祖上是巴山猎，巴山猎的习俗叫'见者有份'，你既然看到了，同意你捞一个看看。"

炎拓犹豫了一下："这不好吧，都是你的隐私。"

聂九罗想了想："当然我先拆，你可以看的话，再给你看。"

那就行，炎拓左右看看，在左边"2002—2012"那只玻璃缸的深处捞起一个，缩回手时，两边的星星哗啦啦向内填满，感觉很奇妙。

他把星星递给聂九罗，那是颗白色的星星，纸质已经有些泛黄。

聂九罗用一只手仔细拆开，扫了一眼之后，把拆开的字条推向他。

炎拓拿起来看，这张字条上记了两件事。

　　捏的泥人拿奖了，奖金五百。划了色鬼老头的车，他活该。2011.10.18

聂九罗说："那个时候，市里组织迎国庆的活动，艺术组有画画的、书法的、还有工艺品，我捏了泥人，拿了奖，评委老师还说我有天分，让我认真考虑这一行，说必成大器。"

说到这儿，她有些感慨，忍不住看满屋高高低低的作品："大器"不敢说，还是成了点"小器"的，能用一技之长养活自己，是很有成就感的事。

炎拓："这个老头……"

"是兴趣班的老头,教初级雕塑的,真恶心。纠正你手型的时候,总是有意无意,蹭你一下,摸你一下,不只是我,我打听了一下,被他占过便宜的女生不少。我就去地下车库等他,看到他过来,拿起钥匙就划车,划得他脸都白了。"

炎拓愣了一下:"当时地下车库有人吗?"

"没有,刚好没人。"

炎拓真替她后怕:"那你怎么敢的?你当时才多大?"

聂九罗无所谓:"我当时身上已经有点功夫了,不过就算没有,我也不怕他。我跟他说,要么你自己去修车,要么抓我去派出所,我会跟民警叔叔说,是你想对我不轨,我反抗的时候划到的,我这么小,又这么可怜,你看民警会相信谁……你是没看到他脸色,跟猪肝似的。"

炎拓苦笑:"你真是,哪儿来这么多想法?"

他依着折痕,把那颗白色的星星又折起来。

聂九罗看着他折星:"因为普通的小孩儿,受了欺负,第一时间会找父母撑腰嘛,那你又没有,当然要早做准备。"

她从十多岁开始,每次看到听到一些受害的事,都要设想一下,这要是我,该怎么办,该怎么保护自己,又怎么漂亮且不屑地报复回去。不管是骚扰还是其他,她都有招,见招拆招。

划车?呵呵,小手段而已,她还没出大招呢,那老头太尿,一招趴了。

她抽了张长纸条给炎拓:"有没有兴趣学我,也记点什么?等你老了,闲着没事的时候,翻一翻,挺有意思的,还能锻炼记忆力、对抗老年痴呆呢。"

炎拓啼笑皆非,他接过纸条,随意绕在手指上:"我明早就回去了。"

聂九罗一怔,过了好一会儿才说:"这么快啊。"

再一想,也正常,炎拓又不是来旅游的:今晚,如果不是她说留客,他可能会连面都不吃,就连夜赶回去吧。

炎拓说:"就麻烦你,尽快想办法帮我联系邢深。以后,如果有机会的话,我再来向你借刀。"

如果有机会的话。

如果一切顺利,他能来借刀的话。

聂九罗笑笑,说:"好啊。"

炎拓也笑,其实私心里,真希望是她,能和他一起继续接下来的种种,可又不希望是她:人家又没有家仇,没有血恨,凭什么把她拉进这么危险龌龊的事里来呢?

他说:"累了一天了,你早点睡吧。"

回到客房,炎拓没开灯——因为卢姐已经睡下了,小院的灯也只留了檐下的一盏，把白梅的枝影映在了他的窗户上。

他一开灯，这影画就没了。

炎拓展开手里的纸条，纸条是淡金色的，在暗里泛着微微的亮。

他拈过桌上的笔。

写些什么呢？

炎拓坐了很久，才就着微光写下一句：梅花开得真好。

写完了，轻轻打开窗，从最近的梢头撷下一朵小而单薄的梅花，打进纸条的结里，慢慢折成了星。

梅花开得真好。

希望这小院，永远平静吧。

再见阿罗。

19

时近夜半，一辆灰白色的SUV，慢慢驶进石河县大李坑乡的芦苇荡。

车灯雪亮，一人多高、顶着白穗的禾草在光柱里不断摇曳。

车后座上，歪靠着一身酒气的阿鹏：昨儿他就接到熊黑的通知了，也拿到了人和车的照片，被要求在这一带的乡村路道"一米一米，地毯式搜寻"。

阿鹏喜欢这种活儿，可以额外申请到加班费，加班费对上一个价，对下又一个价，差额全进了自己的腰包。

所以他格外卖力，敦促大家务必用心，还表示发现有效线索者可以拿双倍加班费，把"工作"布置得头头是道之后，小弟们四面忙活，他该打牌打牌、该喝酒喝酒——这是他一贯推崇的"领导的智慧"。

今晚喝得有点多，头几通电话打来的时候，他醉得像摊泥，全错过了，醒了之后回拨，才知道有情况，赶紧叫上人往这头来。

芦苇荡里，早有人迎上来，晃着手电给车子带路。

车子颠颠簸簸、忽高忽低地行了一段之后，在几间半塌的土屋前停了下来。

阿鹏一下车，就问负责这一片的老四："发现人了？"

目标是两个人、一台车，这儿不像能藏得下车，那是……埋了人？

老四先指那几间土屋："鹏哥，我们打听过了，这几间土屋，之前破是破，但没倒成这样，这屋啊，是被车撞倒的。"

所以呢？阿鹏没听明白。

老四引着他往前走："鹏哥，这边，你再看这间砖头房。"

阿鹏是在农村长大的，一眼就认出，这是间机井房。

老四把手电光调到最强,递给阿鹏:"鹏哥,你自己看吧,往墙面上照。"

阿鹏依言抬起手电。

墙面上……

也就是普通墙面啊,上头还用红漆漆了"水利"两个字,就是年代久远,油漆已经斑驳脱落了大半。

又过了会儿,阿鹏看出端倪来了。

弹孔。

砖墙上有弹孔,有些是洞穿,有些没打透。

阿鹏这一下吃惊不小:"这里……发生过枪战啊?"

老四说:"那几间土屋肯定也遭了枪,我们怀疑,是有人清理过现场,直接开车把土墙撞塌了,一塌,可不就看不出来了吗?"

但是砖墙没法撞,硬撞的话,指不定车毁人亡。

所以这痕迹保留下来了。

阿鹏吞了口唾沫:"还发现什么了吗。"

老四把他往屋里引。

一进屋,阿鹏就看到了角落处两堆被挪移开的废木板,以及木板之间露出的一口机井。

他走到机井口上,身子下意识后仰,脑袋却尽量往前探:一般人看井都这样,怕掉下去,所以身子往后,想看清楚,因此脑袋向前。

看不见,太深了,井口挺窄,凑近了,能闻见一股淡淡的霉腐味。

阿鹏拿手在鼻子周围扇了扇味:"怎么说?"

老四:"这口井少说也四十多米深,鹏哥,别人我不敢说啊,要是我干了点什么,想毁尸灭迹,一准往井里扔。"

还真的,阿鹏想想都觉得瘆得慌,他退后几步:"掏出什么了吗?"

老四翻白眼:"掏?你也不看那井多深,一般都得请专业洗井的人来。鹏哥,这事得你做决定,因为咱现在不能确定这里发生的事跟咱们要找的人有关,顶多是怀疑。你说一声掏,咱们就租家伙开干,但这不是小工程,得花一笔。"

花一笔,那就是说,又能申请经费、经手刮一层了?

阿鹏眼一瞪:"掏啊,公司家大业大的,还缺这点钱吗?你们只管干,我去跟熊哥说。"

阿鹏这通夜半打来的紧急电话,熊黑没能立刻收到。

因为他在农场的地下二层,地下就是这点不好,信号太差。

不只他在,林喜柔、李月英、冯蜜,还有杨正,都在。

这间房是地下二层最重要的一间，除了刚建成的时候敞过几天门，在那之后，从早到晚、一年到头，从来都是重门深锁，不知道的，还以为这是什么金库重地。

但这屋里其实很简陋，几乎看不出现代装饰的痕迹，说是二十世纪八九十年代的房间也不为过：水泥地坪，中央处露着一大片正圆形的原生土，上头支着一个拱形的迷你塑料大棚，水泥地坪到塑料大棚之间，有红砖铺成的步道——步道不是直来直去的，每一道都旋曲蜿蜒，从高处看，像太阳的烈焰内卷。

墙上，贴着两张很破的画。

一张是黑白年画，鲤鱼跃龙门，白浪间涌出几尾大鱼，高处白云朵朵，簇拥着巍峨重楼，门楣上书了"龙门"两个大字。

一张是夸父逐日，二十世纪八九十年代的用色搭配风格，半天上一轮火红炽焰，长发浓髯的巨人仰头抬手，似要一把将太阳攫取入怀。

往常，那个迷你塑料大棚总是覆盖得严严实实，像是害怕地下无端起风，把里头的娇贵玩意儿吹出个头痛脑热，但现在，大棚连着支架翻倒了一边。

微湿的土壤里，蠕动着一个"东西"。

这东西打眼一看是个人形，但裸着的身体上，一大块一大块，有些是正常肤色，有些却是黑褐色，而且正在"凹凸不平"，皮肤上鼓起又凹下，看起来极其瘆人。

本该是"人头"的地方，已经开始干瘪了，以至于一双眼睛被衬得极大，眼白处正慢慢充血，血色越来越浓，到末了，几乎和瞳孔同色。

但它还有气，还在大口大口地呼吸。

林喜柔面无表情，盯着它看了好一会儿，又环视了一圈在场诸人，忽然神经质似的笑起来："大家说，是怎么回事啊？"

没人应声。

林喜柔脸色渐渐沉下来："都哑巴了？说啊！熊黑，你说！"

熊黑心叫倒霉，真是好事轮不到他，破事就点他名。

他硬着头皮发言："按理说……不应该这样，近几次我们都控制得挺好的，可能是，哪里没注意到，出了疏忽吧。"

林喜柔看李月英："李姐，你说呢？"

李月英一直拿手帕捂着口鼻，一副受不了这屋里窒闷气味的模样："我说不清楚，我又没操作过这一套，没做成，就是运气不好吧。"

冯蜜乜斜了她一眼，很是不屑地撇了撇嘴。

林喜柔冷笑："运气不好？018号本来应该是狗牙，这狗东西，自己不争气，废了。我心说没关系，就由新的补上。这一个之前一直很好，谁知道临门一脚，成了这个狗样子！"

她咬牙切齿："018是受了诅咒吗？左一个不成，右一个也不成？"

杨正叹了口气:"林姐,这种事谁都不想的,我们的成功率确实也不高,只有三分之二……"

林喜柔打断他:"没错,1 到 18 号,废了六个,老天不赏饭,咱们没法跟天斗。但这次,责任可不能推给老天,熊黑,把它翻过来。"

熊黑是听林喜柔使唤听惯了的,来不及细想,大踏步过去,伸手扳住 018 号的肩头就翻,冯蜜和杨正听出她话里有话,俱是微微一怔。

李月英垂下眼帘,捂着手帕,轻轻咳嗽了两声。

这人身体翻转过后,背脊朝上,能看到背上密密麻麻、无数淡褐色的点,但同时又有几处不是褐点,而是垂着玉米须般的、淡褐色的细丝。

林喜柔看杨正:"没记错的话,你在昆明,是种花的?"

杨正"嗯"了一声:"我脑子笨,只能干点力气活儿。昆明是鲜花大省,侍弄花草的多,我在一个花卉基地找了份工,专事养花种草。"

林喜柔:"那我想问你,植株伤了根,会怎么样?"

杨正心里一凛:"根是源头,供养上头的枝、叶、花,根伤了,上头的植株也就败了。"

林喜柔:"伤了部分的根呢?"

杨正:"这要看情况,有时候,部分的根,对应着地面上的部分植株。植株可能会死一半、活一半。"

林喜柔感喟似的说了句:"是啊,伤了部分的根,植株还可能死一半、活一半。但人不行啊,你听说过人死一半、活一半吗?人这玩意儿多娇贵啊,有时候,死了一两个脏器,一条命都没了。"

"李姐是没操作过这一套,但我操作过,1 到 18 号,我每一个都跟了,没人比我更熟悉这里头的道道。"

她边说边顺着最近的那条红砖道走到 018 号身边,示意他背上淡褐色的点。

"这叫脱根,根系正常而又顺利地断开,断开的根须带着仅剩的养分,慢慢缩回身体里,愈合得很完美,连疤都不会有,再养些日子,就跟正常的皮肤一模一样了。"

又抬起脚尖,蹭动一缕玉米须样的细丝:"这不叫脱根,这是被人为破坏捻断的,所以才没法缩回来,死了一样挂在这儿。这间屋子,能进来的人不多,谁干的?主动站出来,给自己留点脸。"

冯蜜愕然,不由得瞥向李月英。

不只冯蜜,渐渐地,熊黑、杨正,也都看向她了。

如果只是一个人看,李月英或许还能无视,这么多人一起,她就不得不发声了。

她抬起眼,逐一冷冷回视:"什么意思?都看我,这是怀疑是我做的了?因为我命不好,摊上个废血囊,二代又没了指望,所以心理扭曲,也不想别人好,是吧?"

林喜柔笑了笑，转身面向她："李姐，你有没有私下里进过这间屋子？"

李月英淡淡回了句："没有，只在大家一起的时候来过。"

林喜柔："李姐，你该知道，这地下二层有监控的。"

李月英不屑地笑："那去查啊，捉贼拿赃，可不能什么凭据都没有就冤枉人哪。"

熊黑听得急躁，拔腿就往外走："我去查。"

快走到门口时，林喜柔叫住他："熊黑，李姐这么坦然，可能是真没做过，我也这么希望。但也有可能，监控让她给破坏了，毕竟她知道监控室的位置，所以我建议你，不用去监控室看。"

熊黑应了一声，匆匆出去了。

李月英听不大懂，疑惑地看了看门口，冯蜜也奇怪："林姨，什么意思啊？不去监控室，要去哪儿看？"

林喜柔微笑着看冯蜜："一般人为了洗清自己，会第一时间破坏监控，要么删除，要么抽卡，甚至暴力破坏。这地下二层这么重要，所以一开始，我们就做了两手准备，哪怕监控室被烧了也没关系，别的地方还有备份。"

说着，林喜柔又柔声安慰李月英："不过，只要你没做过，就不用担心，对吧？"

……

熊黑七拐八绕，拐进了档案室，这里存放的是农场的各种票据以及合同文件，他打开角落里的一台电脑，点进桌面上的存储文件夹。

密密麻麻的监控视频，都按日期排列。

熊黑拖了电脑椅坐下，这得看好长时间了。

他随手点开了一个。

时间一分一秒地过去，李月英的额头渐渐冒汗。

冯蜜一直盯着她看，这时实在忍不住，说了句："李姨，这真要是被人把监控翻出来了，也太难看了吧。我想说，我是不敢做这事，狗牙什么下场，大家伙都看见了。可是你敢啊，对不对？做也是死，不做也是死，横竖没几年活头，给自己拉个垫背的，是吗？"

李月英只觉得眼皮簌簌地跳，脱口喝了句："你给我闭嘴！"

冯蜜轻轻"哼"了一声，说："急了不是？"

杨正看向李月英，虽说眼见才为实，但看李月英的表情，心里头实在没法不怀疑："李姐，你这不至于吧？你的事，大家也都很遗憾，但那是没办法的事……"

李月英抬头看他，一个没忍住，剧烈呛咳起来，咳到上气不接下气，自觉连心肺都险些咳了出来。

她喘着粗气，笑起来像哭，低声念叨了句："凭什么啊……"

林喜柔被她这一句话激得双目泛红，她死死盯住李月英："凭什么？我知道你一直有气，觉得是我害了你，难道我想这样吗？我到这世上也是头一次，字要一个一个学，东西要一点一点摸索，我在你这事上是少了经验，做得不好，可你好歹还活着不是？我男人呢？他是001号，我第一个就帮他脱根，他第一个死的！"

　　屋里死一样静默。

　　土壤中蠕动着的018号，也终于喘完最后一口气，再也不动了。

　　……

　　门外传来熊黑的声音："林姐，你能出来一下吗？"

　　林喜柔闭了下眼睛，复又睁开："查到了吗？有话就说。"

　　熊黑迟疑了几秒："不是，林姐，你出来一下，有点……别的情况。"

20

　　自家的床就是舒服，聂九罗美美睡了一觉，睁眼时，犹自意犹未尽，觉得这一觉应该更长点才对。

　　她起床洗漱，正擦脸时，听到外间响声，是卢姐上来收昨晚的餐盘。

　　聂九罗开门探头："卢姐，早上吃什么啊？要么你包点小馄饨，让炎拓尝尝你的手艺？"

　　她自己的早餐一般都是清粥小菜，但炎拓可能吃不饱——卢姐的鸡汤虾仁小馄饨是一绝，秒杀街面上的那些，刚好昨天也吃过小馄饨，有对比才有高下嘛。

　　卢姐端着碗碟下楼，撂了句："还尝尝手艺呢，人一早就走啦。"

　　谁一早就走了？

　　聂九罗愣在了当地。

　　炎拓吗？

　　一声招呼都不打就走，他怎么敢？！

　　还真敢！

　　客房里静悄悄的，几乎看不出住过人的痕迹，被子叠得整整齐齐，像个豆腐块——这一定不是卢姐叠的，卢姐是西式的铺床风格。

　　桌子上留了张字条，上书：箱子我放柜子里了。

　　放你的头！聂九罗狠攥字条边角，把纸页攥得哗啦响。

　　卢姐拎着吸尘器进来，尽量开小音量吸尘："他这被子叠得可真不赖，有棱有角的，我问过他，他说军训时学的，一个系就数他叠得最好，还被选出来当示范来着。"

　　是吗？聂九罗更不开心了：卢姐都知道这些，她反而不知道。

她闷闷地说了句："没礼貌。"

卢姐笑道："人家一早就起来了，等你好久，你自己睡不醒，这能怪谁？我本来想叫你，他说算了，一个病号，昨天赶路又累到了，让别叫，说多睡一会儿就是多养一会儿身体，又说还是赶早走，省得晚了堵车。"

聂九罗"哦"了一声，字条攥起又撸平，撸平又攥起，末了搓成了小卷，一边搓一边拄着拐出门。

而今复健提上日程，她计划一天下楼三次，一次绕院子走三匝，争取半个月之内扔拐，至于胳膊嘛，多跑跑私人医院，做医疗复健吧。

小院闹中取静，有花草点染，静里又多点清幽，老汤当初给院子规划了四季景，一季开一季的花，现在已经入冬，开得好的是水仙、铁筷子玫瑰、郁金香，还有……白梅。

聂九罗走到白梅旁边。

她喜欢长得特别高大和特别迷你的花木，迷你的是微处的精灵，高大的仿佛通了人性，有和人对等的灵魂，都是蓬勃的生命，叫人敬畏。

聂九罗蔫蔫地去点弄梢头的一朵，觉得此时此刻，十分不如意。

但明明回了自家，处处如意。

卢姐清了一轮卫生出来，看到这情景，忽然想起了什么："哦，对了，炎先生走的时候，还说这梅花长得怪好的，问我能不能折一枝，我没让。"

聂九罗一怔，怔完就急了："你为什么不让？"

卢姐奇道："不是你交代的吗？说你的花只能你自己剪了插，或者让老汤修剪，最烦那些乱掰乱扯的。"

聂九罗想起来了，是有一回电视台来拍摄采访，人来得杂，那个摄像的揪了朵花别在耳后，自以为个性时尚。她看了很是反感，事后对卢姐交代下来，见了访客攀折，务必毫不留情阻止。

她说："那，这是分人的嘛，我从石窟上摔下来，是不是他救的？人家这么帮忙，折一枝算什么？"

他就是想要整棵树，也挖了让他扛走呗。

这么一说，卢姐才后知后觉："也是哦。"

卢姐又自己给自己打圆场："嗐，我看没什么，那个炎先生脾气很好的样子，应该不会介意的。"

聂九罗不好再说什么，拄着拐慢吞吞挪步，又开始了自己的复健，到大门口时，也不知是出于什么心理，过去拨开门闩，把大门启开了半扇。

阳光真好，落满了巷子。

外头空荡荡的。

手机坠在兜里，坠得衣兜往下沉。

一声招呼都不打就走，也不说给她发个信息。

聂九罗"哼"了一声，把门关上。

那除非有急事，否则她也不发。

谁还不是个忙碌的人了？

中午时分，炎拓车入服务区。

本来是想吃顿简餐的，但是服务区的饭食太过简陋，看着都没食欲，炎拓随便买了点饼干、饮料，回车上解决。

午时的阳光很暖，炎拓半开车门，两片饼干就一口饮料，服务区很热闹，时不时就有大客车开进来，放下好几十号人觅食，又时不时有司机扯着嗓子嚷嚷着"上车上车了啊"，于是几十号人如散流入海，很快收拢于车上。

炎拓边吃边看，权当自己是观众，乘客是演员：这么多人，这么多来处去处，应该也有无数无数的故事吧。

无意间一瞥眼，看到副驾的座位下头，露出塑料袋的一角。

什么东西？

炎拓身子伏低，伸手钩住袋口往外一拉。

认出来了，是聂九罗中途买的"外送"，记得当时问她，她说是"专业的"。

这丢三落四的，回家太兴奋，连随身的东西都忘了，炎拓无奈，看来待会儿得给她叫个快递送回去。

他把系了口的塑料袋放到副驾上，继续吃自己的，吃着吃着，到底是好奇，忍不住又瞅了一眼袋子。

她家里就是工作室，要什么有什么，到底是什么急用的，非要赶在半路上买呢？

他把饮料和饼干放下，好奇地拎过袋子。

有点重量，但又不太重。

炎拓解开袋口。

里头这是……

他先拎出一串车挂。

不是市面上能买到的那种，是手作的，一根串绳上，扎着四个橡皮泥捏的小人，一看就知道是他，意态拿捏得相当到位，黑T恤、黑裤、沙色靴，不过是萌娃版。最上头的那个单手揽绳，另一只手搭于额前张望，跟探路的猴似的，后背上俩白字"通了"；第二个双手抱绳，一脸苦相，后背上也有俩白字"堵了"。

看到第二个，炎拓就没忍住，扑哧一声笑了。

第三个怒发冲冠，嘴巴张得比瓢还大，显然是在口吐芬芳，后背书曰"让让"。

最后一个像在学佛，结跏趺坐，胸前书"不急"，背后写"淡定"。

最下头坠了块如意纹镶边的小牌，正面是"畅通无阻"，反面是"出入平安"。

真是……绝了。

炎拓小心地把这串车挂放到仪表台上。

里头还有。

依然是手捏雕塑，下头有圆形底座，一看就知道是摆件，捏的还是他，不过是孩童版，因为脑袋上扎了个冲天小辫。

第一个，怀里抱了只鸭子。

鸭子……

炎拓托在手里，真是好一阵恍惚。

第二个，涨红了脸，鼓起了腮，背驮一只行李袋，手拖一只行李箱。

这是拿行李箱取笑他吧，炎拓哭笑不得。

第三个，黑巾蒙面，蹑手蹑足，跟做贼似的。

想起来了，这是影射他上回夜半跟踪？

最后一个……

最后一个真是让炎拓笑趴，那是床塌的瞬间，床上的他惊慌失措，抬手跷脚，别提多滑稽了。

笑够了，往袋子里张望，有一瓶黏胶，这是如何粘贴都给他考虑到了，还有一张字条，密密麻麻写满了字。

炎拓拿起来看。

  摆件一个200元，车挂800元。看不中请寄回，看中请付款，非常欣赏请额外打赏，艺术无价，一只手的艺术家不容易。

末尾附了个收款账号。

好嘛，在这里等着他呢。

炎拓拿起手机，一笔一笔给聂九罗转账，每一笔都注明是哪一个，钱货两讫。

打赏必不可少，毕竟"非常欣赏"，炎拓起初键入"666"，待付款时，心里忽然柔软。

一只手的艺术家。

昨晚上，她写字条，都要他帮忙摁住纸端，一只手，捏出这么多，即便是熟能生巧、专业擅长，也是很不容易啊。

于是又加了一个"6"，让一只手的艺术家多赚点吧。

……

这头,聂九罗一天内第二轮下楼三匝走完,正窝在大帆布椅里,一边晒太阳,一边看卢姐剥冬笋。

卢姐说了,今晚上要做笋丝小炒肉。

看着看着,手机进消息了,不止一条,是一条连着一条,清脆的声响此起彼伏。

聂九罗拿起来看,脸上的笑渐渐没藏住。

卢姐好奇:"怎么了啊?"

聂九罗秀眉一挑,神采斐然:"我赚钱了。"

卢姐说:"你不是经常赚钱吗?"顿了顿又提醒她,"赚钱这种事,家里高兴就算了,在外头不要这么笑,人家会说你为了点钱就乐成这样,一点都不艺术。"

炎拓转账完毕,先把车挂挂上,又用黏胶挨个把摆件粘上仪表台,车还是那辆车,瞬间就不"素"了。

还想拍张照片给艺术家反馈个买家秀,手机响了。

林喜柔。

炎拓顺手接起,语气平和:"林姨。"

林喜柔的声音也是一贯的柔婉:"小拓啊,拜访的事怎么样了?"

炎拓笑道:"郑州那头去了一家,今晚准备再去一家,其他的,就安排公司中高层代表一下,或者发点年礼意思意思得了。"

林喜柔也笑道:"面子给到,走两家就行,事了了早点回来,你是老板,要学着让自己轻松,让别人做事。"

……

挂了电话,林喜柔点击鼠标,电脑屏幕上,那段暂停了的视频重又继续。

这是段监控,斜上方视角,能看到炎拓站在培植室的门口,几乎一动不动。

顿了会儿,林喜柔再次点击暂停,看屏幕上的炎拓。

边上的熊黑清了清嗓子:"按时间推算,那天是狗牙醒来不久,我们正在里头跟狗牙说话。"

林喜柔没吭声。

熊黑:"我打电话问过,他这趟出去真是拜访合作方的。郑州那头的老板还跟我说炎拓那天喝醉了,叫了代驾。"

林喜柔"嗯"了一声:"小拓,这是想干什么呢?"

熊黑想了想:"他会不会是对我们太好奇了?"

林喜柔摇头:"好奇也得有个限度。"

熊黑没耐性:"林姐,与其猜猜猜,不如把他叫来问问。"

林喜柔说:"别。"

她关掉视频，面色淡淡的："就先装着什么都不知道。"顿了顿又问，"机井那头，怎么样了？"

熊黑掏出手机，给她看现场发来的照片。

三脚架搭起来了，租用的设备也到位了，就看井里头是不是有东西了。

1997年8月28日 / 星期四 / 暴雨

今天早上，又是从噩梦里醒过来的，梦见李双秀从地下扒钻出来，双眼充血，一直掐我的脖子，掐得我险些死过去。

好不容易睁眼，外头在下暴雨，天都是黑的，屋顶上不断地响雷，响一下，我就哆嗦一下。

小拓不懂事，还闹着要养小鸭子，我现在哪有心情给他买小鸭子？吼了他两句，他就哭了，哭着喊着要双秀阿姨，问我双秀阿姨去哪儿了。

我一下子发狂了，像拎小鸡仔一样把他拎过来，狠狠打了一顿，小拓哭到后来，嗓子都哭哑了，远远躲着我，缩在沙发角落里抽泣。心心爬过去，像我哄她睡觉那样，一下下轻轻拍着小拓的背，咿咿呀呀地说："哥哥，不哭啊。"

这一双儿女，真是看得我心都碎了。

我杀人了。

就在十天前，我把李双秀给杀了。

其实我没想杀她，这种"不离婚、不复合，同在一个屋檐下，彼此视而不见"的日子，我过了好几个月了，敏娟说我做得对，"就是要做他们眼里一根刺，不让这对狗男女如愿"。

我真是天真，这种关系，用脚指头想都会出问题的。

那天……

导火索应该是我听到李双秀让小拓喊她妈妈，那之后，我整个人就不对劲，心里头涌着一股想杀人的冲动。

下午的时候，李双秀放水洗澡，我看到她打开壁柜，拿了我的衣服，这个不要脸的女人，拿别人的用别人的，这么理所当然，她以为她是谁？

我就跟进了洗手间。

不记得跟她说了什么，只记得说不到两句就吵起来了，越吵越凶，后来，我就把她一推。

我真的只是推了她一下，她脚下一滑，我进了浴缸，但我没想到，她会把插电线给带进水里去。

很可怕，太可怕了，地上有水，我怕……我怕我也会触电，我就跑了，我听到她惨叫，还闻见烧煳的味道了，但我什么都没做。

后来，我关了电闸，戴上棉手套，推开门看，吓得腿一软，跌坐地上，半天都没能爬起来。

我看到她浮在水里，半边脸被烧得发黑，触电会这样吗？人在水里怎么还能烧起来呢？

我杀人了。

林喜柔，你完了，你是个杀人犯了。

我打电话给大山，原来不管我多恨他，出了事，我第一个还是想到他。

大山回来之后，也傻了，坐在沙发上，抽了好多烟，我眼睛都哭肿了，哭得头疼，我说："大山，我去自首吧。"

大山没让。

他掐了烟，赶我去带小拓和心心睡觉，还说，你别管了。

我失魂落魄地把小拓和心心圈在卧室里，听到大山在外头忙活，听到他放水，拖东西，听到他开车出去，又开车回来。

他开车回来的时候，已经是半夜，两个孩子早睡了，我全身打战，想给大山开门都没力气，他自己拿钥匙开的门，进来跟我说，已经把李双秀埋了。

远远地埋了。

他让我忘了这事。

其实，我该去自首的，对吧？

林喜柔，你醒一醒，天网恢恢，疏而不漏，你躲不过去的。自首，还能争取个宽大处理，你是误杀，你不是存心的。

今天的雨这么大，雷这么响，就是为了震醒你的。

附：大山打电话来了，说今晚要晚点回来。他说雨这么大，他得去埋尸的地方看看，万一尸体被冲出来，就糟糕了。

——林喜柔的日记，选摘

名不起者の罠

第六卷

01

  天气不大好，早起就阴着，过午时，居然飘开了雪粒子。
  为了方便架设三脚架，机井房的屋顶以及边墙都已经掀开了半爿，阿鹏几个缩着脖子坐在车里，或敞车门，或降车窗，看老四带着两人操作卷扬机，把打捞爪慢慢探下井口。
  让自己人操作打捞是熊黑的意思，他怕井里真的捞出点见不得人的，有外人在不方便，所以吩咐阿鹏安排两个伶俐的现学现卖——但打捞这种专业活儿，哪是记下个操作步骤就能上手的？
  下了两次打捞爪，都是空着回来。
  阿鹏忍不住骂街："学文化不行，学手艺也这么费劲，你说你是智障不是？"
  老四被他吼得恼火："有本事你来，有专业打捞的不用，非要老子上，老子要会这个，早当上打捞队总经理了。"
  边上人爆笑，阿鹏袖子一撸，大步跨出车子："我来就我来，瞧你这丧气劲儿。"
  也合该阿鹏长脸，第一次尝试，打捞爪就稳当下去了，钢丝绳放到一定深度，阿鹏毅然落爪："我敢说，肯定捞到东西了。"
  有几个人凑到井口边看。
  是捞到东西了，卷扬机回摇，打捞爪挟着一大蓬朽烂玩意儿上来，不知道是破布还是烂草，反正几乎沤烂成了泥水，全程沥沥拉拉，那味道，熏得几个人差点吐了。
  阿鹏悻悻，老四却琢磨出门道来了："鹏哥，你这一爪，抓的都是轻的，肯定是浮在水面上的，还得再往下放，深里才可能有东西。"
  是这理儿，阿鹏第二爪又下，还不忘开赌："大小空啊，买定离手。"
  一干人诚心挤对他，争先恐后买空，阿鹏来了脾气，心说：老子非给你们抓个大的。
  他咽了口唾沫，钢丝绳一直往深里放，然后再次落爪，缓缓回摇。

机械操作跟人力操作不一样，如果是纯用手拽，可以通过手上的力道判断有没有带上东西来，但机械嘛，带上个百十斤跟带空没什么两样，所以一群人又蜂拥到井口——由于此趟是开了赌的，利益相关，还有人开了手机电筒，拼命往下照探，一边照一边吼："空！空！空！"

阿鹏守在卷扬机边不动，他觉得领导嘛，就该表现得沉稳一点，是大是小是空，自然会有人给他答案。

果然，没过多久，那一边倒的"空"声就被七嘴八舌的议论给取代了。

"哎哟，有东西欤。"

"真有，大个儿的，鹏哥发了！发了发了！"

"什么玩意儿？麻袋？黑不溜的。"

……

随着打捞爪的渐渐升起，腐臭味越来越重，众人心头犯起了嘀咕，心说这要是吊起个死鸡死鸭可就晦气了，有个胆大的争为人先，身子趴地，伸长手臂，将亮着光的手机尽量往下送，送着送着，周身一个激灵，手机险些掉落井下，"妈呀"一声，爬起来就跑。

边上的人一半不明所以，一半以为他是在演，都没当回事，直到打捞爪逼近，才如炸了锅的蚂蚁般，嘶叫吼骂着乱作一团。

阿鹏觉得好笑，伸长脖子去看。

这一看不打紧，手上操作一个不稳，刚出井口的打捞爪带着捞起的东西，向着最近处的一个人直扑过去，那人膝盖一软，扑通一声软倒在地，裤裆都湿了一块。

阿鹏终于看清楚了。

打捞爪抓起来的，是半具焦瘪的尸体：是半具没错，估计是爪齿抓合时力道太大，把一具尸体硬生生给抓开了，而抓起的这半具，是上半身的，两条焦黑僵硬的手臂恰从爪齿中探出来，像是要扑攫什么，脑袋已经完全是个骷髅了，却又有一层焦黑的皮肉包裹其上，眼鼻口处都深陷，几条红虫正张皇地爬进爬出。

阿鹏吼了句："镇定！都给我镇定！"

然后"哇"的一声弯下腰，隔夜饭都吐了出来。

蒋百川也说不清，这是自己被抓的第几天了。

比坐牢还不如，坐牢的人还能透过窗户看日出日落、推算被囚禁的天数，哪像他，一天到晚见不着日光——别说日光了，连灯光都少见。

不过，他的日子比起初要好过点了，自打那次见了炎拓，而炎拓又盼咐他"尽量装死"之后，他的大部分精力，就用在了如何假扮"奄奄一息"上。这"奄奄一息"为他赢来了稍微像样点的餐食、粗糙的包扎和一个带盖的尿桶，也让他稍稍捡回点当人的尊严。

还没死就好，没让他死，就说明他还有利用的价值。

蒋百川渐渐乐观：老话说，含垢忍辱，卧薪尝胆，只要最终能脱困，那这些暂时的困苦就不算什么。

年轻一辈里，他最看好邢深，他相信邢深一定在做些什么，自己虽然被囚禁，但不代表不能打配合：邢深他们越强，他就越安全，反之亦然——但凡他扛不住，招出点什么，那最终损害的，还是他自己。

所以，他努力放平心态，坚持良好作息，还为自己制订了运动计划，定时伸展手臂、活动肩颈，防止瘫坐太久肢体无力乃至肌肉萎缩。

……

这一天，他正摸黑做扩胸运动，忽然听到外头门响。

不是送饭进来时那种平和的门响，是带着怒气和不祥意味似的，蒋百川心头猛跳，赶紧躺倒蜷缩成一团，装着是在睡觉。

门开了，灯也开了，昏黄的灯光落了满屋。

蒋百川听到熊黑吼："起来！"

这么大声响，不醒说不过去，蒋百川做懵懂状睁开眼，正想问一句怎么了，熊黑一脚踢了过来，踢得蒋百川肚里翻滚、眼前发黑。

这还没完，下一秒，熊黑揪抓住他的脖子，拖死狗一样把他往外拖，其他还好，只是那只潦草包扎、异常肿大的脚，因着这一通拖磕，痛得他凉气倒抽、满头是汗。

幸好，只拖到外头的培植室熊黑就撒手了，蒋百川趴在地上，打摆子一样发着抖，好一会儿才缓过劲来，刚一抬眼，就看到一双踝边镶钻的高跟鹿皮短靴。

林喜柔，是那个林喜柔！

蒋百川瑟缩了一下，但心底里，他其实很高兴：熊黑生气了，这于他是个好的信号，他们要是一切顺利，才不会恼羞成怒呢。

他们越狂躁，就越说明，是自己一方占了上风。

林喜柔蹲下身子。

熊黑揪住蒋百川的头发，把他的脑袋向后拽起，以方便林喜柔说话。

林喜柔面无表情："我问你啊，你们有几个疯刀？"

收到阿鹏那头的消息之后，林喜柔等不及拍什么特写照片，要求阿鹏就地给她直播。

尸体的另外半截也已经打捞上来了，和前半截拼在了一起，容貌损毁得厉害，没法通过脸来认人，但从身高来看，疑似韩贯。

因为普通人被烧死，不该是这样的，这是她的同类，先被杀死，血尽尸干之后,再浇了汽油焚身。

她远程指挥阿鹏给尸体翻身,一寸寸地做检验,最后在颅顶正中找到一个刀口,刀口处凝着一块半透明的褐黄色——那是最后残存的黏液,板结变硬。

……

你们有几个疯刀?

蒋百川心跳得几乎蹦出胸腔:对方这么问,足见是聂二在外头搞了动作了。

他眼眶一热,好丫头,他这些年真是没白对她好。

他含糊着说了句:"一、一个啊……"

话没说完,熊黑把他的脑袋猛磕向地面,磕得"咕咚"一声闷响。

林喜柔皱眉,瞪了眼熊黑。

熊黑理直气壮:"谁让这老狗不讲实话!"

说话间,狠狠揪拽起蒋百川的头,刚刚这一磕极重,蒋百川眼前金星乱跳,俄顷觉得有几道热流,从额上漫下,浸红了眼,浸得眼睛生疼。

他有气无力道:"真的,疯刀就一个。"

林喜柔冷笑:"嘴这么硬,是想去见你的好朋友吗?"

什么"好朋友"?

蒋百川还没反应过来,熊黑已经"啪"一声,甩了一沓照片在地上。

新打印出来的照片,还泛着彩墨的味道。

蒋百川刚看到最上头的那张,脑袋就空了。

那是他的老伙计,瘸爹。

瘸爹已经死了,空荡荡地吊在树上,或许"空荡荡"这个词儿用得不贴切,但他就是有这种感觉——非但死了,还像腊肉一样风干了,脖子因为挂绳拉吊,拉长得很诡异。

蒋百川的眼睛一下子被眼泪蒙住了,他吸着鼻子,着急忙慌地扒弄着那沓照片。

不只瘸爹,还有他派去南巴老林的那支三人梯队,都死了,脖子上吊着绳,挂在不同的树上,其中一个,头发结成了冰冠,可见南巴老林是下过大雪了。

最后一张是全景,从远处拍的,四个人的尸体,静静地垂挂在那儿,让人想起风铃的撞柱,还有机动的旋转木马。

蒋百川攥着那张照片看,这只是张照片,但他硬是从照片里感觉到了风、雨、雪,还有凛冽的阴寒。

他满是血的额头抵住照片,呜咽着,压抑地嘶号起来。

林喜柔站起身,冷冷地说了句:"这可不怪我们,我们通知到了,让来南巴猴头领人,可你的人都是缩头乌龟,没一个人去。"

蒋百川哽咽到一半,嘿嘿笑起来:"没去是对的,去多一个,死多一个。"

林喜柔也笑道："是吗？等你被吊在树上的时候，也希望他们不去吗？我再问你一次，你们有几个疯刀？"

蒋百川吸了吸鼻子："一个，就一个。刀家人嘛，就很多，可疯刀，就一个。"

林喜柔的面色渐渐狰恶："你当我是傻子吗？你说的那个疯刀还瘫着，怎么可能杀了我们的人？"

蒋百川胸腔内又是一阵猛跳。

林喜柔用了一个"杀"字，聂二杀枭了？

真是好样的。

他心中痛快极了，顿了会儿才说："疯刀是瘫着，可他的刀，没在他手上啊。你应该知道，疯刀以血养刀，只要是他喂饱了的刀，即便是落在别的刀家人手上，也是能杀枭的。"

02

林喜柔倒也不可能真把蒋百川送去南巴猴头挂上：挂了四个了，全是挂给自己看的，挂了个寂寞。

更何况，蒋百川还是个头头，即便挂他，也得挂出个真重量来。

把蒋百川扔回囚室之后，她问熊黑："这事你怎么看？姓蒋的有没有讲实话？"

熊黑说："听上去，暂时……有点道理。"

传说中，疯刀疯刀，主语其实在那个"刀"字上，刀只有一把，用刀的人一代一代地换——这刀有个特点，饮血才能杀枭，只要用血擦拭过一次，甭管搁上十天半月、一年两年，刀起枭亡。但也有局限，一血一杀，想杀第二个，得再饮血才行。

熊黑觉得，又到了灵活运用推理的时候了："那个瘫了的疯刀身边，确实没刀，没准儿是别人拿了用他的血擦拭过的刀下的手——你想啊，韩贯和陈福是一起行动的，机井里却只捞出了韩贯，陈福去哪儿了？有没有可能是那把刀只能用一次，用了之后没血饮了，杀不死陈福，所以只能带走？"

林喜柔沉默片刻。

有这个可能，但问题在于：对方怎么会找上韩贯和陈福？

这两人是去驰援南巴猴头，途经石河县而已。"途经"，在她的理解里就是低调路过，怎么就会那么巧，恰恰撞见缠头军的人，对方手里，还握着一把能杀枭的刀？

熊黑也是百思不得其解，按说不可能是名单泄露了，蒋百川这干废物，哪可能掌握他们的名单呢？

他挠了挠头，突然心头一紧，抬起胳膊，低头嗅了嗅。

林喜柔皱眉："你干什么？"

熊黑口唇发干："林姐，咱们身上真的没味道吗？"

说是和人一样，但他们到底不是人啊，他们有着异于常人的舌头，在极度愤怒时或者生死关头，舌底会爹起短刺，分泌轻则使人麻痹、重则腐蚀的毒素。

会不会还有那么一丝丝味道，被某个鼻子已经进化了的狗家人给闻到，这才导致韩贯和陈福……

熊黑激灵灵打了个寒战。

林喜柔冷冷说了句："你怕什么？别自己吓自己，那个所谓的狂犬，不也什么都没闻到吗？

"再说了，即便真能闻到，也没什么可怕的，缠头军反正也不剩什么人了，有一个灭一个就是了。"

说到这儿，她忽然烦躁："还没联系上蒋百川的同伙？"

她也是服了：蒋百川的通讯录里，那些本该是同伙的人，要么关机，要么销号，一个都联系不上——真是滑天下之大稽，能想象绑匪抓了一圈人质在手上，却满世界找不到人质家属吗？

这让她找谁提交换条件去？

熊黑说："都联系不上，不过有一个号码是通的，就是没人接，机主是蒋百川的情妇，叫雀茶，手机上可能加装了定位屏蔽，确定不了位置。"

林喜柔想了想："都联系不上，偏偏留下一个，这是为我们留的呢。没关系，不接听可以发消息，南巴猴头拍的那些照片，一张一张地发，我倒要看看，他们这缩头乌龟还要当多久。"

回程途中，炎拓又拜访了两家合作方，第三天傍晚才回到别墅。

车后厢里，塞满了各色土特产，都是合作方送的，搁着以往，炎拓肯定不要，毕竟都是不值什么钱还占地方的，但这次全拿上了：有这些，可以证明他真的是办事去的，几个点都打过卡。

他拎着大包小包上电梯。

别墅里静悄悄的，有点反常：林伶之前给他发消息说，林姨和熊黑都回来了，还带回来一个年轻漂亮的冯小姐。

上了三楼，他把包袋都放进小客厅，搁在显眼的位置，这才一路回房。

拿钥匙开门时，心中咯噔一声。

他走的时候，门是反锁的，但现在，显然没有——别墅里各个房间都有备用钥匙，但一般情况下，没人动用，毕竟私人空间，非请勿入。

炎拓推开门，顺手撅开门边的灯。

林喜柔居然在！

她穿很华丽的浅灰色日式绸缎睡袍，睡袍上簇簇樱花，有粉有白，披散的长发微湿，应该是浴后不久，手里攥着一把白水牛角的梳子，正坐在他的电脑椅上，对着未开启的电脑屏幕，一下下梳着头发。

　　因着灯亮，手上的动作戛然而止。

　　炎拓吓了一跳："林姨，你……你怎么在这儿？"

　　再一细想，真是毛骨悚然：她进了他的屋子，摸着黑，在那里……梳头？

　　林喜柔转头看他，款款一笑："好几天没看到你了，忽然怪想的，就进来坐坐。"

　　这也能叫理由？

　　但炎拓只能当这理由合理，他附和似的笑笑，又问："林伶呢，怎么不见她？"

　　"我让吕现带她出去吃饭了，谈恋爱嘛，得有个谈恋爱的样子。"

　　炎拓简直没法接话，正挖空心思找话题，林喜柔像是忽然反应过来："别站着啊，来，坐过来，咱们说说话。"

　　这气氛可真是够诡异的，炎拓拖了椅子过来坐下，闻到林喜柔身上新浴后淡而微温的香气。

　　他有点不自在，不动声色地把椅子挪远了些。

　　林喜柔仔细端详着炎拓的脸："我最早见你的时候，你只这么大点……"

　　她边说边伸出两只手，比了个长度："你还记得吗？"

　　炎拓摇头："那么小，哪记事啊。"

　　林喜柔收回手，轻轻叹了口气："时间过得可真快啊，你都这么大了。"

　　炎拓接了句："是啊，再过几年，都不好意思叫你林姨了。"

　　林喜柔沉默了会儿，问他："小拓啊，你觉得林姨是个怪物吗？"

　　炎拓笑笑："奇怪肯定是有奇怪的地方，毕竟跟我不一样。怪物谈不上，那种吃人害人的才叫怪物呢，对吧？"

　　林喜柔伸出手，慢慢握住他的。

　　她的手冰凉滑腻，让炎拓想起蛇——蛇身慢慢从皮肤上滑过，就是这种感觉吧。

　　林喜柔说："当初，我来到这儿，一个人，无依无靠、无亲无故的，全世界，就看你最贴心、最可爱了。当时你妈妈忙，都是我哄你睡觉，什么话都跟你说，什么苦都跟你诉，那时候，在林姨心里，你就像个小天使一样。"

　　炎拓自嘲："没想到小天使长歪成这样吧？"

　　不过也可以理解，小孩儿，尤其是不谙世事的小孩儿，都是天使，他见过自己小时候的照片，的确是很萌很讨喜，不要脸地说，自己看了都喜欢。

　　就是可惜，年纪小的时候不记事，林喜柔跟他倾诉过些什么，他完全没印象。

　　林喜柔没有被他的幽默逗乐："后来，你渐渐大了，也就不黏着林姨了，兴许，也有自己的秘密了。"

炎拓头皮一麻。

"这也正常，成年人嘛，要空间。就像小时候，你从来不锁门，现在每次外出，都把门锁得死死的。"林喜柔微微笑，在他的手背上慢慢拍了两下，"不过小拓啊，林姨希望，咱们之间这份亲情，永远都不变。万一变了，林姨可承受不住啊。"

炎拓一时间不知道该怎么答，好在，手机恰好有新消息进来，给他解了围。

林喜柔收回手："看消息吧。"

炎拓点开手机。

"阅后即焚"。

他随手滑动关了屏："系统消息，没什么意思。"

林喜柔"嗯"了一声，站起身子："你刚回来，这一路也累了，先歇着吧。"

炎拓目送着她往外走，正待舒一口气，林喜柔又回过头来："对了，冯蜜你还记得吧？"

"记得。"

"她一直住厦门，没来过北方，我留她住一阵子，你有空多带她四处走走，让她长长见识。"

炎拓觉得这安排来得莫名，但还是点了点头："好啊。"

……

林喜柔终于走了。

炎拓长长舒了口气，原本绷紧的后背也渐渐松了下去，他直觉林喜柔今天这一席话是事出有因，但仓促间又理不清是为了什么。

坐了会儿之后，他心头一突，忙欠身去摸电脑的后方。

凉的，还好，至少林喜柔刚刚在屋里，没开他电脑。

他拿起手机，点开刚刚进来的那条"阅后即焚"，一看之下，脑子一突，险些站起来。

聂九罗发的，只一行字。

——邢深，187×××2688，尽快约见。

这是……联系上邢深了？

炎拓是拜托了聂九罗"尽快想办法联系邢深"，但其实除了那条微博之外，聂九罗没怎么想办法，她也不知道该往哪里去"想办法"。

是邢深主动联系聂九罗的。

说来也巧，邢深在和余蓉会合、决定更换手机号的时候，就给聂九罗打过电话，但那时她受了重伤，手机也丢在了机井房。后来，邢深又打过一两次，偏又赶上手机在炎拓那儿，无人接听——几次三番之后，邢深起了疑心，觉得聂九罗一定是出了什么意外。

他没敢再拨打，而是换了个迂回的方式，跟雀茶说自己很喜欢一个叫聂九罗的雕塑家的作品，请她帮忙搜一下购买渠道。

雀茶在网上搜了一圈无果，直接摸去了聂九罗的微博私信问询，跟邢深说起时，邢深苦笑："那万一她不看微博呢？"

雀茶说："那不可能，前几天还发了条新博呢。"

按日子推算，这个"前几天"是在两人失联之后，而发的那条"犬吠水声中，桃花带露浓"指向性太明显，绝不可能是冒充的。

邢深让雀茶帮忙，在私信里回了诗的后两句，外加自己的新手机号。

果然，不到半天，聂九罗的电话就打过来了。

……

对于炎拓，邢深半是欢迎，半是怀疑。

欢迎的是，如果聂九罗所言不虚，一方有人力，一方有信息，互补虚空，堪称完美。

怀疑的是，如果炎拓是个佚鬼，一切只不过是他花言巧语设下的局呢？

说到后来，聂九罗发了脾气，说："你觉得这人不可信，无非是怀疑我的眼光。邢深，难道只有你会看人，我就看不出来吗？我担保这人没问题。"

她都这么说了，自己再犹豫未免不给面子，邢深退一步求和："那先见一下再说，事情这么重要，还是有必要面聊的。"

炎拓一时激动，没能记全邢深的手机号。

"阅后即焚"就是这点可恨，十秒一到，了无痕迹，根本不管你看消息时是否分心、是否被人打岔。

炎拓只好回了条：求再发一次。

然后找了纸笔在手，预备着号码一来，赶紧记下。

聂九罗很快回过来了。

第一条没什么值得记的，因为基本都是在训他，问他：能不能专心点？这里往来的都是重要消息，万一我像上次一样出了事，不能再发了，你就这样让消息空漏过去了？耽误事情怎么办？

说的都在理，是值得警惕，炎拓虚心受教，然后默默把聂九罗那串系统分配的数字昵称改成了"暴脾气"。

第二条，终于给号码了。

炎拓写下之后，默念记牢，然后撕碎了扔进马桶冲掉。

约见邢深。

得尽快约见邢深，这样，林伶、许安妮她们，就能尽早脱险了。

他抓起手机，出门下楼，林喜柔刚刚进过这房间，这让他对房间生出不信任感来，这通电话，得找个僻静安全的地方打。

下到一楼，正撞见熊黑在门口抽烟，熊黑有点奇怪："不是刚回来吗？又出去？"

炎拓回了句："忘洗车了。"

他把车子开出车库，绕出小区，顺便导航了一下最近的洗车行，撒谎得撒得真一点，既然"忘洗车了"，那就真洗一趟吧。

正重新规划路线，后座忽然传来冯蜜的声音："去哪儿啊？"

炎拓身子一僵，下意识急踩刹车。

冯蜜猜到会吓到他，也猜到可能会刹车，但没想到刹得这么急，一个坐不稳，从驾驶座和副驾驶之间冲了出去，脑袋撞上仪表台，痛得龇牙咧嘴。

她捂着脑袋嗔怪："你干吗啊？撞死人了。"

炎拓心头猛跳：这幸亏自己没在车上拨邢深的电话。

炎拓面上却一片冷硬："你怎么会在我车上？"

冯蜜坐起身子，仍在揉着额头："人家好奇呗，想看看你车什么样，谁知道刚上来，你就来了。想躲起来吓你一吓吧，还把自己给撞了。"

说到这儿，努了努嘴，示意了一下车上的车挂和仪表台上的摆设："看不出来，你还有颗童心呢，车上放这么可可爱爱的玩意儿。"

炎拓没耐心："下车。"

冯蜜奇道："你说我啊？"

她倚回车座靠背："炎拓，你这就不男人了，怎么能把一个姑娘家扔在大马路上呢？我要是出点什么事，你负责？再说了，林姨让我跟着你玩的，你该忙什么就忙什么去呗，我又不耽误你。"

炎拓沉默半晌，终于再次发动了车子。

冯蜜嫣然一笑。

林喜柔离开农场的时候，邀她同来，吩咐她说："冯蜜啊，这段时间，帮我注意着点小拓。"

她问："怎么注意？贴身注意吗？"

这可是她强项。

03

人已经在车上了，那就顺其自然吧。

洗车行居然排队，可能是因为临近年末，人人都想把车洗得干干净净跨年，冯蜜等了一会儿就老大不耐烦:"炎拓,要么先吃饭去吧,吃完了再洗。"

横竖这一晚是摆脱不掉冯蜜了,炎拓想了想:"要么咱们自己洗吧。"

自己洗?而且还是"咱们"?

听起来挺有意思的,而且一起洗车,频频互动,有助于增进情谊。

冯蜜来了兴致:"好啊。"

炎拓叫来洗车行的小伙计,借了水桶和喷壶,买了海绵、洗车水蜡和毛巾,然后把车子开到不远处一个水龙头前。

停好车之后,炎拓拎着喷壶去接水,同时吩咐冯蜜:"帮我把前挡下面的导水槽清一下,尤其是掉进去的树叶什么的。"

冯蜜应了一声,踩着脚踏俯上车前盖,能用手清的用手清,手使不上劲的,尽量吹走——刚开始干吗,一般都耐心满满,干劲很足。

清得差不多时,炎拓拎着装满水的壶回来,顺手递给她:"帮忙把车身喷一遍,记住了啊,哪儿哪儿都要喷到,有泥沙的地方多喷几次,把泥沙冲走,不然待会儿用毛巾擦的时候,沙砾会把漆面划伤。"

冯蜜没洗过车,听炎拓讲得头头是道的,刹那间还颇有点仰视他,不过喷了一会儿之后就叫苦不迭了:车身那么大,人力喷壶一压一压地喷,没喷多久胳膊就酸了。

这跟她想的不一样啊,她想的是,调调情撩撩骚就把车给洗了——怎么真洗起来,这么累呢?

抬眼看炎拓,他正低着头,按比例混合洗车水蜡和水,然后搅拌出沫。

行吧,自己答应的事,也不好撂下喷壶不干。冯蜜只好继续,左胳膊酸了换右胳膊,右胳膊酸了再换左胳膊,中间还加了两次水,这才把车身全部喷湿。

终于完事,她把喷壶往地上一扔,使劲甩胳膊放松。

炎拓拎着调和好水蜡的水桶走过来,扶正喷壶,往里倒灌。

冯蜜心觉不妙,又往喷壶里倒?

"不是还要喷吧?"

炎拓头也不抬:"刚刚只是湿润车身,软化污渍,现在才是洗,洗完了还要擦,看你是女孩儿,只让你做轻松的活儿。"

冯蜜起先还想说要么换炎拓来喷,自己做别的,现在听他这么说,自己还是占了便宜的了,只得闭了嘴。

她到底是哪根筋搭错了会认为洗车是件好玩的事儿?

再拎起喷壶时,冯蜜简直想哭。

炎拓指车顶:"先喷车顶,擦的时候也是从上到下,脏水是从上头往下流的。"

片刻前,冯蜜还颇仰视炎拓的认真和专业,现在她只想口吐芬芳:你是男人不是?人家带美女洗车,关键词是"美女",你怎么就只盯着车呢?

炎拓拿了块海绵，就着车顶喷上的水蜡慢慢擦拭，他可是一点都不累，毕竟重活儿都让冯蜜干了。

再一次喷完全车，冯蜜的两条胳膊都快不是自己的了，她喘着粗气，抬腕抹了抹额头，正想坐进车里休息一下，炎拓扔过来一条海绵："帮个忙，把那一面给擦了。"

冯蜜真想把海绵给砸回去，但砸回去太费力气了："你不能擦吗？"

"我在擦啊，一个人擦太慢，待会儿水蜡干了，又得重喷。"

冯蜜真是杀人的心都有了，胡乱拿海绵抹了两下车窗之后，终于忍不住了："还有什么程序啊？"

炎拓头也不抬："洗完了，用水泼一遍，再拿毛巾擦干——怕你累着，就这么简单洗洗凑合吧。"

……

终于把车洗完，冯蜜累得只想瘫倒，坐进副驾时，背都挺不直，蔫蔫的如一团散了的肉。

炎拓倒是神采奕奕："吃饭去？"

听说有饭吃，冯蜜打起精神。

炎拓选了家网红街边店。

店面不大，人巨多，几乎是桌子挨着桌子、椅子抵着椅子，每一桌都闹闹哄哄，吵得人脑瓜子疼，想聊个天都得扯着嗓子吼，冯蜜坐下没两分钟就想走，然而炎拓已经扫二维码点好了餐。

冯蜜只得在一片沸反盈天中开餐，这顿饭吃了差不多半小时，她的神经也整整受了半小时的折磨。

出餐厅的时候，炎拓问她："咱们是赶下一场呢，还是回家？"

搁着平时，冯蜜绝对是能玩儿到天亮的，但今天不行，先累着了，然后饭又没吃好，有点反胃。

她蔫蔫的："回家吧。"

终于回到别墅。

冯蜜一进房间就瘫倒在了床上，身体其他部位还好，唯有两条胳膊酸得发颤——那按压式的喷壶，她得喷了千儿八百下不止吧。

正慢慢往回缓劲儿，有人敲门。

估计不是熊黑就是林喜柔，来问她今儿个和炎拓的"相处"。

处他的头，她尽帮人洗车了。

冯蜜没好气地打开门。

又是炎拓。

他换了跑步鞋和休闲的运动衣裤，耳朵里塞着耳机。

冯蜜："你干什么？"

炎拓笑道："跑步去，刚吃得晚，又吃那么多，消消食比较健康。"

冯蜜无语："外头那么冷……"

"跑起来就不冷了。"

冯蜜拒绝的话到了喉口又咽下去了，林姨盼咐她多注意炎拓，这才第一天，她得善始善终。

再说了，一起夜跑，毕竟是相处。

她咬牙说了句："你等会儿，我换个衣服。"

别墅区外围的街道很适合夜跑，一圈下来差不多五公里。

五公里，冯蜜听着都怵头，她倒不是不能跑，关键是：犯得着这么折腾自己吗？

意兴阑珊加上犯懒，很快，她就被炎拓给落下了。

不过，炎拓有一点很贴心：把她落下一段距离之后，他就会站住，转身朝着她招手，等她渐近了，才又继续——总之是，他不会跑出她的视线。

这就行，冯蜜放心的同时，又有点忧心：这炎拓要是天天晚上跑步，她是不是得天天作陪啊？

……

和冯蜜间的距离拉远，停下，目视她渐近，转身继续跑。

如此反复，第三次停下时，炎拓拨了邢深的电话。

用专用号码手机拨的，这部手机上，存了邢深和聂九罗的电话，都设了一键快拨——幸亏之前为了监听吕现，多备了这么个手机，如今刚好派上用场。

邢深很快就接了："喂？"

炎拓目视远处的冯蜜："炎拓。"

邢深"嗯"了一声："听阿罗说了，有空见见吗？"

阿罗，邢深叫她阿罗，看来两人很熟。

自己目下这情形，"空"来得可不容易，但管他呢，早点见到邢深是第一位的。

"有。"

邢深很干脆："你先到汉中，到了打我电话，我再告诉你往哪儿走。"

这是不愿意立刻透露具体位置，倒也合理，炎拓犹豫了一下："我在西安，你们有可能往这儿来吗？"

和冯蜜的距离只有五十来米了，炎拓冲着她招了招手，转身大步向前奔跑。

耳机里传来邢深的声音："没可能，阿罗很相信你，但抱歉，我不是。没见过、没聊过之前，我对你保留怀疑。你在……跑步？"

"是，不敢在房间里打电话，外头安全点。我懂了，那我尽快，到汉中再联系。"

"再联系。"

嘀的一声轻响，邢深挂电话了。

炎拓脚下不停，一口气跑出百余米之后，方才停下脚步转身。

冯蜜又被甩在后面了，许是见他停了，也停下来休息，弯着腰撑住双膝，大口喘气。

去汉中，他得找个借口去汉中。

才刚回来，借口太难找了，但不能太耽搁：林伶已经在和吕现约会了，约会的进程取决于林姨，谁知道林姨会生出什么念头来呢？

林姨让他带冯蜜四处走走，或许，带着冯蜜一起去比较可行，就说是去旅游？汉中那么大的地方，总归有不错的旅游景点吧？

炎拓拨打聂九罗的电话。

通了，但暂时没人接。

炎拓冲着重又跑起来的冯蜜挑了个大拇指，再次转身往前飞跑。

还是没人接。

聂九罗在忙吧，其实他应该先发个消息问问的——现代社会，很多人，尤其是忙碌的人，都不太欢迎突兀的电话和拜访。

通了。

"哪位？"

炎拓："我，不打扰吧？"

这还是他离开她的小院之后，第一次听到她的声音。

"打扰，在忙。你在……跑步？"

炎拓："你等一下。"

他铆足力气，一口气跑下去好远，然后停步转身：冯蜜离得很远，这次，他能多点时间讲话。

"既然打扰了，我挂电话？"

"打扰都打扰了，还挂什么电话？"

聂九罗顿了顿又问："跑步打电话，是不跑步的时候，很不方便吗？"

"是，有人跟着我跑，得让她落下，才方便讲话。这趟回来，感觉有点怪。"

聂九罗有点紧张："哪里怪？"

说不上来。

林喜柔莫名地出现在他房间里，说了一些讳莫如深的话，还让他带着冯蜜四处走走，同一时间，冯蜜进了他的车——谁知道她是不是在车里乱翻乱查呢？

想想真是后怕，幸亏把陈福留在聂九罗那儿了。

"感觉像被怀疑了,但不合理的地方是,林姨怀疑我,应该不动声色、不让我知道,然后暗地里查我,直到真正揪住我的小辫子。

"可她跟我说了一些话,还做了一些安排,她不可能不知道,这样会引起我的警觉和注意。"

太自相矛盾了,既盯上了他,又让他知道自己被盯上了。

聂九罗大概也觉得奇怪,沉吟着没说话。

炎拓说了句:"我先跑。"

眼见炎拓又起跑,冯蜜气急败坏:"还有多远啊?"

今天这是怎么了?

她想的洗车跟现实中的洗车不一样。

她想的情调晚餐跟现实中的晚餐不一样。

她想的浪漫夜跑……

这是故意整她呢吧?

炎拓头也不回,加速冲刺:"快了,马上就绕回去了。"

再次停下时,聂九罗在那头笑:"你这可真不容易,没点体力还操作不了呢。"

炎拓苦笑:"笨法子吧。"

仓促之间,他想不到别的了。

聂九罗说:"林喜柔的做法,让我想起一个不怎么合适的例子。"

"你说。"

"这就好像,一个皇帝知道自己的宠臣受贿,他想给宠臣一个机会,于是不说破,只暗示他:我已经知道了,你这次我可以容忍,但别继续下去了,再继续下去就难看了。"

炎拓浑身一震。

他想起林喜柔的那句:"林姨希望,咱们之间这份亲情,永远都不变。万一变了,林姨可承受不住啊。"

原来她是这个意思。

林喜柔是真的对他生出了些许舐犊之情,在委婉地暗示他?

万一变了,林姨可承受不住啊。

可是迟早要变的,不是吗?

聂九罗察觉到了他的沉默:"炎拓?"

炎拓回过神来,视线里,冯蜜越来越近了,这一趟,他不准备再跑了,跑累了。

他轻声问了句:"胳膊好点了吗?"

这一头,聂九罗微微一怔,手上转着的笔头顿在了指间。

她确实在忙，这一晚在画画，为新的泥塑起样。

画稿上，是个小人儿，搂着一枝折下的梅花，笑得眼睛都快眯没了。

她准备再卖他个千儿八百来着。

聂九罗低下头，给梅枝上又添了小小一朵，说："好点了。"

04

回到别墅时，已经很晚。

林伶也回来了，被林喜柔叫进房里说话，炎拓懒得等，给她发了条消息，提醒她明天早点吃饭。

别墅里住的人多，作息也不一致，所以不存在一定要聚在一起吃饭的说法，基本上，早七点到十点，都有饭吃。

"早点"的意思，按二人以往的约定，就是尽量在七点前。

第二天一早，七点不到，炎拓就去了三楼饭厅，这个点，林喜柔他们果然还都没起，走廊里静悄悄的。

林伶先到了，正坐在桌边喝咖啡。

早饭还没好，炎拓先去厨房转了一圈，家政阿姨正忙着，见了他抱歉地笑道："你们怎么都这么早？还得等个十分钟。"

炎拓表示不着急，拿了杯热牛奶，一路晃回桌边，先把林伶搁在桌上的手机远远扔去了沙发上，这才挨着她坐下。

林伶莫名其妙："我手机碍着你了？"

炎拓"嗯"了一声，又弯下腰，在桌底和椅子底下看了一回。

自从监听过吕现之后，他就特别没安全感，还专门了解了一下现行的监听手段：当前来说，因为手机都是随身携带，除非洗澡，否则人机基本不分离，所以手机监听已经成了主流。

手机之外，还有两种操作：一是硬件设备，这种需要持续供电，多设置在电源附近；二是无线设备，更隐蔽点，但也得定期充电，所以反而还没第一种用得多。

他刚刚晃那么一圈兼桌下看了一回，基本可以排除监听风险了。

炎拓吁了口气，压低声音："有什么话，说吧。"

林伶被他这一连串的反常举动搞得心里头毛毛的："怎么了啊？"

"怕人监听，回头你手机给我，我找人帮你看看干不干净。"

林伶愣了一下，脊背有点发凉："不至于吧？"

管他至不至于呢，小心点总没错，炎拓已经在网上下单了一个便携式的防录音干扰仪，这两天就到，据说有效干扰距离可以达到两米多。

想想都很爽。

他问林伶:"昨天跟吕现出去,聊得怎么样?"

这话问出口的刹那,他脑子里忽然掠过一个念头:这俩要是真的成了,事情反而好办。

这俩如果真的互相喜欢,未尝不是一桩好姻缘。然后按部就班,结婚生子——那么至少在"生子"之前,一年多的时间,林伶都是绝对安全的。

林伶低下头,咖啡勺把咖啡搅得荡起:"我不喜欢他,太尴尬了。"

两个不来电的人硬要擦出火花,想想都觉得艰难,炎拓放弃自己的幻想:"对着林姨可别这么说。"

"我懂,昨天林姨问我来着,我说,感觉好像还行。"

炎拓笑道:"可以啊你,现在都能撒点小谎了。"

林伶也笑,但是笑得十分勉强:其实昨晚上跟林喜柔这么说时,她脸都涨红了,是林喜柔误会了,以为她害羞,这才过关。

顿了顿,她瞥了一眼左右,小声问他:"炎拓,那件事……我还要等多久啊?"

炎拓摩挲着牛奶杯的杯壁:"你耐心一点,这不是你往外撒腿一跑就完了的,跑出去之后住哪儿、靠什么生活、如何防止被找到,这一件件的,都得计划好才行。"

说话间,早餐好了,阿姨端了托盘过来,碗盘一样样往桌上放。

两人交谈暂停。

这些日子,自己这头进展还挺大,有一些事关乎林伶,一直瞒着她似乎也不太好,觑着阿姨走了,炎拓斟酌着开口:"有些事没跟你说,怕你吓着。不过如果你想知道的话……"

林伶头皮发麻:"别,现在别告诉我,等我离开这儿了,再跟我说吧。"

她可太清楚自己了,就她这胆子,就她这一撒谎就心慌耳赤的性子——要是知道了点什么,还是能把她"吓着"的,不在林喜柔一干人面前露出马脚才怪。

她宁可什么都不知道,这样,也算是间接保护炎拓了。

炎拓有点无奈,但也理解林伶的考虑:"行吧,那就等以后我再跟你说。"

林伶心里头怅怅的,她捻转着衣服扣子,犹豫再三,问他:"炎拓,我是不是挺没用的?给了你挺多压力,光指着你做事,又帮不上什么忙。"

她不是不知道事情凶险、炎拓一个人挨得艰难,她也想自己智勇双全,能站在他身边、与他互为支撑。

可她太没用了,有时候,她自己都唾弃自己。

炎拓拈了个烧卖大口吞了:"别这么轻看自己啊,现在不是流行个词叫'逆袭'吗,钻头厉害,螺钉也重要,没准儿哪一天,我要靠你来救呢。"

说到这儿,他忽然想起了什么:"对了,你晚点找时间跟林姨说,就说一直待在西安，怪腻的，想跟吕现去外头旅游。"

跟吕现旅游？

林伶下意识生出反感来，但立刻又明白这应该是个"任务"，炎拓交代她的事，从来都是意有所指的："去哪儿……旅游啊？"

"就近吧，宝鸡啊、汉中啊什么的，探探林姨的口风。"

说到这儿，他把杯盘一推："我先回房，林姨估计快过来了，你慢慢吃。"

炎拓回到房间，重新洗漱过后，换了身相对正式的衣服，开窗试了试温度，又往脖子上套了条围巾，这才抓起车钥匙出来。

再次路过餐厅，里头已经差不多坐齐了，林喜柔、熊黑、冯蜜，还有林伶，都在。

炎拓大步过去。

冯蜜最先看见他，眼前一亮："炎拓，你干吗去？"

炎拓从林喜柔的餐盘里拈了块紫薯吃了，答得含糊不清："上班。"

冯蜜瞪大眼睛："你还需要上班？"

炎拓还没来得及回答，林喜柔先开口了："不然呢？手心朝上混吃等死？人总得给自己找点事做。"

林喜柔又问炎拓："还没吃吗？坐下吃，让阿姨再上一份。"

炎拓笑了笑："早吃过了，就是刚刚经过，又馋了。"

边说边看了一眼林伶。

林伶知道他的意思，她咬了咬嘴唇，声音里带着小心："林姨，我刚刚说的事，行吗？"

原来她已经说了。

炎拓装着好奇："什么事啊？"

林喜柔淡淡说了句："想跟吕现出去玩儿，西安这么大，还不够你们玩的吗？"

熊黑和冯蜜都不说话，林喜柔为什么不愿意林伶乱跑，他们可太清楚了，将心比心，感同身受：谁愿意自己的血囊到处跑啊，毕竟这世上风险多，意外多。

套句不合适的比喻：儿行千里母担忧嘛。

但是一直硬拴在身边，情理上确实也过不去。

炎拓惊讶："可以啊，当初你还不愿意跟吕现接触来着，现在约会过一次之后，都不排斥一起出去玩了？神速啊，是当日来回还是在外过夜的那种长途啊？"

林伶的脸腾的一下红了。

林喜柔又好气又好笑："小拓，说话正经点。"

不过经炎拓这么一打岔，她也觉得，林伶跟吕现的发展，还是挺合她心意的，想一起出去玩，总比闷在家里互不接触好吧？

而且那种近的、当日来回，跟在西安玩一天，也大差不差。

炎拓继续揶揄林伶："你们出去玩，愿意带我吗？我保证不打扰你们。"

林伶又羞又臊，一时摸不清炎拓的意图："关你什么事儿啊？"

林喜柔沉吟了一下："你们才刚刚开始，我觉得还没到能一起长途旅游的地步，就附近走动走动好了——有没有想好去什么地方？"

林伶心里一跳，垂下眼帘，没敢看炎拓："还没想好呢，远的地方我也不敢去，也就附近合适，什么宝鸡啊、汉中啊，随便哪个都行。"

炎拓的心也跳得厉害，喉头止不住发干。

林喜柔问熊黑："这两个地方，哪个近点？"

熊黑也没什么概念，拿起手机搜了一下："坐高铁的话，汉中……一个小时多点，宝鸡……宝鸡，宝鸡更近，五十分钟。"

这么近啊，林喜柔放心了，即便是在西安市内，堵个车都不止这点时间呢。

她向着林伶笑了笑："两个地方都还行，你和吕现商量去哪儿吧，不过最好多点人去，你是个不爱讲话的，万一冷场，多点人也能帮着热热场子。"

林伶手心都在冒汗了，小声说了句："好啊。"

有炎拓从中暗示，最终的目的地当然定了汉中，而因为"最好多点人去"，炎拓第一个受邀，毕竟他是唯一一个吕现和林伶都熟的人了。

既然炎拓去了，冯蜜也少不了，林喜柔打过招呼，要他带冯小姐"四处走走"。

出发的日子定在后天，四人同乘一车，不过，届时应该不止四个人——依着林喜柔一贯的做法，应该会安排人暗中尾随的。

汉中是解决了，接下来呢？

临行时，炎拓给邢深打了个电话，问他能不能把最终的地址给他，自己好做个统筹计划——纯靠临场发挥和编借口，他觉得自己没法支撑到最终目的地。

邢深一口回绝，但回绝得很委婉："炎拓，我们没有打过交道，彼此间谈不上信任。万一你是伥鬼，套出地址之后，带人把我们一网打尽呢？又或者你半路露出破绽，被他们逼问，出卖我们呢？我不是在为难你，只是在保护我自己。"

顿了顿，又加了句："我希望你别再找阿罗，让她帮你说话，她已经帮你担保了。总让她来找我，我也很难办。"

挂了电话之后，炎拓一声苦笑。

虽然还没见到邢深，但他已经预感到，这不是个容易打交道的人。

或许是因为，彼此还是陌生的吧，见了面……可能会好一点？

05

既然主题是吕现和林伶的出游，那开的当然是吕现的车。

吕现是几个人里，最后知道自己要带林伶出游的人，还是被炎拓电话通知的。

他气得跳脚："炎拓，我怎么觉着我被你坑了呢？你非让我同意和林伶处处看，这样我就不得不跟她约会、带她出来玩——你是不是想温水煮青蛙，一步步把我给软化了？"

炎拓对吕现一贯地采取利益攻势："油钱我报销，你要是嫌开车累，我代劳。"

吕现气平了些，换个角度想，就当是出去玩一天吧。

他说："万一我车磕着碰着了……"

炎拓："我赔。"

吕现没话了，过了会儿感慨："这林伶谈个恋爱，你比她积极多了，不知道的还当你要跟我处对象呢。林伶要是有你这劲头……"

炎拓："你就沦陷了是吗？"

吕现想了想，还是坚持了原则："那不行，我只喜欢美女。"

吕现还真是个诚实的人，车子出发上路之后不久，炎拓就发现，他对冯蜜的兴趣，远大过林伶。

这个男人，忽然间话就多起来，频频高谈阔论，不断抖机灵，一口一个"冯小姐"，而冯蜜本身就很享受男人的奉承，再加上这两天被炎拓冷落，心里不得劲儿，急需从别处找点自信，于是也乐于配合吕现，一直咯咯笑个不停。

整得炎拓和林伶两个，像是出来陪衬的。

炎拓无所谓，他心思全在别处，这两人哪怕即刻定情私奔，他也是欢迎的——还省了自己的事了。

林伶却有点难受，倒不是因为吃醋。她本身就有些自卑，吕现这种明显的区别对待，就更加重了她的这种心理。

炎拓察觉到了她的心思，停车休息时，调侃似的对她说了句："幸亏你和吕现是做戏，你看这人，浮得跟花蝴蝶似的，一看就不牢靠。"

林伶苦涩地笑笑，看向不远处正买零食的冯蜜："长得好看的人，真是幸运，我也希望自己能长好看点。"

……

重新上路之后，冯蜜突然觉得不对："熊哥不是说一个多小时的路吗？这都两个多小时了，还没到？"

吕现没参与过行前讨论，接不上话，林伶对道路时长也没概念，只有炎拓回她："熊哥说的是高铁，开车比高铁要慢多了。"

冯蜜："开车要多久？"

"三四个小时吧。"

三四个小时？那就是来回要七八个小时？

林喜柔的要求可是当日往返，冯蜜担心："那今天赶得回去吗？"

这就看情况了，将在外还军令有所不受呢，炎拓心里这么想，嘴上说的却是另一套："出来玩，玩得尽兴最重要，赶得回去，大不了开夜车。"

……

汉中再往南去点，基本上就入四川了，所以这一带川味馆子很多——到汉中时，其实还没到饭点，但炎拓把车停在一家川菜馆门口，建议先吃饭，吃饱了专心玩，至于待会儿去哪儿，吃饭时再商量。

进店之后，他借口去洗手间，中途拐进一间没人的包间，给邢深打了个电话。

邢深给出下一个目的地，勉县。

炎拓问了句："勉县是终点了吧？"

邢深语焉不详："到了勉县，你再给我打电话好了。"

挂了电话之后，炎拓搜了一下"勉县"，这地儿相对落后，不过还算有点名气，因为京剧名段里的定军山就在这儿，有"得定军山则得汉中，得汉中则定天下"的说法。

或许，能把几个人忽悠着去看古战场吧。

回到桌边，吕现已经张罗着点完了菜，和冯蜜两个凑在一处看一张汉中旅游单页，林伶孤零零地坐在对面，低头看手机。

炎拓来了气，一把揪住吕现的衣领，把他拎拽到一边："你出来干什么的？冯小姐用得着你招呼吗？"

说着，自己在冯蜜身边坐下，顺手拈起那张单页看。

经他一提，吕现也觉得自己怪冷落林伶的，不喜欢归不喜欢，风度还是要有的。

他尴尬地笑了笑，往林伶身边坐了坐，林伶皱了皱眉，身子有片刻紧绷。

只有冯蜜觉得怪美的，她喜欢看男人为自己争抢，炎拓真是不鸣则已一鸣惊人——看上去对她爱搭不理，其实心里还挺在乎的嘛。

正心猿意马，炎拓问了句："商量好待会儿去哪儿了吗？"

这单页上列出了汉中十大旅游景点，然而定军山这个废物，居然连前十都没挤进去。

林伶抬起头："刚刚服务员推荐说，黎坪比较好玩。"

黎坪不行，跟勉县在两个方向，炎拓在桌子底下轻踢了林伶一脚："太远了，快到四川了。"

林伶秒懂:"那选个近点的。"

炎拓快速扫了眼单页,心念一动:勉县居然有上榜的。

吕现先他一步说了:"要不勉县吧,离着近,有个武侯祠,也是国家级景区。"

冯蜜没好气地撂出一句:"大哥,你是出来约会的,跑去看祠堂?"

也是。

只能走迂回路线了,炎拓指了指榜首推荐:"要么五龙洞?"

去五龙洞,要经过勉县。

顺着炎拓说就是了,林伶立马点头:"好啊,我也听说……那里挺好玩的。"

于是全票通过。

服务员过来布菜了,炎拓折起单页,给碟碗挪地方。

勉县算是勉强可达了,勉县之后呢?他还能找到合情合理的借口吗?

午饭过后,继续上路,一个小时不到,就到了勉县。

炎拓一直留意两边的街巷店铺,在一处有人排队的饮品店前停下车,转头吩咐冯蜜:"帮我买杯清爽点的,刚吃了川菜,有点腻味。"

冯蜜刚好也想喝点什么:"你要什么口味的?"

炎拓:"你帮我选吧,希望能对胃口。"

冯蜜心中一动,笑嘻嘻应了,又问吕现他们:"你们要不要?"

吕现兴冲冲跟着一起下车,林伶原本不想下去,只想托冯蜜帮带一杯,忽然注意到炎拓的眼神示意,改了主意,也下去了——她没什么想法,一心跟着炎拓摇旗呐喊,让干什么就干什么。

刚下车走了几步,手机上就发来了条信息,炎拓发的。

——多拖点时间。

果然此行是有深意的,林伶精神一振,快步撵上了冯蜜和吕现,炎拓撅下车窗,向三人喊话:"这里不好停车,我往前面开点,你们完事了走几步过来就行。"

说完了,缓缓开动车子,一边心内急跳,一边打开了之前买的防录音干扰仪。

他把车停在了饮品店前方百余米处,从这个位置,恰好能在后视镜里看到冯蜜他们的举动。

深吸一口气之后,炎拓给邢深拨了第三个电话。

邢深给的第三个地点是同沟寺。

同沟寺不是个寺庙,是勉县下辖的一个镇子。

炎拓一路看指向路牌,对这镇名有印象,如果没记错,车子早已经开过同沟寺了。

他不觉有点急躁："你的意思是，我又要折回头、往汉中市区的方向赶？"邢深声音很平静："没有人规定，下一个地点一定要在勉县往前吧。"

　　是没有人规定过，从谨慎的角度来说，这样安排还更莫测些，但于炎拓，太难了，让他临时编什么借口又把三个人往回带？

　　而且，退让一两次是表达诚意，一再退让，就太任人拿捏了。

　　炎拓平心静气："邢先生，你应该听聂小姐讲过我的处境，我跟你不一样，我走每一步都困难。"

　　邢深想说什么，炎拓没给他机会："我确实很想借助你的人力，但我不是两手空空带着膝盖来求你的，邢先生，希望你明白，大家是合作。你在考虑是否选择我，我也在考虑是否选择你。

　　"你不愿意来西安，我就来找你，我向着你一走再走，足见诚意。从市，到县，再到镇，范围越缩越小，我相信离最终目的地也不远——你担心藏身之处被我知道，那就索性别告诉我，动一动，往外走一段，咱们路上见。"

　　他就在这里停住。

　　后视镜里，冯蜜已经拿到打包的饮品了，不过林伶拽住了她，说了几句之后，两人又向边上的一家店过去，吕现护花职责所在，自然是紧跟其后。

　　邢深沉默，炎拓也不说话，听筒里，只余对方的呼吸声。

　　过了好一会儿，邢深才开口："路上怎么见？"

　　炎拓看了眼导航："我接下来往五龙洞去，在沟湾一带走小路，灰色奥迪，车牌后三位421，很好认。地点你决定，在你认为合适的地方，撞车。"

　　冯蜜正跟林伶在饰品店里挑选头花，忽然听到炎拓叫她，转头看时，车子已经倒回来了，车窗口，炎拓一脸无奈："等你们买点水，是不是要把人渴死？"

　　三人赶紧出来上了车，林伶坐了副驾，面上泛红："不怪他们，是我拉冯小姐帮我看发饰的。"

　　能帮炎拓做点事，她太开心了，有小小的、并肩共赴的感觉。

　　炎拓说了句："走了，系好安全带啊。"

　　吕现原本没系，听了这话，顺手扣上，冯蜜无所谓，在她看来，坐的是后排，没那必要。

　　她把饮料插上吸管递给炎拓："葡萄味的，够清爽了吧？"

　　炎拓接过来啜了一口，顺手递给林伶："帮我拿着。"又说，"再有一个小时就到了，大家都休息会儿吧，养养精神。"

　　说完，开了很舒缓的轻音乐。

　　冯蜜后悔自己没走得快点、没能抢上副驾，要不然，现在就是自己帮他拿了——不过林伶嘛，随便了，这么不起眼一人，吃她的醋不值当。

林伶接过饮品，心里怦怦跳，这杯加了冰，车里又开着空调，冷热温差一大，杯身上就渗出水来，炎拓握过的地方，有模糊的指印水渍。

她偷偷依样握上去，她的手指纤细，衬着杯身，很漂亮。

要是身上其他地方，也能像手这么漂亮，该多好啊。

午饭后本来就容易犯困，再加上音乐助阵、车身晃摇，几个人里，除了炎拓，都有点迷迷糊糊、睁不开眼皮。

也不知过了多久，车身突然吃了一撞。

林伶"啊呀"一声，手里的饮料泼了一身；吕现也还好，因为系着安全带，只吃了极不舒服的一记猛勒；冯蜜就有点惨了，睡梦中滚撞到车门上，脑袋"咚"的一声，痛得捂头大叫。

炎拓骂了句："会不会开车！"

这是……

吕现一下子反应过来：被人追尾了！更重要的是，这是他的车啊！

经济损失让他刹那间气冲牛斗，解了安全带推开车门下来，正待向对方宣泄他的雷霆之怒，只觉眼前一花，下一秒，衣领被人大力揪起，人也被重重推搡到了车身上。

对方阴恻恻的："你会不会开车啊？把老子车都给撞瓢了。"

对方这么凶横？

吕现这才看清向他动手这人，是个中等身材的男人，三十来岁，头挺大，以至于脖子都被挤压得短了一截，那横眉怒目的，反正一看就不是善茬。

向后看，追他尾的是辆小本田，再后头还有辆普拉多，普拉多上下来一个司机，本田上的人则全员出动，连眼前这个，一共五个男人，不敢说个个膀大腰圆，但绝对是打架都能上的人物。

不妙，形势不如人。

吕现语气放软："哎，哎，又不是我开的车。拽人衣领子干吗，能不能文明点？"

车里，冯蜜还没缓过劲来，林伶看见她额头上渗血，慌得赶紧给她递纸巾，也顺便拈了几张擦自己身上的饮料，又叫吕现："车上有药箱吗？冯小姐流血了！"

有伤员！有伤员就是己方占理，交警来调解时都会同情三分。

吕现登时气壮了点，想一把推开这人，惜乎没推动："听见没，我们朋友都受伤了。"

炎拓打开车门下来："有话好好说，我开的车。"

那人冷哼一声，松开吕现，看向炎拓。

熟人了，这是大头。

上次见，还是在板牙，彼此势不两立，打成一团——当时的对头，现在却是要竭力争取的同伴，想想真是唏嘘。

往大头身后看，几个人里，又有张熟脸，山强，几个月不见，他的五官依然齐齐往脸中央攒聚——都说人长大是"越长越开"，真不知道这人的五官几辈了才能长开。

山强嘿嘿一笑，扬高嗓门："老大，咱们车被撞坏了，新车啊，你看让对方赔多少合适？"

吕现差点跳起来：颠倒黑白简直，你们追的尾！自己车子的后保险杠都扭曲了！再说了，他的车可是奥迪啊，小四十万买的；你一十来万的破本田，旧成那样了，还好意思索赔？！

这是碰瓷、讹诈、犯罪！

他强作硬气："你们这么不……不讲理，我要……"

话还没说完，忽然想起，这人刚口称"老大"，难道是遇到地方上的流氓团伙了？好汉不吃眼前亏，还是先暂时隐忍一下……

于是"报警"两个字，吞了没敢出口。

然而他怕，有不怕的，手攥纸巾捂额的冯蜜忽然从开着的车窗里探出头来，目露凶光，一脸狞狠，开口就骂："讹到姑奶奶头上来了，你们想死是吗？！"

吕现被她这一出吓得一激灵：这冯……冯小姐，说话时娇滴滴的，居然这么社会？

炎拓吼冯蜜："你，坐回去！吕现，给冯小姐处理一下，你们别管了，我来谈。"

冯蜜起初被炎拓吼得一蒙，不明白他为什么凶自己人，但听了后面的话，又觉得被凶得挺有安全感——说白了，男人要是能硬气、搞定一切，她也乐得受庇护，谁耐烦动不动亮爪露牙的？

她一声不吭地坐回了车里。

山强干笑两声，朝着普拉多喊话："老大，这有个懂道理的，说赔多少他来谈呢。"

然后转向炎拓，招了招手："来，你来谈。"

这条路不算很偏，偶尔有路过的车辆，也有人站得远远地看热闹——不敢挨近了看，因为大头那伙人很凶。

也不知道个中有没有林喜柔安排、暗中尾随的人，不过没关系了，只要处理得像一起普通的撞车摩擦，那它就是。

炎拓走过那辆本田，走近普拉多时，后排的车窗慢慢降了下来，有个戴着墨镜的男人"看向"他。

在车里还戴墨镜，很怕人看到他的脸吗？

炎拓觉得好笑。

他在车旁站定，这样，不管是冯蜜他们，还是路过的人，都能看到他在"聊天"——他设想过见面的地点，但最后，还是这种光天化日之下的交谈最合他意，极致的坦荡下，包裹极致的秘密。

两人自报家门，算是互相致意。

"炎拓。"

"邢深。"

顿了顿，邢深像是看出了他的困惑，微微一笑，把墨镜摘下。

这是一张极具欺骗性的脸，温和、沉静、微带笑意，让人想起山水之间、杏花烟雨，幽远恬淡。

但是，那双眼睛……

"瞎子，看不见。"

邢深居然是个瞎子？

炎拓看向那双瞳孔被淡褐色近透明的翳遮蔽的眼睛，一时有点蒙。

出于礼貌，不管邢深看不看得见，他都没盯着看，目光旁落，不自觉地滑进车内。

车里还有别人。

邢深的旁边……

那是蚂蚱。

依然是小孩儿身量，穿了儿童款的橘色羽绒服，雪帽束得很牢，口鼻处遮着口罩——想到这层织物的"皮"下头包裹的，是那样一个东西，即便有心理准备，还是止不住毛骨悚然。

副驾上也有人，刚解开安全带，正向着这头转身。

是个皮肤黝黑的光头女人，炎拓很少用"壮"来形容女人，但用在她身上，一点也不违和。炎拓最先注意到的是她脑袋右侧文的那条盘缠的蜥蜴，其次是鼻环——她似乎不畏严寒，薄T恤外头只罩了件黑色夹克，面色漠然，一双眼睛闪着慑人的亮。

只是亮而已，眼睛里，同样看不出任何的情绪波动。

邢深给他介绍："这是余蓉。"顿了顿，又添了句，"你说的任何话，她都能听，自己人。"

06

炎拓还没来得及说话，邢深又问了句："你车上都什么人啊？有地枭吗？"

邢深是狗家人，不过狗家现在已经闻不出枭味了，炎拓实话实说："有。"

邢深点了点头，唇角掠过一丝不易察觉的微笑：他当然知道有，他是闻不出来，但蚂蚱刚刚躁动了一会儿，被他喝住了。

这一问是个试探，炎拓过关了。

时间紧迫，容不得悠闲慢聊，炎拓开门见山："你都知道多少？"

"关于林喜柔一干人、农场、血囊、杂食等，聂二都说过了……"

炎拓一怔：电话里，邢深还称呼聂九罗为"阿罗"，怎么突然改口了？

他看了一眼余蓉，瞬间了然：有"外人"在，看来聂九罗的真实身份，确实只寥寥两三个人知道。

"关于你的身世，以及你为什么身在他们中间却要和他们作对，她没讲。她说这是你的隐私，应该由你说，我听了自己判断。"

炎拓懂了，他和邢深之间还没建立起信任，聂九罗留这部分让他自己说，半是尊重他隐私，半是给他机会自我争取。

他一只手搭住车顶，半弯下腰，外人看来，是和车内人聊天的常见姿势。

"林喜柔是一九九二年露面的，那个时候，我父亲炎还山在由唐县开矿。推测没错的话，他们是在矿坑里撞上的，之后，我父亲就成了伥鬼。我出生之后，她以保姆的名义进入我家。"

邢深微微颔首："伥鬼在大部分时候，跟正常人没两样。"

"我父亲很有生意头脑，不敢说钱能通神，但至少能解决人生绝大多数问题。林喜柔应该就是看中了这一点，借着我父亲的人和钱，在这世上慢慢筑基。"

"啪"的一声轻响，是余蓉揿打火机点燃了烟，她冷冷地看炎拓和邢深，举起了烟盒："来一支？"

两人同时摇头，余蓉自顾自咬了烟蒂，吸进呼出——她抽烟和别人不一样，别人是夹在手里，间或抽一两口，她是含棒棒糖一样含在嘴里，偶尔伸手接住落下的烟灰。

"紧接着，有她和我父亲的流言传出，我母亲很受不了，矛盾激化。"

邢深居然并不意外，他的脸微微侧向余蓉："发情期？"

既然要说话，就不能含烟了，余蓉把烟身捏在手里："人化的地枭我不知道，以前没有过。鞭家驯枭，确实会碰到地枭发情，都是畜生，那时候，母的打，公的骟。偶尔有时没看住，偷跑出去，是有把人祸害了的。"

炎拓扶住车顶的手微微攥紧，这两人的对答或许无心，但于他来说，有屈辱意味。

他快速把这一节带过："中间出了很多曲折，后来，我母亲出了事，全瘫，脑损，卧床二十多年了，我父亲重病去世。我还有个妹妹，下落不明，我一直设法找她——最近打听到，是被扔进黑白涧了。"

听到"黑白涧"这三个字，邢深和余蓉都有些意外。

"事情发生的时候，我还很小，不太记事，而且，我是林喜柔从小带大的，或许因为这些，她对我有特殊的感情，也不大提防我，留我在身边长大。大概七年前吧，我父亲生前的一个朋友，受他在生时所托，交给我一份我母亲的日记，日记里，很详尽地记述了林喜柔进入我家之后，发生的一切变故。"

前方忽然传来"啊"的一声惊叫，好像是林伶，炎拓心头一凛，循声看去，倒也没什么动静，而大头一脸铁青，正急步过来。

到车侧时，他压低声音："深哥，有麻烦。车里有个娘儿们，见过我。"

大头说的是林伶。

起初手忙脚乱，林伶也没顾得上看外头，配合吕现给冯蜜处理了伤口之后，她到底是担心炎拓，从车窗里探出身子往外瞧。

这一瞧，恰和大头的目光撞了个正着，刹那间，一个失声惊叫，一个面色铁青。

见过的。

当初炎拓失踪，林伶帮着悬赏，大头曾应征而来，还叽叽歪歪，不出示身份证，也不让录像，说是保护隐私和肖像权。

是以印象极为深刻。

……

邢深心头一紧："见过你，你怎么从没提过？"

大头嗫嚅："这都哪辈子的事了，谁还记得？"

板牙出事之后，他就一直藏身蒋百川的别墅地下室，再接着转移到服装加工厂，深居简出。而今好不容易有放风的机会，还是"撞车"这种热闹事，头脑一热，兴冲冲就来了，哪能想到报备那么多？

炎拓说了句："没事，如果是她看到，没关系。不过你是露过脸的人，帽子戴起来，多低头，别到处张望了。"

没关系？

大头疑惑地看他，邢深听炎拓语气笃定，心也安下来："照他说的做吧。"

而这一头，林伶坐回副驾，心头猛跳。

炎拓居然是和之前囚禁过他的人见面，还装着互不认识，看来这撞车不是意外,开车前他那句"系好安全带"也是意有所指的。

她喉头发干,悄悄咽了口唾沫。

冯蜜额头上贴了老大一块纱布绷带,眉眼间全是桀骜不耐,更添了几分"社会"的气质。她看看林伶,又转头看窗外:"怎么了啊?"

林伶赶紧搪塞:"没事,刚想看看聊得怎么样了,那个头大的,好凶啊。"

冯蜜冷笑:"放心吧,这一车,你最安全了。"

这是她林姨的血囊呢,说什么也不能出意外。

炎拓的身世听上去没什么问题,动机也合情合理,合作嘛,就是这样,你进一步,我也进一步,互表诚意。

邢深向着余蓉说了句:"给他看照片吧。"

余蓉拿出手机,点进照片,然后递给炎拓。

炎拓接过来看,是死人被吊在树上的照片,其中又有个熟人,瘸爹——这趟出来,见到不少熟人,不同的是,有生有死,有人在地上站着,有人……在树上挂着。

他迅速滑动几张之后,又递了回去。

这事,聂九罗跟他提起过,当时他说"冻死的,现在可能已经冻死了;剩下的,多半就不会冻死了",居然让他说中了。

邢深说:"这是发到雀茶手机上的,如今,算上蒋叔,我们落在他们手里的人,一共八个。他们提出的第一个条件是,把蚂蚱换回去。"

话刚落音,边上一直肃坐着不动的蚂蚱,身子突地一抖:它未必听懂这话,但它听到自己名字了。

邢深伸出手,在蚂蚱后颈处轻抚了两下。

炎拓想起蒋百川托他带的话,正要开口,邢深抬起手,示意他先听着:"聂二跟我提过,说是你帮忙带话的,蒋叔让别换——蒋叔的考虑我懂,可你要知道,但凡有一线希望能让人活着回来,我们都想试试,毕竟……八条命呢。"

炎拓说:"稍等一下,那边我要走个场。"

老戳在这儿,也不合适,戏要做足,两头兼顾。

他回到吕现的车边,刚俯身靠近车窗,里头的三个人同时向他凑近:"怎么说?"

吕现还压低声音:"炎拓,要不要报警?"

炎拓:"聊得还行,应该能私了。"

吕现没听明白:"怎么私了?"

"不是追了咱的尾吗?咱们车有损失,我来问问你,赔多少你觉得合适?"

吕现愣了半天:"炎拓你谈判专家啊,刚不是还要讹咱们钱吗?怎么你在那儿站一会儿,就逆袭了?"

炎拓淡淡回了句:"他手下的人瞎嚷嚷,他倒还讲道理。而且,我跟他报了家门,他大概觉得,交个朋友,比讹点钱要合算。"

是这个道理,吕现一下子想起了炎拓给自己买的新手机——傍上个出手豪阔的富人,那是获益无穷啊,相比之下,一个小本田,就算撞成渣了,又能赔多少呢?

冯蜜"哼"了一声:"算他识相。"

炎拓看吕现:"你要是没具体想法,我帮你谈了?"

吕现猛点头:"你谈!我相信你,你绝对不会让我吃亏的。"

……

炎拓又回到普拉多车边。

邢深向着他笑:"可以啊你,做戏比演员还认真。"

炎拓觉得,邢深虽然眼睛看不见,但听觉等其他感官一定相当敏锐:因为见面以来,他从没有转错过一次方向,不管是抬头还是微笑,分寸和时间都拿捏得恰到好处。

他也笑了笑:"演员演不好,最多挨骂;我演不好是要命的,能不认真吗?"

然后敛去笑意:"和你说一下我的计划。"

普拉多和奥迪隔得远,中间又阻了辆小本田当屏障,低声对答完全不用怕被人听到,但话到最关键处,炎拓还是最大限度地压低了声音:"我手上,有一份散布各处地枭的名单,扣除掉转化不成功废弃的、死了的、被抓的,以及目前聚拢在林喜柔身边不好下手的,还有五个。

"起初,我是想借你们的人力,把血囊救出来,秘密安置,让他们免遭毒手。后来觉得,这个法子治标不治本,一是血囊的名单不全,二是血囊丢了,地枭会穷尽全力寻找,还会疯狂反扑,反而麻烦。不如一次到位,做个大点的。"

邢深不易察觉地舔了下嘴唇:"你说。"

他喜欢这句"做个大点的",要么就不做,要做就捅天捅地地做。

炎拓说:"与其救血囊,不如绑地枭,只要把地枭和血囊分离,血囊也就安全了。如果能成功,五个地枭,加上陈福,以及蚂蚱,你手上的筹码增多,蒋百川等八个人,只会更安全。"

邢深听懂了,胸腔内怦怦猛跳。

这是真的,蒋百川一行人被端以来,他一直处于龟缩弱势的状态,可但凡他手上有筹码……

他说了句:"绑地枭,不容易吧?"

记得雪夜被端那次,对方是人人持枪的。

炎拓淡淡一笑:"我分析过,这五个地枭,不属于战斗力强的。他们混迹在人群中,平时只是普通人。就比如有个叫沈丽珠的,在重庆一家火锅店打工,她平时上班下班,难道还会随身带枪?再说了,趁他们没防备的时候动手,成功率会大大增加。你们人手够的话，按照三对一或者二对一的配比，尽量配电击设备，避免跟他们打斗。"

余蓉一支烟早抽完了，混着烟灰攥在手里，攥得手心发潮。

见邢深也没什么异议，炎拓继续往下说："做这事，最好异地、同时，不能逐进行，因为一旦有一个地枭忽然失联，其他的就会警醒，说不定马上转移，那我好不容易搞来的名单，就成了废纸一张了。"

说到这儿，他偏转头，看向最前方的奥迪："车上，有林喜柔的血囊，叫林伶，我希望你们在对地枭捕猎的同时，也安排绑架她——说是绑架，其实是营救，找个稳妥的地方，把她安置下来。"

邢深沉吟："你那车上，既有地枭，又有血囊，正好大家都在，没想过现在就收了那一车？"

炎拓摇头："那样会打草惊蛇，林喜柔那头丢了韩贯和陈福，已经很警惕了，这一车再出事，咱们就别想再找到其他的地枭了。"

邢深"嗯"了一声："那你呢？事情成功之后，你什么打算？"

炎拓长长吁了口气："这些年，我一直在查探林喜柔的秘密，到现在，我觉得查得差不多了。事情成功、林伶脱险之后，我就可以全身而退，结束这种担惊受怕的日子。到时候，手上有地枭做人质，你们换你们的人，而我会直接问林喜柔，在哪儿可以找到我妹妹。"

邢深没再说话，这的确是个大胆的计划、共赢的买卖。

炎拓抬头看了看天色："不早了，我还得去旅游，这事挺大的，你也需要时间考虑，咱们晚点再联系，现在各退各的怎么样？"

是需要时间考虑，听的时候血脉偾张，但人不该在激动的时候做决定。

邢深点了点头，余蓉揿下车窗，伸手出去，攥拳在车门上砰砰砸了两下。

这应该是事先约定过的信号，跨坐在本田车头上的山强夸张地大叫："哟，这是老大们谈妥了啊，这样多好，和气生财嘛，走咯。"

边说边跳下车来。

这一轮算是圆满，炎拓只觉得心头大石卸了一半，转身想走时，邢深叫住他："对了，多问一句，你和聂二是怎么认识的？"

炎拓心中一动：聂九罗没跟邢深说？

他回了句："去问她好了，以她说的为准。"

邢深有些错愕，想说什么，又咽下了，过了会儿，慢慢倚靠到座椅上。

他不是没问过聂九罗，聂九罗一句话就让他没词了："我认识谁，跟人怎么认识的，是我的隐私。"

回想刚刚"看见"炎拓，炎拓身上，也有一种光，淡淡的，没什么侵略性，但隐约间，又给人以压迫感。

颜色……

跟阿罗的……很像。

吕现的车被撞弯了保险杠，后备厢盖也有少许凹陷，但目测属于轻微追尾，不影响继续行车。

炎拓上了车，发动之后一脚油门，继续奔五龙洞，同时给吕现吃定心丸："回去之后你就送修，花的钱全报。"

冯蜜有点不相信："这么好？"

炎拓："交朋友嘛，他出一部分，我也补贴点，事情就过去了。"

一听"全报"，吕现心中松快不少，蓦地又想到什么："光顾着我的车了，人家冯小姐脑袋都撞破了呢，就这么算了啊？"

炎拓透过车内后视镜，看了冯蜜一眼，话里有话："冯小姐身体好，恢复得快，没关系。"

冯蜜也看后视镜，两人目光镜中交会，冯蜜哼了一声，炎拓轻轻笑了笑：他现在心里舒服，见谁都是好脸色。

只有吕现愤愤不平："你听你说的这是人话吗？人家都受伤了，还说什么恢复得快！"

……

到五龙洞时已经偏晚，但工作人员介绍说如果只略走走，一两个小时也就逛完了。

于是买票进园，毕竟都来来了，而且一路周折，不玩上一两处说不过去。

景区名字里有个"洞"，其实是个可以爬山看水的森林公园，这种地方，心情好看什么都美；心情不好，就是平平无奇小山包。

炎拓心情很好，一路沿溪水上行，遇到不错的景，也会停下来拍照——这儿游客本来就不多，再加上天冷山阴，几乎没别人，但这种包场的感觉，很奇妙。

爬上呼龙台时，劲风一扫，整个人冻得哆嗦，但视野也随之开阔，炎拓招呼落在后面的三人："过来看，起雾了。"

因为天色向晚，温差的关系，起雾了，漫山云雾，顷刻间迤逦四野。

冯蜜这些年久在城市，很少见到这样的景色，拉着炎拓帮她拍照，但炎拓一出手，拍的不是歪斜就是头大身子小，冯蜜对他再有好感也忍不了，三次一过，就只揪着吕现当摄影师了。

炎拓趁势脱身，走到一边观赏山景。

林伶也跟了过来，在他身边停了会儿，轻声说了句："今天心情很好啊？"

炎拓说:"快了。"

林伶一愣:"什么快了?"

但下一秒她就懂了,一时间心跳如擂鼓,连耳膜都在嗡嗡震响,但同时,又有一股张皇的紧迫感涌上心头。

她问:"危险吗?"

炎拓说:"有可能,运气好咱们都能过去;运气不好,就难说了。哪一天,我帮不了你了,你得自己划水。"

说到这儿,他似乎想起了什么,调出手机备忘录,给林伶看上头的人名和号码:"这人叫刘长喜,是个能信的人,你记住了,走投无路,可以找他帮忙。不过找他时要小心,别把危险给人带过去,他是个普通人。"

明明身在山水间,大惬意的所在,但林伶还是紧张到全身发颤,她默念了几遍记住号码,又问他:"那你呢?如果你出事了,能找谁给……帮忙?"

炎拓说:"我啊……"

他想了又想,谁能给他帮忙呢?

长喜叔肯定是不行,有心无力,不能把这么个老好人给拖进来。

邢深一群人?为着利益共事,不见得会把他当一回事。

过了很久,他才说:"可能……有一个人吧。"

但这人是谁,他没说。

07

离开五龙洞,天色已经擦黑。

该办的事办了,该玩的也玩了,没什么再耽搁的必要,炎拓一路加足马力,直奔西安,几人只路上略停了停,吃了简单的晚餐。

最终回到别墅,已经是凌晨两点多,虽说过了午夜,但不较真儿的话,勉强也算"当日往返"。

几人各回各屋,别墅里一片悄静,只走廊里的感应灯随着脚步声的起落而渐次亮起。

冯蜜走在最后,路过林喜柔的房前时,她脚步略停,屈指在门面上弹了一下。

门开了,冯蜜前后看看,幽灵一样一闪而入。

林喜柔的屋里只开了小夜灯,灯光幽暗,两人看对方,都像是看镀了层金光的影子。

林喜柔:"撞车了?"

冯蜜扯下额头上的绷带纱布，顺手扔进垃圾桶，顶这么大一块，怪累赘的——这点皮外伤，她破口都快长好了。

她说："小追尾，旅游嘛，出点小事故还挺有意思的。林姨，我可真喜欢你干儿子啊，能扛事，也有手段平事儿。"

说完，她懒懒窝进了梳妆台前的真丝绣花软垫椅里，虽说坐没坐相，但那副蛇身软骨的酥软样，平添几分妩媚。

林喜柔淡淡地说："只顾着玩儿去了？"

"那倒没有，"冯蜜略侧了身子，随手拿过台面上的一盘炫光眼影，对着镜子试色玩，"林伶跟那个吕现，我看根本没在谈恋爱，吕现那眼珠子恨不得长我身上，至于林伶，只愿意跟炎拓说话。"

林喜柔"哦"了一声，倒不觉得意外："林伶早几年就喜欢小拓，表白被拒了之后，还闹过一次离家出走，我估计还没死心吧。"

冯蜜扑哧一声笑了："真的啊，她那心里要是填着炎拓，那是挺难换成吕现的。"

"那小拓呢？你看着有问题吗？"

炎拓啊……

冯蜜想了又想，缓缓摇头："目前看不出来什么，就……挺正常、挺完美的。不过林姨，就我的经验，如果你怀疑一个人，又找不出明显的破绽来，那只有两种可能。"

"一是，你怀疑错了；二是，这人太聪明，伪装得太好了。"

林喜柔沉默了一下，说了句："我也是这么想的，这些年，心思一直扑在农场，其实没太关注小拓，忽然间就发现，他原来长那么大了。"

不再是当初那个挨了妈妈打，抱住她的腿哭哭啼啼说"这世上只有姨姨最好"的小不点了。

冯蜜看镜子里的自己：这眼影真不错，浮光掠彩，眼波被衬得既迷离又风骚。

她突发奇想："林姨，炎拓知道我们不一样，也挺能接受的。你说，如果他喜欢我，那我牺牲一下，就跟他做一对真正的情侣好不好？"

林喜柔冷笑："说什么蠢话！"

冯蜜："我认真的，林姨你想啊，人类社会的包容程度是在一直进步的。以前，什么贵贱不通婚，满汉不通婚，白人歧视黑人的时候，都不能同桌吃饭呢，更加不通婚了，现在呢，什么样都接受。我跟炎拓，可以做领先潮流第一对啊，至多也就是无后——但也能组建家庭，领养呗。"

林喜柔懒得跟她费口舌："你清醒一点，人的包容，永远落不到我们身上。"

冯蜜嘻嘻笑："凡事有例外，看痴情不痴情了。你看外国丧尸电影里，老婆变丧尸了，老公依然一往情深，还抓活人喂老婆呢。人都能爱丧尸，我比丧尸不是强多了？"

　　林喜柔差点被她气笑了："没错，是有这样的变态。小拓如果好这口，你们在一起我没意见。"

　　是啊，是有这样的变态，可她看上的，偏偏不是个变态。

　　冯蜜有点沮丧，顿了顿起身："走了，回去睡觉了。"

　　林喜柔提醒她："你那脑袋上，明天别忘了贴块 OK 绷，不然好那么快，叫人疑心。就你撞伤了，其他人没什么吧？"

　　冯蜜随口回了句："都没事，也就吕现的车撞瘪了一块……"

　　说到这儿，她脑子里忽然闪过了一线什么，就是闪太快，一时间没抓住。

　　林喜柔注意到了她面色的骤然僵硬："怎么了？"

　　冯蜜抬起手："你别说话，让我想想。"

　　她若有所思，嘴里还轻念出声。

　　——都没事，也就吕现的车撞瘪了一块。

　　——撞瘪了……吕现的车。

　　吕现的车！

　　她一下子想起来了："林姨，你有没有电脑？你屋里……"

　　不用问了，她已经看见了。

　　冯蜜急急在书桌前坐下，打开笔记本电脑，屏幕上显示需要键入密码，林喜柔知道事情有蹊跷，不等她开口，径直过来输入密码。

　　进入主页面，冯蜜飞快打开网页，登入网盘，文件夹一打开，密密麻麻的视频。

　　幸好她人懒，还没来得及删。

　　林喜柔直到此时才发问："怎么了？"

　　冯蜜从视频最底下选了一个点开："前些日子，熊哥不是让我们看监控视频吗，为了找陈福和韩贯。李姨分到的是车子出城之后那一批，我跟熊哥说，李姨才不会认真看呢，她觉得全世界都对不住她，恨不得别人倒霉。"

　　这个小视频里没有，她咽了口唾沫，接着点开下一个："熊哥觉得有道理，就把李姨那一批的网盘和密码要了来，和我一起查对着看了，看完骂我给他找事，说没问题。我也以为没问题，但是……"

　　找到了！

　　冯蜜迅速点击按键，暂停了画面，然后放大。

　　林喜柔看向屏幕，画面上，是一辆灰色的奥迪车。

　　"这车是陈福他们的车失踪之后，我往下快进视频时拉到的，中间间隔了大概二十分钟吧。因为乡下跑的车大多是中低档的，忽然来个奥迪四环，就多看了两眼，这辆车开着开着也不见了，应该是开进没道路监控的区域了。但因为它是反方向过来的,就没太在意。

"刚说到吕现的车被撞,我忽然想起来,吕现的车也是奥迪,颜色一样,车型也一样,车牌号……我不记得,但可以让熊哥问问。"

林喜柔说:"开这种车的人也不少吧,未必是吕现。"

"所以要确认一下车牌啊,万一是呢?"

林喜柔盯着奥迪车看。

那几天,吕现确实是在石河。

万一是呢?

万一是,就很意味深长了:吕现本应该在诊所待命,开车出去干什么?为什么出现的时间又跟陈福他们失踪的时间……衔得那么近?

炎拓洗漱完躺上床,已经快三点了,夜最深的时候,他居然毫无睡意。

快了。

七年在黑暗中摸索,捡到的都是边角料,这最近几个月,简直如坐上了火箭,一飞冲天。

幸亏没放弃。

太兴奋了。

炎拓拿起手机,想给聂九罗发条消息,又怕这么晚了,会打扰到她。

再一想,她好像习惯睡觉调静音:如果已经睡了,反正吵不到她;如果没睡,发过去也不叫吵她。

他点开"阅后即焚",发了条:今天跟邢深聊过了。

信息发送,一直看屏幕,那头显示未读。

果然是睡了,炎拓有些失落,但同时也欣慰:挂着拐的伤号,要是还熬到这个点,也太欠揍了。

他重新躺平,看天花板上垂吊下的、不规则冰块形玻璃面的熔岩灯,黑暗中的熔岩灯多了点冷峻感,有微弱的亮在玻璃面上缓缓流动。

炎拓突然想起了什么,欠身往床头柜上摸索,很快就摸到了。

那个纸折的、内里藏了朵梅花的星星。

他拿过来,摩挲了会儿,玩心忽起,把星星往上轻抛,候着落下时,再一把捞住。

聂九罗说,这代表一天过去了,这一天的事落幕了。

真是漫长的一天啊。

……

炎拓合上眼,渐渐有了睡意,正迷迷糊糊间,听到手机上有消息声。

聂九罗回复了？

炎拓赶紧翻身趴起，拿过枕边的手机，点开一看，"阅后即焚"仍然是"未读"状态，他愣了一下，旋即反应过来，又拿起搁在床头柜上的专用号码手机。

果然，邢深发的消息。

——可以干。方便的时候给我电话。

可以干！

炎拓脑子里一激，瞬间坐起身子，黑暗中，一颗心怦怦乱跳，以至于跳出了错觉，觉得满室都是心跳的回音。

现在就很方便，他拿起手机和防录音干扰仪进了洗手间，把洗手间门锁死之后，拨打邢深的电话。

邢深也是和余蓉几个聊了很久，反复设想推敲，最后得出结论：可以干，但需要准备时间。

他说："我们预计三对一，对付五个地枭，需要十五个人，三人一组，飞赴不同的地方。"

"攻击上，就依你说的，以'电击、突袭'为主，尽量避免交手，交手的话风险太大，一旦被抓伤咬伤，就很麻烦。"

"没法马上就下手，同一时间点也不可行。因为要考虑到一个问题，这些地枭目前是'普通人'，你悍然把人绑走，万一惊动了警方，把你当绑匪处理怎么办？你去跟警察说这些不是人，是地枭，你觉得他们会相信吗？"

"所以还是需要踩点，掌握这几个人的活动规律，避开高风险地段，汇总五处的信息，选择可行性和成功率最高的某一时间段出手——出手之后，成事的概率多大，就看老天的意思了。"

炎拓问了句："那林伶那边呢？"

"林伶那里比较简单，因为不需要绑她，她会配合我们走，我们需要做的，就是带走她之后，安排好路线，让她完美蒸发，使得林喜柔方面的人失去一切寻找的线索。当然，会给林喜柔留下足够的信息，让她知道，是我们干的。"

听下来暂时没什么问题，即便有问题，也可以晚点再商量。

炎拓："这个准备时间，大致需要多久？"

邢深沉吟了会儿："十天左右，最快也得一周吧。"

还行，这时长不算离谱，毕竟加上林伶这头，是六个地点"同时段"行动，需要时间筹划和协调。

炎拓跟他明确分工："我这里除了名单，还要配合什么？"

"配合让一切平顺，不要节外生枝。我们这里也会通过雀茶的手机开始联系他们，假意谈交换人质的各种条件，吸引他们的注意力。总之是，咱们双方合作，就等动手的那天吧。"

挂了电话之后,炎拓才发觉自己的手,连带手臂,都在微微发颤。

抬头看镜子,面上赤红,耳根发烫。

这可不好,炎拓拧开水龙头,连掬了几捧冷水激脸。

重新躺到床上,他正准备定定神、推敲一下邢深的行动方案,手机上又是一声消息响。

是邢深刚刚忘了说什么,又给他发信息补充吗?

炎拓拿起专用号码手机,怪了,页面上空空荡荡,并没有新消息。

想起来了,现在随身配两个手机,总会闹这种乌龙。

他拿起自己的手机看。

是"阅后即焚",聂九罗发来消息了。

——都聊什么了?

居然这么晚还没睡,是不准备养身体了吗?炎拓觉得可气,唇角却止不住弯起。

懒得再往冷冰冰的洗手间里跑了,他把防录音干扰仪放在枕边,被子一拉,整个人埋进黑漆漆的被窝里,一键拨号,压低声音:"喂?"

他都多少年没这么打过电话了,有一瞬间,像是回到了情窦初开少年时,给暗恋的女生打电话,又怕被人听到,于是趁着夜深人静,把自己往被窝深处埋,捂住自己,也捂住秘密。

聂九罗说:"你在被窝里吗?回音这么怪。"

炎拓失笑,她真是厉害,每一次听声都能大致猜出他所处的境地。

他"嗯"了一声:"这么晚还不睡?"

聂九罗说:"睡了啊,就是晚饭时骨头汤喝多了。"

炎拓扑哧一声笑了出来。

被窝里真是舒服,温暖又熨帖,把一颗心揣放得妥妥当当。

他说:"知道自己行动不方便,晚饭还敢喝那么多汤?"

08

聂九罗也没办法,卢姐是"以形补形"的忠实追随者,坚定地认为骨折就应骨来补,变着法儿给她炖各种骨头汤,猪牛羊一个都没放过,喝完一碗还给再盛一碗,仿佛喝下去的汤水多一倍,胳膊痊愈的进程也能快一倍似的。

她问:"都聊什么了啊?"

炎拓长话短说,把设想的计划给她复述了一遍。

聂九罗有点惊讶："这么快？"又说，"慢的话十天，最快一周，那我帮不上忙了，那时候，我刚扔拐杖呢。"

炎拓心头一暖："你还想过帮忙？"

他对聂九罗的"独善其身"是领教过的，说真的，她光能动动想帮忙的念头，他都觉得很难得了。

聂九罗跟陈福和韩贯交过手，这两个算是战斗力强的，所以如果身体允许，这种事对她来说不算难："是啊，你们可以把五个里最棘手的那个交给我，兴许我都不用动手呢，笑嘻嘻地就放倒了。"

言语间有点遗憾，又是她能挥洒演技的舞台，可惜了，被胳膊拖累了。

顿了顿，聂九罗问他："你缩被窝里，门关好了吗？"

真是她的风格，上次知道他在跟踪，提醒他手机静音和别穿大衣，这次，又关心他门户。

被窝里有点闷，声音被丝绵裹就的小空间罩捂，炎拓笑道："关好了。"

自打上次林喜柔突兀地在他房间出现，他就尤为注意：电脑里存着的文件都用粉碎机彻底删除，应用程序该卸载的卸载，浏览网页记录全部清空，睡觉前不但反锁上链，还在门后放了一个迷你防撞顶阻门器。

"那窗户呢？说不定有人已经悄无声息从窗子里进来了，就趴在你床上听呢。"

炎拓没好气道："别吓人行吗？"

话是这么说，他还是忍不住从被子底下掀开缝，两边都瞧了瞧。

哪有人？他的窗户关得好好的！

聂九罗在那头咯咯笑："是不是掀被子了？"

炎拓正想否认，她又说："光看两边不行，得往天花板上看，狗牙能爬墙——兴许你那天花板上，现在有人在爬呢。"

炎拓翻了个白眼，不想搭理她，但是两秒钟之后，还是掀开被子，又看了眼天花板。

幸好没有。

他重新缩回被窝。

聂九罗笑够了，说回正题："七到十天，那你这段时间，要特别小心。有时候越接近目标，出事的风险也就越大。"

炎拓苦笑："哪天不小心？"

七到十天，不只是解脱林伶、许安妮她们，也是解脱他自己。

话说得差不多了，论理该催她赶紧休息，炎拓想是这么想，话到嘴边，也不知怎么的，就成了："你做的摆件和车挂……"

聂九罗："怎么了？"

炎拓卡了壳，原本是想说真的做得很好，又觉得这样太没话找话，于是改口："你考虑做定制吗？我有个朋友看了，觉得很喜欢……"

"不考虑，不认识，没兴趣，忙。"

还真是干脆，炎拓好一会儿才开口："那要是我想再做一件……"

"你做啊……"

炎拓竖起耳朵听她回答。

等了几秒，她才说："那要看你做什么了，还有，我很贵的。"

这意思是，对他可以考虑？

他说："这种纯手工，又是定制，贵是肯定的，你杀我一两刀行，别逮住了拼命薅，那可没回头客了啊。"

杀一两刀行，这是默许她溢价了？

聂九罗笑，身子往下倚了倚，一边听耳机里的声音，一边弯起食指，指甲轻轻蹭擦羽绒被面上盘织的暗花："定制什么？"

"上次送你回去，很喜欢你的那个院子。"

这些天，他时常想起那个院子。

明明处在闹市，却闹中取静，带点旧，但不陈旧，鸽灰色的墙砖，微微翘起的飞檐角，双扇的老木头对开门，推开时，带出吱呀一声响，响声悠悠的，仿佛无论多长的年月，都碎碎地碾在里头了。

一脚跨进去，就是小院，三合院，院子里有花有草，一年四季都不缺颜色，他最喜欢角落里那棵白梅，一树花，一树挤簇的热闹。

而正房的二楼就是她的工作室，窗很多，格格推开，站在楼下仰头，能看见影绰的雕塑。

……

每次想起来，都会觉得美好而又安静，是暗处一抹柔光，恶浪里一汪净水，红尘中一方静谧小世界。

聂九罗想岔了："你喜欢这种类型的房子？那买啊，你又不差钱，西安是古城，应该也有这样的院子。"

炎拓："没有一样的。"

没有，没有和她一样的，没有梅花，也没有鸡汤煨的、藏着薄薄荠菜的小份龙须面。

聂九罗说："那你别惦记我的，我不会卖的。"

炎拓哭笑不得："知道。所以，能定制吗？"

"要多大的？"

炎拓想了想："院子的微缩版，太大了笨重，太小又没感觉，可以同比例缩到半米长宽这样吗？"

这个尺寸挺合适的，不但房舍能做出细节，一些小物件比如石桌、石凳、大的花树等，也可以做得有模有样。

聂九罗说："可以做，不过这种的就不能用橡皮泥捏了，得正儿八经走泥塑的程序。我接单呢，一般得先过合同，打了定金再出样稿，跟你熟，就都省了。不过等我做完了，你可不能赖账啊。"

炎拓："这个你放心，我又不是没在你那儿买过，良心买家了可谓。"

打个赏比买东西花的钱都多。

聂九罗忍住笑："光是院子吗？要人不要？"

以她的经验，光有景显得呆板，光有人意境又不到位，搭配着来最好。

炎拓顿了一下："如果有，那当然最好，那么大个院子，有人才有生气嘛。"

"想要什么样的人？有可以参考的形象吗？"

炎拓不经意似的说了句："要么，就照我上次去的样子来吧，最好也能有一碗鸡汤面。"

他努力把重点往面上模糊："那个面，是挺好吃的。"

聂九罗没说话，蹭擦在盘花被面上的手慢慢停住，指腹贴着绵绵密密的绣线纹理，也说不清心头盘磨着的是什么况味，像暗夜里的潮涌，一层水叠着一层，这一层还没退尽，那一层又盖上来。

炎拓觉得自己过了很久才听到她的声音："那……行吧。"

……

挂了电话之后，炎拓很快就睡着了。

做了个梦。

梦里一片漆黑，他在拼命奔跑，不知道在躲什么——其实这个梦里，从头至尾就他一个人——但他就是觉得凶险而又恐怖，于是拼命地跑，拼命跑。

跑着跑着，就跑进了连通着小院的那条巷道，小院那么安静地矗立在那儿，门扇半开，透出柔和的光来。

他几步奔到门边，行将跨进去，忽然又改了主意，迅速把门关合、锁死，然后转过身，后背抵住门，看向来路。

有什么东西猛冲了过来，整条巷子都被这巨大的冲击力撕裂，无数碎片在飓风里狂舞，重重击打过来。

然而还好，院子仍在那儿，保住了。

第二天，炎拓是最后一个去餐厅吃早饭的人。

倒计时启动，他反而不忙了，就像是大考迫在眉睫，温书已经没什么作用，调整心态最重要：名单给出去，邢深那头的奔忙开始，自己嘛，以不变应万变吧。

进餐厅的时候，他看到林喜柔坐在桌边，一手执餐刀一手执餐叉，但还没来得及分切碟子里的烤肠——熊黑正站在边上，半弯了腰，附在她耳边低声说话。

见到炎拓进来，熊黑没再往下讲，站直了身子。

炎拓跟他们打招呼："早啊。"

坐下的时候，他注意到，两人的神色都有些异样。

昨天晚上，邢深说，会通过雀茶的手机开始联系林喜柔，假意谈交换人质的各种条件，这是……已经开始了？

炎拓只当不知道，擎起边上的咖啡壶给自己倒了一杯，呷了一口之后觉得实在是苦，又撕了一小包白糖，慢慢往里添加。

糖粉很细很细，纷纷扬扬地下去，像杯口落了一阵急雪。

熊黑出去了，厨房里，灶火重又打开，是阿姨知道他来，开始做他的一份早餐。

林喜柔抬头看了他一眼："脸色不好，没睡好啊？"

炎拓灌了口咖啡，伸手揉了揉脸："昨天睡得晚。"

"昨天，林伶和吕现，玩得怎么样？"

昨天冯蜜也在，硬说两人进展良好有点假："也还行，这俩不属于互有好感的，慢慢磨着看吧，也许相处多了会有感觉。"

林喜柔点了点头："今天准备忙什么？"

炎拓笑道："没什么忙的，最多去公司打个卡。林姨你准备做什么？我有空，可以陪同接送。"

林喜柔笑起来，但没吭声，旋即垂下眼帘，专心分切餐品。

昨天实在太晚，她没立刻打听，早上才吩咐了熊黑这事，让他先从旁查证，别找当事人问，省得打草惊蛇。

刚熊黑跟她说，确认过了，就是吕现那辆车。但他跟阿鹏打听了一下，开车的不是吕现，吕现到了石河之后，除了被阿鹏拉着出去做了一次精油按摩，其他时间，压根儿没出过屋。

那辆车，是借给炎拓开了——那段时间，怕板牙的人反扑报复，炎拓一般都是借车开，有时候，连驾驶证都借。

炎拓，又是炎拓。

一次可以是巧合，两次就一定不是了。

看来，她需要亲自关注他了。

林喜柔搁下餐叉，拽了张餐巾纸揩了揩嘴角："要跨年了，今天请了阿姨打扫卫生，你带冯蜜去花市逛一逛，选些喜欢的花回来做装点，顺便叫上吕现和林伶一起，给他们多创造点机会。"

炎拓爽快地答应了:"那林姨,你喜欢什么花?我挑了帮你带回来。"

林喜柔说:"你看着挑吧,我没有特别喜欢的,不过不喜欢欧石楠。"

欧石楠,这名字可真够拗口的,也不常听说。

炎拓默念了一遍:"懂了,不买这个就是。"

阿姨端着托盘过来,给炎拓上餐:芝士烤面包、煎蛋、培根、紫甘蓝沙拉。

颜色搭配得真好。

炎拓一定没有懂她的意思,她不喜欢欧石楠。

欧石楠的花语是孤独和背叛。

她忍受了那么多年被当异类的孤独,不该再承受背叛。

炎拓偶尔间抬眼,看到林喜柔正盯着他看:"林姨?"

林喜柔莞尔,笑得分外温柔,她叉了块刚分切好的烤肠送进炎拓碟子里:"多吃点,这些日子,你都瘦了。"

这一阵子,熊黑的人大多散在外头,不大往别墅来,别墅里本来就有些冷清,再把人打发走几个,就更安静了。

林喜柔拿了备用钥匙,打开炎拓的房门。

一般男人的房间,相对都会比较凌乱,炎拓不是,这归功于大学军训时养成的良好习惯:他的物件总是整齐摆放,床上永远平整,被子叠成豆腐块,四角平直得可以拿尺子去量。

林喜柔缓步走到屋子中央,一样样打量屋里的用品。

这个屋子里,会藏着秘密吗?藏了多少?

门外传来脚步声,下一秒,熊黑跨步进来:"林姐。"

林喜柔指了指桌上的电脑:"让人来看看电脑。"

熊黑点完头,又有点犹豫:"他要是回来撞见……"

"我让冯蜜跟他一起去花市,冯蜜知道该怎么做。还有,让打扫的人过来,先打扫这间,每一处都要打扫到……"

说到这儿,她转向书架。

炎拓的书可真多啊,自底而上,差不多接到了天花板,竖放横摞,五颜六色,几乎铺满了一面墙。

她说:"这些书,也给我一本本翻,保不齐哪一本里,就夹着什么字条。"

熊黑咽了口唾沫:"林姐,炎拓……不会真有问题吧?"

林喜柔没吭声,垂着的手慢慢攥起,指甲深深攥进了掌心。

没有人能背叛她。

她养了他二十几年,在他身上,倾注了本该由她的亲生儿子享受的一切情感。

他不能背叛她。

炎拓，生是她的人，死是她的鬼，永远也不能背叛她。

09

炎拓直到傍晚才"逛"回来。

其实如果只去花市，是用不了这么久的，但甫一出门，冯蜜就偷偷跟他说，逛花市只是个借口，林姨希望吕现和林伶他们多去几个地方，增进感情。

于是逛花市安排在了最后，先去了钟鼓楼，顺带逛了回民街，看了皮影戏，走了圈古城墙之后，又去陕博打了个卡——这一下逛街、看戏、轧马路兼观展全齐活了。

花市也特别热闹，临近跨年，买花的人是平时的好几倍，炎拓起先想买白梅，但连看几家都不是那种感觉，觉得还是聂九罗小院里的那株最好，其他的都像山寨高仿，末了选了几扎蔷薇果、红梅、金龙柳和海棠花的鲜切枝条。

鲜切枝不是往瓶里一插就完了的，还得修饰修剪、搭配拗形，这些就是林伶的事了，她性子安静，喜欢做这些耗时的手工活儿。

回到别墅之后，几人把鲜切枝抱进三楼的小客厅，林伶立刻忙着找醒花桶、花剪、各类插花瓶器，冯蜜也从旁帮忙，只有炎拓没什么兴趣，转身回房。

路过餐厅，看到晚餐已经在准备中了，厨房里传来煎炒烹煮的声音，还伴着诱人香气。

真好，这一天就这样安静过去了，回屋先洗个脸，再歇上几分钟，就能开餐了。

炎拓不觉微笑，下意识加快了脚步。

快走到门口时，心里咯噔一声。

他的门大敞四开，里头的灯也是亮着的。

炎拓还没想明白是怎么回事，一个身穿家政围裙的阿姨拎着清洁桶走了出来，身后跟着林喜柔，林喜柔原本是要交代阿姨什么事的，忽地瞥见炎拓，款款一笑："小拓回来了，真巧，你屋子刚打扫好。"

想起来了，林姨早上说，今天请了阿姨打扫卫生。

他还以为，只是打扫公共区域而已。

炎拓面色有点发僵："是吗，林姨……你不早说，我也好先……收拾一下。"

林喜柔笑他多此一举："你屋里又不乱。"

没错，他屋里是不乱，但他屋里有东西，重要的东西。

炎拓的心猛烈跳起来，他微微侧开身，给林喜柔和阿姨让路，听她们两个说些什么还得多来几个人，元旦前床品要除螨、地板要打蜡之类的闲话，僵立了几秒之后，疾步进去，关门的同时反锁。

进了屋，先去看书架，一看之下，脑子里嗡声一片。

其实他并不记得书的具体排列顺序，但就是有明显的感觉：虽然书还都在架子上，看上去也跟出门前一样有竖放有横摞，但一定被动过，整体动过。

炎拓头皮发麻，赶紧把角落处的踏步梯拿过来，踩着上到最高层，移开其中一格堆放着的那摞书，手探进书后，小心地移开夹层，手指往里摸索。

摸到了，日记本，母亲的日记本还在。

炎拓如释重负，一头抵在了书架的层板上，双腿都有点发颤。

日记本随身放，固然是有风险，但"最危险的地方就是最安全的地方"，反比藏在别处更妥当。

然而，一口气还没来得及舒完，门上的把手忽然左右拧动，林喜柔的声音传来："小拓，关什么门哪？"

炎拓浑身一激，飞快地下了地，迅速把踏步梯送回角落，脱掉外套拽乱衬衫的同时，三步并作两步去开门。

门开了，林喜柔皱着眉头看他。

炎拓解释："换衣服呢。"

林喜柔："换衣服还怕人看，又不是换裤子。"边说边往屋里走，"阿姨说工牌落你屋里了，哪儿呢？"

她四下环顾了一圈，径直走向床边，弯腰从床脚下钩起一个带环圈的工牌："这阿姨，也是粗心。"

炎拓找话说："今天算是……打扫结束了吗？"

林喜柔说："没呢，这才到哪儿啊，今天也就把客厅、走廊，还有你这间给做了，明天还得接着来。跨年小清扫，过年前大清扫一次，各处都打扫得干干净净的，才好迎新啊。"说完了又催炎拓，"走，吃饭去。"

炎拓答应着说了句："换了衣服就来。"

林喜柔走了之后，他忍不住又抬头看了一眼书架。

明天还得接着打扫。

这日记本揣在身上显然不安全，万一不慎掉落，可就糟糕了。藏去别屋也不行，谁知道会不会紧接着又被"打扫"到了——今天暂时还是先放这儿吧，毕竟刚被打扫过一遍，属于"安全区"。

晚餐很丰盛，但炎拓吃得食不知味。

打扫卫生这一出让他一颗心高高悬吊起来，一时间摸不清真的只是年前例行打扫，还是自己被进一步怀疑了。

为了安全，凡事得往坏处想，就当是被怀疑了。至于是哪一处爆了雷，他说不清,就像之前对聂九罗说的那样"介入得太多,很多事情做得并不完美",经不起严查深挖。

他吃得很慢,缓缓嚼咽。

唯一可以确定的是,林姨他们目前只是怀疑,没有切实证据。毕竟,最危险的那几次,比如对狗牙行刑,再比如对付陈福和韩贯,是没有监控的。

如今,大事在进行中,为了让事情平顺,有两件事他得确保——

一是,不能让林姨知道他有名单。这个好办,都记在脑子里,书面的已经彻底粉碎了。

二是,不能让林姨知道他和林伶是有合作的。这个也还可行,因为自打当年林伶"表白被拒,离家出走"后,他和林伶的表面关系,就一直不咸不淡,属于并不疏远,但也绝不亲近的那种。

对面的冯蜜忽然扑哧一声笑出来:"炎拓,你吃个饭像绣花,魂呢?飞哪儿去了?"

炎拓心头一惊,林喜柔瞥了冯蜜一眼:"多什么事?还不许人家走个神什么的了。"

炎拓最先吃完,碗筷一推回房,起身时说了句:"林伶,待会儿到我房里来一下,有事跟你说。"

回到房间,炎拓先在各个电源处检查了一下,确信都没被动过,不会被安装什么窃听摄像。

他关了大灯,只留书桌灯,倒了杯水,又摸过纸笔开始写字。

林伶过了会儿才过来,过来的一路都感觉怪怪的:以前不是没跟炎拓约过,但都是私底下、避着人的,这种大庭广众之下的邀约,还真是让她心里没底。

门没锁,她开门进屋,反手带上时,问了句:"要锁吗?"

炎拓摇头。

林伶莫名其妙,走到近前:"你喊我过来,聊什么啊?"

炎拓食指竖到唇边,轻嘘了一声,举起第一张纸给她看。

上头是一个电话号码,后面写了个"邢"字。

底下写了一行字:记住这个号码,如果我出事,联系这个人,想办法跑。

林伶脑子里嗡的一声,刹那间,眼泪几乎涌出来。炎拓皱了皱眉头,以眼神示意她快记,同时不住往门缝底下瞥。

内暗外明,如果门外有人走动,从缝底可以观察得到。

暂时没人,他低声说了句:"未必有事,只是以防万一。"

林伶鼻子吸了一声,盯着那串号码看,同时不住默念,刘长喜的号码她已经记熟了,而今再记一个也不是难事——只是炎拓的话让她心里害怕,他不会无缘无故这么说的。

过了会儿，她点了点头，以示记牢了。

炎拓把纸揉了，塞进杯水里，又倒插入笔杆搅了搅，墨字很快洇开。

他拿起了第二张纸，这一张上，字比较多。

林伶紧张地看着。

林伶离开餐桌之后不久，林喜柔示意冯蜜："过去听听，说了些什么。"

冯蜜皱眉："听墙脚啊？林姨，什么年代了，还这么老土？你就不能在他屋里装个针孔摄像头什么的？"

林喜柔淡淡说了句："这些都是对付没准备的人的，他要是有防备，装了也没用。赶紧的，利索点。"

冯蜜没再说什么，起身就去了，再说了，她也挺好奇。

林喜柔又吩咐熊黑："从现在开始，尽量别让小拓出门，但凡出门，跟林伶一样，私下里派人盯着。"

熊黑正喝汤，闻言一惊，差点呛着，咳了两声之后，他扯了张纸巾擦嘴，看看左右，压低声音："为什么啊？不是没查出什么来吗？"

电脑给专业的人看了，说没什么东西，也就存了一些小电影和照片。

屋里也都翻查过，连书架上的书都搬下来倒腾了一回，再搬上去。

林喜柔轻轻放下筷子。

"有，我们没找到而已。"

冯蜜走到炎拓门边，左看右看都觉得束手，这硬邦邦的一扇门，让她怎么听啊，真是愁人。

末了，她把耳朵凑到门边缝处。

不由得又怀念起在黑白涧的日子，那时候，她鼻子灵，耳朵敏，夜视力也出类拔萃——当了人就差远了，人生也真是的，怎么就不能两全呢？

她听到点声音了。

是林伶带着哭腔的声音："凭什么啊？"

吵架？

冯蜜的侧脸努力往门边缝上压实。

"你是林姨养的狗啊？她说什么，你就跟着使劲？我一开始就不喜欢吕现，你非让我试试，说不想林姨生气。我给足你面子，已经在试了，你又嫌慢，是不是今天订婚明天结婚才行啊？你谁啊你？林姨都没催，你着什么急？"

哟，真吵了。

林伶说的倒是心里话，能看得出她不喜欢吕现。

没听清炎拓说了句什么，林伶更火了："你放心，我跟吕现就算不成，林姨也不会把我塞给你的。我自己什么条件我懂，这些年，我已经够避着你了，你怕什么啊？"

脚步声径直往门口过来，冯蜜赶紧急退几步，装着正往这头走。

门被大力拉开，林伶满眼是泪地冲了出来。

冯蜜故作惊讶："林伶，怎么了啊？"

林伶就跟没听见似的，抽泣着跑回房了。

冯蜜觉得好笑，她走到炎拓门边，探进半个身去："怎么了啊？兄妹俩吵架了？"

炎拓垂着眼坐在电脑椅上，屈起手指摁了摁眉心，淡淡回了句："为她好还不领情，吕现多好的条件。"

也是。

冯蜜也觉得，相对于林伶来说，人家吕现是多好的条件啊。

回到餐厅，阿姨已经把碗盘都收拾下去了，另切了些果盘上来，还泡了壶花茶。

林喜柔抬眼看冯蜜："怎么说？"

冯蜜亲热地坐到林喜柔身边："你干儿子为你操心呢。今天出去逛，林伶跟吕现又是那种，你懂的，往一处推都推不拢。炎拓大概是说她了，说她不让人省心，林伶犟了几句，哭着跑了。"

林喜柔没吭声，不过很快想明白了：林伶和吕现都是一开始死活不愿意接触的，也都是经了炎拓的"开解"，别别扭扭地开始。

她沉吟着说了句："他操心这事干吗？"

冯蜜想了想："听林伶那意思，好像是炎拓怕她跟吕现不成，自己被拉郎配？"

林喜柔嗤笑一声："那怎么可能？我要是想撮合这俩，犯得着等到现在？"

熊黑拈了块切瓣的苹果吃："要么就是孝顺，给你分忧。哎哟林姐你到底怀疑什么，尽快确认了行不行？别总这么让人吊心——我这两天说真的，都分裂了，一会儿看他像王八蛋，一会儿又觉得是冤枉他了。"

林喜柔擎起小茶碗，慢慢呷了一口。

熊黑说得没错，她也讨厌这样吊着心，是或者不是，明明白白一刀，烦透了刀子在颈边厮磨。

她心一横，重重搁下茶碗，里头的茶水溅得到处都是。

炎拓把浸饱了水的字纸倒进马桶冲掉。

林伶刚刚的发挥挺好的，不过她最后还是流眼泪了，看得出来，她是心里害怕。

或许应该说得更委婉点，一直以来，林伶把他当作精神支柱，他即便真倒了，也该让她觉得没倒才对。

正思忖着，有人敲门。

开门一看，是熊黑。

熊黑脸色很阴郁，说话压着声音："赶紧换衣服，有急事，要出去走一趟。"

炎拓一愣："什么急事？"

熊黑含糊其词："路上说。"

说完了倚住门，一副火烧火燎不耐烦的模样，都是男人，也不好让他回避，炎拓很快就换好了衣服，跟着熊黑出来。

摁电梯时，看到冯蜜也匆匆忙忙过来，边走边理着围巾，炎拓看熊黑："她也去？"

熊黑"嗯"了一声。

"去哪儿啊？"

熊黑凑近他，低声说了句："板牙那头有消息了。"

炎拓心头一凛，不易察觉地咽了一口唾沫。

板牙那头有消息了，是邢深他们的举动被察觉了呢，还是只是邢深跟林姨联系了，商讨换人的事？

不知道，走一步看一步吧。

夜晚的别墅，安静中还透着死寂。

喝完最后一杯茶，林喜柔从容地站起身，向着炎拓的房间走去。

钥匙插进匙孔，轻轻转了两圈，就开了。

屋里一片漆黑，林喜柔抬手揿着了灯，缓步走到屋子中央。

炎拓傍晚回来，进屋之后，马上反锁了门，她特意隔了一会儿去敲的门，说是要取阿姨的工牌，然后，四下环顾了一圈。

踏步梯不在原来的位置。

或者说，还在角落里，但摆得没那么平整，有点歪——下午，是她督促着阿姨清扫的，每件家什，放在什么位置，她有印象。

炎拓用过踏步梯。

很有意思，一回来，知道自己的屋子清扫过，就用了踏步梯。

这屋里，只有一个地方需要用得到这东西。

林喜柔把踏步梯拿到书架前，打开支撑条稳住，然后弯下腰，侧身眯着眼睛，看梯面上浅浅的踩痕。

依炎拓的身高，踩在第二级上，那就是……能触到书架最顶层了。

林喜柔踩了上去。

真奇怪，书架上的书，都曾经被搬下来，一本本仔细翻过，即便有蹊跷，也不会是在书里。

林喜柔伸出手,在书架格的隔板上摸、敲、试,这一格没问题,就换另一格。

终于,又一次敲击时,书架格的背板出现了空声。

林喜柔身子僵了一下。

是有东西,果然有东西。

她的目光渐渐阴毒,阴毒中还掺了些许凶残,这一格里堆满了书,不方便她取物,她心头暴躁,手上一抹,那摞书就重重砸落地上。

背板被移开了。

里头有一本硬壳的笔记本,32开大小,很破旧,封面是砖红色。

林喜柔愣了几秒,恍惚间,她感觉在久远的过去、某一个时刻,她曾经见过这个笔记本。

她把笔记本拿出来,翻到扉页。

发黄的纸页上,有几行娟秀的蓝色水笔字。

坚持记日记,让它成为伴随一生的良好习惯。这是生命的点滴,这是年华逝去之后,白发苍苍之时,最鲜活灿烂的回忆。

落款……

触目及处,林喜柔的脑子一下子炸开了:二十多年了,二十多年,她和曾经的那个林喜柔,以这样的方式,隔空再会。

林喜柔僵了很久,她觉得,自己像是和脚下的踏步梯长在了一起,血肉渗进金属里,金属又扦进骨髓中。

她拿出手机,拨打熊黑的电话。

通了之后,只说了一句话。

"不用把他带回来了,动手。"

10

熊黑车出别墅,一路疾驰。

炎拓坐了副驾,上了主路之后,他问熊黑:"什么急事啊?"

熊黑目不斜视,专注开车:"还不就是板牙那破事,咱们养了蒋百川那些人有段日子了,总不能养到老吧?"

炎拓心里一动。

之前在农场,他跟熊黑聊起过蒋百川,熊黑说漏了嘴,一句"林姐儿子"之后，打死没再开口。

他装着随口一说:"准备换人了?"

熊黑没多想,应了一声。

"换林姨的儿子?"

熊黑正要"嗯"一声,忽然反应过来,吓了一跳:"你怎么知道?"

"上次你自己说漏嘴了,还让我别跟林姨说,你忘了?"

是吗?熊黑有点记不清了,但冯蜜就坐在后座,他多少有点窘迫,含糊着想敷衍过去。

冯蜜可不容易糊弄:"熊哥,你这嘴把关不严哪。"

熊黑尴尬:"炎拓自……自己人。"

横竖也说到这一节了,炎拓略偏了头看后座的冯蜜:"林姨儿子,多大了?帅吗?"

熊黑没好气道:"帅不帅关你什么事?"

炎拓笑道:"我帮冯蜜问。"

冯蜜嗤笑一声:"多大了我不清楚,但帅是绝对不会帅的,别帮我问,跟我没关系。"

炎拓还是那副随便问问的架势:"林姨的儿子,怎么会在板牙那群人手上呢?跟我似的,也是被绑去的?"

冯蜜没吭声,熊黑清了清嗓子:"行了炎拓,不关你的事,少打听。"

炎拓转回身子,目视前方:"谁还没个好奇心了?说一半藏一半的,瞧不上你们那小气劲儿。"

车里好一阵寂静,熊黑瞥了炎拓一眼,几次话到嘴边想问,又几次咽了下去。

他还是别多事了,听林姐的吧。

炎拓也没再开口,侧了头,看车窗外的城市夜景。

西安这座城市,于他,始终是生疏的。

虽然他的户籍显示是"西安",但他的童年是在由唐县城度过的,在那之后很彻底地搬了一次家,再然后才搬到的西安:大城市的好处是人与人之间住得再近,距离都是远的,同一个小区,哪怕对门,住上个三年五载,都可能依然相见不相识。

林喜柔应该喜欢这样的地方:搬一次家、蜕一次皮,几次过后,她就能新生了。

视线里,街景不断变换,有时崭新,有时古旧,有时又是陈旧。

……

熊黑有电话打进来,他接起之后听了会儿,说了句"好的"。

再然后,一抹车头,改向了。

车子掉头的幅度很大,炎拓奇怪:"怎么了?"

熊黑没看他："带你去个地方，你估计不知道咱们在城里还有这么个窝点呢。"

又扬高声音："冯蜜，你知道吗？"

冯蜜的声音懒懒的："知道了，你只管带我去就行。"

又是一个窝点？

炎拓拿出手机，看了一下定位。

他从没来过这儿，是在西郊，这一带原本是老工业区，工厂扎堆，环工厂又建了很多职工家属楼。后来随着城市的发展，很多住户搬去了更好的小区，这些家属楼就渐渐空置，等待拆迁改造。

而今改造应该在缓慢推进中了，炎拓注意到不少墙面上都画了白粉圈，里头写着大大的"拆"字。

车子七拐八拐，最后在一幢家属楼前停下，熊黑低头解安全带："一楼，尽里头那家。"

炎拓下了车，仰头看家属楼，这楼太老了，墙面上都斑驳得掉墙皮，电线像蛇一样，从一家的窗户口爬到另一家，要不是有一两家还亮着灯，他真要怀疑来的是栋废楼。

他有一种穿越回二十世纪八九十年代，不，六七十年代的感觉。

换人来这儿干什么呢？难道蒋百川他们已经从农场转移过来了？

熊黑招呼着炎拓走进楼道，冯蜜慢悠悠跟在后头。

楼道灯坏了，熊黑打亮手机手电照明，越往里去，积年的霉味儿越重，炎拓看到斜倒在地上的、生锈的自行车，打碎了的泡菜坛子，流出的汁液早干了，在地上洇出一大块白渍。

尽里头的那扇门上，贴着白色的丧葬挽联。

——一病辞尘离故土，全家落泪哭亲人。

挽联也已经有年头了，边角处卷起，在手机光的映照下，分外瘆人。

炎拓觉得有些不对劲，下意识停下脚步："不是，这儿……"

话还没说完，就觉得有枪口硬邦邦顶上后腰，身后传来冯蜜叹息似的声音："炎拓，林姨的交代是，只要你反抗，我尽可以开枪——你可配合着点，我心里是舍不得，手上不一定啊。"

炎拓头皮一麻，但很快反应过来，强作镇定，笑着看熊黑："熊哥，是不是有什么误会啊？"

熊黑掏出钥匙开门，答非所问："这儿是我们干脏活儿的地方，上次办了个找碴儿的，不经打，三拳两脚就死里头了。"

说着推开房门，又揿亮了灯。

身后有枪，炎拓不得不迈进门来。

是间差不多已经搬空的屋子，只留了张破沙发和几把椅子，屋角堆着高高的、脏污的一次性餐盒以及各种零食袋，有只张皇的老鼠被声响惊动，扭动着尾巴，"叽"的一声就窜没了。

屋子是水泥地，中央用白粉画了个圈，里头有烧灼过的痕迹，圈里还散了几片半焦的纸钱碎。

除此之外，这屋里还有什么不对劲的……

几秒钟之后，炎拓反应过来。

这屋子没窗。

所有本该是窗的地方，都用砖头封死了，另外加抹白灰。

熊黑说他："你，往前走，别挨我们这么近，对，往里走。"

炎拓走到屋子中央，小心避开烧纸圈，然后转过身。

冯蜜背倚着门，很闲散的姿势，但手中乌洞洞的枪口一直朝着他，熊黑抱着胳膊看他，目光阴晴不定。

炎拓心中狂跳，脸上却只装作好笑："熊哥，到底是怎么回事……"

熊黑打断他："这里头是不是有误会，你心里有数，我反正是不知道。你如果没问题，也不用紧张，就当是过来逛的——林姐说，你不用回去了，我只好把你请这儿来，具体什么事，等她来了，你们自己搞。不过呢，得委屈你一下，进来的人，可不能这么摇手大摆的。"

边说边弯下腰，打开鞋柜门，从里头拿了团实心塑料绳出来。

炎拓笑了笑："不至于吧熊哥？太夸张了也。"

熊黑没笑："至于。"

对视了一会儿之后，炎拓让步，语调很轻松："有胶带吗？这种捆上去，勒得肉疼。"

熊黑乐了："这还挑啊？有，你别让我难做，我也尽量不让你受罪。"

说着，塑料绳扔回柜子里，又换了卷胶带出来。

炎拓喉咙里有些发干："先上个厕所行吗？捆上了再想上，就麻烦了。"

熊黑示意了一下洗手间："自己去吧。"

熊黑又吩咐冯蜜："你啊，就贴着门站，别离他太近，你看电影里那些人，总会出其不意搞个突袭，太愁人了。不过，炎拓是自己人，真没问题，会配合咱们的。"

炎拓苦笑了一声，抬手做了个投降的姿势："你们今晚上，闹的哪出啊？"

说完，迈步朝洗手间走，熊黑也斜了眼看他，并没有要跟过来的意思。

洗手间里头也是脏得不行，只一个洗手台、一个马桶，连垃圾篓都没有。

炎拓顾不上那么多，先掏出专用号码手机。

无信号。

再看自己的手机，也是无信号。

怪不得放心大胆地让他一个人用洗手间。

炎拓额上渗汗，飞快地卸除专用手机卡扔进马桶，然后把专用号码手机塞进裤子里，又拿起自己的手机。

卸载"阅后即焚"时，迟疑了一下。

还是删了。

只要逃得过，他记得那座小院的位置；逃不过了，就删了吧，删得干干净净，就当从没见过。

删除的刹那，又迅速剥下手机壳。

里头有根针，聂九罗给他的。

原本，是想拿来对付狗牙的，但狗牙死得太快，没能用上。

好歹也是根利器，炎拓小心地把针塞进袖管，想了想又怕滑脱，改为斜插在袖管内侧。

方便完毕，炎拓从洗手间里出来，熊黑冲着他示意了一下空地："面朝下，趴在地上。脚并拢，两手放背后。"

炎拓瞥了眼地面："这是不是也太脏了？"

熊黑皮笑肉不笑："炎拓，这时候还在乎这个？你真有鬼，拿命擦地也不亏；万一是场误会，你以后十年下澡堂，熊哥都帮你包了行不行？"

炎拓不得已，只得依言趴了下去。

熊黑哧啦一声把胶带扯开老长，大步走了过来，跪下身子时，又吩咐冯蜜："万一炎拓对我动手，你别管，就站那儿。我赢了也就算了，如果我一时没制住他，你也别心软，直接开枪扫——反正我死不了，歇几个月，还是你熊哥。"

冯蜜还是懒懒的："我懂，我就不信两人做这事，还能给做砸了。"

炎拓内心里天人交战：熊黑难对付，即便他能暴起掀翻熊黑，也避不过子弹。

他现在还不想死。

他一声不吭，任熊黑把他手脚缚牢。

做完这些，熊黑松了口气，探手在他左右兜处摸了摸，收了他的手机，这才抓住他一条胳膊，半拽起他，把他扔到了椅子上。

专用号码手机被他偷塞在裤子里，经此一拽一动，已经滑进了裤管，好在两条腿是并拢的，可以控制手机的下滑。

炎拓吁了口气，试图抖落那根针，然而也不知道是袖管的摩擦力太好还是胶带绑得太严，一时间，明知道就在那儿，咫尺天涯，就是拿不到。

越急越没辙，炎拓急出了一身冷汗，顿了顿，决定转移注意力，先顾别的。

他抬头看熊黑："熊哥，吃饭的时候还好好的，怎么突然间就这样了？我到底哪儿得罪你们了，能不能给个明白话？"

熊黑也是一头雾水。

农场的监控里，有一段狗牙被审时炎拓一直守在门外的视频，可守在门外不能说明什么——炎拓那段时间，削尖了脑袋想往他们的阵营挤，也许他是好奇呢？

后来，石河县城郊的视频里，又拍到了炎拓开着吕现的车，在陈福他们失踪地附近出现——熊黑扪心自问，也不能凭这个把人定罪。他追溯了一下这个视频，炎拓当天真的是离开，都已经进临县了，又掉头折回来的，那是反方向嘛。再说了，机井房附近被子弹打成那样，炎拓要是在现场，还不被打成筛子了？

所以，根据他的推理，最关键的就是林姐在晚饭时说的那句话。

——有，我们没找到而已。

啥玩意儿这么一锤定生死？难不成炎拓房里，藏了陈福的头？

熊黑纳闷："你那屋里，到底放了什么啊？"

炎拓定定看了他好一会儿，然后慢慢倚上椅背。

他说："我那屋里，能放什么啊？"

林喜柔是后半夜时来的。

当时，炎拓已经低垂着头半睡了一觉了，听到楼道里的动静，立刻睁了眼，悄悄活动双腿。

那个专用号码手机，从小腿边沿滑至脚踝，又缓落到地上，炎拓抬脚踩住，趁着熊黑和冯蜜开门迎客的刹那、借着门轴的声响掩盖，脚下用力一挪，把手机推滑进墙角的那堆垃圾里。

日后，这手机即便被发现了，也不是他的——他随身只有一部手机，已经被熊黑收走了。

林喜柔进来的时候，手里拿着一本砖红色的笔记本。

炎拓略撑了撑胶带，叫了声："林姨。"

他努力不让自己去看那个日记本。

林喜柔看了他好一会儿，把那个日记本扔到他脚下："这是什么？"

炎拓低头去看，好一会儿才说："我妈的日记本啊。"

"谁给你的？"

炎拓迟疑了一下："我爸给的。林姨你忘了，我爸弥留的时候，家里只我一个人，你带林伶出去打预防针了。当时，他回光返照，跟我说我妈留下这么一本日记，让我留着。"

"你为什么藏着这个？"

炎拓抬起头，看了林喜柔一会儿，又去看熊黑和冯蜜，像是在询问每一个人的意见。

他说："我妈活着也跟死了差不多，我爸早死了。一个人，留着父母一辈的遗物，有问题吗？"

林喜柔居然被他问得愣住了。

过了会儿，她才缓过神来："所以，你早就知道父母一辈发生的事？"

炎拓笑起来："但凡是个正常人，即便小时候不记事，长大后，也总会想知道父母当年出了什么事。林姨，我要是跟你说我从来不好奇，从来没去想过、探过，你相信吗？"

林喜柔面无表情，但嘴唇微微发白，她一字一句，问他："那你什么都知道了，恨我吗？"

炎拓反问她："林姨，你看过我母亲的日记吗？日记里，你从来没有害过她，都是她要杀你啊。"顿了顿，又补了句，"还杀了两次。"

11

林喜柔在心里说，没错。

自己从没害过她，一次两次，都是那个女人出的手。

对炎还山一家，她很客气不是吗？没拿他们做血囊，死过一次之后再回来，也没计较过她把自己推进浴缸触电的事——那个女人为什么就不能安安分分、不给她惹麻烦地活着？为什么就不能学着乖点，不再撞南墙呢？

炎拓这话，真是说到她心坎里了。

"你的意思是，你不介意早些年的事？"

炎拓说："也不是不介意，花了很多时间去想。我也说不清楚谁对谁错，我妈第二次杀你，要是成功了，死的不就是你了吗？一半一半的事情，只能说，老天没偏着她吧。"

"那你怎么看我？"

炎拓沉默了一下："生亲不如养亲，林姨，说句良心话，你养我这么多年，没亏待过我。"

"那你妹妹呢？我抱走了你妹妹，你怎么想的？"

炎拓笑了笑："说实话吗？"

"说实话。"

炎拓："说实话可能会显得有点无情，看到日记之前，我连自己到底有没有妹妹都不太确定。后来知道有，但我已经不记得她的长相了，如今二十多年过去，从来没相处过，你要说有什么深厚的兄妹之情，纯粹骗人的。"

"也不想知道你妹妹的下落？"

"有好奇心，林姨你要是肯说，不妨告诉我。毕竟是亲人，她如果过得不好，我也能帮帮她。"

林喜柔死死盯着炎拓的眼睛："为什么把日记本藏得那么隐秘？怕人发现？"

一直在边上旁听的熊黑没忍住："林姐你这不多此一问吗？他要是天天放床头，你不硌硬得慌啊？"

林喜柔厉声吼了句："你给我闭嘴！"

熊黑自讨没趣，朝天翻了翻眼。

炎拓吁了口气，示意了一下自己现在的处境："我就是怕这个，怕你知道了之后，心里有芥蒂，又怕你觉得我不该知道你早年的秘密……而且，毕竟是过去的事情了，我觉得不提、不问，对双方都好，所以，就这么放着了。"

林喜柔没再问，低头看地上的那本日记本。

第一眼看见，她就觉得这砖红色的封面眼熟：炎拓的母亲的确有记日记的习惯，有好几次，她在台灯下埋头疾书，而自己，哄着闹腾不安的小拓。

过了会儿，她突然抛出另一个问题："农场那次，我们审狗牙，你为什么一直在门口偷听？"

原来是农场这事发了。

炎拓觉得心里更踏实了：早些时候，他就觉得身边"埋太多雷"，也仔细梳理过，万一事发，要怎么说。

他说："我好奇啊，狗牙'死'那么久，忽然间活蹦乱跳地又出现了，林姨你知道我多激动吗？我只见过熊哥手指头没了又长，没见过死人复活啊。你不让我进去，我只好在外头听了——但我听也听得光明正大不是？我明知道有摄像头，没躲也没闪。当时我就想，拍到就拍到，反正我这种好奇心，从来没掩饰过，跟你说过，跟熊哥也说过。"

熊黑不觉点了点头，正是炎拓的那次企图入伙的"剖白"，让他转了观感，觉得炎拓这人挺真实的。

难得遇到一个知道内情、还能对地枭表示友好的人。

可惜了，没法吸纳他，这样的人，不比狗牙或者李月英那种败类强多了？

"那陈福和韩贯呢，他们出事，和你有关吗？"

炎拓头皮一麻，险些变色，好在及时反应过来，表情转作疑惑："陈福和韩贯？"

顿了顿，恍然："就是熊哥看监控要找的同伴？"

他苦笑:"林姨,这两人失踪了之后,熊哥跟我说要找,我才知道他们长什么模样的。你之前又没把他们介绍给我认识,我上哪儿认识他们啊?"

林喜柔有些沉不住气:"那他们失踪之后不久,你为什么会开着吕现的车在附近出现?"

炎拓纳闷:"开吕现的车?"

很快,他又"想"起来了,转头看熊黑:"这事熊哥知道。"

熊黑茫然:"我?"

"当时,我是在阿鹏那儿住着的,半夜熊哥送来个被枪撂倒的,还跟我说端了蒋百川的人,事情已经结束了。我心说既然事情了结了,那我也该走了呗,所以第二天借了吕现的车,想开回西安——熊哥要是不说,我兴许还多住几天呢。"

熊黑也想起来了,说了句:"没错,是有这事。"

"可我前一晚没睡好,再加上开吕现的车不习惯,路上直打盹儿,还险些撞上别人的车。我心说算了,这状态,开回西安够呛,就又折回去了。"

说到这儿,他抬头看林喜柔:"林姨,我就说这趟回来你怪怪的,话里话外敲打我——你就为这些事啊?还有什么想不通的,你索性一次性问完了,省得在心头憋着。"

林喜柔没吭声。

她还真没别的什么好问的了。

炎拓也不吭声,后背凉飕飕,怪不舒服,是冷汗浸透了的衬衫紧贴上来。

他只铆死一点:不管是农场监控,还是石河县外的交通监控,抑或这个日记本,都不能真正说明什么。

除非林喜柔拿到确凿的证据,否则,她只能怀疑他,而没法定他的罪。

现在是问话,万一待会儿拳脚相加,他也得这么死咬。

大事在进行中,他得尽量让事情平顺。

过了会儿,林喜柔吩咐熊黑:"你跟我出来一下。"

……

出去了俩,房间里还剩下俩,冯蜜的枪口没再对着他了,她把枪拿在手里转着玩。

炎拓皱眉:"你别玩枪,万一走火了,我冤死了。"

冯蜜还真听话,没再玩了,顿了几秒,问他:"你刚说'索性一次性问完了',那我问一个啊,看你说不说真话。"

炎拓瞥了她一眼:"你说。"

"你喜欢我吗?"

炎拓说:"不喜欢。"

冯蜜咯咯笑起来，笑到末了，轻轻叹了口气，点评说："是真话。"

走廊里味道太难闻，林喜柔一直走到楼外头，才停下脚步。

这片楼真是安静，一墙之外就是街道上的车声，车声不绝，就更显得这楼寥落：明明紧挨着热闹，却只是"挨着"而已。

林喜柔问熊黑："你觉得他的话，可信吗？"

熊黑挠了挠头："林姐，你挺能沉得住气一人，怎么为了本日记本就大动干戈的？这换了我，我爸妈死了，留下本日记，我也会收着啊。"

林喜柔有些失态："你不懂，那时候他小，我以为他什么都不知道！我只跟他说过他妈妈出意外瘫痪了。"

熊黑说："炎拓有一句话没说错，人有好奇心嘛，他长大了，肯定想知道当年的意外是怎么回事，就算没这本日记，他也会从别处打听。不过有这本日记也没什么，他妈是自己找死。人家炎拓也说了，她要杀你，结果被反杀了，这能怪谁？他爸死了老婆看不开，心情抑郁，抑郁着抑郁着就患绝症了，又不是你让他得的。"

林喜柔摇头："不是，你不是当事人，你想简单了，我总觉得不太对。他条条都能解释得合理，是因为这些，本来就不能说明什么。"

心理承受能力弱点的，或许会被吓得招了，但强一点的，很容易过关。

一定还有什么最关键的，以她和他共同生活了二十多年的直觉。

熊黑悻悻道："林姐，你别老觉得，你至少有点实在的证据再说。炎拓跟蒋百川那些人不一样，蒋百川，我那是上手就能剥他的皮。可炎拓……这认识这么多年了，你让我翻脸，我都不好意思。这幸亏我刚刚对他还算客气，这要是上来就揍一顿，现在我都不好下台。"

林喜柔咬了下嘴唇："你刚对付他，他有什么反常没有？"

熊黑摇头："没有，挺配合的，一直问我是不是误会了，让趴就趴，让不动就不动，也亏他没冲动，否则冯蜜这小娘儿们扳机一扣，他身上早多几个透明窟窿了。他跟咱们可不一样，死了可就活不过来了。"

他征询林喜柔的意见："要么，这事就算了？这破地方连床都没有……"

转念一想，刚绑上就放，有点打脸："还是绑两天再说？"

林喜柔脑子里一团乱，一时间也捋不出个子丑寅卯，顿了顿发狠道："这也就是他！换了别人，我管他有没有证据！"

熊黑干笑了两声："谁让你当儿子养了，不过话又说回来，养猫养狗养个一二十年，还有感情呢，何况是人哪。我也一样，对他不好下手，但凡换一个，现在早去了半条命了。"

林喜柔平了平气："先在这儿关着，让我仔细想想。"

心情太过起伏的时候，还是别轻易做决定。

林伶是第一个发现炎拓失踪的。

也必然是她：都住在一起，一个大活人忽然消失，连带着冯蜜也不见了，是人都会犯疑惑的。

第二天中午吃饭的时候，她斟酌着林喜柔的面色，小心翼翼发问："林姨，炎拓去哪儿了？还有那个冯小姐呢？"

林喜柔不动声色："出去办事了。"

她留了冯蜜在那儿看着炎拓，另外让熊黑拨了几个得力的人过去。

林伶"哦"了一声，没再说什么。

下午，她试着拨了炎拓的电话。

这是炎拓教她的：有事打电话，尽量别留下敏感的文字信息。

通了，但没人接。

她没有再拨，前一天晚上，炎拓给她看写在纸上的字，其中有一条是：别让人觉得我们很熟。

她坚持到第三天的傍晚，实在憋不住，又发了条微信过去。

——林姨说你办事去了，什么时候回来啊？吕现等着你报销修车钱。

直到睡前，炎拓都没回消息，隔天早上一睁眼，林伶就拿过手机看，还是没有。

联想到之前种种，她一下子慌了，炎拓不会这样的，当天的电话或者信息，他即便不能及时处理，也必然不会拖很久。

这么多年来头一次，她忽然感觉，炎拓不在身边了。

邢深是第二个发现炎拓失踪的。

这些天，他一直在忙，炎拓给的名单里，扣除废的、死的，熊黑、冯蜜、李月英、杨正几个不好下手的，还剩五个。

006号吴兴邦，是许安妮的"男友"，出租车司机，现居河南安阳。

007号郑梁，四十多岁，做水果批发，现居贵州贵阳。

012号卫娇，三十来岁，是个私人画室老师，现居天津。

014号沈丽珠，火锅店服务员，现居重庆。

017号朱长义，建筑工，现居安徽芜湖。

五个人，五个地方，五个三人组均已就位。个中测评，吴兴邦和郑梁在里头属于较为年轻力壮的，所以作为补充力量，余蓉带着孙周去了安阳，邢深带着蚂蚱去了贵阳。

炎拓失踪的第四天，邢深利用雀茶的手机，向林喜柔方发出第一条消息。

——可以换人，但是，地方我们说了算，不去南巴猴头，不敢去。

发完之后，也给炎拓发了条消息，通知他这头已经在做准备工作了，踩点都很顺利，暂时没看出异样，按原计划可以在三天内动手。

然而诡异的是，炎拓没回消息。

这就不太对了，按照两人的约定，凡收到消息，即便没话说，也得回复一声。

邢深等了很久，借了个电话，拨打炎拓的专用号码。

提示无法接通。

聂九罗是最后一个知道炎拓失踪的，而且，还是邢深告诉她的。

听到消息的时候，她有点茫然，然后才意识到，自己真的好几天没跟炎拓联系过了。

——因为她挺忙的，要去私人医院复健。

——因为老蔡来看她，盯上了她给炎拓做的那个手持梅花的泥人，跟她说艺术家除了追求艺术，还得广拓进财通路。她可以设计几个讨喜吉祥的"磨喝乐"，授权工坊开模制作，挣一笔版权费。

——因为她只有一只手，又接了炎拓的活儿，要给小院拍照，要量尺寸，要画样稿，忙得不可开交。

……

其实真正的原因，她自己知道。

有好几次，目光掠过手机时，会有点不开心。

你不联系我，那我也不联系你，你忙，我也忙得很，老没事找你说话，我成什么了？

邢深的声音从听筒里钻进她的耳朵，她听着，眼神一直飘，飘去小院定制的图纸，又飘去开怀大笑、手里持着梅花枝的炎拓小泥人。

不应该啊，怎么会失联呢？

她口不应心地问了句："失联几天了？"

邢深说："根据林伶的说法，到今天，第六天了。"

"林伶？"

"是，昨晚上收到一个陌生号码打来的电话，说自己叫林伶，声音都在发抖。"

电话里，林伶前言不搭后语地说了很多，说联系不上炎拓，说炎拓失踪前的晚上，反常地向她交代了些事，就再没出现过了。

说炎拓好像预感到了会有危险，把这个电话号码给了她，她等了一天又一天，觉得炎拓一定是出事了，才按吩咐拨了邢深的电话。

说自己很小心，炎拓教过她可能会有监听，她是出来看电影，在洗手间借好心人的电话打的。

聂九罗一直听着，口唇渐渐发干。

第六天了，居然这么久了。

不过，确实也挺久了，她今儿早上在院子里练走步，已经可以半脱拐了。

邢深说："阿罗，我们的人已经各处就位了，没意外的话，明后天就能动手。可是现在，突然来了这么一出——炎拓是不是已经暴露了？会把我们供出来吗？这次猎枭，会不会成了人家反猎我们？我要不要……马上收手？"

12

聂九罗顿了好一会儿才开口："邢深，蒋叔不在，你负责一切。计划也是你和炎拓一起定的，你现在的想法是什么？"

邢深说："我觉得炎拓应该是出事了。我见过他，这个人说话有条理，脑子也清楚，他不会不明白这种时候失联意味着什么，能和我们联系，他早联系了，这么久没消息，要么是被控制住了，要么就……死了。"

聂九罗没说话，她觉得"死了"这两个字，真是又轻飘又陌生。

邢深继续往下说："现在大家的意见不是很统一，一半主张继续，因为前期做了太多准备工作，放弃的话不甘心；一半主张收手，怕被反猎。我个人是想继续的，但出于谨慎，要向你打听一下——炎拓是你担保给我的，这个人嘴严吗？万一被控制，他把计划供出来的可能性有多大？"

聂九罗说："你等会儿啊，给我点时间，让我想一下。"

她扶住工作台的边沿，慢慢一步一步走到靠近阅读灯的沙发边坐下，沙发垫软绵绵的，三面包围，人坐进去很有安全感。

她闭上眼睛，想了又想，空气里渗着轻微的泥尘味。

她说："首先，我同意你的看法，他是出事了。他之前就跟我提过，说这一阵子干预了太多事，有危机感，还说，回去之后，林喜柔话里有话地敲打过他。但是，他应该不是因为这个猎枭的计划暴露的。"

邢深心头一松："这么肯定？"

"你把你自己代入林喜柔就明白了，如果我是林喜柔，发现了炎拓有这个打算，我一定会将计就计、实施反猎，而反猎最重要的前提，是麻痹你们，让你继续行动。那个手机确实是无法接通了？"

邢深下意识地点头："是。"

"手机一断，不就打草惊蛇、明摆着告诉你出事了吗？林喜柔不会这么蠢，所以手机这个事，我觉得不是她搞的，是炎拓自己。简单说就是，他因为别的事情暴露了，但他掩护了这个计划。"

那就是说，行动目前还是安全的了？

邢深长长舒了一口气。

"其次，你问我他嘴严不严，我觉得是严的。两个原因，第一是，他曾经被板牙抓过，关了一段时间，你们也没少打他，他招了什么没有？"

邢深哑然，还真没有。

"第二是……"

说到第二时，聂九罗忽然想起之前在安阳，她告诉炎拓许安妮已经怀孕了，炎拓脸上的表情。

当时，她觉得许安妮只是个与己无关的、可怜的陌生女孩，可炎拓，已经在想着怎么救她了。

"第二是，炎拓不是一个自己死就拉别人共沉沦的人，他是那种，即便自己掉进陷阱、没指望了，也会把别人往上托举的人。所以，如果他暴露了，他不会攀扯别人，如果他真完了，他也会希望完蛋的只是自己，能得救的人依然能够得救。"

邢深沉默了好一会儿，才说："阿罗，你给他好高的评价。"

聂九罗垂下眼帘："这不是评价，陈述事实而已。"

邢深："那你觉得，他死了吗？"

聂九罗心内一悸，这个她分析不出来，也不敢想："你觉得呢？"

邢深犹豫了一下："以林喜柔那伙人行事的残忍，直接把我们的人吊死风干，我觉得，她对待身边的人背叛，也不会手软的——如果他死了，那我们无能为力。如果他还活着，我觉得……最好尽快行动，手里有足够的筹码，才好交换。"

道理是这个道理，但聂九罗总觉得这么做似乎有什么风险，不过一时也捋不分明。

她定了定神："你给林喜柔发消息，说可以换人，她回复了吗？"

"回了。她问我们，谁杀了韩贯，以及，陈福还活着吗。"

韩贯？

聂九罗霎时间耳膜嗡响，以至于邢深后面还说了些什么，她完全没听到。

韩贯是炎拓处理的，她记得炎拓说处理得还算干净，韩贯的尸体焚烧过后扔进了机井。

眼见为实，林喜柔知道韩贯死了，看来尸体已经被捞出来了，炎拓偏又在同一时间失联……

她手足冰凉，如果是因为这件事，那炎拓糟糕了。

"你怎么回复她的？"

"还没回，反正是他们在问，他们能等。"

——她问我们，谁杀了韩贯，以及，陈福还活着吗。

上来就这么问，说明林喜柔已经知道韩贯他们是撞上缠头军了。不过也不奇怪，只要看过韩贯的残尸就会知道，他是死于缠头军的手法。

第七天，早饭时间。

林伶一进餐厅就觉得气氛不对，林喜柔和熊黑都在，但面前的早餐丝毫未动，两个人，一个眼神可怖，一个面色尴尬。

这低气压是有原因的，就在一个小时之前，邢深那头有回复了。

——活着。

回避了谁杀韩贯这个问题，确定了陈福的死活。

活着。

看来蒋百川没有撒谎，那把刀的确只能杀一次地枭。

可是，又回到老问题上来了：缠头军到底是怎么找上韩贯和陈福的呢？

熊黑突发奇想：“林姐，他们手里有蚂蚱，狗家人闻不见我们，蚂蚱……会不会对我们比较敏感？大家毕竟同类嘛。”

就是这句话，让林喜柔黑了脸，连眼神都变了，熊黑察言观色，没敢再发表意见。

……

林伶怯怯地在餐桌边坐下，动作幅度很小，拿咖啡壶给自己倒咖啡时，也是尽量不发出声音。

不过，她的到来还是搅动了绕桌一匝的僵硬空气，林喜柔终于拿起了餐叉，熊黑似乎也松了口气，捏了个蒸芋头送进嘴里。

林伶找话说：“林姨，好几天没见炎拓了。”

林喜柔冷冷瞥了她一眼：“想他了？”

"不是，就是他电话、信息都不回，从前不这样。还有，昨天跟吕现吃饭，他说车子修得差不多了。"

撞车修车这事，林喜柔听冯蜜讲过，但现在一堆烦心事，林伶还拿这种破事出来说，她觉得尤为烦躁：“吕现一个大男人，就不能爽利点？整天盯着钱，难道小拓还赖他的？”

林伶没吭声，过了会儿小声征求她的意见："林姨，我明天约了吕现，想去看网红银杏树，可以吗？"

林喜柔莫名：“什么网红银杏树？”

林伶忙把自己事先下载在手机里的照片给林喜柔看：“就这个，观音禅寺，就在西安，长安区，这棵树长1400多年了，说是唐太宗李世民亲手种的呢。”

还真是棵相当巨大的银杏树，尤其是高空俯拍，极有声势。而且，照片上银杏叶正黄，一树镏金，一地黄锦，被周围稀疏的山乡以及绿树覆盖的山坡映衬，极其醒目。

怪不得是网红银杏树。

在西安，长安区，既然在西安，挨着家门口，那就没什么问题。

林喜柔想了想："银杏叶不都是秋天黄吗？这都快元旦了，叶子早掉光了吧，那有什么好看的？"

林伶讷讷解释："是这样的，现在流行一年四季，每一季都去打个卡。人家都说，这棵树代表长久，要是两人打完四季卡，都还在一起，那感情就会……就会很好。"

她脸红了，耳根发烫，手心也开始冒汗。

她编的，她在撒谎。

是邢深让她去那儿的。

第一次和邢深打电话时，她整个人紧张到语无伦次，邢深大概也觉出她心理素质实在不行，让她留心一个叫"雀雀茶茶"的微博号，跟她说，下一条微博，会发一个西安的景点，照片上有日期和拍摄时间，但那些数字都是PS上去的——那条微博是在通知她离开的时间和地点，她只要设法按时赶到就可以。

林喜柔看了她一眼："你跟吕现，到底合不合？不行就换一个，拖拖拉拉的。"

林伶没敢抬头，她怕一抬头，神色就暴露了自己在说谎："就是……一开始实在没感觉，多接触了几次，好像……也还行。"

熊黑乐了："我就说嘛，感情要靠相处。第一眼没相中不代表什么，你想哈，古代那些男女，婚前都没见过呢，婚后恩爱的也不少啊。"

林伶心说：那是你没见到更多的、婚后悲惨的吧。

林喜柔"嗯"了一声，没再说什么。

进展顺利就行。

林伶也算是她"抚养"长大的，既然来日免不了要做血囊，那她乐意让她活着的时候能尽量舒心点。

养了她这么多年，好吃好喝好用，不算亏待她。

再说了，没她林喜柔，这世上有没有林伶这个人，都难说呢。

炎拓感觉，自己是被软禁了。

一关这么多天，他生物钟已经紊乱，渐渐失却了时间概念：窗子封死，看不到阳光，不管是睡前还是一觉醒来，屋里亮着的，永远是灯光。

关的天数多了，吃、喝、上厕所的次数也多，老是绑着手脚比较麻烦，改成了手铐脚铐，铐环之间有锁链，可以小幅度活动。

小卧室是天然囚室，因为窗子都是砖头封死的，门装的又是铁栅栏防盗门，里头铺张床垫、加床被子，人住进去，跟坐牢一个样。

吃的喝的从铁栅栏往里递就行，用洗手间麻烦点，得冯蜜在的时候。

冯蜜应该是林喜柔指定的"监狱长"了，但她不在这儿住，毕竟这儿条件太差了，炎拓怀疑，她就近找了个短租房，没准儿就在这栋楼里，所以可以随时过来。

二十四小时看守他的有四条彪形汉子，两班倒，四个人都脸生，炎拓没见过，不过熊黑手下，他没见过的人也多，并不稀奇——这四个人得过嘱咐，从来不跟炎拓聊天，哪怕炎拓穷极无聊、扒着铁门要跟他们套近乎，他们也绝不搭理，自顾自打牌、掷骰子，或者看手机上早已下载好的小电影。

熊黑偶尔过来。

炎拓喜欢熊黑过来，他一来，总能给他带点福利。

比如有一次，熊黑在铁栅栏外和他说话，说着说着，忽然打了个哆嗦，然后大骂："这么冷，人住的啊？"

这是破房子，加装空调不太实际，当天晚上，客厅里就多了台小暖风机，呼啦啦对着他的囚室吹。

炎拓起先还吹得挺舒服，后来就有点难受。

他不希望这些人对他好，希望他们诡诈、凶残、卑鄙，这样，他复仇的那把刀举起来，不会显得太沉重。

冯蜜在的时候，其实也还挺好过的，她会搬一个小蒲团到防盗门边，盘腿坐在上面跟他说话。

不知道是不是炎拓的错觉，自打他跟她说过"不喜欢"之后，他隐隐觉得，冯蜜的话比以前少了，而且，说话没以前那么招人反感。

有一次，聊这屋子是一楼、太潮湿，聊着聊着，冯蜜忽然叹了口气，问他："炎拓，我又年轻，又好看，那么多人都喜欢我，你为什么不喜欢啊？"

炎拓："你年轻漂亮，喜欢你的人多了去了，干吗非要我喜欢你？"

冯蜜看了他好久，才说："喜欢我的人，都想跟我上床，上完了也就完了。可是我总觉得，你要是喜欢我，应该就不是奔着上床的了，应该是……另一种的。"

另一种是什么样的，她又说不清楚。

她说："我要是人，你是不是就会喜欢我了？"

她是真敢说，把身后的彪形大汉当摆设，估计是觉得反正这些人也听不懂。

炎拓没再吭声。

他的右衣袖内侧，别着一根针。

左衣兜里，有一颗金色的、压扁了的小星星。

小星星里有梅花。

聂九罗应该已经知道他出事了吧？她会着急吗？

……

只有林喜柔从来没来过。

炎拓有种直觉：林喜柔再来的时候，过关与否，生死与否，就可以有个定论了。

13

林喜柔出现的那天，距离炎拓被关，已经过去半个月了。

那之前，熊黑已经五六天没出现过，冯蜜职责所在，倒还是如常过来，但神色里多了些不一样的东西，和他说话的时候，极其警觉，会突然间全身绷紧，像狼一样竖起耳朵听门外的动静。

炎拓怀疑，是邢深已经行动，让他们有了浓重的危机感，但他不敢问，连话头都不往那个方向引。

他理应什么都不知道。

……

那天，冯蜜正隔着铁栅栏跟他说话，说着说着，忽然盯住了他的脸："炎拓，你胡子长出来了。"

炎拓自嘲地笑道："你才注意到啊？也不说给提供个刮胡刀，朝那几个大哥借，没一个人理我。"

冯蜜咯咯笑："谁敢借刀片给你啊？没事，我帮你刮。"

她开锁放他出来，让他坐到小客厅中央的椅子上，没剃须水，就用肥皂沫代替，然后取出随身的袖珍小折刀，俯下身子，仔细地、一下下帮他刮。

那两个当值的一来觉得小折刀操作不可行，二来觉得新鲜，也凑近来看，还指指点点地让冯蜜轻点，说再往下就要割出口子了。

有一瞬间，炎拓动过抢折刀的念头。

但很快放弃了：他没见识过冯蜜的身手，她做事嫌累，跑步撑不上他，不代表她没战斗力，这也是为什么他建议邢深行动时尽量偷袭且使用电击设备——硬绑的话成本太高，失败的概率也大，又不是切磋比武，讲什么光明正大呢？

再说了，这把折刀太小，即便他制住冯蜜，边上那两个人呢？还有两个当完值在隔壁睡觉的人呢？而且，他身上戴铐，真打起来，没法发挥。

所以一直安静地坐着。

刮好之后，冯蜜满意地左看右看，又问那两人："有小镜子没有？给他看看效果。"

其中一个嗫嚅："我们男的，谁带那玩意儿？"

另一个机灵点："手机相机呗，自拍模式不是一样效果吗？"

正说着，外头传来脚步声，紧接着是钥匙转动的声音，再然后，门被推开了。

门口站着的是林喜柔和熊黑。

林喜柔的脸色很苍白，眼神疲惫，这一阵子不见，她憔悴了很多。

她走进来，说了句："没相干的人出去。"

熊黑马上赶人："你俩，把那俩叫上，滚滚滚，滚远点。"

四个人，清醒的和蒙头半醒的，很快就都出去了，屋里只剩下林喜柔、熊黑、冯蜜，以及坐在椅子上的炎拓。

炎拓觉得有些不对劲，上一次，林喜柔翻了脸，但至少熊黑还是客气的——这一次，连熊黑的眼神都冷下去了。

他不安地笑了笑："林姨。"

林喜柔也笑，笑着笑着，骤然变色，抬起手，一巴掌向着他的脸扇了过来。

这一记尤其重，是炎拓生平以来，头一次领教林喜柔的力量，他只觉得脑子里重钝了一下，身下的椅子本就不是很稳，没能吃住重——他连人带椅子砸倒在地，眼前一阵阵发黑。

睁开眼时，看见林喜柔穿的高跟鞋，这双鞋的侧边缀着镶钻的流苏，在阳光下穿一定很好看，流光四溢，仿佛脚踝上镶了烁动的日光。

冯蜜愣了一下，有些不明所以，但旋即退开了两步，以免站得太近碍事。

林喜柔说："拉起来。"

熊黑跨步上前，把炎拓连人带椅子拽拉放正，椅子经这一摔，更歪了，人坐上去，颤巍巍的，摇摇欲坠。

炎拓抬眼："林姨，你……"

脸上又挨了一记，这一次，与其说是巴掌，不如说是拳头。

他又摔了，再次砸落地上，鼻子开始冒血，温热的血流过人中，又淌过嘴角。

林喜柔在他面前蹲下，声音很轻，但他被打之后，耳膜一直嗡响，每一个字落下，都像是雨点敲击。

"林伶不见了，炎拓。不只林伶，我还有几个同伴，也不见了。你知道这事吗？"

炎拓心里头一阵快慰。

邢深居然做到了，果然有足够的人力就是不一样。

他强笑了一下："林姨，我不知道你在说什么。"

林喜柔伸出手，揪住他的头发，把他的头揪抬起来，说的每一个字都像是从齿缝里进出来的："我说，林伶不见了，我的几个同伴，跟韩贯、陈福一样，也失踪了，你知道这事吗？"

鼻血流进嘴里，带咸腥气，炎拓定了定神："我不知道，我一直在这里……"

话没说完，林喜柔揪着他脑袋往地上猛撞了一下，炎拓只觉得脑子里搅作一团，喉口涌上无数怪异的味道，恶心得直想吐。

他难受得睁不开眼，大口呼喘，话说得断断续续："林姨，我在这儿……很多天了，外面的事，我真不知道。"

林喜柔冷笑："是吗？那林伶怎么会不见了？"

炎拓艰难地挤出声音："我那天……被带到这儿，她不是在家吗？后来……不见了，为什么找我呢？"

既然林伶已经脱险了，就全推给她吧，反正一走无对证。

林喜柔怪笑："你的意思是，林伶是自己玩消失的？"

炎拓努力睁开眼睛，眼前一直模糊，看着林喜柔的脸陌生极了，他说："我不知道，我不……不大注意她，她总是不声不响的，我也不知道她平时做些什么。可是，她以前，不是出走过吗？也许你再找找，就……找回来了。"

找回来？

林喜柔觉得荒唐到近乎好笑，她说："是啊，我也不大注意她，她就像个摆件似的，谁会关心一个摆件在想什么、做什么呢？所以是她自己策划的，自己想离开我，是吧？那好，先不说林伶，我的同伴呢，怎么就突然消失了？"

炎拓苦笑："林姨，你的同伴……我只在照片上见过韩贯、陈福，在农场见过杨正他们，那之后就没见过了。"

林喜柔："不是他们。"

炎拓惨笑："不是他们，我见都没见过的人消失了，也能怪我？"

冯蜜也觉得这对话诡异极了，想开口说些什么，熊黑看了她一眼。

那眼神是让她别多事。

冯蜜把话咽回去了，她了解林喜柔绝不会无缘无故来这一出。

事出有因吧。

林喜柔点了点头："你说得没错，很有道理，跟上次一样，每一句都合情合理。"

说着，她朝熊黑伸出手："纸巾。"

熊黑没有带纸巾的习惯，徒劳地摸了摸兜，倒是冯蜜反应快，俯身从地上的纸巾包里抽了一张递给林喜柔。

林喜柔拈了纸巾，慢慢地帮炎拓揩拭脸上的血。

声音也柔和下来："所以，是林姨冲动了，打错你了，是吗？"

这语气不太对，炎拓刹那间遍体生寒："林姨……"

林喜柔哈哈大笑起来，五指一攥，把纸巾团进掌心攥扁："炎拓，你骗得我好惨啊。不过我真是佩服你，不见棺材不掉泪，不到最后一刻，你永远不吐一个字。只要我不放证据，你就咬死了跟你没关系是吗？"

炎拓呛咳起来，手慢慢探向衣袖内侧。

没错，没证据，他干吗要认呢？咬死牙关，他还能活。

林喜柔说:"板牙跟我提交换人质的事了,说我的人,包括陈福,包括近来失踪的,也包括林伶,都在他们手上。说要换蒋百川他们,换老刀,还要换你。"

炎拓绷着的那口气忽然全松了,他闭上眼睛。

林喜柔声音愈加温柔了:"我真是惊讶,居然还要换你。炎拓,你什么时候交了这么一群好朋友啊?你知道我怎么回复他们的吗?"

她低下头,咯咯笑起来:"我说,蒋百川和老刀他们,确实在我手上,这些人也都还能喘气,但炎拓,我不知道去哪儿了,我也在找。"

炎拓心里一抽,抬头看她。

林喜柔微笑:"跟你学的。你不见了,永远不见了,反正你的朋友们没证据,谁能证明,你的失踪是跟我有关呢?"

她伸手轻轻摁住心口:"我不知道啊,我的干儿子永远不见了,我也很难过啊。"

炎拓死咬牙关,忽然暴喝一声,用尽全身的力气,遽然抬手。

熊黑大叫:"林姐小心!"

事情发生得太突然了,熊黑来不及考虑别的,一把抓住林喜柔的后衣领兼头发就往后拖,同时飞脚踢向炎拓。

林喜柔被拖得坐倒地上,领口勒得喘不上气来。

虽说晚了一步,仍然值得庆幸:她的眼皮下头,直直插进去一根针,针身有一半已经进了肉,支棱在面上,颤颤的。

好险哪,这针差点进了眼,虽说总能再长好,但谁想没事瞎了眼玩儿?

林喜柔垂眼看脸上插着的那根针,愤怒到全身发抖。

炎拓被踢得飞撞在墙上,又骨碌滚躺在地。

然而很奇怪,他内心很平静,躺得也很安宁,看着渗水斑驳发霉的天花板。

做了就是做了,人要接受失败,他不算惨败不是吗?至少,林伶脱身了,许安妮可能也从此安全了。林喜柔出现在这世上,脚下踩着累累骸骨,也许他的一家子,父亲、母亲、心心,还有自己,抽到的都是骸骨牌吧。

他也算是一具不错的骸骨了,颇舞了一阵子。

炎拓笑起来,说了句:"你杀了我吧。"

屋子里,死一样寂静。

林喜柔伸手拔出了针,玩味似的看了看,想扔又改了念头,泰然自若地别在了大衣领口。

这针,她要找最好的匠人做成胸花,珠缠钻绕,时时佩戴。

以提醒自己:非我族类,其心必异。

她说:"杀了你,一刀一枪,给你个痛快吗?那不是便宜你了?你就看不到我怎么翻身、怎么重来、怎么把你的同伙一个个踹死。我的快乐没你分享，多寂寞啊。"

说到末了，她看向熊黑："开门。"

熊黑一愣："啊，开门啊？"

林喜柔冷冷说了句："楼道里又没人，怕什么？"

熊黑犹豫了一下，打开了大门。

林喜柔走到炎拓身边，居高临下，踢了踢他的额头："看，抬头啊，往外看。"

炎拓抬起了头。

原来现在是白天，他还以为是晚上呢。

外头的廊道长而低窄，光线微弱，但最尽头的出口处，有蒙蒙的一团白，并不炽烈，是冬日里常见的冷光，冷白。

林喜柔说："珍惜着点，能多看一眼就多看一眼，这是你这辈子最后一次见到人间的日光了。"

14

炎拓再醒来的时候，已经不知道自己在哪儿了。

只知道又阴、又冷、又黑，身下凹凸不平，摸上去是坑洼的土面。因为被狠狠揍过，嘴巴里一股腥味，全身上下无一处不疼。

脑袋昏沉得厉害，这是被用药后的反应。

他挣扎着撑起身子，没着急站起，先坐了会儿。

那天，图穷匕首现之后，他爽快地交代了一切。

只能爽快交代：一旦隐瞒，林喜柔又会去查去找，指不定又牵出谁来，唯有把所有的线头都粘到自己身上，干过没干过的，悉数揽下，其他人才能过关——而且，他反正已经落马了，索性让这落马的意义，更饱和点。

他说，因为有母亲那本日记，他很早就开始筹划了。

他说，那份名单是好久前偷的了，到手的时候完全看不懂，但没关系，他有耐性，能等，等着等着就把一切都理清楚了。

他说，自己一直假作想入伙，其实就是为了方便探取信息。

他说，被板牙囚禁之后，了解了对方的来历，他就高高兴兴反水了，后来种种，都是做给林喜柔看的。然后里应外合，策划了这次行动。

……

归结起来就是：

——不用费尽心思去查为什么了，全是我。

——我和邢深联系，其他人我不熟，都是他手下的。

——邢深他们在哪儿，不知道，即便知道，现在出了事，人家能不挪地方？

他记得，林喜柔的脸气到煞白，熊黑怒骂着，上来就给了他一拳。

再醒来，他就到了这儿了。

……

没声音，什么都听不见，手指送到眼前晃了又晃，却看不到丁点动作的迹象——以前老说，"眼睛适应了黑暗"，那是因为他所知的黑暗里，好歹还是掺着光的。

但在这儿，一点都没有。

炎拓摸了摸身周，还是晕倒前的那一身，衣兜里差不多空了，除了那颗包藏着梅花的小星星——熊黑他们应该是掏过他的口袋了，没把这颗已经被压扁的玩意儿当回事，更何况，小星星是淡金色的，很像是糖果包装的箔纸。

炎拓依着手感，慢慢把压扁变形的小星星复位、捏住边角往里挤了又挤，挤成鼓囊囊的一颗。

再然后，他把星星小心地放进衣兜，摇晃着站起来，选定一个方向，双臂举起前伸，口中计数，一步步往前走。

走到第十一步时，摸到了嶙峋而又坚实的洞壁。

是个洞穴？山洞？

他又以触及处为起始点，谨慎地向另一边摸索，同样是一边走一边计数，走到第十八步，洞壁消失了，他摸到了铁栅栏管。

很粗，用力撼了撼，管身没动，倒是有松散的铁锈簌簌落下。当然了，不止一根，两根栅栏间大概能探出手臂，他一根根地数过去，第二十七根处应该是门，挂了锁，很老式的链锁，链条有大拇指那么粗，在门上绕了一圈又一圈，锁头几乎有半块砖那么粗重。

链条和锁头倒都还是簇新的。

第三十二根之后，没铁栅栏了，又是洞壁。

炎拓大致有数了，这是个依照洞的形状改造的囚牢，洞呈半弧形，对外的剖面装了铁栅栏管和门。

他从这一侧的洞壁重又往里走，想测算一下整个洞穴的内弧长，哪知这一次，才走了七八步，脚尖"扑"的一声，踢到了什么东西。

炎拓吓得周身汗毛倒竖，腾腾连退几步，一颗心狂跳不止，好一会儿才镇静下来。

仔细一想，踢到的好像不是人，是个软软的袋子。

管它是什么呢，反正"共处一室"，躲也躲不过。炎拓定了定神，又上前两步，摸索着弯下了腰。

还真是个袋子，大塑胶袋，炎拓拉开拉链，探手进去。

先摸到一床被子，没错，一定是被子，软软的，厚薄适中。

炎拓把被子拉出来，再次探手进去。

又摸到一个手电筒，筒身很细，只能装一节电池的那种，撳下开关，居然有亮光。

炎拓一阵欣喜，就着这亮光飞快打量了一下周遭。

他之前的猜测都没错，这的确是个洞，整体形状像个茄子，茄子腰部以铁栅栏隔断，目测囚室面积七八十平方米，洞口在茄子蒂处，很小很窄，仅容一两个人并排过，而且洞口处漆黑一片，也说不清外头是什么。

囚室中央处，刚刚他摸索时恰好避开了的地方，有一个长条形的坑。

炎拓走近坑边，这坑应该是天然形成的，形状并不规则，深度约到小腿，躺一两个人进去不成问题。

这是……床吗？但人躺进去，不像是进了棺材吗？

炎拓的手电在坑里扫了又扫，忽然扫到角落处，那里团卷着一张纸。

他迟疑了一下，伸手去拿，这纸已经有些霉烂了，但大概是因为周遭的环境还算"稳定"，所以还没到烂成酱渣那么糟糕。

炎拓很仔细地把纸铺展开。

出乎他意料的，这并不是纸，而是一张百元大钞，亏得炎拓是二十世纪九十年代生人，还认识这一版：币身上有模糊的"1990"字样。

这应该不是林喜柔留给他的，而是从前的某个人丢在这儿的。

再回看塑胶袋里，没别的东西了。

炎拓突然就有点渴，他咽了口唾沫，舔了舔发干的嘴唇，手电光重又扫向那个茄子蒂大小的洞口，大声喊了句："有人吗？"

老实说，发声之前，他也没感觉有多阴森恐怖，但喊了一嗓子之后，只觉得周身的汗毛都乍起来了。

回声很怪，钝钝地返进他耳朵里，陌生得不像是他自己的，带着诡异的后调，仿佛在质问他："有人吗？"

一定有人，林喜柔把他弄到这儿来，不会什么交代都没有。

还有，她不是说要让自己活着、见证她重新来过吗？总不会把他扔在这儿饿死吧？

果然，没过多久，外头有窸窣的声响传来，再等了会儿，一道强劲的光柱扫进了"茄子蒂"。

炎拓赶紧撳灭了手电，如今，这囚牢里的一切，不管是被子还是小手电，都是他仅余的"资源"，他得省着点用。

最先进来的是熊黑，手里拎着个提袋，他径直走到囚牢边，把袋子往门口一扔："你这阵子的粮，省着点吃喝。"

炎拓看了眼铁栅栏外的塑胶袋："几天送一次？"

熊黑面无表情："不一定，不过放心，不会让你饿死的。"

炎拓没吭声，蹲下身子，伸手出栅栏，拉开提袋的袋口。

七八个馒头，四五袋水，每袋350ml左右。

也够了，被囚禁的人，没那么多要求，省着点吧。

炎拓站起身，笑了笑说："伙食还挺好。"

熊黑见他都这时候了还嘴硬，噌噌怒从心头起，一脚踩向提袋，就听嘭嘭两声响，至少踩爆了两袋水。

然后熊黑说："炎拓，你就是自找的。"

炎拓一阵心疼，他瞥了眼提袋：还好，里头的水袋破了，但提袋没破，水还都兜在里头，待会儿，他可以用嘴凑着提袋喝。

第二个进来的，就是林喜柔了。

外头一定很冷，看冷不冷不能看熊黑的穿戴，这是个大冬天都能套短袖T恤的主儿，得看林喜柔：她穿很厚的羽绒服，下摆长到膝。

她一直走到铁栅栏前才停下，和熊黑一样面无表情，左眼皮下方，有一个小红点。

这么小的伤口，应该过两天就长好了，真可惜，他的最后一击，只是给她吃了皮肉上的一针。

反正已经撕破面皮了，再次见她，立场明明白白，炎拓反而觉得轻松。

他扫视了一眼洞穴，问她："林姨，这是哪儿啊？"

林喜柔淡淡回了句："别管是哪儿了，努力爱上这儿吧，没准儿这是你要待到老死的地方。"

他这养老之地可真不怎么样，炎拓尽量不去多想，趁着林喜柔在眼前，能问多少是多少："林姨，蚂蚱是你儿子吗？"

林喜柔看向熊黑，有点感慨："看见没有，都到这份儿上了，他还惦记着打听呢。"

炎拓说："都到这份儿上了，就让人家做个明白鬼吧。我见过蚂蚱，很瘦小，站直了跟一个七八岁的小孩差不多高。"

他注意到，林喜柔的眸子突然紧了一下。

但他装着没看见："可是，任谁看到他，都只会认为那是只野兽。林姨，你们这外形差异，可真是太大了。我就是想不明白，从兽到人，你究竟是怎么做到的？利用血囊？"

林喜柔定定看着他，看着看着，忽然怪笑起来："从兽到人？炎拓，你不会是听了缠头军那帮混账后代乱说一气，以为地枭是野兽吧？"

想了想，林喜柔又补了句："也难怪，你们有个成语，叫'断章取义'，缠头军从头至尾，只不过是看了半章书的人，他们知道个屁！从兽到人，谁是从兽变成人的？又不是修炼成精，我能变成人，是因为我本来就是人。"

炎拓脑子里一蒙："你是……什么地方的人？"

林喜柔冷笑："你跟缠头军是好朋友，他们就没告诉你，'一入黑白涧，枭为人魔，人为枭鬼'吗？"

炎拓一颗心怦怦乱跳，聂九罗没说过这话，她只提过缠头军"不入黑白涧"，但陈福说过，他一直没想明白这话是什么意思。

林喜柔语带讥讽："地枭，只是你们人给我们起的诨号而已，人枭两隔，黑白涧就是楚河汉界、边界长城，你知道为什么叫黑白涧？黑白黑白，一边是永夜，一边有白日。

"所谓的'不入黑白涧'，人不入，枭也不该入。但不管哪边，总有铤而走险的不是？进了黑白涧的地枭在人眼里是恶魔，进了黑白涧的人在地枭眼里就是凶鬼。我们是野兽？你以为，进了黑白涧的人，那样貌又能好看到哪儿去？"

炎拓脑子里轰的一声："你把我妹妹扔进了黑白涧？"

林喜柔微笑点头："是啊，你知道的不少啊。你见过蚂蚱，蚂蚱什么样，你妹妹基本上，也就是什么样，她就是黑白涧里一头吃生肉、饮生血的野兽。"

聂九罗一惊而醒。

睁眼时一片漆黑，就知道是醒早了，还在半夜，至于为什么而惊、做了什么样的梦，刹那间忘了个干干净净，只觉得，这夜半醒来的场景，似曾相识。

她心中蓦地一喜，撑起右臂起身，都没顾得上穿鞋，几步走到门边，打开了门。

卧室外头就是工作间，跟平时一样，一旦没光，那些姿态各异的雕塑就成了一团团让人见之生畏的黑影。

聂九罗揿下了大灯的开关。

明亮的灯光洒下来了，团团黑影重又披挂回了面目，但没有人，沙发是空的，工作台前也是空的，她睡时什么样，现在仍是什么样。

聂九罗站了会儿之后，关了灯。

……

炎拓失踪有些日子了。

邢深的那次行动极大地惊动了林喜柔，她连同熊黑一干人，一夜之间就从常居地蒸发了，而今别墅只是普通的别墅，农场也真的只是不藏任何猫腻的农场——反正企业是多部门协作的机构，只要有人代行老板权力且各部门的负责人还在，关键人物的暂时隐身也就不至于引起公司多大的波动。

更何况，林喜柔本就长期隐身，炎拓这个被推上台前的，人是不在，但收发邮件等如常，"远程办公"完全不是问题。

林喜柔入世二十多年，光在石河这种小县城就有两个窝点，其他地方不知道还布置了多少，到底该怎么找，完全无从下手。

聂九罗想过最笨的法子，是调监控，为此，她去找过老蔡——老蔡干艺术品经营这一行久了，认识不少各地大老板，门路多。

然而老蔡苦着脸回她："普通人没权力去调看城市交通监控，你要说是行车违章了，申请调取，也只能调取出事地点的。小县城管得不严，有关系的话勉勉强强给你通门路，这种大城市，你想大范围调看，没可能啊。"

也是，而且邢深他们救林伶时，耍了包括换车在内的不少手段，最终成功从监控里脱身了，林喜柔他们只会做得更干净。

那怎么办呢？找不到人，似乎"交换人质"是唯一的出路，但是林喜柔那头回答说"不知道炎拓去哪儿了，也在找"。

其实提出交换前，聂九罗设想过各种可能性。

一是，炎拓已经死了。这种情况下，交换没大的意义，但"活要见人，死要见尸"，即便死了，她也要林喜柔把尸体给吐出来。

二是，炎拓虽然出了事，但还没死。没死就要救，这个时候，换的分寸就很重要了，不能让林喜柔一怒之下把活着的炎拓给弄死了。

所以，思之再三，她跟邢深建议，换人得"对标"，不能随随便便有一换一。

——蚂蚱换炎拓，没了炎拓，蚂蚱也就不用换了。

——陈福等六个地枭换蒋百川、老刀等十一个人。

——林伶暂不列入交换条目，等着林喜柔那头讨价还价，也借机通过这"讨价还价"来试探在林喜柔心目中，这一干人等的重要性排序。

林喜柔或许会对炎拓的背叛很愤怒，但蚂蚱是她的儿子啊，为了亲生儿子，怎么样都可以忍下一口气，不是吗？

……

可万万没想到，林喜柔的回答是"不知道炎拓去哪儿了，也在找"。

这话里隐藏着一重安慰、两种可能。

安慰是，炎拓多半没死，因为死了的话，林喜柔大可实话实说，掰扯两句"可惜了，你们说晚了，人已经不在了"，然后扔给他们一具尸体。

两种可能是：一、林喜柔说的是实话，炎拓的失踪，真的和她无关；二、她在撒谎，她宁可不要蚂蚱了，也不放过炎拓。

冬日的夜晚本就阴冷，赤着脚站久了，聂九罗不觉打了个哆嗦。

难道她想错了？蚂蚱于林喜柔，压根儿就不重要？

15

服装加工厂，库房。

库房里所有的窗都已经拿硬纸板贴起来了，最深处的角落里，一字排开五个带锁的大钉木箱。

木箱都紧挨着，箱顶上，孙周如一头大型猫科动物，警戒地从这头爬到那头，间或凶狠地拿趾爪划拨箱盖，喉咙里发出低沉的嘶声。

余蓉大步进来，手里拎着块七八斤重的大肋排，离着还有三四米远时，她用力把肋排往空中一扬。

孙周腾空跃起，闪电般飞扑过来，只瞬间工夫，已经扑住肋排落地，迅速蹿到一边的角落里撕咬开吃。

余蓉走到第一个木箱前，掏出钥匙开锁，然后一把掀开箱盖。

这一个木箱里头，是006号吴兴邦，是最早被拿下的，也是五个当中最难制伏的一个。

当时，山强假扮成打车客，把他连人带出租车诓到了没人的乡下，扫码付钱时趁其不备，用电警棒摁上了他的后腰。按理讲，变压器瞬间产生的高压脉冲，是足以把人击晕乃至休克的，没想到，山强二十余秒后松手查看时，吴兴邦陡然睁眼，大吼一声，揪住山强的脑袋向着车窗猛砸过去。

山强当场就被撞晕了，吴兴邦也被电得狂性大发，幸好余蓉带着孙周等在附近，趁着孙周和吴兴邦扭打到难解难分时，余蓉拎着板砖上去给吴兴邦后脑来了一记，成功把他给砸晕之后，不忘通知还没动手的几组，电击时间至少得半分钟。

末了是善后，小组里一个和吴兴邦身形相仿的，穿上他的衣服，优哉游哉把车开回市里，大剌剌停在一家洗浴中心门口，洗澡去了——简言之，"吴兴邦"是洗浴时失踪的。

现在，吴兴邦团在这一米见方、塞铺稻草的木箱里，整个人五花大绑，嘴里塞着团布，一双眼睛布满血丝，瞪得几乎裂开。

余蓉看了他一会儿，砰一声盖盖落锁。

然后，又打开第二个木箱。

箱子里是个三十来岁的女人，面貌清秀带书卷气。她头发散乱，目光惊恐，箱盖掀开时，明显瑟缩了一下。

这是012号卫娇，私人画室老师，性情温和，身娇体软，据说不到一分钟就被拿下了——当时画室临打烊，派去的人装着咨询报名，被热情地请进小会议室看资料，然后一击得手。

……

走出库房时，夜色已深，空地上站着邢深，正仰头"看"天。

余蓉也抬头看，她的眼里，今晚没星星，也没月亮，天就是深深浅浅、各种黑色的缀积。

她走到邢深身边。

邢深听到动静，转向她："怎么说？"

余蓉摇头："驯不了。"

邢深叹了口气："这拨新的地枭，我们狗家人没办法，你们鞭家也使不上力了。"

余蓉从兜里往外掏烟："我是驯兽的，野兽有两个基本属性，一是自卫逃避，二是饥饿求食。与此对应，驯兽的基础有两条，鞭子加甜枣，鞭子让它怕，甜枣让它饱。这两条立起来了，就能慢慢开驯。"

她点着了烟，狠吸一口，慢慢吐气，原本是想咬着烟的，碍于说话不方便，还是夹在手里了。

"野兽送我这儿，能驯。孙周那样的，我不管他之前是什么，到我跟前，就是头野兽，也能驯——但这几个，你看他们的眼睛就知道，他们是能思考、有想法的。他自卫逃避也好，饥饿求食也罢，都是为了保存实力、伺机反扑。这还怎么驯？"顿了顿，她补充，"而且还跟人长得一样，心理这一关就很难过。"

邢深微笑："恐怖谷效应吧。"

余蓉可听不懂是恐怖谷还是寂静岭，她岔开话题："换人的事怎么说？"

邢深没吭声。

"换人"是个非常纠结的命题。

他并不愿意换：林伶怎么换？这不是把她又推进火坑吗？还有陈福那几个，换回去了不就放虎归山了吗？

手头这么多人质中，他唯一心甘情愿换的，也就是蚂蚱了，毕竟它不是人，换了也就换了。

可抵死不换的话，事态不就僵住了吗？蒋百川那些人要怎么回来呢？

只能以"换"为机会，努力达成"既能把自己的人营救回来，又不用纵放地枭"的目标。

他说："还在谈，推进很慢。双方都有换人的意愿，但怎么换、在哪儿换，达不成一致。"

都怕对方包藏祸心，以"换人"为名设局。

余蓉正要说什么，不远处的厂房里，忽然传来女人的尖叫声。

什么情况？余蓉攥灭了烟，也顾不上等邢深，大踏步向着那头走去。

这头原本是小加工间，人员入住之后，改成了女宿舍、厨房以及饭堂，余蓉也住这儿，其他人都是男人，住另一侧的大车间。

事情发生在厨房，余蓉到的时候，一切已经平息：林伶坐倒在门口，手里握着个带柄的雪平锅，抖得跟寒风里的破叶子似的；大头站在当地，神色有点尴尬；最里头是雀茶，领口跟头发都有点乱，脸色很难看。

余蓉约略明白了点什么，她把手伸给林伶："怎么了啊？"

林伶哆嗦了好一会儿，才抓住余蓉的手站起来。

邢深也过来了，有几个在大车间打牌的男人听到声响出门瞧热闹，不过没进屋，只在门口张望。

大头打哈哈："没什么，蓉姐，我和雀茶有点……没控制住，这小丫头没见识，还以为我想干吗，抄起锅就打人，我随手推了她一下，她自己摔倒了……"

话还没说完，雀茶怒骂道："你放屁！下流种！"

一时憋不出更具杀伤力的话了，她冲过来向着大头的脸连唾了好几口。

大头抹了把脸上的唾沫，看围观的人多，不好发作，怪笑了一声："雀茶，你这样不仗义了啊，你刚把我拉进屋的时候，可不是这么说的。"

雀茶气得浑身哆嗦。

邢深皱了皱眉头："大头，雀茶是蒋叔的女伴，你这样，合适吗？"

大头嘿嘿一笑："我拒绝了啊，是她拉拉扯扯不放，说什么憋得慌，让我安慰她。"

声音挺高的，外头的人都听见了，有两三个人发出了意味不明的笑声。

雀茶气得恶向胆边生，一眼瞥见砧板上的菜刀，操起来就向着大头砍。

余蓉眼疾手快，一把攥住了雀茶握刀的手。

大头冷笑："谁不知道你是怎么傍上蒋叔的？蒋叔出事这么久，没见你掉一滴眼泪，成天花蝴蝶一样往深哥身边凑，深哥不理你，你就来勾我。被人撞见了，就把自己择得干干净净，全推我身上是吗？"

邢深沉下脸："这是什么骄傲的事吗？你少说两句！"

大头说："我这……我不能让人冤枉我啊，得，算我倒霉，以后我躲着这头，省得被人讹上。"

说着理了理衣服，冷哼着朝外走。

邢深犹豫，严格说起来，大头不归他管，他也管不了任何人——大家都是同伴，给你面子时听你指挥，撕破了脸，说杠就杠。

雀茶原本是指着邢深能帮自己说话的，眼见他迟疑，心下不觉一凉。

余蓉说了句："慢着。"

她看向大头，手却指着林伶："谁也讹不了你，这不现放着一个证人吗？"

又吩咐林伶："你说，当时什么情况？"

林伶没敢吭声。

她在这儿本就是个外人，住得相当不适应，看绝大多数人都怕，怕大头凶神恶煞，也怕余蓉光脑袋上文的那条蜥蜴，刚刚挥锅打人纯属一时义愤情急，现在让她这么个外人出面，来理这么一桩内部纠纷，这不是坑她吗？

余蓉最烦窝囊的人，眼睛一瞪："说啊！"

大头皮笑肉不笑："小丫头，你可别冤枉人哪。"

林伶骑虎难下，心一横豁出去了："我刚上洗手间回来，听到厨房有动静，过来看到她又踢又挣的，嘴还被捂住了，我怕会出事，才……才拿锅打人的。"

余蓉"嗯"了一声，乜斜了眼大头："这怎么说？"

林伶毕竟是客人，大头不好吼她造谣生事，于是干笑两声："什么怎么说？"

邢深脸色很难看："大头，给雀茶道个歉。"

大头奇道："我又没干什么，道什么歉哪？"

余蓉点头："是啊，道什么歉哪？"

话未说完，手臂一伸，揪住大头的脑袋，向着边上灶台处的汤锅撞了过去。

汤锅里，还有晚饭时剩下的小半锅西红柿青菜蛋花汤，大头一头撞进锅里，眼前钝钝地发黑，又连人带锅滚落地上，挣扎着爬起时，一头的蛋花、青菜、西红柿。

他气急败坏："姓余的，你……"

余蓉块头不输于他，个子也比他高，站在他跟前，气势居然压了他一头："不服就去驯房找我，什么畜生，我都能驯。"

厨房里的这一页终于掀过去了，大头走了，余蓉走了，雀茶跌坐在小马扎上，低着头好久没言语。

僵立着的林伶反应过来，几步追出屋赶上邢深："邢、邢先生。"

这里的所有人中，她觉得邢深最好说话：他安排她脱险，性子也温柔谦和。

邢深停下脚步，转身朝向她："什么事啊？"

林伶舌头打磕绊："我能不能……不住这儿啊？"

邢深心里叹气：林伶是客人，是炎拓郑重托付过的，没能给客人一个舒适的居住环境，还让人搅进这种荒唐事里，确实糟心。

他说："本身这个小服装厂的租期也快到了，我们也在考虑换其他像样的地方。"

林伶嗫嚅："不，不是……我想自己出去住。我跟这么多生人住，不习惯，也不自在。"

现在又出了这档子事，她更加不愿意在这种地方待了。

邢深约略猜到了："你是不是怕大头报复？不会的，他没那个胆子。再说了，我们也不放心你单独出去住。"

林伶解释："不是单独住，炎拓之前，跟我提过有个可靠的朋友，我想跟他联系、去他那儿住。你们只要把我安全地送到那儿就行，你放心，我去了之后，绝对不出门，在家的时候，窗帘也一定拉得死死的，直到风头过去。"

炎拓也说不清自己是冻醒还是饿醒的。

都有可能吧。

洞里太冷了，他终于明白为什么给他提供了一条被子，然而这被子远远不够——他起初只是手脚发痒，忍不住去抓挠，后来肿如馒头，再然后就开始生冻疮了，一个一个，渗血脱皮，自己看了都觉得恶心。

饿是肯定的，这是他第三次断粮，因为没有时间概念，他无法控制饮食，每次都觉得是忍到了极限才吃东西的，吃完之后才知道，忍得还不够，下一轮投喂还遥遥无期。

太饿了，肚子里像揣进了一个黑洞，空得太厉害，能吞噬一切。

他裹紧被子，身子尽量蜷缩再蜷缩，怀里是那个小手电，天冷，手电也不经冻，得经常焐着，而且，手电的光已经不太亮了。

难怪林喜柔不杀他，死未免太痛快了，活罪才难熬，清醒地熬更难。

炎拓的眼眶忽然发烫，他的头发长了，胡子也长了，起初，他还敢奢侈地用一点水漱口，后来，喝都嫌不够，就放弃了。

他已经不记得刷牙是什么感觉，洞壁有时发潮，他用牙连扯带撕，从衬衫上撕下两块，拭着那点潮气擦脸、擦身体，日子一久，两块布都脏得像抹布。

那个装被子的大塑胶袋，被他想办法撕开，用撕成条的塑胶袋搓成绳，绑吊在洞壁角落的凸尖上，为自己隔出一个厕所。

他怕自己在这儿活久了就不像人了，所以努力保持一些文明世界里的习惯以时刻提醒自己，但他又害怕久而久之，自己会倦怠，活成一个久不见天日的畜生。

有时，为了对抗这洞穴里的黑暗和阴冷，他会努力想一些美好的事情，甚至给自己造梦以对抗，但很快梦就会醒，因为冷，因为饿，因为身体某个部位正流血化脓。

这个世上还有人在找他吗？即便找，还能找得到他吗？

有些人，就是一辈子都找不着的吧？比如许安妮的父亲。许安妮当年，也许为了失踪的父亲也曾哭到死去活来，后来，失望多了，也就渐渐放下了。

他从衣兜里掏出那颗小星星。

特别痛苦的时候，他就抛小星星玩。

聂九罗说，星星落下了，就是一天落下了。

他不是，小星星落下时，会划下一道很微弱的亮迹，他权当这是流星，可以抛来许愿。

一次。

给他来个热水澡吧，要很烫、很热、水量很大的那种。

两次。

来碗面，馒头和水都没味道，他想念酸甜苦辣咸，连葱花都那么香。

三次……

星星落下的瞬间，他忽然看到，前方悬着一对幽碧色的亮点。

什么东西？

炎拓吓得全身毛发倒竖，这一刹那，什么饿、痛、冷都忘了，只死死地盯住那对亮。

那对亮在移动，那不是亮，那是一双眼睛。

炎拓屏住呼吸，悄悄伸手入怀，摸出那把小手电，朝向那双眼睛，默念"一、二、三"之后，猛然揿下。

灯光亮处，他一下子怔住了。

那是一只半趴着的怪物？

皮呈铁黑色，周身有一块块皮癣样的鳞，头很尖，脖子上像安了个巨大的橄榄核，两只细长斜吊的眼睛泛着诡异的荧绿，抠扒在地上的趾爪磨得又亮又尖。

乍见到光，它"叽"的一声，后退了一两步，旋即就笑了——炎拓以为那是笑，可能并不是吧——露出一口细尖的白牙。

再然后，它向着铁栅栏猛冲过来，吃了一撞之后，戾气大发，趾爪向着栅栏疯狂乱抓，发出哧啦啦的划声，铁锈铁屑在光道里乱飞乱扬，它又抓住栅栏，一通乱撼。

炎拓头一次希望，这铁栅栏能坚固些。

铁栅栏还是够坚固，那东西撞抓了一阵子，似乎是察觉出难以攻破，很不甘心地在栅栏前爬来爬去，有一次，甚至猛蹿上栅栏高处，大概是以为上头有空隙，可以挤进来。

然而栅栏下端入地，上头焊死，实在没什么可乘之机。

最终发现一切只是徒劳之后，那东西终于死了心，悻悻地朝洞口爬去。

炎拓手心全是汗，手电光一直追铆在那东西身上，追着追着，电池耗尽，光没了，周遭重又陷进黑里。

他把手电重又揣进怀里：焐一焐、养一养，兴许哪天，还能再亮几秒。

进来这么久了，这还是他头一次看见异类生物：难道他是在地下？那东西就是……地枭？

因着这一插曲，炎拓吓精神了不少：这次是一只，下次呢，会不会汹汹一窝？一只是撼不动铁栅栏，多了就难说了——看那龇牙咧嘴的凶相，撞栅栏绝不是为了进来跟他握手的。

届时栅栏一破，蜂拥而入，把他分吃干净，都用不了半小时吧？

正惊疑不定间，外头有声响传进来，炎拓还以为是那东西呼朋唤友卷土重来了，下意识裹紧被子。

下一秒，心头一宽：有手电光，这是……来投粮了吧。

16

前两次投粮时，炎拓都已经饿到半晕，被人拿棍子戳醒，只看见光影乱晃、人影模糊，并不清楚是谁来投的。

这次，难得他是清醒的。

人进来了。

居然是冯蜜。

她的脏辫汇总成一根大马尾辫，穿鸽灰色的羊绒运动套装，象牙白的薄款羽绒马甲，脚上蹬了双跑步鞋。

看到冯蜜，炎拓心里莫名一松：也不知道为什么，总觉得来的是她的话，自己的日子不至于太难过。

冯蜜一手拎着提袋，一手打手电，照见炎拓时，停了好一会儿，语带惊讶："炎拓？你都成这样了？"

看来前两次来的不是她。

还有，他成什么样了？管他呢，总归是又脏又臭又狼狈吧。

炎拓盯着她手里的袋子："又是馒头吗？"

冯蜜轻笑了一下，把袋子搁到栅栏口。

炎拓真想冲过去把袋子拽开，到底忍住了。

他松开被子，尽量体面地走过去蹲下，手伸出栅栏，扒开袋口。

馒头，水袋。

他自嘲地笑笑："还真是标准伙食，就不能换点花样……"

说到这儿，蓦地一顿。

袋子角落里，滚着几个黄灿灿的小橘子。

橘子？居然是水果？

炎拓简直是要狂喜了，他拈起一个，剥开一瓣皮，送到鼻端去闻。

太好闻的味道了，酸里透着清甜，闭上眼睛，简直可以假装自己躺在无数橘子树的环绕之中。

他坐倒在地，幸福都是对比出来的，别说冯蜜额外给他带了几个橘子，哪怕是扔给他几片橘子皮，他都觉得很满足了。

这是外头的味道，阳光底下的味道。

冯蜜叹气："炎拓，你说你是不是自找的？"

炎拓低声说了句："少了点运气，差点就过关了。"

冯蜜几乎笑出了声："炎拓，你真以为自己能过关吗？你关于日记本的说辞，连我都没瞒过去，你是不是太瞧不起林姨了？"

是吗？

炎拓倒不太在乎，反正进也进来了："我哪儿露馅了？"

"逻辑上没问题，但情感上说服不了人。那本日记我后来看了，连我这个外人看到最后还滴了两滴眼泪呢，你作为亲儿子，真能一点都不动容？"

她嗤笑一声："也就熊黑这样脑子里塞肉的能放你过关了，你也不想想，日记本的事真能糊弄过去，为什么还把你关着呢？最初林姨让我注意你的时候，我就问过她，是不是怀疑你了，你知道她怎么说？"

炎拓很平静："怎么说？"

"她说，如果你怀疑一个人，想消除疑虑，最好就是杀掉，赚个心安。如果舍不得杀，那就赶在他背叛之前关起来，这样，他就永远不会背叛了，还是那个乖儿子——她笃定你背叛她了，只是没想到，关了你之后，事情还能推进。"

炎拓微笑："这就是有同伴的好处了。"

冯蜜冷哼一声："有了又怎么样？事情是你们合伙做的，只你一个人受罪，怎么没见他们来帮你分担呢？"

炎拓没吭声，剥了一瓣橘肉送进嘴里抿住，奢侈地满足了一把味蕾，好一会儿才抬头看她："几号了？"

冯蜜说："再有十多天，就过年了。"

炎拓有点恍惚。

居然这么快，他失去自由的那天，离着元旦都还有好几天呢，转眼间，就要过新年了。

他说："那过年的时候，我能吃上一顿饺子吗？"

冯蜜看了他一会儿，觉得既心酸又好笑："你还要吃饺子？有意义吗？"

炎拓说："有啊，过年嘛。"

说着，炎拓指了指袋子里的橘子："这次我一定要忍住，留一个橘子到过年。如果那天有饺子，又有橘子，那这年，过得还不算太坏。"

说到这儿，忽然想起了什么，周身一紧："你知道这下头有东西吗？"

冯蜜没明白："有东西？"

炎拓说："就你来之前不久，有个东西在这儿，又撞又抓，眼睛绿莹莹的。"

冯蜜"哦"了一声："它啊，019号，名字我们都起好了，叫尤鹏。"

019号？

炎拓心头一凛：狗牙应该是018号，后来废了，这是……又将有新的顶上了？

"它有血囊吗？"

冯蜜低头看他，眼神玩味："有，正在选，毕竟我们一下子丢了好几个同伴，急需补充。"

炎拓的目光冷下来。

他居然会觉得见到冯蜜是件好事，不是，他们永远是他们。

"这是哪儿？"

冯蜜失笑："林姨没说错你，你都这样了，还想着穷打听呢。"

她环视了一回洞穴："别管是哪儿了，反正，你的朋友找不到这儿。"

炎拓换了话题："林……林喜柔说，你们其实是人。一入黑白涧，枭为人魔，'人魔'就是类似于蚂蚱或者刚才019号那模样吧？紧接着，你们又恢复到人的样子，蚂蚱却没有，我想来想去，缠头军不可能给蚂蚱准备血囊，蚂蚱之所以恢复不了，差的就是血囊——血囊到底是怎么用的？"

冯蜜反问他："你说呢？你这么聪明，这些年又一直在东找西查，你是什么想法？"

炎拓笑了笑："很早之前有一次，我偷着进了农场地下二层，撞见一些事。当时很不理解，但现在回想，能理出不少头绪。

"那个时候，熊黑整治的应该是吴兴邦的血囊，也就是许安妮的父亲。那个人一直讨饶，然后被熊黑用大棒捶击，林喜柔在一边提醒说，'注意点，别打死了，要留口气'。

"也还是那次，我在农场发现了几个迷你塑料大棚，其中一个里头有个中年女人，被惊动抬起了身，后背上有无数道黏丝，一直伸进土壤里。

"你们有个词叫'脱根'，学过生物的都知道，植物靠根提供养分。我在想，血囊是不是可以看作'块状的根'，塑料大棚里的那个女人，身底下的土里，其实还埋着人，亦即血囊。无数根黏丝，就是无数张嘴，吞噬血囊，供养地枭。

"人是被活埋在土里的，不能打死，死了就没活性了，所以要'留口气'，和上头的地枭'长在一起'，一个不断输出、枯竭、萎缩，一个持久摄入、壮大、新生。"

冯蜜的脸慢慢僵住，想笑一下以掩饰，却笑不出来："炎拓，人应该适当糊涂点，真相不好看，非得把那层遮羞罩给扯了，多尴尬啊，这还怎么做朋友？"

炎拓说："咱们的关系，本来就尴尬，朋友什么的，是你以为可以做，其实永远做不成。"

冯蜜沉默了很久，末了苦笑："行吧，这也是一早就注定的。上古的时候，咱们的祖辈就是对头，如今到了我们，还是对头。"

上古的时候？

怎么说着说着，扯到上古时候了？

炎拓脱口问了句："什么上古？什么祖辈？"

冯蜜没回答，她倒退着走，手里的那束光也渐离渐远："炎拓，将来咱们要是正面对抗，看在相识一场的分儿上，做个约定吧——不管是你弄死我，还是我弄死你，都手快点，别让对方太难捱。"

聂九罗复健回来，卢姐刚给她开了门就嚷嚷开了："看，我说多喝汤没错吧，都好了。"

好什么好？聂九罗又好气又好笑："只是去除了外固定，医生说，要开始做一些轻度力量训练了，老不动也不行。不然，会引起静脉血栓不说，胳膊一边粗一边细就难看了。"

她边说边往院子里走，卢姐关上院门："现在开始啊，我要给你全面补充营养了，网上说骨折前期多喝骨头汤是促进骨痂生长的，后期就得均衡啦。"

受伤以来，卢姐的骨汤理论日渐扎实，聂九罗听得都快会背了，她正想敷衍一句什么，目光忽然落到了院子角落里那棵白梅上。

这棵白梅颇为轰轰烈烈地盛放了一阵子，而今，跟她进入骨折中后期一样，也进入了后花期：渐渐不再有花萼新绽了，偶尔路过，会看到树下落了一层梅瓣。

聂九罗不觉打了个寒噤。

都这么久了，炎拓还是没消息，医生说，所谓的"伤筋动骨一百天"，并不是指一百天就好全了：骨髓腔再通、恢复原状，少说也得一两年。

一两年，会不会到那个时候，她还没找到炎拓？

她那因为去除了外固定而略感欣喜的心情瞬间就冻上了，一声不吭地上了楼，坐到了工作台边。

小院的定制已经有模有样，胎体的房舍、窗扇、人物都已经就位，只不过色还都是裸的，留待最后一起着色。

这两天，她在做白梅树，通常的做法是做出茎干，然后拿粉白色点出梅花就可以，但她执拗地要给自己找事，决定主要的梅朵得是塑出来的。

这是个无比精细的活，泥片得擀到纸片一样薄，用最细的笔描线、最小号的塑刀切形，有时候，还得借助放大镜——常常是伏案很久才抬头，脖颈跟铁石一样僵硬。

实在找不到炎拓，做点跟他相关的事也是好的。

聂九罗拿起持梅花的小人看，笑得可真乐呵，从前，她一对着它就想笑，现在不了，看得越多越失落。

楼梯上传来脚步声，聂九罗把小人放下，顿了会儿，又伸出手指把它戳得朝向另一侧。

是卢姐给她送汤来了。

这次是水鱼汤，汤色奶白，很鲜香。

聂九罗低头舀起一匙羹往嘴里送。

卢姐立在边上，看看她，又看看桌上的小人像。这阵子，聂九罗心情不好，网上老说低气压低气压，这话是真的——往她身边一站，老压抑了。

卢姐一时没忍住："你和那个炎拓啊，是不是分手了啊？"

聂九罗差点被汤给呛了，她扔匙入碗，抬头看卢姐："我和炎拓都没在一起过，怎么就扯到分手了？"

卢姐指持梅花的小人像："那你天天把人家小像放桌台上。"

聂九罗不干，她指向身前的小院，院子里有个卢姐坐在小马扎上理葱的小像："我还把你天天放桌台上呢，我也跟你好了？"

卢姐笑道："扯我就不对了啊，扯我是不是心虚？你这放个小伙子，跟放个老婆子，能一样吗？"

聂九罗说："我就是……"

她忽然懒得辩解什么了："对他有好感。"

卢姐一针见血："这就对了嘛，哪对男女不是从好感开始的？先是有好感，然后今天吃个饭，明天拉个手，不就处朋友了吗？这炎拓不应该啊，他怎么不约你出去呢？"

聂九罗沉默了一会儿，说："忙吧。"

她也想他来约她出去啊，什么时候都可以。

卢姐一看这场景，就觉得没戏了：谁还不是过来人来着？落花有意，流水无情这种事儿，自古以来就多了去了。你聪明，你漂亮，你一百样好，也未必能得到人家的心啊。

忙只是借口。

没戏了，怪自己嘴快，戳弄得人伤心了。

卢姐装着厨房还有事忙，摇头叹气地下楼去了。

聂九罗坐了会儿，也无心再喝汤，她推开汤碗，左手从桌面上的炼泥里揪了一块下来，攥在掌心慢慢揉软——这个力道，胳膊好像还能支撑。

正试着力，手机响了。

聂九罗拿起了看，是个不认识的号码，她随手揿了接听键："喂？"

那头传来一个怯生生的声音:"是聂九罗小姐吗?我是……林伶。"

林伶?

聂九罗止了手上的动作,不觉坐直了身子。

林伶的事她知道,前一阵子,邢深给她打电话说,林伶想住到刘长喜那儿去——这是林伶自己的决定,聂九罗不好干涉,只是建议说,先不忙送过去,最好观察一下刘长喜那头,确认安全了再说。

算算日子,现在应该是住过去了。

果然,林伶小心翼翼:"我住到长喜叔这儿了,他人很好,我跟他聊天,才知道你也在这儿住过。"

聂九罗"嗯"了一声。

林伶有点尴尬,她不知道该怎么往下说,聂九罗这个名字,她很早就知道了,那时候,真以为她只是炎拓的露水情缘。

听长喜叔说,聂九罗在这儿养伤的时候,炎拓甚至来陪过夜——关系都这么好了吗?炎拓瞒得可真紧啊,半点口风都没露。

林伶很是失落,有一种自己并不太了解炎拓的感觉,还有一种被开除出了炎拓亲密朋友圈的感觉。

她迟疑了会儿:"炎拓还没失踪的时候,有一次,我和他聊天,不知怎么的,聊到了如果出事怎么办。当时他说,如果他出事了,可以找一个人给他帮忙,但具体是谁,他没说。

"聂小姐,我猜,这个人应该是你吧。"

那一头,聂九罗好像轻轻笑了一下,没说话。

林伶的眼睛一下子就湿了,她声音发抖:"聂小姐,炎拓这么久都没消息,一定……一定是出事了,你想想办法吧。"

她哆嗦着抓起纸巾擦眼泪:"聂小姐,我是……很没用,我一直靠他。你事业做得好,一定很有主意,你帮帮他吧。"

泪眼模糊中,她听到听筒里传来聂九罗的声音:

"我很想帮他,也一直在找,可是实在没线索。林喜柔一伙人像蒸发了一样,邢深救你可以避开监控,她想消失也同样可以,消失了之后易装或者换车出行,这要怎么找呢?我们一直想通过'换人'钓她出来,可是她很精,几次都临时取消了。

"或者林伶,你可以帮我,你在林喜柔身边生活了那么多年,听说过她有什么窝点吗?只要是你记得的,都可以给我。"

窝点?

林伶的脑子里一片空白,嗫嚅着说了句:"没有啊。"

17

　　冯蜜说，还有十来天就过年了。

　　那么，至多十天，一定还有下一次投喂。

　　炎拓把这趟的六个馒头按照一掰五的原则，一共掰成了三十份，勒令自己一餐一份、一日三餐，说什么也要均衡着撑到那时候。

　　然而，长时间生活在黑暗里的人，生物钟会渐渐紊乱。一般人晚上入睡，第二天早上醒来，知道要吃早饭，但炎拓没法判断：他不知道自己一觉睡了八小时、三小时，还是仅仅半小时。

　　十天六个馒头，于一个青壮年男子来说，本来就远远不够，再加上丧失了对时间的判断，在把提袋里的馒头碎屑都扫荡干净之后，他再一次陷入了断粮的境地。

　　不过，他还是硬扛着，留下了一个小橘子。

　　人说望梅止渴、画饼充饥，这小橘子就是他留给自己的年夜饭大餐，他相信自己的年夜饭即便很差，也绝对能比馒头和水袋强那么一点点。

　　断粮后的第二天，他生病了。

　　事实上，扛到现在才生病，已经算是很幸运了，他不知道是什么病，连阳光都见不到的人没资格谈生病，只知道上腹部钝痛，恶心想吐，脑袋烧得发烫。

　　生病的人会特别怕冷，他哆哆嗦嗦蜷成一团，裹紧被子，恨不得被子能紧到皮肉里去，烧得迷迷糊糊，不断做梦。

　　梦见一只白羽毛黄扁嘴的鸭子，在前头摇摇晃晃地跑，他拼命跟着追，一边追一边叫："鸭子！鸭子！心心，追鸭子呀。"

　　梦见在病床上瘫躺了二十多年的母亲林喜柔，慢慢坐了起来，她身子佝偻瘦小，脸盘削尖，显得一双眼睛奇大，就那么直勾勾地看着他。

　　他脑子里轰轰响，说："妈，对不起啊，我输了。"

　　梦见拼命地奔跑，仿佛被看不见的恶鬼狂追，跑着跑着，前方风沙漫卷处、黑云翻涌间，出现了一座熟悉的小院。

　　他一口气跑到小院门口，看着老木头纹路的门扇，迟迟不敢敲门。

　　门却吱呀一声自己开了，门后，聂九罗笑着看他，说："进来啊。"

　　见到她了。

　　炎拓紧绷着的身体松下来，只觉这一刻碧空如洗，无比平静。

　　他跨进小院。

　　小院还跟从前一样，青的砖、灰的瓦，檐角微微翘，任年月风一样来来去去涤荡。

那曾经种了白梅的地方，长着一棵金橘树，枝丫上黄澄澄的，长了好多圆不溜丢的小橘子。

炎拓一愣，问她："怎么种金橘了？"

聂九罗说："季节变了嘛，当然种的花也变了。要不要尝一个？怪甜的。"

说着走了过去，从枝梢上摘了一个，扬手扔了过来。

炎拓抬手接住。

多好啊，现在不用省了，他有一树的金橘，可以敞开吃了。

炎拓剥开了橘皮，掰了一半送进嘴里，剩下的一半，正想递给聂九罗，忽然发现，她不见了。

非但她不见了，小院也变了，檐瓦跌落、墙皮剥蚀，那棵盛放的金橘树在他眼前寸寸萎落变枯。

炎拓突然清醒过来，一个可怕的念头闪进脑海：我是在做梦吧？我现在吃的，不会是我仅剩的那个小橘子吧？

他猛睁开眼睛。

果然是，嘴里有干涩酸甜的滋味，他是连皮带瓣一起嚼了。

炎拓气得狠抽了自己一个耳光，怎么就这么没自制力呢！

不过过了会儿，他就和自己和解了，安慰自己说：生病嘛，生病了就该吃点好的，都这处境了，自己就别苛待自己了。

……

林喜柔来的那天，病痛刚发作过，他浑浑噩噩睡着，感觉有人在拿棍子戳他。

来饭了！有吃的了！

炎拓咽了口唾沫，睁开眼睛。

眼前一片白雪花似的亮，他赶紧伸手遮住眼，缓了好一阵子，才慢慢坐起来。

站是站不起来了，没力气。

仰头看来人时，是林喜柔和熊黑，林喜柔垂着眼，冷冷看他，脸上似乎和之前不太一样。

哪儿不一样呢？炎拓盯着她看了好一会儿，满眼迷惑。

林喜柔面上现出不屑的神情来，向着熊黑说了句："你看他像不像个傻子？"

熊黑说："迟钝了吧，照我说，拿他去换蚂蚱得了。林姐，那是你亲生儿子，在别人手里活得跟狗似的，你为了让这个垃圾受罪，硬是不换，不值当啊。"

炎拓有气无力地说了句："你的脸……"

他没什么力气，话也省俭地只说半截，反正意思到了就行。

林喜柔的左眼皮下头，有鸡蛋大小的一块，像暗褐色的胎记，他现在没力气，眼睛也干一阵涩一阵的，看不清楚。

林喜柔说:"我的脸,这不是得谢谢你吗?"

起初,只是被戳了一针,林喜柔没当回事。这种伤,在她眼里,连擦药都没必要。

过了几天,针戳过的地方,出现了一个芝麻大小的小红点。

兴许是留下印了?她还是没在意:脸上本来就容易留下斑斑点点,普通人长个痘,痘印还得一两个月才消呢。

可是,再往下,就渐渐不大对劲了。

红点在扩大,不紧不慢地,从芝麻大到黄豆大,又从黄豆大到蚕豆大,颜色也慢慢发暗。用手去摸,毫无感觉,好像那一块的神经已经坏死了,皮肉也不再属于她。

她这才意识到,是那根针不对劲。

那根针,都已经委托珠宝设计师镶整完毕了,设计师很有想法,用黄金和钻石做了个美杜莎头像的胸针,胸针就是微型的针匣,因为美杜莎的头发是蛇,其中一颗蛇头可以扭动,拧开了就是放针的地方。

林喜柔很喜欢这个设计理念:和美杜莎之眼对视的人会石化,同样地,看到地枭"开眼"的人也会成为伥鬼。

她找出那根针,为求验证,让熊黑在被关押的李月英身上试了一下:然而,李月英中针之后,毫无异状。

看来,这针只能用一次。

一次一用,难免让她想到疯刀的刀,看来这针身上,涂过疯刀的血。

脸上这么大一块,太明显了,熊黑忧心忡忡给她建议:"林姐,这是败血囊吧?你赶紧考虑剜了吧,要是放任它继续,可不得了啊。"

败血囊,这个世上的绝大多数人都是地枭的补药,是血囊,但有极少的人,是他们的"败血囊",这部分人的血,非但不能滋养他们,反而可以杀伤、杀死地枭。传说中,缠头军招揽了这些人,收编为"刀家"。

是得剜了,而且,还得从好肉剜起,这样,才有可能再长。

林喜柔问炎拓:"那根针,是谁给你的?"

她没法从老刀身上取血验证,老刀重伤昏迷,脑血管破裂,几轮手术都在靠输血和氧气维持心跳——血早已经不纯,没什么意义了。

炎拓垂着头,声音几乎低得听不见:"邢深给的。"

熊黑插了句:"林姐,我看他没力气,要么让他先吃点,不然问什么都这么半死不活的。"

林喜柔"嗯"了一声,退开一步,熊黑过来,把手里的提袋放到栅栏口。

炎拓注意到，这次的投喂真的多了点东西，熊黑手里不止一个提袋，其中一个，是带盖的打包餐盒。

他怔了两秒，脱口问了句："过年了？"

熊黑冷笑："是啊，过年了。冯蜜说，你想吃顿饺子，我起先说，吃个屁，没让你饿死就不错了。可林姐大度，让帮你搞一份，说是，一家团圆的日子，想吃就吃吧，还让多准备点，毕竟一家四口呢，怕不够吃。"

炎拓没吭声，他学乖了，不跟熊黑顶，省得他脾气上来，把他的饺子也给踩了。

他伸手出栅栏，把提袋挨个拎进来，盛饺子的餐盒还有点温度，这可太难得了，这些日子，冷水冷馒头，他就没咽下过什么带热气的。

但他不想现在当着他们的面吃，年夜饭，应该吃得舒适点。

他掰了块馒头送进嘴里慢慢嚼，咽了之后，抬头看着林喜柔笑："林姨大度。过年了，能不能给我安排洗个澡什么的？脏得没眼看了。"

何止脏得没眼看了？头发、胡子都长长了，尤其是头发，拉拉杂杂地遮眼。

林喜柔语带讥诮："有必要吗？这黑咕隆咚的，洗干净了给谁看啊？你又没访客，这么久了，也没人记得你了。"

炎拓说："没人记得我没关系，我记得我自己就行。"

林喜柔蹲下身子，隔着栅栏看他，因着这一蹲，炎拓终于把她脸上的伤给看清楚了：也真是挺狠一女人，居然剜掉了一大块脸颊肉。

"炎拓，不错啊，这么久了，人都像摊垃圾了，骨头还没垮呢？

"蚂蚱是我的儿子，但你知道我为什么一直没去换蚂蚱吗？"

炎拓喉结微滚："为什么？"

"你们长在太阳底下，习惯了日头下的生活，一旦被长期禁锢在黑暗中，会得各种各样的疾病，身体上的、精神上的。同样的道理，我们长在地下，习惯了黑暗中的一切，长期生活在阳光下，也会生各种病，加速畸形和衰亡。所以，上来之前，我们得先用药。"

炎拓脊背发麻："用药？血囊就是药吗？"

林喜柔泰然自若："是啊，老天就是这么安排的。这世上，植物可以入药，动物可以入药，人也只不过是食物链上的一环，人为什么不能入药呢？血囊就是我们的药啊。"

她面上浮现出一丝伤感："可是蚂蚱，直接就被带上来了。日头多毒啊，二十多年，病入膏肓啦，血囊也不管用啦。

"起初，我想用蒋百川他们换蚂蚱，可是又憋着一口气。这帮人，杀了都嫌不够，我还把他们放了？一犹豫，就耽搁了。

"后来，板牙的人要求用你换蚂蚱，我又憋了一口气。凭什么？养了你二十多年,不如养条狗,我为什么要让你们如愿?

"可是这么多天下来,我渐渐想通了,熊黑说得没错,何必为了你这个垃圾,放自己亲生儿子在外头被人当狗使呢!对吧?也许,我应该换。"

她定定看向炎拓:"但是炎拓,我的儿子换回来也是个将死的废物了,我为什么要把你全须全尾、完完整整地给换出去呢?

"好好珍惜你有手有脚的这个年吧,多吃点饺子,好好过。我向你保证,交换的那一天,你不会比蚂蚱好看到哪儿去的。"

要过年了。

城市里,三令五申不可以燃放烟花爆竹,但时不时地,总有人打擦边球犯禁。

聂九罗在工作台边坐了一下午,听到好几次鞭炮声。

但不得不说,有这声响加持,节日的气氛好像真的腾起来了。

她在给自己的小泥像上色,炎拓定制的时候曾说"就照我上次去的样子来吧"——他上次来,她穿了深空蓝色的家居睡袍,后领口上,还有一颗小小的、金线绣成的星星。

她仔细地低头描星,炎拓这个傻子,一定没注意到还有这个细节,交货的时候,他要是说衣服不对,她就跟他打赌,要他再出个6666元,赌衣服上确实有星。

想到这儿,她忍不住笑了出来。

但跟往常一样,笑到末了就难受了,这难受在胸腔里腾着鼓着,让人透不过气来。

她放下笔和小泥像,人蜷到椅子里,闭着眼睛,一动不动。

楼梯上传来脚步声,伴随着卢姐兴奋的嚷嚷:"聂小姐啊,对联我都贴好啦,哎……人呢?"

聂九罗动了动,懒懒坐起:"这儿呢。"

卢姐吁了口气:"吓我一跳,就说人怎么没了。聂小姐,你这椅子背高,人往里一窝啊,后头都看不见。"

卢姐边说边把手里卷起的"福"字送过来:"该贴的我都贴完了,这两个,给你自己贴,练胳膊用。那我待会儿就……走了?"

虽说是"住家阿姨",但年嘛,总还是要回自己家过的。

卢姐有点不放心:"过年期间,我就不来了啊。聂小姐,你这一个人过年,不寂寞吧?"

聂九罗说:"有什么寂寞的?不知道有多少饭局,赶都赶不过来呢。"

有吗?

卢姐心里犯嘀咕:聂九罗最常来往的朋友,就是老蔡了,可是今年,老蔡一家去三亚过年了啊。

卢姐一走，好像把院子里的所有生气都给带走了。

聂九罗看桌面上卷着的那两张大红"福"字，过了会儿，拽了一张过来，从边上折切下窄窄的一条，对分为二。

然后拈过金字笔，一张上写"平安"，另一张上写"归来"。

写完了，在背面涂了一点点胶，小心地贴在了定制小院的大门上。

平安，归来。

过年了，炎拓的小院也该贴副对子才对，平安就好，归来就行。

贴好了，聂九罗下巴搁到台面上，出神地看了又看，真好，大红金色一贴上，是有过年的样子了。

还应该写条横幅，写什么呢？

——花开富贵？好俗气啊。

——老赖还我钱？嗯……大过年的，是不是不该催他债？但是兴许……能把人催回来呢？

正想着，手机响了。

聂九罗随手接起。

听筒里，传来林伶颤抖的声音。

"聂……聂小姐，我看见，不是不是，长喜叔看见……林喜柔了。"

18

一般的商户店铺，年三十这天就已经忙着做节前准备，不开张了。

刘长喜不，他是个仔细俭省人，店面是要租金的，多开一会儿就多挣一会儿的钱，再说了，别家都不开，只他开，生意不是反而会变好吗？

所以年三十当天，他照旧开张，一直开到午后三点，才着急忙慌地支使着伙计打扫卫生、贴对联。

对此，伙计是有点不满的，不过看在老板平时对下面的人也还不错、过年红包没少发的分儿上，也就算了。

忙活到四点多，小店终于整理披挂得有模有样，伙计脱了围裙洗了手，跟刘长喜道完"年后再见"，正想走时，电脑音响里响起熟悉的女声。

——您有新的系统订单，请注意查收。

百密一疏，忘了在外卖平台上关闭接单了，伙计赶紧奔过去看，同时请示刘长喜："长喜叔，我都下班了，咱不接单了哈，我打电话给客户，让那头取消。"

刘长喜也是这么想的，但话到嘴边，变成了："点了什么？"

"就点了份酸汤水饺。"

要是点得多，比如再加上小炒什么的，刘长喜就懒得动锅动灶了，毕竟才打扫干净。

但只点一份水饺，酸汤是现成的，饺子是包好的，都不需要动油，小锅下一份不就结了吗？

刘长喜赶紧阻止他："别，别，接下，你下你的班，我来搞。你就跟我说要送去哪儿就行。"

小本生意，他不舍得用合作平台的外卖员，都是店家自己配送。

伙计看了看下单备注："说是到店自取。"

到店自取啊，那得抓紧了，刘长喜赶紧穿上围裙，戴上白帽和口罩——如今讲究"透明后厨"，他这店面虽小，但也不落人后，客人透过玻璃能看到小厨房，所以穿戴得规范，让人看到麻雀虽小、五脏俱全。

伙计走得飞快，刘长喜一个人在后厨忙活。

又是一年，今年赚了不少，毛估一下有十多万。一个半老头子，没啥文化，还能凭自个儿的力气赚得吃喝不愁，真不错。

他心里一高兴，又抓了几个水饺下锅，收工饺子，多赠客人几个，博个好彩头。

水饺二滚的时候，有辆车停在了店门口。

车主也不下车，车窗揿下，朝里头喊话："老板，饺子好了没？赶紧的！赶时间！"

声音又粗又硬，一听就知道是不好惹的，刘长喜早些年摆摊、这两年开店，跟各色客人打多了交道，最怕遇上没耐性的客人。

他赶紧往打包盒里兑酸汤装饺子，同时大声回答："来了来了，就来！"

加盖放勺装袋之后，拎起了就往门外跑。

门外停的是辆黑色的奔驰，驾驶座上，一个彪形大汉抽着烟，满脸不耐烦，仿佛等了这十多秒，耽误了他几个亿的生意似的。

刘长喜赔着小心，把打包袋从车窗里递了进去。

递接的一刹那，他看到，后车座上坐了个女人。

从他的一侧，只能看到女人的左半边脸，那脸上好怪，仿佛被剜去了一块，留了好大一个疤。

刘长喜从不盯着客人看，这次其实也没盯，只是因为这块疤的关系，目光略停了一秒。

哪知那大汉敏感得很，吼了句："看什么看！信不信我抠了你眼珠子！"

说着发动了车子。

刘长喜没想到这人这么凶，吓得一个激灵，退步给车子让路，而几乎就是在同一时间，那个女人闻声抬头，向着他这一侧偏了偏脸。

林伶午饭后就一直忙着搞卫生。

住到刘长喜这儿已经有段日子了，她身上没钱，又不擅长做饭，唯一能帮忙的事就是打扫卫生。

对她的从来不出门，刘长喜疑惑过两天，之后也就随她去了，并且依照她的嘱咐，从没对外透露过家里来了客人——这一点让林伶很是感激，不过分问长问短是一种美德，可惜很多人不具备。

偶尔，两人也会聊天，只是没什么可聊的：于刘长喜，林伶是炎拓的朋友；于林伶，刘长喜年轻的时候，给炎拓父亲干过那么几年活儿。

她起初以为，刘长喜跟炎拓来往密切，问了之后才发现并非如此：这五六年，他只跟炎拓见过三四次，而且据说，炎拓吩咐过他，能不联系就别联系。

所以，他压根儿都不知道炎拓失踪了，林伶终于明白了炎拓那句"找他时要小心，别把危险给人带过去，他是个普通人"是什么意思了。

她没把真相告诉刘长喜，告诉了也没用，除了让他徒增忧虑之外，别无意义。

……

搞完卫生，林伶忙着往果盘里装各色蜜饯、坚果，过年嘛，就得有点仪式感。

这是她脱离林喜柔之后，过的第一个年，万事都如意，除了炎拓杳无音信。

快傍晚的时候，刘长喜回来了，一回来就扎进厨房里准备年夜饭，林伶也跟进去打下手，不过，她明显察觉，刘长喜心里有事，老在走神。

有几次，还听到他嘀咕："真像……是她闺女吧。"

林伶忍不住道："长喜叔，你说谁呢？"

刘长喜说："我今天看见个人，也不知道是不是眼花……"

说到这儿，终于没忍住，解了围裙给她："你先忙啊，我去找东西。"

……

找什么呢？

林伶洗完菜之后，去他卧室门口看了一眼，好家伙，刘长喜踩在大方凳上，正在立柜顶的一堆箱盒间翻来翻去。

刘长喜年纪不算太老，做派却旧，见不得立柜到天花板之间有空间，喜欢往上堆东西，时日久了，上头堆得像个微型货仓似的。

林伶看见凳子不稳，慌得赶紧过去给扶住。

找到了！

刘长喜顶着一头灰尘下来，也顾不上凳子刚被自己踩过，一屁股就坐了上去，然后翻开手里刚找出来的影集:"我记得有她照片,矿场拍过啊,哪儿呢……"

说话间就翻到了。

那是一张拔河照。

那时候,炎还山热衷于给矿上争取各类"先进"名号,而县里给企业评先进,有一项指标是"工人的文娱生活",所以闲暇时,矿上组织了不少活动,还拍了很多照片以记录。

这张照片上,拔河的赛事正紧,两边的人都身子后倾、拼命咬牙鼓腮,有个脑袋上扎了个朝天辫的小孩儿正凑上前,好奇地用手去抓绳中央处的红标,而他身后,一个年轻漂亮的女人忍俊不禁,作势要把他往回抱。

林喜柔?

林伶万万没想到在这儿居然能看到林喜柔的照片,刹那间心惊腿软,身子往后一靠,几乎倚在了立柜上。

刘长喜丝毫没注意到她的异样,嘴里喃喃了句:"像,真像。是闺女吧应该……怎么破相了?报应,肯定是报应。"

林伶从最初的惊愕中缓过来,手脚仍是冰凉,她舔了舔嘴唇,装着好奇,指向林喜柔:"这女的……谁啊?长得真好看。"

刘长喜现出鄙夷的神色来:"小拓小时候家里请的保姆,叫李双……对,李双秀。这女的就是……狐狸精,把人家好好一个家给败了。"

他又说:"好看是真好看,她这张脸,看过一次,不会忘记的。我今天陡然看见,吓了一跳,还以为是她呢。后来一想不对,二十多年了,人哪有不老的?八成是她闺女,跟她长得一样好看,就是破相了。"

——二十多年了,人哪有不老的?

林伶只觉得口唇干得厉害:没错,长喜叔不知道,但她知道,林姨就是没有老。

破相是怎么回事?可能这段时间磕着撞着了吧。

长喜叔撞见林喜柔了,什么情况,林喜柔找到这儿了?来……抓她的?

林伶脑子里仿佛轰炸开了,整个人双眼发直,额角的汗都下来了。

刘长喜注意到了她的异样,有点慌:"丫头,你怎么啦?不舒服啊?"

林伶嘴唇发颤:"长……长喜叔,你在哪儿撞见她的啊?"

"就店里啊,其实没撞见她,是她司机过来打包饺子,她司机也是……凶透顶了,还骂人。"

"然后呢?"

"然后就走了啊,他们好像在赶路,还嫌我手脚慢。"

听这叙述,不像是来找她的,林伶的心稍稍定了些,这才发觉自己的反应太过夸张,她尴尬地笑了笑,蹩脚地岔开话题:"你还留……留着她照片呢?"

刘长喜哭笑不得："我留她照片？那是没注意照上去的，总不能把她给抠了。"

他又把影集往前翻，翻着翻着就感慨起来："当年啊，拍照不容易，都是用胶卷的，哪像现在，手机咔嚓就是一张——我们一见着相机来了，就争着往上挤，有时候，给人塞苹果说好话，请人家帮我们拍一张，不好意思拍单人的，都是几个人挤着拍……"

正说着，林伶突然摁住了他翻动的那一页，不只声音抖，全身都在颤抖了："长喜叔，你……你翻回去，就刚……刚刚那页。"

这丫头今天是怎么了啊？奇奇怪怪的。这些都是老照片了，按说，拍这些照片的时候，她还没出生呢。

他翻回到前一页。

这是张上半身的双人合照，两个面带稚气的小伙子，稍嫌拘束地看向镜头，其中一个是刘长喜，另一个……

林伶的声音像是飘在天外："长喜叔，这人，是谁啊？"

刘长喜看了眼照片："嗐，这是李二狗。"

或许是因为刚见过那个酷似李双秀的女人，又或许是因为过年了，年关回望，刘长喜忆旧的心绪慢慢涨起，话也不知不觉变多了："那时候刚进矿，他拉我拍照，我就拍了。

"后来才知道，他在矿上名声不好。再后来，他偷了矿上的钱跑了，足有小一万，那年头的小一万，你想得多值钱啊！炎拓他爸人好，没报警，估摸着是想给他一个机会，私底下托关系找，没找着。他家里还来矿上闹过，说儿子没了——你说好笑不好笑，偷了人家这么多钱，还想再讹一把。"

林伶没说话。

事实上，听到一半时，她就不知道刘长喜在说什么了。

她觉得自己的神魂慢慢从颅顶升起来，飘出了这间屋子，飘到了很远的地方、很久之前。

那里，院墙是黄土坯混着稻草垒的，墙中间还塌了一块，有头大黑猪，哼哧哼哧从豁口里奔了出去。

那里，屋子里供了个带框的黑白遗像，框玻璃裂了一长道，照片上是个年轻男人，小眼睛、塌鼻梁，反正长得不好看。

原来，他叫李二狗。

1997年11月4日 / 星期二 / 阴

今天，大山把我从拘留所里接了出来。

大山来之前，公安给我训话，说："要不是看你精神有问题，这事没这么容易了结，你知道吗？"

　　精神有问题，现在，所有人都当我精神有问题了。

　　一周前，我实在承受不了心理压力，投案自首了。我不想当个睡不着安稳觉的杀人犯，我都想好了：误杀，又是投案自首，应该能判得轻点，大山再四处活动一下，使点钱，兴许五年八年就出来了。

　　我跟公安交代说，人是我误杀的，也是我拖出去埋的，大山什么都不知道。

　　两个人里，总得开脱出一个吧，不然，谁来照顾小拓和心心呢？

　　一开始，公安很重视这事，给我录了口供，详细问了一切，反正，所有程序都在意料之中。

　　可过了两天，走向就不太对了，我隐约听到消息说，公安在我交代的埋尸地点，什么都没发现。还有，李双秀没死，回来了，自己跟公安说，就是出去玩了一阵子。

　　她没死？回来了？

　　谣言吧？是我疯了还是这个世界疯了？她一口气都没有，半边脸被电得发焦，在水里泡了那么久，怎么可能还活着？

　　……

　　大山办完手续签了字，领我出来。

　　我急着问他关于李双秀的事，可身边老有人，不好开口。

　　好不容易出了拘留所的门，我拽住他想问，他没搭理我，还狠狠掐了我一下，掐我的时候，手都在发抖。

　　我抬起头，这才发现，李双秀也来接我了。

　　她就站在大山的小轿车旁边，一手抱着心心，一手牵着小拓，笑眯眯地看着我，说："林姐，好久不见啊。"

　　我也发抖了。

　　那一刻，我觉得，我就是见到《聊斋》里的狐狸精了，还是头千年的、会吃人的狐狸。

1997年11月12日 / 星期三 / 多云转晴

　　回家一周多了。

　　左邻右舍还在叨叨我有精神病的事，大家都说，我是因为老公和小保姆搞上了，嫉妒，失心疯了，突然一下子就精神失常了。

　　真是好笑，你们知道个屁，一个个的，都跟趴在我家窗台上看到了似的。

　　敏娟和长喜都来看过我。

　　敏娟看我的时候，小心翼翼的，坐得也离我尽量远，仿佛下一秒，我就会疯病发作，跳起来扑向她。

长喜带来一大兜核桃，一个个敲开剥好的，眼圈红红地跟我说："林姐，你多吃点这个，有营养。"

真是傻孩子，我脑子没病。再说了，真疯了，哪是核桃治得了的？

这趟回家之后，我跟李双秀的地位好像突然对调了，她是女主人，陪着大山参加各种对公的应酬，我是小保姆，而且，还是个从早到晚被锁在家里、有精神病的小保姆。

我怕她，我真的怕她。

我晚上做噩梦，梦见她站在小拓的床头，影子被灯光投在墙上，开始是人的影子，后来就是狐狸的了。还梦见心心突然不见了，我找到她房里，看见她正守着口大锅捞骨头吃，我问心心在哪儿，她就笑着往汤锅里指。

怎么办？报警吗？我一个精神病人，谁会把我的报警当回事？报了警，又有谁会相信这事？

……

或者，逃走呢？

这狐狸精进了我家，我赶不走她，那我走行不行？带上大山、小拓、心心，只要家人还在，去哪儿不是家？

这份家业就不要了，有手有脚，从头再来呗。我们走得远远的，我就不信甩不掉她。

1997年12月19日／星期五／大雪
大山买到火车票了，周日晚上十点钟的。

他说，那天有个饭局，李双秀会和他一起去，饭局之后安排了唱K，他会中途找借口出来，直奔火车站。

而我，只需要在十点钟之前，翻窗离开屋子，带上小拓和心心，赶去火车站就行。

大家车站见。

——林喜柔的日记，选摘

名起者の裏

第七卷・上

01

大年初三，由唐县。

相比前两天，街面上的人明显变多，聂九罗头戴红色的毛线帽，裹了件被子一样的过膝白羽绒服，脚蹬一双加厚的羊绒毛靴，吊着条胳膊，拿了串冰糖葫芦，边吃边逛。

毛线帽是她来了之后现买的，她低估了北方的寒冷程度，裸着脑袋在风里走，头顶凉飕飕的，仿佛没长头发。

被子似的羽绒服是她自己的，因为里头穿得少，所以御寒全靠外套。

胳膊其实不用吊了，但她发现，不吊会有被挤撞到的风险，吊着就不一样了，走路有人让道，进店时，人群也一定会为她留出足够的空间——这种好处，一般可享受不到。

冰糖葫芦……

完全是逛街无聊，买来给嘴里添点滋味的。

她在等余蓉。

这一阵子，她可真是做了不少事儿。

那天，接到林伶的电话之后，她首先联系了邢深，请他安排人，马上把刘长喜和林伶换个地方——没错，他们是还没被林喜柔给看到，但既然她已经在县里出现了，万一呢？

理由也找得合适，说是林伶在他那儿打扰了挺久，为表感谢，邀请刘长喜外出度几天假，刘长喜百般推辞不过，收拾了行李，半喜半忧地出行了。

喜的是活了大半辈子，还没正儿八经出门旅过游呢；忧的是他的店面，暂时交给伙计管，也不知道靠不靠谱。

接着，她给在三亚晒太阳的老蔡打了电话。

你不是说大城市的监控调不了吗？那好，我现在调小县城的，你八面玲珑，小县城总能活动一下吧？

老蔡还真不含糊，在朋友圈里托三请四了一番，曲里拐弯的，还真把那天的视频给她搞来了，顺带吐槽了一把她的不务正业："你一搞艺术的，怎么天天查监控呢？想转行啊？"

聂九罗先看刘长喜店面所在那条街道的监控，是有这么辆车，黑色奔驰，在门口停了约莫一分钟，接了外卖袋，就匆匆离开了。

她循着这条线往下看，这辆奔驰在县城西郊一带消失了，原因很简单：那一片是废败区域，没监控。

聂九罗在网上搜索由唐县的电子地图和卫星地图，惊讶地发现，城西有块地方叫老牛头岗，炎拓的父亲炎还山曾在那儿开过煤矿，一九九七年年底的时候，煤矿转手，再后来，出于各种原因，被关停了。

由唐县，老牛头岗，炎还山的煤矿，炎拓会在那儿吗？

越想越有可能。

——林喜柔最早是在由唐县出现的，说那儿是她的原始窝点一点都不过分。

——年三十的下午，熊黑在街边店打包了一份饺子，车后座上还坐着林喜柔。这饺子是给谁打包的？林喜柔这种常年养尊处优的，年夜饭不至于只吃顿外卖这么寒碜，要说是熊黑想吃，完全可以堂吃啊，何必急急忙忙打包了带走呢？

——从后续的监控上可以看到，约莫一个半小时后，那辆黑色奔驰重又出现，循着原路，离开了由唐县。

老牛头岗一带，一定有玄虚。

炎拓或许在那儿，或许不在，但在或不在，都值得去一看：在的话最好，即便不在，去了也一定不会空回。

由于不清楚老牛头岗到底是个什么情况，考虑再三，还是决定先低调打探。

聂九罗再次给邢深打了电话，朝他借个人手：别说她现在有条胳膊使不上力，就算身体无恙，独自前去也是危险的。

有个人从旁帮衬，会稳妥点。

邢深听说了她的打算之后，沉默了好一会儿："阿罗，你一贯是不露面的。这种打探的事，要么我派人去吧。"

聂九罗不同意，这么久了，好不容易才有了这么点线索，交给别人做，万一做坏了，她找谁哭去？重要的事情，还是放自己手上做吧，成败都是自己，不尤人。

邢深其实挺想自己去的，但蒋百川不在，他是坐镇的，不便东奔西跑，而且，他都闻不到枭味了，去了干什么呢？

于是定了余蓉，一来她是鬼手，见疯刀不算突兀；二来余蓉身手也还不错，若真出状况，能帮得上忙。

电话里，聂九罗还拜托了邢深一件事。

林伶被领养得早，记不清乡关何处，但现在凭空冒出个李二狗，事情就好办了：刘长喜记得李二狗的籍贯，能具体到乡。她请邢深安排两个人去打听一下，李二狗家里还有些什么人，林伶跟他，又是什么关系。

安排好一切之后，她就收拾好装备，直奔由唐来了，走之前，还专门检查了一下陈福的情况，以免家里没人，陈福突然复活，给她搞出不必要的麻烦事。

事实证明，完全不用担心：陈福大概是因为上次复活之后，很快又被"杀死"，没来得及补充营养，这第二次恢复，比第一次要慢很多，而且，整个人干瘪萎缩，枯瘦了不少。

冰糖葫芦啃了一半的时候，手机响了。

接起来，那头是余蓉："我到了，你在哪儿？"

聂九罗看了眼周遭，觉得实在没什么显眼的地标，于是把酒店的名字报给她："我这就回去，咱们酒店门口见吧。"

……

十分钟之后，聂九罗走进酒店所在的那条街，远远地，就看到门口停了辆红车。

由唐不是什么旅游景点，春节期间，酒店的生意可谓惨淡。

应该就是这辆车了，聂九罗径直走过去。

车里，余蓉透过车侧的后视镜，也看到聂九罗了，但没当回事：她觉得，这应该不是聂二，搞什么？一身白，戴个小红帽，手里还拎一串糖葫芦。

疯刀，就算不是耍着大刀一路过来，也总该有点"杀气"吧。

小红帽径直走过来了，还站在驾驶座这一侧的窗边了。

站着不走，总不见得是要讨钱吧，余蓉不得不抬起头，隔着半开的车窗看她："就你？"

聂九罗："就我。"

她看了眼车内，又示意楼上："我上去拿装备包，很快，你等一下。"

余蓉目送她走远，嘴角不觉扯了一下。

就她？

没点疯的气质，还"疯刀"呢。

余蓉倒是很符合聂九罗对"鬼手"的想象：驯兽师嘛，就该是这副模样的，脑袋上那条蜥蜴也够味——她是舍不得自己那一头长发，但凡她天生秃顶无可弥补，她也文个劲烈张狂的。

她拎了装备包下来，包扔进后座，自己坐了副驾驶座："我给你指路，有条路线,沿路监控最少,是通到老牛头岗后面的,我们从后坡绕上去。"

余蓉问了句:"要下矿?"

"可能得下,我也上午才到,还没实地看过。"

余蓉开动车子:"这不像你啊,我听说,聂二从不关心别人的事。"

聂九罗说:"没错啊,我现在忙的,也不是别人的事啊。"

余蓉:"那是自己人?我们跟你不是自己人,他是?"

聂九罗笑笑:"那要看怎么定义'自己人'了,他知道我生日、星座、吃菜的口味,你们呢?这里往右。"

余蓉车子右拐,同时点了点头:"那确实,他跟你是自己人。"顿了顿又说,"李二狗那头的事,我们已经问到了。"

聂九罗有点意外:"这么快?"

"知道籍贯,知道名字,又知道二十多年前去矿上打工失踪了,这样的人,乡里没多少,年轻人不清楚,多问几个老人就问出来了。"

也对,聂九罗问了句:"林伶跟李二狗,应该是兄妹关系吧?"

这两人的关系,要么是父女,要么是兄妹,聂九罗觉得是兄妹关系的可能性更大:李二狗一九九二年就失踪了,林伶的出生却至少在一九九五年之后,是父女的话,除非李二狗当时玩的是假失踪。

余蓉的回答肯定了这一点:"没错,是兄妹。不过,不是你想的那样的。"

兄妹还能有什么样的?聂九罗莫名。

余蓉目视前方,并不看她:"你是觉得李二狗死了之后,老两口又生了个女儿,对吧?"

对啊,聂九罗觉得好笑:"当然是在他之后生的,总不会生在他前头吧。"

余蓉说:"李二狗他爸好赌,他妈又是个嫌贫爱富的,李二狗十多岁的时候,这两人就已经各过各的了。后来,李二狗失踪了,这两人一合计,可以去矿上敲一笔,于是暂时捐弃前嫌,扮演成恩爱夫妻、慈父慈母,为儿子讨说法去了。

"可炎还山是多精的人啊,哪能被俩乡下人给糊弄了?闹到后来,当众把李二狗偷钱的事抖了出来,还怀疑他爸妈也是合谋,夫妻俩怕事,灰溜溜地回乡了。

"回乡之后,还跟从前一样,各过各的,可突然有一天,乡党们发现,这俩搬到一起过日子了。"

聂九罗觉得余蓉不会无缘无故讲故事,是以静静听着,并不打断。

果然。

"后来有传言说,城里有个人,给了这夫妻俩一笔订金,让他们趁着身体还行,再生一个,说是不论男女,只要生下来、养活了,都要。不拘数量,一个两个照单全收。唯一的条件是,过手的时候要做鉴定,必须是这俩的,不能是外头随便搞了来应付差事的。"

聂九罗想笑，没笑出来。

"不知道具体谈的是多少钱，反正肯定不少，以至于这两个早就分开过活的，又和和美美住到了一起。

"林伶应该就是合格交付的第一个，有了这第一个，好日子就来了。"

聂九罗心头猛跳，脱口问了句："还有第二个？"

路口亮红灯了，余蓉停下车子，转头向着聂九罗一笑："是不是觉得很有意思？原先我们以为，只是去打听一下亲属关系就得了，没想到啊，打听出一个巨曲折的故事。

"没错，还有第二个。林伶交出去之后不久，那女的又怀孕了。

"但她没跟人讲，她觉得，钱分得不公平，不应该平分，男的只出那么一点力，她却要怀胎十月，生孩子时又过一遭鬼门关，太亏了。所以这第二个，她不想跟男人分，想自己全拿。"

聂九罗如听天方夜谭，直到车子开动了，才反应过来余蓉等着她指路："那个……继续往前，到尽头大转弯。"

"她就偷跑出去，想去城里找金主单聊，哪知道被男的给发现了，男的觉得委屈极了，心说人指明了必须是'我俩'的，这种事，你一个人使劲也做不来啊，于是堵去了车站。

"在车站拉扯起来，话都说得很难听，男的一时气急，拿刀把女的捅了，捅完了才知道害怕，逃跑时慌不择路，叫车给轧了。一家四口，不对，加上这还没生的，一家五口，到头来就活了林伶一个。其实细想想，她也算是个有福气的，这世上，本来没她的，硬生生有了。

"事情就是这么个事情，所以我说，林伶跟李二狗是兄妹，但不是你想的那样的。"

故事讲完，余蓉不再说话，专注开车，聂九罗也不说话，只必要时给余蓉指个路。

渐渐出城了，由唐的西郊是真的挺荒凉，而且是那种人迹溃散之后的荒凉，房子、厂子、车子，都是废弃的。

想想也是荒唐，同样是土地，有些地方寸土寸金，开发商为了拿不大的一块都要争破头，而另外一些地方，土地连垃圾还不如，垃圾还有人收呢。

老牛头岗遥遥在望，名字里带了个"岗"，但跟山岗关系不大，只是片坡地罢了。车子从岗后一路驶上去，沿路悄悄静静，别说人了，连条狗都没见着。荒郊的太阳落得好像比城里的快，出城的时候，阳光明明正炽，但到了这儿，日光就浅了，也凉了。

末了，车子停在了矿场的正门口。

通往场院的铁门是关着的，还落了锁，铁门高处支棱着几个标语铁贴牌，分别是"高""班""家"三个字。

很容易让人想起十几二十年前最风靡的那句厂区标语。

——高高兴兴上班，平平安安回家。

两人坐在车里不动，连呼吸都放得轻浅，过了会儿，余蓉低声说了句："聂二，这岗子上真没人吗？你说，会不会有人正躲在暗处，瞧着咱们这车的动静呢？"

有这可能。

聂九罗侧身向后，把自己的装备包拎了过来，"哗啦"一声拉开包链。

余蓉盯着包内看，她临出发时，从邢深那儿支了一把枪，但说真的，听说对方都是微冲的配置，真对上的话，一把枪好像也顶不了什么事。

她期待着，聂九罗能从包里拿出点更绝的。

聂九罗掏出一根带三角支架的自拍杆，用力一抽，把杆身抽到了近一米长。

余蓉莫名："你干什么？"

聂九罗嫣然一笑："我来搞直播啊，探矿。如果有人盯着咱们，就出来阻止我呗。"

说完打开车门，一矮身就下去了。

余蓉盯着她的背影看。

这小红帽有点意思，有点"疯刀"那味儿了。

车后厢里传来窸窣的碎响，余蓉咳嗽了两声，那声响立时又偃息了。

02

余蓉正准备下车，聂九罗又折了回来，从装备袋里取出两个独立包装的口罩，自己戴了一个，另一个递给她。

余蓉接得莫名其妙："干吗？"

聂九罗说："咱们是不是都遮一下比较好？尤其是你，这么有特征，太好认了，你把帽子戴上呗。"

余蓉捏起帆布棉服的秃衣领给她看："我这衣服不带帽子。"

聂九罗揪下头上的毛线帽："给你。"

小红帽？顶上还顶了个毛球？开什么玩笑？

余蓉说："你看我像戴这玩意儿的人吗？"

聂九罗不让步："要么你找个塑料袋把头包上，就你脑袋上这条蜥蜴，林喜柔的人不看脸都知道你是谁。"

余蓉看看她，又看看帽子，没接，然后打开手套箱，从里头掏出一个团起的塑料袋，抖了抖手甩开，慢条斯理地套到了脑袋上，塑料袋的俩提手恰在脑后打了个结。

也行吧，聂九罗又把毛线帽戴回头上：只要达到目的就好，至于是个什么形式，她无所谓。

反正顶塑料袋的，又不是她。

很快，聂九罗就在铁门口拉开了准备直播的架势：自拍杆的脚架打开，稳稳立地，手机就位，人面对着镜头，时而走近，时而退远，寻找着最佳角度和方位。

余蓉立在边上，乜斜了眼看她，越看越不耐烦，岗子上风不小，她包头的塑料袋被风吹得哗啦响，活像顶了个风箱。

聂九罗清了清嗓子："今天呢，带大家来看的是一座废弃了的煤矿，就是我身后的这个……"

边说还边侧了身。

余蓉很不耐烦："反正是假的，你意思意思得了呗，有人来你再装啊，没人你在这儿播给我看呢？"

聂九罗皱了皱眉，"直播"暂停，大步向余蓉走过来。

余蓉可不怕她："说了是来给你帮忙，能不能利索点？"

聂九罗："你在这儿站了有一会儿了，有没有发现，铁栅栏门是旧的、生锈的，但挂锁没那么旧？非但不旧，连灰尘都没落？"

余蓉一愣，随即看向挂锁。

是真的。

"你也怀疑这岗上有眼睛盯着咱们，那是不是现在就得入戏？真有人守着这儿，看到有人直播，一定会过来撵，咱们是不是既能钓出人来，又能全身而退？等人来了再装，谁信你是真直播的？"

余蓉没词了，顿了顿，做了个手势，示意聂九罗继续播。

正门口这段"播"完，岗子周遭依旧静悄悄的。

是真没人吗？

余蓉不太确定，她建议聂九罗再翻个铁门：一来很多直播里都这么搞，探矿不翻墙，显得不真实；二来嘛，站得高，位置也更明显——如果这都没人来拦，那只能说明，这附近真没人。

聂九罗没意见，不过她一条胳膊不方便，这环节，就由余蓉顶上。

余蓉依着她的吩咐，边爬边跟"镜头"打招呼，总之就是：任你各个方向窥视，这儿就是两个傻子在搞直播。

铁门翻得很顺利，余蓉扶着"班"字铁牌，跨过栅栏最高处，整个人如铁门上立起的一杆旗，占据了整个老牛头岗的制高点。

她居高临下，四面观望了一会儿，低头招呼聂九罗："都做到这份上了，可能是真没人。你开锁吧，我在上头把风。"

聂九罗自拍杆一扔，走到车边，把自己的装备袋拎了过来，从里头取出手动开锁枪，不到半分钟，就把这道大门的锁给打开了。

余蓉从铁门上跳下来，把车子开进场院靠里的位置，聂九罗则关了大门，照旧把门锁给挂上——这样，从外头看来，这场院还是门户紧闭的模样，不走近了看，不会知道里头已经进了人了。

两人兵分两路，分别把矿场里的办公室、宿舍、厨房、食堂给搜找了一遍。

其实没什么可搜的，所有的房子都已经被搬空了，遗留下来的，无非是一些破凳烂椅，聂九罗在办公室的墙上，还看到了几张被撕过的、褪色的奖状，上头或书"十佳"，或印"先进"，虚弱地证明着这片废墟一样的死寂所在，也曾经人气十足地风光过。

最后，两人在通往矿坑的甬道里碰头。

甬道的尽头处，装了扇铁门，和大门口的铁门一样：铁门是旧的，锈迹斑斑，但挂锁却相对干净。

余蓉拈起挂锁看："锁在外头，说明没法从里头开门。这里头，要么关着人，要么藏着东西。不过，要真是这样，怎么会用这么普通的挂锁呢？"

聂九罗一颗心怦怦跳，她舔了舔嘴唇："先打开看看再说吧。"

铁门打开，一股混合着土腥味和霉湿气的怪异味道扑面而来。

亏得戴了口罩，余蓉拿手在靠近口鼻的地方扇了扇，定睛朝里看去。

太黑了，煤矿里都这德行，即便是白天，也只在进矿口那十几步路有光，再往里，就要靠矿灯了。

聂九罗从装备袋里取了只手电给余蓉，自己也打了一只，小心地往里走。

一切都正常。

看到了几条歪倒的长条板凳，应该是矿工下矿前或者上来之后坐着休息用的。

看到了老式的铝制军用水壶，下矿的人得喝水，多半是带水用的。

看到了安全帽、铁锹、镐头，正常，都正常，是理应出现在矿里的东西。

再往下走，没路了。

聂九罗倒吸一口凉气。

眼前是个深洞，洞口约莫有小半个篮球场那么大，洞沿边立着几根歪斜的杆子，也不知道是做什么用的，杆头都用麻袋包裹了起来。

站在边沿处往下看，黑洞洞的，也不知道有多深，扔了块小石子下去，隔了会儿才听到声响。

这就……没了？

聂九罗站在洞沿上，脑子里嗡嗡的。

余蓉则绕着洞沿走了一圈："这种煤矿，坑道是在底下吧？我看电视里，应该有那种升降机才对。聂二，找岔了吧？炎拓要真在这儿，我看是被扔下去的。"

聂九罗心头一颤，反击似的回了句："不会，林喜柔还带饺子来了。"

余蓉想了想："年三十嘛，最后一餐，不让他见到新年的太阳，吃完饺子，啪一声，就推下去了。"

聂九罗抬眼看她："你要是不会说话，就少说。"

余蓉笑笑，习惯性地去撸脑袋，哪知撸了一手的塑料袋。

她说："话可能不好听，但实在。总好过自欺欺人吧。"

说完，在洞沿边坐下，两条腿空垂，伸手掏出一支烟。

不过顿了会儿，又放回去了。这儿可是煤矿，她怕一打火，把自己打出个三长两短来。

聂九罗站着不动，一只手死攥着手电筒，攥得指节泛白。

真是活见鬼了，让余蓉这么一说，她也觉得这故事，相当地逻辑自洽。

——那天，长喜叔看见的那辆黑色奔驰，熊黑是司机，林喜柔坐了后座，而炎拓，就被关在车后厢里。他们打包了一份断头饺子，把炎拓带到这里，看着他吃完之后，把人推了下去。

至于为什么选年三十这天……

为了有点仪式感，辞旧迎新？

这什么乱七八糟的？聂九罗用力晃了晃脑袋，想把这些怪诞的念头给晃出去。

想验证的话，其实也容易。

聂九罗重又看向洞内："照你这么说，炎拓的尸体就在下头了？"

余蓉看了她一眼："你不会是想下去看看吧？"

聂九罗反问她："不看怎么能确定呢？"

余蓉垂头看了看黑漆漆的洞内："我劝你别。

"首先，你知道这洞底下有什么？缠头军这么多年，几次走青壤，也只找到一个蚂蚱，林喜柔却能安排那么多地枭转化成人，这说明必然有一处枭窝，为她源源不断地提供地枭。"

她伸出手指，往洞内点了点："这下头，可能就是呢，所以难怪门上的锁那么好开，她根本不怕人误入。

"其次，咱们就俩人。地面上得有人守着，那就意味着只有一个人能下洞。我是肯定不会下,下头是我爹我都未必去冒这个险,何况是炎拓?我跟他又不熟。你下的话,你也不看看自己的情况,就你这胳膊,翻铁门你都不愿意翻,你还下洞?

"第三,即便你能下,要怎么下?别说升降梯了,这儿连个绳梯都没有,你飞下去啊?

"所以啊聂二,看你像个头脑清楚的,听人一句劝,别一时冲动。咱们先回去,多带点人手,备齐了装备,再来冒险不迟。"

聂九罗没吭声。

余蓉的话句句在理,但是,她就是挪不动步子。

顿了会儿,她低声说了句:"我想看一下。"

余蓉看她:"看什么?"

"看他的尸体是不是就在下头。"

余蓉无奈地笑了笑:"图什么?"

"图个死心。"

再怎么说,炎拓也救过她的命,她连看一眼都前怕狼后怕虎也太尿了:他死了,她也就死心了,用不着牵肠挂肚,用不着夜半惊醒时非开门出来看一眼,也用不着手头正做着事忽然晃神。

反正就是要看一眼。

她喃喃说了句:"来都来了,也不差看这一眼了。"

余蓉也不好再说什么:"那你要怎么看?"

聂九罗沉默了一会儿,说了句:"你稍等一下,我出去打个电话。"

十分钟后,聂九罗回来了。

她给刘长喜打了个电话。

刘长喜跟她说,洞沿上立的那些杆儿其实是滑轮,麻袋包着的,就是滑轮头了:为了节省成本,炎还山的煤矿没有装升降梯,当年的矿工也没什么劳动保障概念,只要有钱挣,脑袋往裤腰带上一拴就下矿——他们都是坐着"猴袋"上下的。

聂九罗用刀子划开包着滑轮头的麻袋,这种塑料制麻袋,没什么腐烂之说,这么多年过去,韧度依然不减。

她选了两个相对完好的叠在一起增加承重,依着刘长喜教的,在底下剪了两个口子以方便"乘坐"。

绳索之类的装备袋里都有,更换进滑轮就行。

一切准备就绪,聂九罗向余蓉说了自己的计划:"你在上头,帮助我上下。拽一下绳是停,两下继续往下放,三下就是往上拉。我就是去看一眼,下头到底有没有他的尸体——你放心,都不用下到底,到了差不多的地方,手电往下照一照,就全清楚了。"

听上去颇具可行性，考虑到她那条胳膊，余蓉几乎想提议自己代她下去确认，但看看麻袋，又看看自己的身板，终于还是咽下了没说。

还是让轻量级选手下吧。

聂九罗换了靴子，又脱下臃肿的羽绒服。

原来她羽绒服下头，穿的是高弹性、覆软甲的装备服。这一身是够带劲的，不过因为头上戴了顶小红帽，忽地就多出点柔软和俏皮来。

余蓉帮着她坐进猴袋，又掏出枪来给她，聂九罗想了想，没要："我枪法不如刀法好，拿着用场不大。再说了，你在上头也需要，万一来人了呢？"

也对，余蓉把枪插回后腰，一点点拽放绳索，聂九罗也是生平第一遭坐"猴袋"，虽然刘长喜一再跟她保证，说猴袋非常安全，但两层麻袋而已，谁坐谁知道，她进去了之后，身子尽量蜷缩，动都不敢乱动一下。

滑轮吱吱呀呀，绳子摇摇晃晃，就在那顶小红帽行将没入洞沿之下时，余蓉忽然想起了什么，手上一停，问她："你说他是自己人，冒昧问一下，'自己'到什么程度了？"

聂九罗的声音飘上来："其实就是朋友。"

"男女朋友？"

"没到呢。"

余蓉心说：那亏大了。

没睡过、没亲过，连手都没牵过，费这劲儿。

换了她她就不干，睡过了她也不干，费这劲儿？

余蓉一直慢慢往下放绳，随时注意绳上的信号。

没什么问题，继续放，再放，这炎还山可真够抠门的，这么深的矿坑，怎么就不能装个升降梯呢？都什么时代了，还整这么原始的法子。

正想着，绳子上骤然一坠。

没错，突如其来的一坠，像是突然间有重物抓住了绳索，绳身立时绷直，力道来得太过突兀，以至于滑轮头都被带得往下一歪。

什么情况？余蓉脑子里轰的一声，才刚抓住滑轮杆，绳上的力道就消失了。

完全消失了，只有绳子软软地垂在那儿，用手一捞，轻飘飘的。

余蓉低下头，向着洞内吼了句："聂二！"

下头没有回答。

也没有光。

静寂得像是从没有人下去过，只余一截伶仃的绳子，空落地垂进黑暗里。

03

聂九罗坐在猴袋里,一路向下,尽量蜷着不动,直到估摸着已经下降很深了,才小心翼翼抬起头,打亮了手电。

还没到底。

手电光又扫向洞壁:洞壁凹凸不平,挺适合搞攀岩,她要是没受伤,做好防护之后,徒手爬下来也不是不可能。

正这么想时,余光似乎瞥到什么东西一动。

聂九罗吓了一跳,手电光急追过去。

只是块洞壁上的凸起,并无异样。

不过,这一出让她有点警惕,不时用手电照向洞壁:地枭这种东西,是擅长立面攀爬的,她曾经吓唬炎拓说,"兴许你那天花板上,现在有人在爬呢"。

可别被余蓉这个乌鸦嘴给说中了,下头真是个枭窝。

又下降了一阵子之后,坑底已经隐约可见,聂九罗手电往下探照,电光飞快地从一处移到另一处。

没有啊,并没有什么尸体,除了一些矿上常见的老旧装备,并无他物。

聂九罗说不清心头是更轻松了还是更沉重:真找岔了吗?这只是个废矿而已?

就在这个时候,她感觉斜前方的洞壁上,又有东西一动。

聂九罗头皮一麻,手电光再次追过去:人不会无缘无故有这种感觉的,都第二次了,这洞壁上,一定有什么。

这一次,她没有到处探照,手电光始终在可疑的那一处徘徊,看着看着,一股凉气从心头泛起。

还是块洞壁上的凸起,颜色也几乎和洞壁融为一体,但是,仔细看的话,会觉得那一处的质地、肌理不同,手电光打过去,还有隐隐的泛光。

那像是铁黑色的脊背。

兴许是察觉到这光总也不挪走,那东西不再藏躲,如一只舒展腰身的老王八:头伸了出来,胳膊和腿也从身侧探出。

聂九罗第一个反应,就是想三拽吊绳,让余蓉把她给拉上去。

再一想,不行,这种老式滑轮,还是人力操作,下降已经很慢了,上拉只会更慢,上头再怎么使力,都绝对抵不过这玩意儿的速度,而且离坑底已经近了,落地她还能发挥一下,往上走的话,她就是吊在绳上的一块肉,分分钟就能被掠食者给扑了。

聂九罗屏住呼吸,一颗心跳得怕是要快过马达,她动作很轻地把手电交到左手，右手拔出了匕首。

心头转着侥幸的念头：也许只要不惊不叫，这东西就不会攻击她？

然而事与愿违，那东西的头转向她了：脑袋像颗大橄榄核，眼睛又细又长，里头渗着绿莹莹的光。

再然后，它跟一头硕大的蜥蜴似的，扒住洞壁，四肢一起使力，向着靠近绳子的这一头蹬爬过来。

聂九罗垂眼看了一眼坑底，绳子还在往下放，毕竟根据约定，她不拽绳，余蓉那头就不会停。

目前，距地面还有三四米的距离。

能多坚持一米是一米，现在还太高了，摔下去得摔成死狗。

那东西近了，更近了，双方的距离缩短到一扑之内。

离地还有不到三米，眼见那东西脊背后拉、牙齿龇起，聂九罗抢先一步，面露凶光，异常彪悍地冲着它的脸张嘴龇牙，喉内低喝，一副要生吞活咽了它的架势。

猫狗发威她见多了，虽然不至于吓退虎狼，但总能把对方唬得一愣。

果不其然，那东西不提防她来了这么一招，愣怔之下，没有立刻攻击。

多亏了这一唬，她又为自己争取到一米多。

不过这一唬也意味着叫阵完毕、正式开战了，那东西居高临下，后腿一蹬，向着她直扑过来。

聂九罗毫不迟疑，扬刀一撩，在那东西扑上绳索的那一刻，截断身前的挂绳，瞬间落了地。

落地之后发足前奔，想钻进正前方的坑道内，然而奔了没几步，头顶传来怪声，急止步时，那东西硕大而又笨重的身躯掠过她，重重落在她前方两三米处，挡住了她的去路。

聂九罗下意识退了两步，攥紧刀柄，精神高度紧张，喘息又低又急。

也不知道下头究竟有几只这东西，她不敢发出大的声响，怕招来更多的。

眼前这只是个大块头，目测立起来得有一米九往上，体重两百斤打不住，所以力量对抗她肯定是不行，只能以闪躲为主……

还没确定好对敌方略，那东西已经猛扑了过来。

这一扑力道极大，在洞底这种气流不通的地方，居然带起了风声。聂九罗不敢正面去迎，疾步往边上闪避，彼此几乎是擦着过去，她只觉得鼻端一股腥臭，面皮被激得生疼。

才堪堪站定身子，第二扑又来了。

这要被扑住了可就完蛋了，聂九罗一咬牙，不管不顾，向着旁侧最近的洞壁拼命狂奔，近前时一脚上蹬，借着这一蹬之力身子腾空猱转，这一蹬简直是老天给命，就在腾空的瞬间，那东西双爪已经抓进了洞壁中，抓得土块簌簌而下——但凡迟了那么一两秒，可就要换作她被抓得血肉模糊了。

聂九罗身在半空，本想觑准那东西后脑一刀插落，然而这种事是要靠运气的，对方毕竟是活物而不是死靶子，发现一扑落空之后，居然身子急耸，顺势借力往洞壁上蹿。这样一来，聂九罗的刀就失了准头，直插进它肉厚的肩上。

虽不是什么致命部位，但到底是一记狠刀，那东西吃痛，一声嘶吼，身子急甩，把聂九罗连人带刀给撞甩了出去。

聂九罗脑子里闪过一个念头：可别把我左边胳膊给摔了。

宁可伤右边的，也不能让左边的一伤再伤。

她身随念转，尽量侧身往右，估计是这防护起了作用，摔落时，力道都卸在了腰背和右胳膊上，左边的倒没受罪。不过即便如此，这一摔还是摔得她眼冒金星，自觉腹内五脏都移了位。

刚想爬起来，眼前骤然一黑，那东西如泰山压顶般疾扑而至。

聂九罗心下一凉，但多年特训，她的即时应急能力不错，肾上腺素来得猛时，反应异常快速——她紧盯着那东西脸上那两条狭长的荧绿色，左手用力把手电亮度推到最强挡，正冲着迎了上去。

她笃定这种长期生活在黑暗里的玩意儿，是绝不喜欢光的，尤其是强光。

果然，这突如其来的强烈光线刺激了那东西的眼睛，它立时向后瑟缩了一下，这一缩，把面目、方位清楚地暴露了，聂九罗也不知哪儿来的力气，飞速翻身坐起，手一挥，刀尖从那东西的右眼处经鼻子狠狠斜划而下。

这种地下生物，追踪猎物无非靠眼睛、嗅觉、听力，到底哪个最重要她不得而知，但管它呢，能毁几个毁几个。

这一刀之狠，几乎把那东西的脸一分为二，痛楚可想而知，趁着那东西抱头痛嘶的当儿，聂九罗迅速撑地站起，三两步冲进了最近的那条矿道之中。

聂九罗一进矿道就后悔了，万一里头还有七只八只在等她呢？

但后悔也来不及了，那东西受伤之后极其躁狂，已经急蹿着追了进来，人工掘挖的矿道没那么高大宽敞，时不时地，能听到后方的落石声——这是那东西在路过狭窄坑段时耐不住性子，拿身体猛撞、趾爪乱抓所致。

时间紧迫，聂九罗也没心思研究路径，哪里有路往哪里跑，一颗心一直吊在嗓子眼：这要是万一跑进死路，被堵个正着，那就完了。

好在这矿里岔道极多，蛛网般错综复杂，几次钻拐之后，身后的声响就渐渐远了，岔道就是这点好，一旦走岔，南辕北辙。

但风险仍在：各条道都是打通的，说不准走着走着，又迎头撞上了。

身周很安静，应该暂时还算安全，聂九罗关了手电，倚坐在一处角落里，趁机平复喘息。

——真是进了枭窝的话，听天由命吧，反正已经在这儿了。

——但如果，下头只有这么一只，那她出去的概率就大大提升了。她可以小心避开这只地枭，重新回到洞底。余蓉应该已经知道她出事了，但不至于立刻离开，会观望一阵子，甚至设法施救。

只要自己能尽快回到原处，只要绳子还在，一切就都还好办……

聂九罗打定主意，长吁了一口气，重又打开手电，怕强光惹来不必要的麻烦，只推到最弱挡。

眼前有亮，脑子却迷糊了：她刚刚，是从哪头跑过来的来着？

完全分辨不出了，地下的矿道，看来看去都一个样，努力回忆刚才逃跑的路径，毫无章法可循。

聂九罗懊恼极了，没办法，只能凭运气摸索了。

她选定一个方向，捡了三块小石子列出一个代表朝向的三角形，用刀尖在里头划了个"1"字之后，径直朝前走去。

遇到岔道时，就又捡三块，依序编号，私人煤矿，又不是真的迷宫，再复杂能复杂到哪儿去？

她脚步放轻，呼吸低到若有若无，还时不时站定身子，听前后的动静。

列完第五块三角标，聂九罗照例起身，灯光往前一打，身子突然颤了一下。

怕自己看错了，她还把手电光推高了一个挡。

没看错，那是一堆散落着的、白森森的骨头。

聂九罗打了个寒噤，头皮过电一样一阵麻似一阵，手电光柱也在黑暗的包裹中微颤。

余蓉的那个假设突然间又该死地合理了：炎拓被推了下来，摔死了，之所以没有尸体，是因为被拖进矿道里，吞吃了。

她慢慢走近那堆骨头，用匕首拨拉了一下。

不是，这应该是黄狗的骨头，因为她拨到了狗的头骨，还有一条被扔在边上的、干瘪的狗尾巴。

但这丝毫也没能让她的心情轻松，因为接下来，沿路遇到的白骨变多了。

越来越多，从散落着的几根到一两堆、三四堆，到最后，几乎没有"堆"的概念了。

她进了死路，进了一个全是尸骨的坑洞，那股扑面而来的腐臭味简直没法形容，那一刹那，她连眼睛都被熏得睁不开，扶住洞壁弯下腰，当场吐了出来。

口罩呢？没摸到，想起来了，是脱羽绒服的时候，一并摘了放进插兜里了。

聂九罗吐到吐无可吐，才喘息着直起身子，拿刀的手捂住口鼻，打着手电查看尸骨。

很多动物尸骨，因为那种狗、羊，乃至兔子、猫的头骨都很好认，但也有人的，眼眶处两个黑森森的洞，像是在凄厉控诉着什么。

她看到撕烂的衣物，东扔一坨西扔一坨，脚下蓦地一软，是踩到一只皮鞋，男式皮鞋，很老的式样，应该有些年头了，鞋帮上，印着深深的牙印。

那个刘长喜所说的，下矿的深洞，早已经变成了投喂场。

有人在定期给下头的东西投食，肉食，活生生的肉食，不拘猪、狗、猫、羊，甚至还包括人。

从这个坑洞尸骨囤积的规模来看，不止一两年，应该已经很久了，十年有了吧？说有二十年也不为夸张。

……

炎拓在这里头吗？

她之前嘱咐自己说"活要见人，死要见尸"，也自认为做好了面对一切惨厉结果的准备，可是，站在这种规模的森森白骨面前，还是如同被抽了筋骨般，瞬间就消了意志，委顿了。

她慢慢后退。

炎拓如果在这里头，她是找不出来的，她没那个能耐能把他的骨头拣出来。

生平第一次，她愿意相信林喜柔的话：炎拓就是失踪了，找不到了。

反正不在这堆尸骨里头，反正不在。

她心里这么坚决地重复着，但不知道为什么，眼前却渐渐模糊。

聂九罗转过身，把这尸坑甩在背后，一步一步往外走，脚下有时软得发飘，有时又硬得硌人，她懒得再去摆什么三角指向标了，也没心思去听周围的动静。

反正不在这堆尸骨里面。

林喜柔不会这么蠢的，炎拓是能换蚂蚱的啊，蚂蚱啊，她的亲生儿子，多大的愤恨，宁可不要蚂蚱？

不会不会，林喜柔不会这么蠢。

都怪余蓉，不会讲话，上来就丢出这么一个假设，一下子把她带坑里去了。

没错，她得有自己的判断。

可她自己的判断在哪儿呢？她脑子里装的是沙吧，一直在溃散、扬撒，连点像样的推测都理不出来。

反正，炎拓不在这里，他不该是这个下场，不该是。

聂九罗的身子晃了一下，酸楚气从胸腔上涌，一下子浸到眼底，又觉得胸腔里揣着的那颗心像石头一样慢慢裂开缝，缝里飘出的都是赤红带焰的愤怒岩浆。

手电光斜向下，停在了地上，那里，有一串沥沥拉拉的血迹。

哪儿来的血迹？

想起来了，是那东西，被她插了两刀，当然会流血，流血好，流干了才好。

原本，依着计划，她应该小心避开那东西，从矿道里摸索出去，和余蓉会合的。

但这一刻，盯着那串血迹，聂九罗周身一时火烫，又一时发寒，鬼使神差般地，又仿佛着了魔，她居然顺着血迹，一步步在走了。

炎拓醒来前做了个梦。

具体内容是什么已经不记得了，只记得梦里天很蓝，阳光很好，明晃晃的，风吹在面上，很暖也很香。

春天要到了吧？不对，早立春了，外头说不定都已经繁花似锦了。

炎拓睁开眼睛。

一片黑。

他躺着不动，犹在咂摸梦里的余味，顿了会儿，伸手往边上摸索。

摸到了，塑料袋里，水已经断了，但还有最后一个馒头。

那天，林喜柔来过之后，他就没再断食了，该吃吃，该喝喝，他隐约觉得，他该在下一次投喂之前，把自己给饿死。

这样，林喜柔就没法再对他做什么了，死人了嘛，一死万事休，你还能把我怎么样？

可能他还是不够坚韧，没法接受自己成为蚂蚱那样无知无识、人不人鬼不鬼的怪物。

他坐起身子，攥着馒头摸索到侧边，小心地撕成两半，然后，从兜里掏出那颗小星星。

摩挲得太多，小星星都有些起毛边了，炎拓把星星扔高，又抬手捞住。

一天落下来了。

也许一生也快落了。

他把星星夹进馒头中间，用力压实，心头忽然无比满足。

最后一餐，还是个夹心馅的。

他把馒头送到嘴边，狠狠咬了一口。

咬着"馅儿"了，还挺韧挺劲的，第一口没嚼断，炎拓没松口，拿牙齿细细去碾。

铁栅栏上突然传来撞声。

炎拓皱了皱眉头。

019号，尤鹏。

自打尤鹏发现他之后，隔三岔五的，就会来这儿晃荡一圈，大概是怀着侥幸期待奇迹：想看到栅栏消失，或者看到他已经陈尸在栅栏外。

这种事，一回生，二回熟，起初紧张得要命，次数一多，人也就疲了。

又来了，这一次，炎拓只觉得它吵闹。

他继续低头啃馒头，然而这一回，尤鹏也不知受了什么刺激，比之前更狂躁，撼撞得也更持久。

要不是那只手电再焐也焐不出个亮，炎拓真想打起手电看看，这货今天是什么毛病。

撼撞声还在继续，炎拓被吵得脑仁疼，他叹了口气，抹了把嘴边的馒头碎屑："鹏哥，你别白费力气了，你又吃不到我，别处玩儿去吧。"

果然，和之前几次一样，没多久，栅栏处就安静了。

炎拓把最后一口馒头送进嘴里。

没有了，他现在，什么都没有了。

聂九罗循着血迹一路过来。

血迹起初是密集的，后来就有点散，但好在这东西块头大，血量足，一路滴过来，比最清晰的路标还明显。

血迹还在向前方延伸，聂九罗正往前走，突然心中一动。

她转过身，看斜后方。

那儿，有条一人来宽的缝隙，直通进去，不注意的话，还真不容易察觉。

手电光朝里照了照，挺深挺黑，看不出什么，再往地下打，有血迹。

什么情况？怎么往前头有血迹，往这缝隙里，也有血迹？

聂九罗略一转念就想明白了，可能那东西到这儿时，进这条缝隙，然后又出来了，继续往前去了。

她收回手电光，继续往前走，但没走两步，又忍不住回头去看。

缝隙里黑黢黢的，幽长而又死寂。

那东西为什么要往缝隙里去呢？

04

这位"鹏哥"走了，炎拓反而有点寂寞。

应该拉住它，絮叨一下家常的，"鹏哥"完全堪当陪聊，虽然长得砢碜了点。

炎拓百无聊赖，把空了的塑料袋撑开，兜了一兜子空气。

每次投粮，都是用塑料袋送进来的，水袋里的水消耗完之后，也只剩下塑料皮。这些塑料袋其实是可利用的，比如保暖、装垃圾、搓成绳，袋子不漏气的话，还可以套住头脸，一了百了。

这最后一个就不漏气。

炎拓攥紧袋口，感受着袋子里鼓囊囊的一团。

人真心想死的话，办法其实真的挺多。

林喜柔下次来，看到的应该就是他的尸体了，他应该死成什么样最有冲击力和性价比呢？安详地躺着不大好，他应该用塑料袋搓成粗绳，把自己正脸朝外、吊死在铁栅栏上，死成林喜柔的一个噩梦。

这女人会有噩梦吗？

炎拓笑起来，觉得自己荒唐又好笑，笑到末了，眼角有点湿：他对这世界其实还有眷恋。

可世界不眷恋他了吧？

坑道里传来窸窣的声音，起初，他以为是尤鹏去而复返，但渐渐地，觉得不太像。

有光从那个茄子蒂的入口处透进来。

炎拓口唇发干，动作很慢地从地上爬起来。

这次投喂，怎么来得这么早？是年过完了，着急对他动手了吗？

光线渐强，是手电光柱，亮得简直刺眼，在洞里扫了一遍之后，透过栅栏，直直打在他身上。

炎拓抬手遮光，透过指缝，他想看清来的是谁，是林喜柔、冯蜜，还是熊黑？

但看不清，那道光几乎直冲着他的眼，刺得他眼前一片炫白。

一个念头突然闪过脑际。

不是林喜柔他们，他们来的话，不会这样探究似的、拿光柱长时间照他。

炎拓的心突然猛跳起来，他听到一个熟悉的声音。

"你是……谁啊？"

你是谁啊？

炎拓怀疑自己是在做梦，是真有这道光、这么个人，站在铁栅栏之外吗？

他站着不动，嗫嚅着说了句："阿罗？"

嗓子干涩，舌头僵直，下颌也几乎麻木了，这声音没能出口，团塞在喉腔处，像是只说给自己听。

聂九罗似乎也察觉到光直照着对方的眼睛，不方便人家看到她，她略垂下手电，半是疑惑半是警惕地看炎拓："你是？"

地枭的同伴吗？不像，明明是被囚禁着的。

这人是个男人，高大，却又形销骨立，头发乱糟糟的，长得遮盖住了上半张脸，下半张脸上又胡子拉碴，完全看不清面目。

看衣服，脏污得辨不出颜色，身后不远处，团着一团破烂的被子。

有那么一瞬间，她怀疑过这是炎拓，可是除了身高，两者之间，几乎没有相似的地方。

她忍不住又问了一遍："你是？"

炎拓看清她了。

真是聂九罗。

他从没见过她这么装扮，穿得不多，一身黑色覆皮甲的装备服，外面是不是暖和了？她没再吊着胳膊了，左手握着手电。

她伤都好了吗？

还有，她居然戴了顶红色的毛线帽，八角形的，顶上还有毛球。

这一定不是梦，他只可能梦见她曾经的模样，即便再糅加想象，也不会给她戴个帽子。

他眼前发糊，又叫了声："阿罗？"

这一次，聂九罗终于听见了。

她双腿一软，连退两步，要不是膝盖发僵，差点就坐到地上去了。

这是炎拓？

太平年月，"饿到不成人样"这话，于她而言，只是小说里的描述，她从来没有想过，现实生活中，这种事还能发生在她眼前。

这是炎拓，他成什么样子了？他面色惨白，是那种长久不见光、不正常的白，整个人像是骨架颤巍巍搭起来的，一推就会倒。

聂九罗的眼泪瞬间就下来了，她赶紧清了清嗓子，又猛眨了几下眼，把这股突如其来的难受给压下去，力图让声音如常："你没事吧？你……一直在这儿？"

怕炎拓看到她流泪，她移开手电光，往栅栏门上照，有点语无伦次："是锁住了吗？这个锁……"

糟了，开锁枪没带下来。

聂九罗放下手电，斜支在一边照亮，又撸下左腕的手环，摘了珍珠，环尖探进锁孔试了试。

不行，这锁粗笨，手环太细了。

她想了想，把手环对折拧转，这样，两股勉强合为一股，加粗了环身，而且对折处自成一个小钩套，方便套拉锁里的楔齿。

炎拓看她忙碌，蓦地从怔忪中反应过来："阿罗，你赶紧躲起来，这外头是有地枭的。"

他在囚牢里，反而是安全的，她可不一样。

聂九罗"嗯"了一声，钩套还在慢慢感知锁孔里的楔齿："我知道，它应该往前头去了。"

炎拓差点急疯了："它说不定就会回来的。"

聂九罗手一滑，这一下没套住，她也出汗了，额上、后背，都是汗。

她吁了一口气，回头看了一眼出口：这个洞的形状，特别像个茄子，从那道缝隙往外，是窄而曲折的长条，像弯绕的茄子梗。

她继续对付那把锁，同时压低声音："它往前头去了，一时半会儿不会再来。别发出大的响动，别把它招来就行，它现在眼睛和鼻子不大好使，估计靠耳朵多点……下头有几只？"

炎拓心跳如擂鼓，也顾不上看她，只死死盯住那道口子，声音都紧张得变调了："我只见过一只，应该就一个吧。"

一只啊，那就好，总比回答她七八只要好。

聂九罗只觉得手上一紧，这是钩到了！

她手指钩攥住环身，用力往下拉拽，就听"咔嗒"一声，锁扣已经弹了起来。

聂九罗大喜，手环经此大力攥折，复原之后，多少有点怪模怪样，不过也顾不得这么多了。她取下挂锁，赶紧去解缠裹着的锁链，因为左边胳膊不方便使力，多少有点慢。

真奇怪炎拓为什么不来帮忙，难道他不急着出来吗？

炎拓看着她解开锁链，铁门开启的刹那，他的身子瑟缩了一下，不觉往暗里退了一步。

聂九罗三两步就冲到炎拓面前，一时间也不知道说什么好，觉得与其在这地方嘘寒问暖，不如赶紧出去，等心安了再聊。

她下意识去拉炎拓的手："赶紧走，迟了就麻烦了。"

余蓉应该还在等着"接应"她，可万一去迟了，她离开去搬救兵，那就麻烦了——等后援过来，至少得两三天。这两三天没处吃睡的，难道她要和那只地枭在下头捉迷藏吗？

这一拉拉了个空，炎拓很明显地回避了她。

聂九罗一愣，心头旋即浮上不祥的预感："炎拓，你是被抓伤了吗？"

他是不是已经"变"了，或者正在变化中，所以反感她靠近？

炎拓含糊地说了句："不是。"顿了顿，又轻声说，"阿罗，我太脏了，手上全是疮，你别……弄脏了。"

聂九罗眼眶瞬间烫热，又止不住想流泪了。

其实她并不喜欢哭，但也不知道为什么，进洞之后，这几次三番的，总忍不住。

她当然是喜欢洁净的，可这种时候，还去讲究那些有的没的，未免太矫情了。

聂九罗清了清嗓子，语调故作轻松："多大点事啊。"

说着，径直去拉他的手。

炎拓的手蜷了一下，又避开了。

聂九罗来了气，她都说不在意了，一个大男人，还这么不爽快。

她手就那么伸着，并不缩回来："炎拓，你要是不牵我的手，那你以后也别牵，也别挨着靠着我，你这是嫌谁呢？"

炎拓哭笑不得："我不是……"

怎么成了他嫌谁？她这不是故意颠倒黑白吗？

他犹豫了会儿，慢慢握住了她的左手。

聂九罗原本是想拉了他就走的，然而这一刻，脚下就像长了钉子似的，迈不开步子。

她终于知道炎拓为什么不想她拉他了。

他的手，真的是好粗糙，疮叠着疮，有些地方是破了，流完脓，长痂了，而有些地方，能明显感觉到还有创口，或是正在长嫩肉，这要是被蹭到了，该多疼啊。

她都不敢乱动了，包在他掌心的手微微发颤，然后转过头去，狠狠流了两行泪。

炎拓或许也知道她并不想让他看到，所以并没抬头，只是手上加了些力道，笑了笑，说："其实没什么，就是冻出点包。其他还好，你来之前，我还吃饭呢，你要是再来早点，我还有橘子给你吃。"

聂九罗没理他，这破地方，还吃橘子？再编！怎么不说刚吃完米其林三星呢？

炎拓也察觉出这话并不能安慰人，又沉默了，过了会儿，轻声问她："阿罗，我看你没吊胳膊了，胳膊是全好了吗？"

聂九罗吸了吸鼻子，终于缓过劲儿来，说："没有。

"我左边这条胳膊，不能用大力气，所以拉你你就走，不要死乞白赖地让我拖。"

聂九罗说完，手上微微一拉，示意了一下栅栏门口："走了。"

那东西显然是受伤之后才来茄子洞里的，那么，只要逆着血迹走，就一定能走回猴袋上下的那个大洞。

聂九罗把手电交给炎拓打光，自己握着刀跟在后面，时不时查看一下身后。

矿道里静悄悄的，两人都很有默契地不吭一声，只途中的时候，炎拓问了句："这里是哪儿啊？"

被关了这么久，居然一直不知道这是什么地方，聂九罗有点心酸，低声回他："由唐县，你爸的煤矿。"

炎拓点了点头，没再说话。

父亲的煤矿里头，怎么会有地枭呢？看起来，林喜柔的出现，和这个煤矿有着脱不了的干系。

难道是当初掏挖煤矿，把林喜柔给挖出来了？林喜柔是从黑白涧出来的，这个煤矿是不是有什么隐秘的通道，一路通入黑白涧？

……

聂九罗全程都高度紧张，生怕下一瞬就来个狭路相逢，然而出乎意料，居然沿途无事，循着血迹，又回到了那个洞底。

之前下来得太慌张，来不及细看，这一次才发现，洞底居然有四五个矿道口，炎拓也回忆起刘长喜给他讲过的："长喜叔提过，下头确实是分不同方向挖的，开始是几组人各自作业，后来时间久了，就互相打通了。"

难怪没有再撞见那头地枭，它应该是找进别的岔道去了，但兜兜转转，也随时可能从任意一个口再出现。

不过，这还不是最糟糕的，最糟糕的是，那条放她下来的绳不见了！

聂九罗简直不敢相信，余蓉……就这么没耐性？你就不能等一等？怎么也不能把绳给收了啊！

她气得真想冲着上头狂喊，但一来怕声音传不上去，二来又怕招来地枭，只好咬牙闭嘴，手电打到最强挡，冲着上头一明一灭地打信号。

希望余蓉还没走，还能看得到她的信号。

炎拓借着这明灭不定的光，一直注意那几个矿道口，觉得哪一个都像是要蹿出地枭的模样……

看着看着，他忽然发现，聂九罗身后不远处的旧装备堆，似乎在动。

他心跳骤然提速，轻声叫了句："阿罗？"

聂九罗正忙着打光，闻言看向他："啊？"

炎拓盯着那一堆。

没错，是在动。

这个洞底，是当年矿工们上井下井的歇脚处，不便携带的装备都是随手往那儿一丢，后来习惯成自然，用废了的、淘汰了的，也往那儿丢。

久而久之，堆得小土坡一样。

聂九罗读懂了炎拓的表情，她背心发凉，正待转身去看，就听"哗啦"一声，有什么东西从那堆装备底下直蹿了出来。

在这儿等她呢。

是啊，何必在矿道里跟她玩什么捉迷藏呢？只要守住这个进出的"交通要道"，总能等到她的，不是吗？

05

聂九罗拔腿就往一侧跑，这跟逃跑时走曲线一个道理，对方是直冲，她得改向。

果然，跑了没两步，就听到身后传来重重落地的顿声，聂九罗一咬牙，看也不看，回身就是一记抡刀：能不能伤到这东西，纯粹是拼运气。

很可惜，或许是她跑得太快，要么就是胳膊不够长，刀尖自那东西眼前约半米处空抡而过。

一击不中，聂九罗左手急抬，手电光直刺那东西的独眼，想故技重施，哪知那东西只急闭了下眼，同时抬臂猛挥。

这一挥好死不死，把她的手电给打飞了，电光在空中打着旋飞了出去，非但如此，左手还被打得瞬间僵麻，她几乎要怀疑，是不是几根手指头也跟着手电飞走了。

聂九罗脑子里一空。

就在这个时候，有什么玩意儿正砸在了那东西的脑袋上，不止一个，接二连三，陆续而至，同时听到炎拓大吼大叫的声音："哎，哎！鹏哥，这里！"

是炎拓冲到了装备堆边上，正从里头捡东西往这头砸，他力气不济，重的抡不起来，只能砸些安全帽、胶鞋、废旧马灯什么的。

明明形势凶险，聂九罗还是突然觉得好笑：鹏哥？这还攀起兄弟来了？

不过好笑归好笑，心里也知道炎拓是在帮她拖延时间，聂九罗觑着这玩意儿愣神，斜里直冲出去，先去捡手电：下头太黑了，虽说拿着手电就是个靶子，但没手电，人就是个瞎子。

刚捡起手电，就听身后不远处一阵哗啦急响，那"鹏哥"大概是被砸得恼火，兼对炎拓的声音耳熟，已经暂时舍了她，向着炎拓的方向急扑过去，只一蹿就蹿上了装备堆，装备堆得本就松散，没吃住这一扒，哗啦往边上滚落。

聂九罗大叫："炎拓，躲起来！别说话！"

一边这么喊着，一边把手电调到闪烁模式，向着那东西直射了过去。

地枭的夜视力当然是强的，但刚被划瞎了一只眼，不可能不受影响，鼻子也差不多毁了，估计现在鼻腔里满是血腥味，嗅觉大打折扣——也就靠听力和对光线的敏感度感知对手方位了。

炎拓贴地伏倒，也是运气，各色装备散落而下，恰好把他半埋了起来，只露了半张脸，能隐约看到趴立在装备堆顶上的尤鹏。

但凡多点时间和耐性，尤鹏还是能找到炎拓的，但一来它受挫之后本就狂躁，二来身侧的光跟追魂一样冲着它闪，它实在忍无可忍，一声闷吼，又掉头冲着聂九罗狂奔而去。

等的就是这时候！

聂九罗直迎着尤鹏上来，距离三四米时，手电光迅速推到最强，晃住尤鹏的眼之后，用力向上一抛。

她和尤鹏打斗时，手里一直都有手电，基本给对方造成了一种"光在哪里，人就在哪里"的假象，她笃定尤鹏那受了伤的眼睛在刹那间，是几乎分辨不出人和光已经分离的。

尤鹏果然中计，以为她已经腾空，刹那间后肢蹬地跃起，向着光亮处攫扑过去。

就是现在了！

聂九罗脚下不停，手里匕首大力上扬，又是一记狠命横抢，这一次是实实在在没走空：刀尖从尤鹏的左侧腰际，斜向上划拉到右侧肋下，于半空中给它来了个半开膛。

她一击得手，也顾不上查看战果，继续往前疾冲，几步跨到装备堆上，又矮身斜滚下去，炎拓眼见她下来，赶紧起身，一把托住她，卸了她下滚的势头。

两人伏在装备堆后，俱是气喘吁吁，但又不吭一声。

另一侧，尤鹏腾起扑空，半途被开膛，翻滚着落了地，发出凄厉至极的嘶吼声。

聂九罗从没听过这么瘆人的吼声，真如万鬼齐哭，叫人毛骨悚然。

她正想伸手捂住耳朵，忽然感觉装备堆的另一侧吃了狠狠一撞，自己的身体都被撞得趔趄了一下，还没反应过来是怎么回事，炎拓已经一把攥住她的右臂："快走！"

是尤鹏发狂了，它先是猛撞到装备堆上，然后两手如巨铲般疯狂刨挖，像是要把人给硬刨出来。它这块头，力量可不是盖的，一时间，大小装备，不拘镐头、马灯、安全帽、挖铲等，雨点般四下乱飞。

聂九罗跟着炎拓从边上奔逃，才刚跑出一段，就见一盏马灯正砸在炎拓头上，薄玻璃"砰"一声迸得四溅。

她脑子里一突，刚想问炎拓怎么样了，小腿也重重挨了一下：那是一柄铁锹的棍柄，狂飞急掠间砸到了她的胫骨。

聂九罗痛得浑身一抽，匕首脱手，失足跪栽下来，铲了一手的碎玻璃，连炎拓都被她带得摔滚在地。

这一下动静大了，尤鹏立时察觉，如一只敏捷的兽，挟风带声，猛冲过来。

聂九罗想爬起来，但腿上一时缓不过劲，身子带不动腿，急抬头间，只觉腥风扑面、黑云罩顶。

她心下一凉，急闭上眼，只当这下完了：她这身子骨，怕是要被这一扑给砸死。

哪知预料中的千钧力道并没有压顶，聂九罗一怔，睁眼看时，是炎拓抓过那柄铁锹，铲头死抵在尤鹏的胸口，硬生生把尤鹏的来势给扼住了。

借着滚落在远处的手电光，聂九罗隐约看到，铁锹发钝的铲口已经铲进了尤鹏的胸口，暗褐色的血流一波一波地往下涌，但这畜生似乎对痛楚浑无畏惧，悍然往前一冲。

炎拓的力气，最盛时怕是也没法跟尤鹏对抗，更何况是体力虚弱的现在？他用尽浑身的力气死攥住柄身，但依然连人带柄，被这一冲顶到了洞壁上。

聂九罗脑子里轰轰的，柄端虽然是钝的，但以尤鹏的力气，再来一个使力，木柄就能把炎拓身体给捅穿了。

她也顾不上什么胳膊了，两只手都上去，想帮着炎拓把尤鹏给抵回去，下一秒就知道行不通，这种纯力量的博弈面前，有她没她一个样，她就是个渣渣。

刀也不知道扔哪儿去了，情急之下，也顾不上去捡什么，聂九罗一咬牙，伸手向着尤鹏瞎了的那只眼抓过去。

尤鹏也不是傻子，知道不妙，瞬间急转向她，那柄铁锹已经铲进他胸口，这一转，连锹头带棍，也急扫了过来，聂九罗不提防腰上挨了一扫棍，直接被扫得连人带棍跌摔了出去。

不过，摔出去的刹那，她忽然看到，半空中又放绳下来了。

非但放了绳，绳上还吊了个……

说是"吊"并不确切，更像是有人挽着绳下来的，但这人不像是余蓉，甚至不像是人。

聂九罗还没看清下来的究竟是什么，那东西已经撒了绳，半空中疾掠而下，如一头迅捷的闪电貂，又像精准投掷的飞弹，骑坐在尤鹏的脖颈上，两手抱住尤鹏的头，又抓又咬又啃。

尤鹏嘴里发出尖锐的怒声，拼命乱摇乱晃，想把这东西给晃脱，然而事与愿违，这东西块头虽远不如尤鹏，动作却麻利得很，爬上蹿下，牙尖爪毒，专拣尤鹏的伤口处下手，一时间，尤鹏居然被它缠住了。

这情形，颇似壮汉遇到了只难缠的猴，虽说双方实力悬殊，但一时半会儿的，谁都没法奈何得了谁。

聂九罗被这突如其来的一幕彻底搞蒙了：这又是谁？蚂蚱？但蚂蚱不是怕地臬吗？

管不了那么多了，绳下来了，尤鹏又暂时被拖住，是离开的最好时机。

聂九罗挣扎着爬起来，被砸过的那条腿疼得几乎支不了地，好在炎拓及时过来，半抱半拽地扶着她走，顺便把她丢了的刀递给她。

绳子已经放得拖到了地上，就是绳头没系麻袋：先前那个，落地时已经被她甩得不知道哪儿去了，仓促间也没法找。

那就只靠绳子好了，聂九罗伸手出去，抓住绳身拽了一下。

这是事先约好的，拽一下，代表停。

很快，绳子没再下放了。

没错，上头是余蓉，聂九罗抓起绳子就往炎拓身上绕："你先上去，可能不太舒服，只能凑合了……"

炎拓一把拽开绳子："不行，你先上吧，你都站不稳了。"

聂九罗紧张得手上发颤，她回头看了一眼尤鹏那边：时间紧迫，新到的那东西渐渐落下风了。

她说得又快又急："余蓉在上面，我上去了帮不了忙，你们两个拉我，比我和她拉你，要快很多，你懂吗？"

破船还有三斤钉，炎拓再虚弱，也是个劳力，拽人上去比她有用。

炎拓懂她的意思：两个人上去，至少得拉两次，聂九罗先上的话，余蓉得以一人之力，先后拉两个人，而他先上，第二次就可以和余蓉合力，缩短时间。

可是，下头是这么个凶险的情形，也许他上不到一半，聂九罗就死了。

他断然摇头："不行。"

话音刚落，就听一声惨叫，那东西被尤鹏甩脱出去，重重撞在洞壁上，虽说很快重新爬起，再次扑向了尤鹏，但行动明显滞涩了很多。

不行个屁！聂九罗差点急疯了："你别浪费时间了……"

炎拓打断她："阿罗，那东西是能爬墙的，要是不趁着三个人时搞死它，三个人都出不去！"

聂九罗心头一凛。

这话没错，余蓉往下放她时就很慢，往上拉只会更慢，而尤鹏爬墙的速度简直骇人，半路截停根本不是难事——不存在谁先谁后的问题，要么全出去，要么全出不去。

掌心火辣辣地疼，这是刚刚摔倒时铲了一手的玻璃，也铲出了一手的血。

聂九罗声音有点颤："炎拓，你扶我过去。"

近前时，正遇上那东西第二次被尤鹏甩了出去，这次甩得有点狠，落地之后嘴里发出痛苦的哀啼，努力了两次才颤巍巍爬起来。

这到底是个什么东西？看身形像人，看面目和趾爪又像兽。但不管是什么，是余蓉驯的总没错了——因为它下来之后避开了人，直奔地枭。

尤鹏喘息粗重，大概是发觉了左右都有敌人，挪移了一下身体，调整为一对二的站位。

聂九罗左手握刀，撅出死刀的刀身，在右手满是血的掌心抹了一把，然后刀交右手，低声问炎拓："你还有力气吗？我想攻它颅顶，你要是能把我托举起来，也许有希望。"

尤鹏块头太大了,她够不着,腿上刚受了砸,助跳也困难。

炎拓还记得地枭的两大要害——颅顶和脊柱第七节,颅顶显然更方便一击得手,脊柱第七节什么的,这么紧张,光线又暗,谁有那工夫慢慢摸数?

但托举聂九罗,以他现在的体力,真没把握……

正犹豫间,那东西又直冲了过去,三纵两跃,直取尤鹏半开膛的肚腹,尤鹏怒吼一声,一拳挥出,哪知那东西也灵活,猱身一避,反而吊抱住尤鹏的胳膊,压得尤鹏的身体往前微微一倾。

炎拓脑子里灵光一闪:聂九罗上不去,让尤鹏下来也是一样的!

他来不及跟聂九罗交代了,一矮身,抄起地上的那柄铁锹冲了出去,近前时铁锹横起,觑准尤鹏叉开的两条腿,锹头别在尤鹏右腿后,柄身压在它左膝前,然后抓住柄头,狠狠一撬。

他是没那个力气绊倒尤鹏,但可以用杠杆啊,阿基米德不是说了吗,给个支点都能撬动地球。

"轰"的一声,尤鹏砸倒在地,炎拓往前翻滚开去,只觉得骨架咯咯乱响,眼前阵阵发黑,天旋地转。

过了好一会儿,他才喘着粗气爬起来。

远处的手电光太暗了,只能看到模糊的影子,尤鹏面朝下趴倒在地,手脚好像在不断抽搐,那东西"嗬嗬"喘着,一瘸一拐地在尤鹏身边走跳。

没人站着,聂九罗呢?

炎拓有点茫然:"阿罗?"

过了几秒,尤鹏的头肩处有个人影半欠起身子:"这儿呢。"

听她语调,应该是事情已经成了。

炎拓长吁了口气,又躺回地上。

这是被关在这儿这么久以来,头一次,他觉得躺着是安宁的。

夜半时分,余蓉的车缓缓驶进了镇上的小旅馆。

她也是服了聂九罗了:这人不敢在由唐停留,连周边县镇都不愿停,催着她一再赶路,途中只去了几个必要的店,买了些日化品、衣物、药品什么的,直到接近夜半,才松了口,同意在这不知名的小镇上找家旅馆住一夜。

谨慎是必要的,可犯得着这么草木皆兵吗?太给林喜柔脸了。

聂九罗出面办了入住,拿了门卡之后,把车子引进后院。

小旅馆靠近省道,平日里司机来来往往,入住率还是挺高的,但现在还在春节假期,冷清气简直能冒出泡,偌大的后院,一个住客都没有。

聂九罗要了一楼连号的三间,送炎拓进了屋,把买来洗澡用的毛巾、沐浴露等林林总总都交给他，又问："回头洗完了，想吃点什么？"

忽然回到了灯明几净的文明世界，炎拓的局促和不适简直比初见聂九罗时还强，他回避她的目光，抱着一兜洗漱用品，不自在地说了句："有什么吃什么吧。"

聂九罗明白他的心思，交代了两句之后就出来了，这个点，饭馆什么的就不指望了，外卖也铁定没戏，但春节嘛，旅馆老板家里一定是有存货的，她准备出钱买点。

进了前台，正撞见余蓉，她应该也是觅食来的，手里拎了好大一块冰冻肋排，看见聂九罗，有点意外。

聂九罗看肋排："给它吃的？"

在车上的时候，她问余蓉那东西是什么，余蓉敷衍了过去，始终没给正面回答。

现在也一样，含糊了两声，绕过她走了。

聂九罗按下疑惑，去老板的冰箱里挑了份手擀面，拿了俩鸡蛋，外加点青菜、蘑菇，用小兜袋装好之后，看到里头有盆装的、熬好的汤排骨，又厚着脸皮要了两块。

她下厨没什么天赋，但下点面条还是不会出错的，炎拓出来之后的第一餐，得是热腾腾的，有点肉才行。

后院有厨房，供司机们自行热饭做菜，聂九罗拎着小兜袋进了厨房，看到余蓉兑了温水在大盆里，肋排正浸在里头解冻。

她走到水池边，把青菜和蘑菇洗干净切了，锅子过了水，却不忙开火，掇了小板凳过来坐下。

余蓉奇怪："不开火？"

聂九罗示意了一下对面亮着灯的那间客房："洗澡呢，晚点做，做早了面容易坨。"

这感觉可真奇怪，她这辈子，还是第一次等一个男人洗澡。

天上有一轮蛾眉月，被周遭藏蓝色的深空围拥着，安静而又温柔。

真是累啊，那种鏖战之后的虚脱和疲惫感，即便坐了这么久的车，都缓不过来。

聂九罗出神地看着月亮："你驯的那个，原本……是个人吧？"

06

余蓉心头一突。

来之前，邢深为稳妥计，让她带上孙周，但也提醒她说，孙周的来历，就不用跟聂二讲了，免得闹得不愉快。

她翻了翻浸在盆里的肋排，装着若无其事："哪里看出来像个人了？"

聂九罗："人和地枭，我还是分得出来的，这东西虽然尖嘴猴腮，脸上一丛丛的毛,但大体还是人的轮廓。另外,我从来没听说过蒋叔那头还有这种东西,应该是这段时间驯的吧?

"这段时间驯的,又不是地枭,我想来想去,忽然想起一个人。"

她看向余蓉:"之前,有一个人被狗牙抓伤过,叫孙周。后来,猪场被烧,孙周不见了。问炎拓,他说不在林喜柔那头;问蒋叔,他说孙周可能趁乱跑了。再然后,发生了太多事,我也忘记这茬了。

"余蓉,你车后厢的这个,不会是孙周吧?"

余蓉没吭声,盆里的水已经凉了,她重又兑水,浸第二轮。

她越是沉默,聂九罗越是不安:"你说话啊。"

余蓉没办法:"你要想知道,就去问邢深。他是畜生,还是人变的,我没管过。我只知道,不驯他,就是头见人就咬的疯狗;驯了之后,能约束自己不伤人,认清死对头是地枭,关键时刻还能派上用场,这不挺好吗?你今天,难道不是多亏它帮忙?"

聂九罗手脚冰凉,怀疑终究只是怀疑,这怀疑如果被驳回了,她也能心安,但余蓉这反应,基本是坐实了。

她胸口一堵,声音都颤了:"他原本是人哪。"

孙周,曾经是她的司机啊。

虽然她对他的印象不甚深刻,但还模糊记得,他有个女朋友,还跟她抱怨过挣钱难、买房难、结婚难。

那是孙周?

余蓉一副到此为止的架势:"喏,我跟孙周没交情,还是那句话,我到的时候,他就是这样了。我不驯他,他跑出去伤人,没准就被当成不明生物击毙了,或者做实验研究了。"

聂九罗气极反笑:"那你驯了他,把他当畜生一样使,还显得很人性化了?"

余蓉低声骂了句什么,又拿手去撸脑袋,一撸一手的塑料袋。

这玩意儿还没摘呢?她气恼地一把拽了下来,心中微感惊异:还真挺保暖的,一摘下来,脑顶上凉飕飕的。

她说:"第一,不是把他当畜生使,见到他的时候,他就是个畜生。

"第二,从我驯兽的立场来看,我能把一个疯魔的玩意儿驯成不伤人、能听人话的,我没觉得不好。哪天我余蓉也被抓了,变异了,我乐意当这么一头狼犬,还能多撕几头枭。

"第三,别跟我较劲,是我把他弄成这样的吗?谁抓的他?谁咬的他?你真想论理,找准源头和对象。这事就到这儿,说多了头疼。"

说完了,大概是怕聂九罗再啰唆,也顾不得肋排还没解冻好,"哗啦"一声,水淋淋地拎起来就走。

聂九罗想说什么，又咽下去了。

她也明白，跟余蓉争辩没意义，孙周明明在板牙那群人手里，蒋百川却跟她说不在，看来一切是从蒋百川那儿开始的。

还有，事情已经这样了，她再表示反对，又能做些什么呢？给孙周找个完美归宿？

过了会儿，她出来找余蓉。

院子里很安静，屋檐下为求过节喜庆，挂了两个老大的灯笼。余蓉正坐在客房门口的台阶上，笼了一身红光，车子停在一边，后车盖半开，走近了，能听到车后厢里传来咔嚓的啃声，再走近点，声音就戛然而止了。

聂九罗绕到正对着车后厢的地方，看到孙周捧着那块湿答答的肋排，嘴里无声咀嚼，眼睛警惕地看着她。

观望了会儿，大概是察觉她并无恶意，又埋着头开啃了，牙齿是真尖利，"咔"的一下，肉骨就断了，听得聂九罗不寒而栗。

余蓉叹气："明知道看了不舒服，还非要来看。"

聂九罗的目光仿佛黏在了孙周身上："如果是我，我被抓了，变异了，麻烦别驯我了，让我死了好了。"

余蓉说："你就是太想不开了。变异了，不是人了，就当是投胎到下辈子了呗，一辈子有一辈子的活法，谁还管上辈子怎么想？"

聂九罗："一辈子是有一辈子的活法，可就算投生成了野兽，也不喜欢被驯化吧？"

余蓉好笑："你想跟我说什么？生而自由？尊重他的天性，把他放归山林？聂二，你看看这世界，能把他放归到哪儿去？"

聂九罗没说话。

难道孙周这辈子，就这样被驯养到老、驱使到死吗？

耳畔传来余蓉的声音："你啊，有这精力，多想想自己的处境吧。听炎拓的意思，最多再过三五天，就会有人来投食，到时候，事情可就瞒不住了。"

聂九罗觉得好笑："瞒不住就瞒不住呗，林喜柔又不是傻子，炎拓跑了，洞里那只地枭死了，她当然会猜到是缠头军做的。说不定，这还是件好事呢。"

在换人的问题上，林喜柔一直态度含糊，没准儿这次，隐秘的窝点被捣，让她知道自己藏得并不那么稳妥，多点危机感，行事也会痛快点。

说到这儿，她忽然想起了什么："你见过蚂蚱吗？"

余蓉点头："见过，猴子大的身板，长不大。"

聂九罗说："这要是我，儿子被人掳走二十多年，但凡有点消息，倾家荡产我都得换。她怎么就这么沉得住气呢？"

余蓉不以为然："可能……不是所有女人都把孩子当回事的吧。"

炎拓这澡，洗了足有一个半小时。

候着他洗完之后，聂九罗才去下面，反正排骨本来就是熬好了的，放在汤里滚一会儿就行，蘑菇青菜又熟得快。

找不到合适的汤碗，索性把带柄的小汤锅给他端了过去。

一进屋，她就觉得暗，屋里那么多灯，炎拓只开了床头的夜灯。

聂九罗下意识去摸大灯的开关："怎么这么暗哪？"

炎拓说："就这样吧，太亮了有点……不适应。"

聂九罗一愣，已经揿上开关的手又缩了回来。

屋里没桌子，聂九罗把小汤锅放到茶几的杯垫上，炎拓走过来，睡衣本该是合身的，但现在穿着，总觉得空荡。

他在沙发上有暗影的那一侧坐下，低头凑近汤面，深吸了一口气，说："好香。"

然后拿起筷子。

聂九罗看到他拿筷子的手：大概是洗澡时被热水浸的，泡到发白，有些长疮疤的地方已经破了，渗着很细的血丝。

她忍不住说了句："我买了冻疮膏，在袋子里，你记得擦。"

炎拓"嗯"了一声："我睡前擦，再睡一觉，好得快。"

说这话时，一直没抬头。

怎么会这样呢？聂九罗忽然觉得，以前和炎拓，是能聊再多都不厌倦的，但现在需要找话跟他说，即便找到了，对答也干巴巴的，还时不时冷场。

是哪儿不对了？

她搞不明白，顿了顿又说："头发……要不要剪一下？"

炎拓摇头："不用，过一阵子……再说吧。"犹豫了会儿，又补了句，"阿罗，你今天也累了，要么你先回去休息吧。"

这种完全没眼神交流的对答太尴尬了，聂九罗蓦地觉得自己有点不受欢迎："那行，你慢慢吃。"

她起身出来，炎拓也起来送她，到门边时，忽然问她："你这趟出来，还随身带折星星的纸吗？"

聂九罗说道："带啊。"

"那借我一张吧。"

聂九罗笑道："一张纸还借，难道你会还吗？待会儿拿给你。"

炎拓也笑，门口这儿暗，看不清他的脸，但能看到眼睛里带笑。

他又说："你这帽子上这个球，是能拽的吗？"

聂九罗哭笑不得："你三岁吗？你要拽它干吗？"

炎拓说："我记得小时候有这种毛球，我就喜欢一根根地拽，本来是鼓蓬蓬的，拽着拽着就拽秃了。"

说着伸手过来，在毛球上拈住一根，用力一扯，哪知人家这新买的帽子，毛球没那么松散，别看只拈住了一根，这一扯，硬生生把整个帽子都拎起来了。

冬天，又是毛线帽，静电大，帽子一离脑袋，好多头发就跟着逆地心引力直竖起来了。聂九罗还没来得及开口，炎拓已经慌里慌张地又把帽子压回她头上："不好意思，不好意思，我就是想拽一根，没想到全拎起来了……"

说到末了，自己也觉得好笑，扑哧一声笑出了声，眼睛都笑弯了，亮晶晶的。

聂九罗觉得，从前跟炎拓相处时的那种轻松惬意，一下子又回来了。

为什么呢？

她忽然想明白了。

在屋里时，炎拓说话回避她的目光，一直低头，要坐到沙发的暗影里，不愿剪头发。

他其实不想她看见他。

就跟在矿洞里，他觉得自己很脏一样，现在，他又觉得自己面目可憎讨嫌，自惭形秽，不想那么无遮无拦地面对她。

门口这里暗，没什么光，他觉得安全。

真是傻透气了，她又无所谓。

聂九罗抬头看炎拓，轻声说了句："赶紧去吃饭，一会儿坨了。还有，汤也喝干净啊，别浪费。"

炎拓觉得，这是自己这辈子吃的最美味的一份面了。

他以前怎么不知道蘑菇这么软滑、青菜这么爽韧？还有，排骨熬得酥烂，连骨头都咬得碎。

汤也好喝得要命，香香咸咸的，他连最后一滴都喝下去了。

特别满足。

也许，被关了这么多日子，对他唯一的好处，就是重新意识到，这日头下的一切食物、一切味道，都是温暖而可爱的。

门上传来轻轻的叩响，炎拓应了一声，正准备去开门，哪知刚站起来，声响就没了。

他觉得奇怪，又有点紧张，刚脱困不久，难免风声鹤唳。

走到门边时，忽然看到，有什么东西从门缝下塞了进来。

是折星星的纸，这次，不是淡金色的了，是带闪粉的银白色，这要是折起来了，可真是颗华丽的星星。

炎拓捡起星星纸，又打开门看。

没人，跑得可真快。

他坐回茶几前，拿了笔在手上。

写什么呢？今天值得写的可太多了，那么多感慨，这小小的一张纸条，还真不够他发挥。

想了很久，炎拓才在上头写下一句：面真好吃。

写完了，小心地把字条打结，然后拈起放在茶几上的、一根短短的红色细绒线。刚刚他拎帽子的时候，还是成功地拽下了一根。

他把这根绒线塞进打着的结里，依着早已习惯的折法，慢慢折成了星，然后轻轻往上一抛。

这一天过去了。

漫长的一天。

带着绝望睁眼时，他绝对想不到，还能枕着宁谧睡去，吞咽下以为是人生中最后一颗星星的时候，也绝对没敢奢望，还能拥有一颗更新的。

夜已经深了，林喜柔站在大露台上，看远处的一片漆黑。

这是已经建好的一片度假区，但还没拿到营业执照，尚未对外揽客——她选了最中心的几幢，因为感觉"中央"是被包裹着的，有安全感。尤其是夜晚，站在露台远望，四面一片漆黑，很让人惬意。

门上传来敲门声。

林喜柔说了句："进来。"

进来的是熊黑，他径直走上露台，手里拿着一沓A4纸。

林喜柔瞥了那沓纸一眼："选好了？"

熊黑说："我初步筛选出这些，最终选哪个，林姐定吧。"

他手底下的那拨人，甭管是跟了他好几年的，还是新招揽的，抑或是其他场子推荐过来、"跟着熊哥讨口饭吃"的，所有人，都要求详细的个人信息和体检记录。

林喜柔没接："这些人不麻烦吧？"

"不麻烦，跟家里头关系都远，首选兼有兄弟姐妹和儿女。还有，尤鹏码子大，我把瘦小的都排除了，大块头，得用大块头补嘛。"

林喜柔"嗯"了一声，伸手过去，在一沓纸里拨弄了一回，随手抽出一张："就这个吧。"